Gisa Pauly

Hotel Freiheit

SYLT-SAGA

Band 3

WILHELM HEYNE VERLAG
MÜNCHEN

Sollte diese Publikation Links auf Webseiten Dritter enthalten, so übernehmen wir für deren Inhalte keine Haftung, da wir uns diese nicht zu eigen machen, sondern lediglich auf deren Stand zum Zeitpunkt der Erstveröffentlichung verweisen.

Dieses Buch enthält diskriminierende Sprache. Sie spiegelt zu keinem Zeitpunkt die Haltung der Autorin oder des Verlags wider, sondern stellt tatsächliche Missverhältnisse der heutigen Zeit dar. Sowohl Autorin als auch Verlag verurteilen Diskriminierung und Rassismus jeglicher Art auf das Schärfste.

MIX
Papier | Fördert gute Waldnutzung
FSC® C014496

Penguin Random House Verlagsgruppe FSC® N001967

Originalausgabe 03/2023

Umschlaggestaltung: Zero Werbeagentur, München,
unter Verwendung von Motiven von © Plainpicture (Mia Takahara);
Mauritius Images (Pitopia/Christopher Gocke); FinePic®, München
Satz: Leingärtner, Nabburg
Druck und Bindung: GGP Media GmbH, Pößneck
Printed in Germany
ISBN: 978-3-453-42579-8

www.heyne.de

1

März 2020, Hamburg

Sie wusste, dass nun das Spießrutenlaufen begann. Zum Glück war der Portier mit ihr in die Lobby gekommen, um sie bis zum Aufzug zu begleiten. Das war sehr nett von ihm. Alois wusste eben, wie ungern sie sich ansprechen ließ. Musste sie vor vielen Neugierigen einen großen Raum durchschreiten, war sie immer froh, dass sie genau wusste, wie man das machte. Nicht lächeln, den Mund neutral geschlossen halten, den Blick auf einen festen Punkt richten, die Schultern nach hinten ziehen, in kerzengerader Haltung einen Fuß genau vor den anderen setzen und mit großen Schritten gehen, Hüften in klassischer Model-Manier schwingen und im Takt einer Musik laufen, die sonst niemand hörte. Cleopatra kannte das. Die schwarze Katze, die Alisia stets bei sich hatte, blieb ganz ruhig auf ihrem Unterarm liegen, auch wenn sie gerade durch den Hüftschwung so etwas wie eine Schifffahrt auf kabbeliger See erlebte. Die Katze war daran gewöhnt. Ihr Leben war beinahe wie das eines Menschen, genauer gesagt, das einer Frau. Sie liebte und hasste das, was ihr Frauchen liebte und hasste. Dass sie gelegentlich doch mal katzentypische Wünsche durchblicken ließ und sich manchmal sogar weigerte, ähnliche Vorstellungen vom Leben zu haben wie ihre Besitzerin, war die Ausnahme. Cleopatra war ein verwöhntes Weibchen auf vier Beinen, anspruchsvoll und durchaus unverfroren in ihren Erwartungen.

Alois drückte für Alisia auf den Knopf, der den Aufzug ins Erdgeschoss holte, wartete, bis die Türen aufglitten, und verbeugte sich, kurz bevor sie sich wieder schlossen. Cleopatra gab ein gelangweiltes Maunzen von sich.

Als sie aus dem Aufzug traten, war niemand zu sehen. Gott sei Dank. Ihr Zimmer lag am Ende des Flurs, zur Frühstückszeit begegnete sie hier oft einigen Leuten, von denen sie allesamt neugierig gemustert wurde. Sie konnte es nicht leiden! Nicht mehr. Früher war das anders gewesen …

Cleopatra wurde unruhig, als sie an einer Zimmertür vorbeikamen, die leicht geöffnet war. Als wollte die Katze anmerken, dass hier etwas nicht Ordnung war. Unaufmerksamer Hotelgast oder nachlässiger Service, beides für Cleopatra Dinge der Unmöglichkeit. Aber Alisia fand, dass sie das nichts anging, und stoppte erst vor ihrer eigenen Zimmertür. Sie suchte in allen Manteltaschen nach der Schlüsselkarte und fand sie in der Innentasche, die eigentlich für Handys gedacht war. Erleichtert seufzte sie auf, holte die Karte heraus … und erschrak, als die Katze mit einem weiten Satz von ihrem Arm sprang. »Cleo!«

Aber die Katze ließ sich nicht zurückhalten. Mit hoch aufgerichtetem Schwanz lief sie schnurstracks auf die geöffnete Hotelzimmertür zu, drückte den Spalt weiter auf und verschwand.

»Verdammt!« Alisia folgte ihr auf Zehenspitzen und lauschte, als sie in der Nähe der Tür angekommen war. Waren Stimmen zu hören? Verlangte jemand, dass die Katze auf der Stelle das Zimmer verlassen solle? Nein, alles blieb still. Vermutlich war das Zimmer leer. Alisia schlich zur Tür und spähte durch den Spalt. Cleopatra hatte soeben mit einem eleganten Sprung das Fußende des Bettes geentert und sah ihr Frauchen an, als wollte sie sie animieren, sich neben sie zu legen. Alisia konnte zwar das Kopfende des Bettes von der Tür aus nicht erkennen, aber dass dort jemand lag, war unwahrscheinlich. Trotzdem blickte sie sehr vorsichtig um die Ecke, erst dann konnte sie sich sicher sein: Das Bett war leer, vor dem Schrank stand auch niemand, offenbar hatte der Hotelgast sein Zimmer verlassen, ohne die Tür kräftig ins Schloss zu ziehen. Also schnell die Katze schnappen und wieder raus! Hoffentlich bemerkte sie niemand! Vor allem niemand, der sie erkannte.

Da erst sah sie, dass im Badezimmer, dessen Tür ebenfalls einen Spaltbreit geöffnet war, Licht brannte. Jetzt hörte sie etwas, was sich wie ein tiefer Seufzer anhörte. Oder ein Stöhnen? Alisia blieb wie gebannt stehen, drehte sich langsam, sehr langsam nach rechts und beugte den Kopf vor. Sie sah eine Badewanne, darin einen Mann im Smoking, offener Hemdkragen, geschlossene Augen, der in diesem Moment tiefer ins Wasser rutschte. Der Mund verschwand, die Nase, die Augen waren nicht mehr zu sehen, und nun versank auch der Haarschopf des Mannes. Und es blieb still, gespenstisch still. Kein Blubbern, kein Prusten kein Auftauchen.

Alisia ließ die Katze fallen und stürzte ins Badezimmer. »Nein!«

*

Kari Keller hatte noch immer helle Locken und war stolz darauf, dass das Blond nach wie vor echt war und sie nicht beim Friseur dafür sorgen musste, dass ihre Haare noch so aussahen wie früher. Sie war nun über fünfzig und hatte beschlossen, dass das Alter keine Rolle spielte, solange sie sich fit und leistungsfähig fühlte. Und das tat sie. Ihr Mann stöhnte manchmal, wenn sie mit der linken Hand nach dem klingelnden Telefon suchte, mit der rechten etwas von seinem Teller stibitzte und währenddessen mit ihrem Blick dem Kellner ein Zeichen gab. Aber seine Empfehlung, es mal langsamer angehen zu lassen, traf entweder auf taube Ohren oder stieß sogar auf Empörung. Hajo Keller war schon als junger Mann die Ruhe selbst gewesen, und daran hatte sich nichts geändert. Er bewegte sich gemächlich, ihm fiel nie etwas herunter, weil er drei Dinge gleichzeitig erledigte, er geriet auch nie in Stress, weil er sich überfordert fühlte. Wenn drei Anforderungen gleichzeitig an ihn gerichtet wurden, erledigte er sie eine nach der anderen, und das mit geradezu stoischem Gleichmut.

Sie begannen den Tag stets gemeinsam, nicht allzu früh, aber immer mit einem ausgiebigen Frühstück. Das bereitete Kari zu, obwohl es durchaus möglich gewesen wäre, ein Frühstück aus dem Café kommen zu lassen, das sich direkt unter der Wohnung befand. Doch das wollte sie nicht. Der Morgen, der Beginn des Tages, sollte ihr und ihrem Mann ganz allein gehören. Oder der ganzen Familie. Aber ihre Kinder waren mittlerweile erwachsen und begannen ihre Tage meist woanders.

Kari folgte ihrem Mann mit liebevollen Blicken, als er vom Tisch aufstand und die Teekanne aus der Küche holte, die sie vergessen hatte. Hajo war noch immer ein gut aussehender Mann, die grauen Haare standen ihm ausgezeichnet, sein Gesicht war nahezu faltenfrei und seine Figur nach wie vor schlank und drahtig. Er trug immer gut sitzende Anzüge, seine Hemden waren makellos, die Krawatte von einem teuren Designer. Seine dunkle Haut schimmerte wie Ebenholz. Hans-Josef Keller sah immer aus, als hätte er gerade geduscht, auch nach einem anstrengenden Arbeitstag.

Kari war stolz auf ihn, auf seine Ausstrahlung, seinen Charme, auf seine Fähigkeiten und seine emotionale Kraft, mit der er die Arbeit im Café und Hotel *König Augustin* begonnen hatte, als Karis Mutter ihn darum bat. Ja, er war ein starker Mann, und seine Kraft war im Laufe der Jahre sogar noch gewachsen. Obwohl es für ihn nicht immer leicht war, den Vorurteilen zu begegnen, von denen es auf Sylt selbst im einundzwanzigsten Jahrhundert reichlich gab. Aber die Frage, warum ein Schwarzer einen deutschen Namen trug, beantwortete er entweder mit einem Scherz oder sehr sachlich, je nachdem wie und von wem er gefragt wurde. Dass er in Äthiopien geboren und von deutschen Eltern adoptiert worden war, ging niemanden etwas an. Die rassistischen Bemerkungen parierte er so selbstsicher, dass eine Beleidigung selten wiederholt wurde. Hajo war durch und durch positiv. Er klagte nicht darüber, dass er schief angesehen wurde, ihm etwas verweigert wurde, was andere selbstverständlich erhielten, oder dass er unhöflich behandelt wurde … Er sprach, wenn er überhaupt darüber redete, nur davon, dass alles viel besser geworden sei.

»Als ich vor über dreißig Jahren nach Sylt kam, konnte man mit dunkelhäutigen Menschen noch umgehen, wie man wollte. Niemand hätte einem Schwarzen beigestanden, wenn er aufgrund seiner Hautfarbe Nachteile hinnehmen musste. Heute sind die Menschen viel sensibler. Gestern hat mich jemand gefragt, woher ich komme, und wurde von einem anderen gleich als Rassist beschimpft.« Hajo lachte das ihm eigene leise Lachen. »Ich habe das gar nicht so empfunden. Ich glaube, das war nur jemand, der ehrliches Interesse an mir hatte.«

Kari blätterte die Zeitung auf, wie immer ging sie zuerst auf die Seite »Aus aller Welt«. Dort stieß sie häufig auf Meldungen, die ihre Tochter betrafen. »Wo ist Alisia eigentlich zur Zeit?«, fragte sie, während sie die Titelzeilen absuchte.

»In Hamburg, soviel ich weiß«, antwortete Hajo. »Mike Heiser stellt seine Herbstkollektion vor.«

Kari ließ die Zeitung sinken, ohne eine Meldung gefunden zu haben, die ihre Tochter betraf. Ihr Blick ging an die gegenüberliegende Wand, doch in Wahrheit wanderte er um mehrere Jahrzehnte zurück. »Wenn ich daran denke, wie alles angefangen hat …«

Hajo Keller stand auf, ging zu seiner Frau und küsste sie. »Es war ein weiter und harter Weg«, sagte er leise, »von Alisia Heiser bis zu *La Cappuccina.*«

*

Brit Rensing und Arne Augustin kamen vom Strand zurück, erhitzt und mit roten Köpfen. Seit der Winter vorbei war, begannen sie ihre Tage mit Nordic Walking, am liebsten an der Wasserkante entlang, wenn das Wetter es zuließ, ansonsten auf dem hölzernen Steg, der zwischen Strand und Dünen verlief. Brit fragte sich gelegentlich, ob es wirklich gesund war, mit sportlicher Ertüchtigung erst anzufangen, wenn man schon über siebzig war, aber Arne war davon überzeugt, dass es nie zu spät war, etwas für die Fitness zu tun. Wenn Brit andere Feriengäste in ihrem Alter sah, bestätigte sie es, wenn aber junge Leute mühelos an ihr vorbeijoggten, war sie anderer Meinung und drauf und dran, die Walkingstöcke in die Dünen zu werfen und wieder nur spazieren zu gehen.

Der Himmel war noch düster, graue Wolken jagten über ihn hinweg, die Luft war eiskalt, vom Frühling noch keine Spur. Sie benutzten den Übergang am Gaadt, um zum Strand zu gelangen, auf dem Rückweg liefen sie jedoch immer bis zum Miramar, verließen dort die Strandpromenade und gingen am *König Augustin* vorbei. Sie bewegten sich dann sehr langsam voran, nicht nur weil sie sich ausgepumpt fühlten, sondern auch weil das Café und das Hotel noch immer zu ihrem Tagesanfang gehörten, wenn es auch nur noch der Blick auf die beiden Häuser war. Leicht war es nicht gewesen, die Leitung in die Hände von Tochter und Schwiegersohn zu legen, aber nun waren sie doch froh, dass sie sich dazu entschlossen hatten. Wie erleichtert waren sie gewesen, als Kari endlich Interesse am Geschäft erkennen ließ! Und wie glücklich, als sie einen Mann heiratete, der gut fürs Geschäft war.

Es hatte kritische Stimmen gegeben. »Ein Schwarzer? Habt ihr keine Angst, dass euch ein dunkelhäutiger Hoteldirektor das Geschäft kaputt macht?«

O nein, diese Angst hatten sie nie gehabt. Brit und Arne waren vom ersten Augenblick an davon überzeugt gewesen, dass Hajo der Richtige war. Nicht nur für Kari, sondern auch für das *König Augustin*.

Sie liefen den Stranddistelweg entlang, Brit wurde immer langsamer, während Arne den Ehrgeiz hatte, bis zum Ende das Tempo beizubehalten. Das Ende, das war Tante Avas Haus. Nein, nicht ihr Haus, sondern das Grundstück, auf dem einmal ihr Haus gestanden hatte. Tante Ava, die Cousine von Arnes Mutter, die unbedingt einen Seemann hatte heiraten wollen, der dann gleich im ersten Jahr ihrer Ehe auf See geblieben war, hatte ein entbehrungsreiches Leben führen müssen. Von der Familie war sie verstoßen worden, als sie den mittellosen Matrosen heiratete, und ihr Stolz hatte es später nicht zugelassen, darum zu bitten, als Witwe wieder in die Familie aufgenommen zu werden. So hatte sie sich mühsam mit Näharbeiten über Wasser gehalten und war dann an einer schweren Erkältung gestorben, die zu einer Lungenentzündung geworden war. Medikamente und ärztlichen Beistand hatte sie sich ja nicht leisten können.

Ihr kleines, windschiefes Haus war Arne zugefallen. Er hatte fest Brits Hand genommen, als die Bagger kamen und es abrissen. Sie hatten beide in der Nähe gestanden und zugesehen, wie das Haus, in dem ihre Liebe besiegelt worden war, in sich zusammenfiel. Tante Avas Haus, in dem es zu dieser einen Nacht gekommen war, in der Kari entstanden war, würde von nun an nur noch eine Erinnerung sein, die tief in ihren Herzen saß. Brit dachte dann unweigerlich an die schwere Zeit, die dieser Nacht gefolgt war. Die Monate in dem *Haus für gefallene Mädchen,* in das sie von ihren Eltern geschickt worden war, ihre Flucht daraus, weil sie nicht bereit gewesen war, Kari zur Adoption freizugeben, und die Jahre, in denen sie sich mühsam hatte durchschlagen müssen, weil sie als Mädchen, das noch nicht volljährig war, Schwierigkeiten hatte, Wohnraum und Arbeit zu finden. Nun stand dort, wo sich Tante Avas Haus geduckt hatte, ein großzügiger Bungalow, der sich in der Gesellschaft der zwei- und dreistöckigen Häuser noch flacher ausnahm, als er eigentlich war. In der Nachbarschaft hatte man sich bemüht, die Grundstücke so dicht wie möglich zu bebauen und die Häuser so groß und hoch wie möglich zu planen. Es sollten viele Ferienwohnungen hineinpassen, eine Urlaubsform, die sich in den letzten Jahren mehr und mehr durchgesetzt hatte. Die Feriengäste wollten nicht mehr gern in Hotels wohnen, sondern zogen es vor, Ferienwohnungen zu beziehen, in denen sie unabhängiger waren und vor allem mit Kindern den Urlaub stressfreier angehen konnten. Nur die exklusiven Hotels der Insel hatten diesen Trend überlebt, die billigen Häuser und auch die meisten Mittelklassehotels hatten in den letzten Jahren schließen müssen. Nur gut, dass das *König Augustin* zu den Hotels gehörte, die als erstklassig galten, und viele Stammgäste hatte.

Der Bungalow von Brit und Arne war das einzige Haus in dieser Nachbarschaft, das von den Eigentümern selbst, und zwar ausschließlich von ihnen, bewohnt wurde. Fast dreißig Jahre wohnten die beiden nun schon hier. Kari war mit ihrer Familie in Brits ehemalige Wohnung über dem Café eingezogen. Viel war geschehen in diesen dreißig Jahren. Arne wurde mittlerweile nicht mehr schief angesehen, weil er sich wieder Arne Augustin nannte, nachdem er jahrelang Florian Aldenhof gewesen war. Getuschelt wurde jedoch immer noch. Viele fragten sich, warum Arne damals das Schiffsunglück genutzt hatte, um aus seinem Leben zu verschwinden. Linda, seine Frau, die lange seine Witwe genannt worden war, wurde gelegentlich mitleidig angesehen, Brit bekam fragende Blicke, die sie natürlich allesamt nicht beantwortete. Und in der Belegschaft des *König Augustin* wurde nach wie vor gemunkelt, dass doch eigentlich Arne Augustin der Chef sein müsse, dem sein Vater alles vererbt hätte, wenn er nicht hätte glauben müssen, dass sein Sohn umgekommen war. Nur die wenigsten wussten, dass Brits inzwischen verstorbener Ehemann, Olaf Rensing, ebenfalls ein Sohn von Arnes Vater Knut Augustin war – wenngleich ein unehelicher. Und dass somit der Betrieb in der Familie geblieben war, noch bevor Brit die Geschäfte an ihre und Arnes Tochter Kari abgegeben hatte. Dass die Familienverhältnisse bei den Augustins verzwickt waren, darin war man sich auf Sylt einig. Und wenn man schon dabei war, dann erzählte man sich auch gern von der kurzen Ehe zwischen Kari Keller und dem bekannten Modedesigner Mike Heiser. Auch da gab es viele Mutmaßungen, warum die Ehe zustande gekommen, und noch mehr Fragen, warum sie am Ende annulliert worden war. An dieser Stelle wurde besonders hämisch und manchmal auch bösartig getuschelt. Mike Heiser hatte ein dunkelhäutiges Kind, das offensichtlich nicht seines war, nicht akzeptiert. Natürlich nicht! Als Alisia geboren wurde, hatte er sofort erkennen müssen, dass seine Frau ein Kind von Hajo Keller bekommen hatte. Kein Wunder, dass er mit Kari nicht mehr verheiratet sein wollte. Worauf aber niemand eine befriedigende Antwort fand, war die Frage, warum Kari Keller nicht gleich ihren jetzigen Mann, den Vater ihrer Tochter, geheiratet hatte. Einigen war ein Licht aufgegangen, als Mike Heiser sich schließlich outete. Homosexualität war kein Straftatbestand mehr, der Paragraf 175 war abgeschafft worden, und auch wenn es durchaus noch gesellschaftliche Ächtung gab, war die Situation doch besser als noch dreißig Jahre vorher.

Als Brit und Arne auf ihre Haustür zugingen, hörten sie Geräusche aus dem hinteren Teil des Grundstücks. Brit ließ Arne das Haus durch die Eingangstür betreten, ging selbst aber um das Haus herum in den Garten, wo sie an der hinteren Grundstücksgrenze ein kleines Holzhaus errichtet hatten. Einen Hobbyraum, so sagte Kari, ein Atelier, so sagten Brit und Arne, mein Lieblingsplatz, so nannte Constantin diesen Ort. Hinter der Tür wurde gesägt und gehämmert, als Brit vorsichtig eintrat. Constantin wandte ihr den Rücken zu und bemerkte sie zunächst nicht. Erst als sie hinter ihn trat und ihn sacht an der Schulter berührte, fuhr er herum.

Erschrocken sah er sie an, dann lächelte er. »Oma! Ich habe dich gar nicht hereinkommen hören.«

»Kein Wunder, bei dem Lärm, den du machst.«

Constantin stellte die Maschinen ab und sah auf die Uhr. »Ich muss ins Café. Mama wartet womöglich schon auf mich.«

Brit sah sich um, schloss die Augen und atmete den Geruch ein. So hatte es in der *Schreinerei Wunder* in Riekenbüren auch gerochen. Dieser warme, weiche Duft des Holzes gehörte zu ihren Kindheitserinnerungen. Wenn ein Stück Holz aus der Säge gekommen war, hatte sich der Duft entfaltet, der sich dann nur langsam, nach vielen Schritten der Bearbeitung mit anderen Gerüchen verband und seine Einzigartigkeit allmählich verlor.

Sie betrachtete das Möbelstück, an dem Constantin zurzeit arbeitete. Einen Würfel, aus altem Holz gefertigt, zum Teil noch mit Resten eines Farbanstrichs, der dem Holz eine schillernde Oberfläche gab. Astlöcher, Risse im Holz, leichte Unebenheiten hatte Constantin gelassen. Ihm kam es nicht auf glatte Strukturen an, sondern auf das Besondere, Individuelle und natürlich auf Nachhaltigkeit.

»Das wird mein Nachttisch«, erklärte er stolz und strich mit einer sanften Geste über das Holz. Eine Bewegung, die Brit früher auch manchmal bei ihrem Vater gesehen hatte. »Massives Holz«, hatte er dann später zu einem Kunden gesagt. »Das Teil kriegen Sie nicht kaputt.«

Bei ihrem Bruder hatte sie sie nie gesehen, diese Schätzung des Werkstoffs, mit dem er arbeitete. Brit spürte Wehmut in sich aufsteigen. Sie sollte mal wieder nach Riekenbüren fahren, in der Nähe von Bremen, in ihr Elternhaus, wenn auch ihre Eltern nicht mehr dort lebten, sondern längst auf dem Friedhof ihre letzte Ruhestätte gefunden hatten. Aber sie könnte Hasso und Halina besuchen, die sie lange nicht gesehen hatte. Darauf zu warten, dass die beiden irgendwann zu ihnen nach Sylt kommen würden, war sinnlos. Zwar hatte Hasso die Schreinerei verpachtet, aber der Campingplatz, den Halina noch immer leitete, hatte bislang keinen

Nachfolger gefunden. Er war jedes Mal, wenn Brit ihren Bruder und die Schwägerin um einen Besuch bat, der Grund gewesen, warum ihre Einladung nicht angenommen wurde. Insgeheim glaubte sie mittlerweile, dass Hasso und Halina keinen Blick in Brits Leben werfen wollten, aus Angst vor einem Vergleich. So schwer die Anfänge des Erwachsenenlebens für Brit auch gewesen waren, sie hatte ihr Glück gefunden, indem sie ihr Zuhause hinter sich gelassen und sich woanders, fern von Riekenbüren, ihr Leben aufgebaut hatte.

Brit betrachtete ihren Enkel, der sich die Hände wusch, den Kittel auszog, den er sich immer über die Kleidung zog, die er im Hotel und im Café trug, und sich vor ihren Augen langsam in den Nachfolger seiner Eltern verwandelte, der das *König Augustin* leiten würde, wenn es so weit war. Seine Haut war etwas heller als die seiner Schwester, seine Augen waren nicht schwarz, sondern dunkelbraun, seine Haare nicht so kraus wie Hajos. Figürlich kam er auf seine Urgroßmutter Frida Heflik. Er war kleiner als seine Schwester Alisia und breit gebaut, mit kurzen kräftigen Beinen. Aber was einer Frau einen Teil ihrer Attraktivität genommen hätte, wirkte bei Constantin kraftvoll und energisch. Was für ein gut aussehender junger Mann!

»Hättest du Lust, mal mit mir nach Riekenbüren zu fahren?«, fragte Brit.

Constantin sah sie überrascht an. »Wo du geboren und aufgewachsen bist?«

Mein Gott, er sprach über ihren Heimatort wie über ein Hotel, in dem der Service zu beanstanden gewesen war. »Lass uns mal einen Besuch dort machen«, wiederholte Brit. »Mein Bruder kann dir sicherlich Tipps geben, wenn du welche brauchst. Garantiert würde er sich auch gerne deine Möbel anschauen.«

In Constantins Augen zeigte sich Interesse. »Ich könnte Fotos von meinen Stücken machen.«

»Das ist eine gute Idee.«

Constantin rückte seine Krawatte zurecht und strich seinen Anzug glatt. »In Riekenbüren war ich mindestens zehn Jahre nicht.«

Brit nickte verlegen. Ja, sie schämte sich tatsächlich, wenn sie an ihr Heimatdorf und die Leute dachte, die dort lebten. Ihre Enkelkinder und ihr Schwiegersohn waren in Riekenbüren wegen ihrer dunkleren Hautfarbe so angesehen worden wie alles Fremde und Neuartige, so wie Flachbildfernseher, Smartphones und künstliche Kniegelenke: misstrauisch, kopfschüttelnd und interessiert nur dann, wenn man sich einen Vorteil davon versprach. Als Hajo zum ersten Mal nach Riekenbüren kam, war er der einzige Mensch mit dunkler Hautfarbe dort – später veränderte sich die Einstellung der Dorfbewohner, als eine Familie aus Nigeria in den Ort zog und die offenen Stellen in der Gastronomie übernahm, die beinahe zur Insolvenz von zwei Gasthäusern geführt hatten. Alisia wurde sogar zum Stolz des Ortes, als zum ersten Mal Fotos von ihr in einer Zeitschrift abgebildet wurden. Dann aber erinnerte sich prompt jemand daran, wie das damals mit Kari gewesen war, als von ihrer Hochzeit mit Mike Heiser in allen Blättern der Regenbogenpresse berichtet, der erste Hochzeitstag aber schon nicht mehr gefeiert worden war. Die Familie Heflik war damit interessant geworden, wurde von vielen beneidet, aber von den meisten mit großer Freude herabgewürdigt. Das war bei keiner anderen Familie Riekenbürens so leicht wie bei den Hefliks, denn wo einmal eine üble Nachrede berechtigt gewesen war, konnte auch eine weitere nicht ganz falsch sein. Schließlich war auch bei Hasso Heflik nicht alles glattgegangen.

Arne kam herein, der die letzten Sätze mitbekommen hatte. »Riekenbüren? Ohne mich!«

Er war nach Fridas Beerdigung, die nur ein knappes Jahr nach der von Brits Vater stattgefunden hatte, nicht mehr dort gewesen.

Aber die vielen fragenden Blicke und versteckten Bemerkungen hatte er nie vergessen.

Constantin war nicht oft in Riekenbüren gewesen, kannte die Familie seiner Großmutter nicht besonders gut, wusste nur das, was auf der Hand lag und nicht viel von dem, worüber getuschelt wurde. Zu viel hatte er über Riekenbüren schon gehört und war von etlichen Anspielungen verunsichert worden, sodass er jetzt nicht mehr so zustimmend aussah. »Wen gibt's denn dort noch, außer Onkel Hasso, dem Schreinermeister?«

»Seine Frau Halina«, antwortete Brit schnell, ehe von Arne noch etwas kommen konnte, was Constantins Bereitschaft weiter verringerte. »Sie arbeitet noch immer auf dem Campingplatz.«

»Ach ja.« Constantin erinnerte sich daran, dass er auf dem Bolzplatz, der zum Campingplatz gehörte, bei einem Besuch in Riekenbüren viele Stunden verbracht hatte. »Die haben eine Tochter, oder?«

»Nicole arbeitet in Achim, in der Knut-Augustin-Stiftung«, antwortete Arne, und Brit ergänzte: »Sie hatten auch einen Sohn. Aber Dennis lebt nicht mehr. Er ist kurz nach Alisias Geburt tödlich verunglückt. Er sollte die *Schreinerei Wunder* eigentlich übernehmen.«

Constantin wurde sichtlich nervös. Familiengeschichten wollte er sich jetzt nicht anhören. »Ich muss los«, sagte er und schob seine Großeltern zur Tür. »Wenn ich zu spät komme, werde ich Mama sagen, dass ihr schuld seid.«

Brit und Arne sahen ihm lächelnd nach, als er sich auf sein Fahrrad schwang und zum *König Augustin* fuhr. In Arnes Augen stieg etwas, was Brit kannte, eine Mischung aus Erinnerung, Sehnsucht, Bedauern und Glück. Mal überwog das eine, mal das andere. Sie hatten schon oft daran gedacht, Sylt zu verlassen und woanders hinzuziehen, wo es nichts gab, was sie immer wieder in die Vergangenheit zog. Aber dann waren sie doch jedes Mal zu der Überzeugung gekommen, dass Erinnerungen nicht an einen Ort gebunden waren. Ihre Erinnerungen lebten in ihnen selbst, in Brit und in Arne, und ließen sich nicht verbannen. Sie würden mitkommen, wo auch immer sie hingingen. Und jedes Mal, wenn sie an diesem Punkt angekommen waren, dachten sie daran, dass es viele schöne Erinnerungen gab und dass es ein großes Glück war, dass sie sich wiedergefunden hatten, nachdem sie doch eigentlich für immer getrennt worden waren. Dann griff einer nach der Hand des anderen, und alles war gut.

2

März 2020, Hamburg

Alisia erwachte spät. Sie hob den Kopf, blickte zum Fußende ihres Bettes und sah, dass Cleopatra dort eingerollt lag und sich nicht rührte. Zufrieden legte sie sich zurück und schloss wieder die Augen. Prompt sah sie erneut das Gesicht des Mannes vor sich. Wie er die Augen aufschlug, groß, erwartungsvoll, ja, sogar hoffnungsvoll, nicht gequält, überdrüssig oder gar erbittert, wie sie es von einem Mann erwartet hatte, der aus dem Leben gehen und sich nicht zurückholen lassen wollte. Seine Schultern waren ihr wieder aus den Händen gerutscht, aber als er erneut versank, schien er sich gegen den Tod wehren zu wollen, mit einem Mal, als wäre er doch noch nicht ganz sicher, als könnte es eine Hoffnung geben, die ihn hielt.

Alisia hatte den Stöpsel aus der Wanne gezogen, das Wasser wurde in den Abfluss gesogen, schließlich begann es zu gurgeln, und der Mann im Smoking lag vor ihr in der leeren Wanne. Die Schuhe hatte er ausgezogen, sie standen in der Nähe der Badezimmertür, der obere Hemdkragen war geöffnet, die Fliege lag am Fuß der Wanne, offenbar hatte er sie abgezogen und einfach fallen lassen. Sein Blick wurde mit einem Mal wachsam, hätte er sprechen können, hätte er sie vermutlich gefragt, was sie in seinem Bad zu suchen habe, warum sie ihn belästigte. Aber dann ließ er die Augen wieder zufallen und sank tiefer in die Wanne, in der es jedoch kein Wasser mehr gab.

Alisia fingerte in ihrer Handtasche nach dem Smartphone und wählte die 112. Sie musste kurz auf den Gang treten, um nach der

Zimmernummer zu sehen, dann hörte sie die beruhigenden Worte: »Wir sind gleich da.«

Tatsächlich dauerte es keine fünf Minuten, bis sie die schweren Schritte auf dem Gang hörte. Bis dahin hatte sie neben der Wanne gesessen und auf den Mann eingeredet, der sie jedoch nicht mehr verstand, sie vermutlich nicht einmal hörte. Sie wusste nicht, was sie ihm gesagt hatte, vermutlich, dass das Leben doch schön sei und sich jedes Problem lösen ließe. So was, was kein Mensch hören will, der sich gerade entschlossen hat, Selbstmord zu begehen. Aber er hörte sie ja nicht. Mit geschlossenen Augen lag er da, scheinbar leblos, schrecklich blass, seine Augen blieben geschlossen, sein Atem ging flach, er reagierte nicht mehr. Alisia fiel ein, dass er frieren müsse, wusste aber nichts dagegen zu tun. Er musste aus seiner nassen Kleidung heraus, aber das schaffte sie nicht. Das mussten die Sanitäter tun.

Als sie sich in den Raum drängten, erhob sie sich, merkte nun, dass ihr die Knie wehtaten. Sie wich bis zu der Toilette zurück, aber das Bad war noch immer zu klein. Sie war froh, als einer der Sanitäter zurücktrat und ihr ein Zeichen gab, damit sie das Bad verließ. Er fragte sie kurz, was geschehen war, wie sie den Mann entdeckt, was sie bisher getan hatte, um ihn zu retten, dann wollte er noch ihren Namen wissen und die Nummer ihres Hotelzimmers. Alisia war immer erleichtert, wenn sie nach ihrem Namen gefragt wurde, wenn ihr jemand gegenüberstand, der sie nicht kannte. Das kam selten vor. In diesem Fall schien nicht einmal ihr Äußeres von Bedeutung zu sein. Der Sanitäter maß sie nicht von Kopf bis Fuß, blickte ihr nicht erst in die Augen und dann auf den Busen, sondern redete mit ihr wie mit jedem anderen Zeugen. Das tat gut.

»Alisia Keller. Ich wohne zwei Zimmer weiter.«

Er nickte, dann ging er ins Bad zurück. Durch die geöffnete Tür sah sie nur noch drei gebeugte Rücken. Sie wirkten abweisend, sie sollte gehen, sollte ausgeschlossen werden und wusste, dass es richtig war, sich jetzt zurückzuziehen. Dennoch kam sie sich vor wie jemand, der feige ist, der sich verdrückt, wenn die Angelegenheit unangenehm wird.

Aber dann wurde ihr klar, dass Cleopatra nicht mehr da war. Ihre Katze hatte die Flucht ergriffen. Wohin? Sie trat auf den Flur, zog die Tür hinter sich zu, drückte sie aber nicht ins Schloss. Die Geräusche aus dem Badezimmer wurden schwächer, die Stimme des Notarztes klang ruhiger, offenbar hatte man dort die Sache im Griff.

Alisia blickte den Gang hinauf und hinunter. Wo war Cleopatra? Sie lief zurück bis zu dem Punkt, wo der Gang nach links abknickte, sich aber gleich darauf wieder nach rechts fortsetzte. Nichts! Nach ein paar Metern verbreiterte sich der Gang. Hier war vor einer Aufzuganlage eine kleine Sitzgruppe eingerichtet worden, mit Sesseln und einem Tischchen, auf dem Zeitschriften lagen. Es war still hier, menschenleer. Alisia ließ sich auf einen der kleinen Sessel sinken und lehnte sich zurück. Wenn Cleopatra hier irgendwo war, würde sie bald auftauchen. Die Katze ließ sich nicht gern verfolgen, das schlug sie nur weiter in die Flucht. Man musste ihr anbieten, sicher zurückzukehren, dann würde sie kommen.

Während Alisia still dasaß und wartete, sank jedoch ihr Optimismus. Nein, die Katze konnte nicht in der Nähe sein, sonst hätte sie sich längst aus ihrem Versteck getraut. Alisia musste sie locken. Das Trockenfutter, das sie immer mit sich führte, war noch in ihrem Koffer. Das Rascheln würde Cleopatra heranholen.

Alisia erhob sich wieder, sah sich um, tastete mit den Augen ihre Umgebung nach möglichen Verstecken für eine Katze ab und ging dann zurück. Als sie sich ihrem Zimmer näherte, stellte sie fest, dass die Tür zwei Zimmer weiter noch immer geöffnet war. Stimmen waren zu hören, leise zwar, aber Stimmen, die intensiv sprachen, mit Nachdruck, mit Angst und Sorge. Alisia hielt ihre

Schlüsselkarte vor das Schloss ihres Zimmers, öffnete die Tür und zögerte. Dann schien die Stimme eines Sanitäters auf den Flur zu dringen, und Alisia betrat eilig ihr Zimmer. Sie wollte nicht gesehen, nicht für neugierig gehalten werden. Aber sie drückte die Tür nicht ins Schloss, sondern blieb direkt dahinter stehen und lauschte.

»Bitte gehen Sie weiter«, hörte sie da laut und deutlich jemanden sagen. »Neugierige können wir hier nicht gebrauchen.«

Schnelle Schritte liefen in die Richtung, in die auch Alisia kurz zuvor gegangen war. Ein Hotelgast, der ebenfalls von der geöffneten Zimmertür angezogen worden war?

Nun schloss Alisia ihre Zimmertür ganz, ging zu ihrem Koffer und schlug ihn auf. Aber sie zögerte, als sie mit der kleinen Schachtel in der Hand dastand, die das Trockenfutter für die Katze enthielt. Nun wurden Geräusche auf dem Gang laut, eine Stimme, die Anweisungen gab, Antworten, die aus der Nähe der Tür kamen. Die Sanitäter schienen den Mann erstversorgt zu haben und nun mitzunehmen. Alisia hörte Geklapper, vermutlich eine Trage, die ausgeklappt wurde. Sie ließ sich auf die Bettkante sinken und wartete ab. Nach vielen Worten, die an der Tür hin und her gingen, entfernten sich die Stimmen mit einem Mal Richtung Aufzug. Einige Bewegungen blieben noch in der Nähe, dann wurde die Tür zugeschlagen, und Schritte waren trotz des weichen Teppichbodens zu hören. Lifttüren öffneten und schlossen sich, kurz darauf trat Stille ein.

Alisia stand auf und verließ ihr Zimmer erneut. Schon auf dem Gang ließ sie das Trockenfutter rascheln. »Cleo …«

Ob der Mann überleben würde? Hatte sie alles richtig gemacht, nachdem sie ihn entdeckt hatte?

»Cleo!«

Hätte sie Erste-Hilfe-Maßnahmen anwenden müssen? Dafür sorgen müssen, dass er nicht wieder einschlief?

»Cleo …«

Wieder nahm sie denselben Weg. Auf der anderen Seite endete der Gang direkt hinter den Aufzügen, dort konnte Cleopatra nicht sein. Raschelnd lief Alisia erneut den Gang in die entgegengesetzte Richtung, zu der zweiten Aufzuganlage und der Sitzecke davor. Hoffentlich erschien dort niemand, der sie erkannte. Noch schlimmer, jemand, der sein Handy zückte und sie fotografierte oder sogar um ein Selfie bat.

Sie blieb in der Nähe der Sitzecke stehen, raschelte, sah sich um, raschelte erneut … da hörte sie eine Tür gehen. Schräg gegenüber dem Aufzug, in Alisias Rücken, führte ein Gang in eine ganz andere Richtung des riesigen sternförmig gebauten Hotels. Sie hörte das Klappern von Absätzen, ließ sich schleunigst auf einen Sessel sinken, beugte sich vor, um an ihren Schuhen zu nesteln und wartete darauf, dass die Frau, die sich auf hohen Absätzen genähert hatte, den Lift bestieg und verschwand. Tatsächlich ertönte kurz darauf das Surren des Aufzugs, die Tür öffnete sich, aber die Frau betrat die Kabine nicht, sondern ein Mann im dunklen Anzug stieg aus. Alisia konnte aus ihrer gebückten Haltung seine glänzenden schwarzen Schuhe erkennen. Langsam richtete sie sich wieder auf, schließlich konnte sie nicht minutenlang so tun, als müsste sie die Riemchen ihrer Sandaletten neu schließen. Doch die beiden nahmen keine Notiz von ihr. Der Mann warf Alisia einen flüchtigen Blick zu, die Frau schaute sich nicht nach ihr um. Sie hatten ein Problem, das sie voll und ganz in Anspruch nahm, das erkannte Alisia schnell.

Sie schaute noch einmal hin, von der Erscheinung der Frau im mintgrünen Cocktailkleid angezogen, und musste sich zwingen, in die entgegengesetzte Richtung zu blicken. Diese Frau kannte sie. Die hatte sie schon einmal gesehen. Aber wo? Es wollte ihr nicht einfallen. Auf einer Modenschau? Eine der Stylistinnen? Nein, dieser Gedanke half ihr nicht weiter. Auf Sylt? Eine Mitarbeiterin im Café oder im Hotel ihrer Eltern? Aber da regte sich ebenfalls keine Erkenntnis.

Die Frau sprach laut, als rechnete sie nicht damit, dass sie jemand hörte. »Er ist weggebracht worden. Was soll ich jetzt tun?«

Der Mann griff nach ihrem Arm, um sie zu warnen, und nickte unauffällig in Alisias Richtung. »Nicht hier.«

Er zog sie in die Richtung, aus der die Frau gekommen war. Im Nu waren sie aus Alisias Blickfeld verschwunden. Ihre Stimmen waren nach wie vor gedämpft zu hören, verstehen konnte Alisia sie aber nicht mehr.

Sie stand auf, vergaß das Rascheln mit dem Trockenfutter und ging ihnen vorsichtig nach. Sie schlich sich an die Ecke des Gangs heran, der von der Schwingtür abgeschlossen wurde, vermutlich, um die Geräusche des Aufzugs nicht in die Zimmer dringen zu lassen. Die beiden waren hinter der Tür stehen geblieben, fühlten sich offenbar sicher hinter ihrem Schutz, waren so sehr mit sich selbst beschäftigt, dass sie sich nicht die Zeit nahmen, in ihr Zimmer zu gehen oder mit dem Aufzug in sein Zimmer zu fahren. Bei diesem Gedanken schüttelte Alisia über sich selbst den Kopf. Sie wusste ja gar nicht, ob sie richtig kombiniert hatte, ob die Frau aus ihrem Zimmer gekommen war, ob der Mann ein Zimmer in einer der oberen Etagen bewohnte. Vielleicht trieben sie sich in diesem Hotel herum, ohne hier zu wohnen.

»Er wollte sich umbringen«, hörte Alisia die Frau nun sagen. »Meinetwegen.«

»Weil du mit ihm Schluss gemacht hast?« Die Stimme des Mannes klang ungläubig und ein wenig spöttisch.

Sie antwortete hitzig: »Wenn das für ihn ein Grund ist, Selbstmord zu begehen, dann wage ich mir nicht vorzustellen, was er tut, wenn er alles weiß.« Laut und schrill wiederholte sie: »Alles!«

»Vielleicht hatte er ja Erfolg«, kam es kaltherzig zurück.

»Nein! Als ich dazukam, lebte er. Im Krankenhaus werden sie schon dafür sorgen, dass er nicht stirbt.«

Danach hatten sich die Stimmen entfernt. Alisia hatte noch gehört, dass der Mann sagte: »Nun ist es zu spät. Wir haben gewusst, dass es ihn vernichten wird. Aber du hast gesagt …«

Dann hatte sich die Stimme des Mannes verloren und hallte nun in Alisias Erinnerung nach. Sie rieb sich die Augen und streckte sich, sodass Cleopatra aufwachte und sich ungehalten umsah. Dann erhob sie sich, streckte jedes ihrer vier Beine und suchte sich eine gemütlichere Schlafposition.

»Wir haben gewusst, dass es ihn vernichten wird.« Dieser Satz ging Alisia nicht mehr aus dem Kopf. Kurz darauf war Cleopatra hinter den Aufzügen hervorgekommen, auf Alisias Arm gesprungen und hatte erwartet, dass sie mit diversen Leckerbissen belohnt wurde, weil sie zu ihrem Frauchen zurückgefunden hatte.

Alisia merkte, dass sie nicht noch einmal einschlafen würde. Der Satz spukte nach wie vor in ihrem Kopf herum. Und das Gesicht des Mannes stand ihr noch immer vor Augen. Ein schönes, männliches Gesicht, ein markanter Mund, eine schmale Nase. Seine Augen waren hellgrau gewesen und voller Schwermut. Schöne Augen …

3

März 2020, Riekenbüren

Beerdigungen standen in Riekenbüren auf Platz zwei der Beliebtheitsskala. Nur Hochzeiten waren noch interessanter. Das nicht immer von Harmonie begleitete Zusammenfügen zweier Familien, die sich womöglich vorher nie grün gewesen waren, ein Brautkleid, das secondhand gekauft worden war, oder besondere, nicht ganz geklärte Umstände, die zum Kennenlernen des Brautpaares geführt hatten, so was sorgte in Riekenbüren dafür, dass endlich mal was los war. Bei Beerdigungen lagen die Interessen anders. Dann kam es darauf an, wie unbescholten der Tote gewesen war, wie viel er für das Dorf in Form von Freibier und Schützenfestengagement getan hatte, wie intensiv er sich in der Kirchengemeinde betätigt hatte und in welchen Vereinen er in den Vorstand gewählt worden war. Bei Männern war überdies noch von Bedeutung, wie sie es mit der ehelichen Treue gehalten und wie viel Geld sie ihrer Witwe hinterlassen hatten, bei Frauen dagegen war wichtig, wie erfolgreich ihre Kinder waren, wie gepflegt ihre Vorgärten und wie groß ihre Bereitschaft, einer Nachbarin unter die Arme zu greifen.

Bei Ursula Berghoff war die Beurteilung klar und eindeutig. Einer Nachbarin zu helfen, hatte sie immer ihre Christenpflicht genannt. Stets war sie die Erste gewesen, die in einem Haus erschien, das von einem Schicksalsschlag heimgesucht worden war, in dem Zuspruch und tätige Nächstenliebe benötigt wurde. Manche nannten Ursula Berghoffs überfallartige Mildtätigkeit zwar gelegentlich anders, zum Beispiel schlichte Neugier, aber am Tag ihres Todes war damit Schluss gewesen. Über Tote nur Gutes! Das war auch in Riekenbüren so. Natürlich wurde Ursula Berghoffs Vorgarten gepriesen. Er zählte zu den schönsten des Dorfes, weil eine Frau, die vor der Tür arbeitet, viel Gelegenheit erhält, mit Vorübergehenden zu reden, etwas zu erfahren, was bis dahin ein Geheimnis war, und die eigenen Verhältnisse zu verklären. Zum Beispiel die beruflichen Erfolge ihres Sohnes. Er hatte es mit mehreren Ausbildungen versucht, hatte auch eine Weile auf dem Campingplatz der Familie Heflik gearbeitet, war dann aber vor Jahren von einer Frau nach München gelockt worden, so nannte Ursula Berghoff es, weit weg von seiner Mama, ohne die er doch eigentlich kein Glück finden konnte. Seitdem wurde in Riekenbüren gemunkelt, dass er es gerade deshalb wohl in München gefunden hatte, weil er dort endlich nicht mehr bevormundet werden konnte. Ursula Berghoff selbst hatte bis zu ihrem Tod nur von dem armen Jungen geredet, der von einer skrupellosen Frau ins Verderben gelockt worden war. Jetzt ging er hinter dem Sarg seiner Mutter her, in aufrechter Haltung, gut gekleidet, mit einer Frau neben sich, die ihn mit frischen Taschentüchern versorgte und immer wieder tröstend nach seiner Hand griff.

Am frühen Morgen hatte es so ausgesehen, als würde es ein sonniger Tag. Dann aber war der blaue Himmel hinter einem grauen Wolkenvorhang verschwunden, auf dem Weg zur Kirche hatte sogar Sprühregen dafür gesorgt, dass der Tag sich noch kälter anfühlte, als er ohnehin war. Im März wurde in Riekenbüren die Frühlingsgarderobe hervorgeholt, aber an diesem Tag hatten sich doch alle in warme Mäntel gehüllt. Die Kälte schnitt winterlich in alle Gesichter.

Hasso, Halina und Nicole Heflik gingen am Endes Trauerzuges, der sich von der Kirche zum Friedhof bewegte. Hassos Schritte waren schwer, er litt seit Jahren unter Gelenkrheuma, das ihn mehr und mehr unbeweglich machte. Er war seinem Vater immer ähnlicher geworden. Auch Edward Heflik hatte sich mühsam vorwärtsbewegt, das schwache Bein, die Folge der Kinderlähmung, war schuld gewesen. Hasso hatte es mit dem Rheuma zwar nicht ganz so hart getroffen, aber neben seiner Frau, die sich nach wie vor leicht und schnell bewegte, wirkte er alt und unbeholfen, trotz seines guten Aussehens, das er ebenfalls von Edward geerbt hatte. Halina war vom Alter weitgehend verschont geblieben. Wenn auch ihr Gesicht faltiger war als das ihres Mannes, wirkte sie dennoch jugendlicher. Wohl auch, weil sie sich nach wie vor nicht so kleidete, wie es in Riekenbüren die meisten Frauen ihres Alters taten, weil ihre Hosen noch immer sehr eng saßen, die Röcke nicht länger geworden waren, ihre Frisur extravagant war und sämtliche Accessoires, Haarschmuck, Halstücher, Ringe und Ketten sehr auffällig. Selbst an diesem Tag hatte sie versucht, ihrer schwarzen Kleidung durch bunte Armreifen das Strenge zu nehmen, die bei jeder Bewegung klimperten.

Hasso beugte sich an Halinas Ohr. »Schade, dass Ursula eine Versöhnung mit Christoph immer abgelehnt hat.«

Halina nickte stumm, Hasso merkte, dass es ihm nicht gelungen war, seine Frau abzulenken. Die Trauergesellschaft bog in einen schmalen Weg ein, an dessen Ende Ursula Berghoffs Grab ausgehoben worden war. In der nächsten Grabreihe war ein heller Stein zu erkennen, auf dem der Name Dennis Heflik stand. Halina klammerte sich an die Hand ihres Mannes, als sie stehen blieben und zusahen, wie der Sarg mit Ursula Berghoffs sterblichen Überresten neben dem offenen Grab abgestellt wurde und der Pfarrer sich anschickte, die letzten Worte zu sprechen.

Halina begann zu weinen, aber Hasso wusste, dass sie nicht um Ursula Berghoff, sondern um Dennis weinte. Mehr als dreißig Jahre lag der schreckliche Tag, an dem ihr Sohn tödlich verunglückt war, nun schon zurück. Nicole, die hinter ihrer Mutter zum Stehen gekommen war, strich ihr tröstend über den Rücken. Eine kleine, schwache, aber sehr zärtliche Geste, die Halina tatsächlich zu helfen schien. Sie tupfte sich die Augen trocken und schaffte es nun, dem letzten Teil der Zeremonie zu folgen, ohne zu schluchzen.

Christoph Berghoff hatte es geschafft, von München aus den Leichenschmaus zu organisieren, der natürlich im *Dorfkrug* eingenommen wurde. »Donnerwetter!«, hörte man es überall murmeln. »Dass Christoph das hingekriegt hat!« Einen Telefonhörer zu nehmen, ein Handy aus der Tasche zu ziehen, eine E-Mail zu schreiben und dem Wirt des Dorfkrugs einen entsprechenden Auftrag zu geben, das alles hatte ihm offenbar niemand zugetraut. »Das hat vermutlich seine Frau für ihn erledigt. Die scheint ja ganz patent zu sein.«

Hasso, Halina und Nicole gehörten zu den Ersten, die aufbrachen. Alle drei waren nachdenklich, als sie auf die *Schreinerei Wunder* zugingen. Schließlich sagte Halina: »Nur gut, dass Christoph nicht in Riekenbüren geblieben ist. Vielleicht wäre Dennis hier auch nicht glücklich geworden.«

Ihr Mann und ihre Tochter versuchten, wie sie es seit Jahren praktizierten, das Thema umgehend zu wechseln, aber es wollte nicht recht gelingen. An diesem Tag war nicht nur Ursula Berghoff zu Grabe getragen worden, sondern ein weiteres Mal das Schicksal der *Schreinerei Wunder*. Jedes Jahr, immer an Dennis' Todestag, war nicht nur über den Verlust des Sohnes geklagt, sondern auch immer die Frage angefügt worden, was nun aus der Schreinerei werden solle. Dennis hatte, als er starb, kurz vor der Gesellenprüfung gestanden, er hätte den Betrieb, der seit mehreren Generationen im Familienbesitz war, weitergeführt. Und nun?

Hasso hatte schließlich eine Antwort gefunden. Ein Pächter musste her. Alle Pläne, aus der Schreinerei eine Kindertagesstätte zu machen, ein Jugendzentrum, ein Hotel, hatte er von sich gewiesen. Nein, solange er mit seiner Frau auf dem Altenteil lebte, wollte er, dass nebenan in der Werkstatt gehämmert und gesägt wurde. Danach konnte Nicole mit dem elterlichen Anwesen tun und lassen, was sie wollte.

Halina hatte dazu genickt, Nicole ebenfalls, und Hasso war losgezogen, um Erkundigungen einzuholen. Und er hatte einen Pächter gefunden, Lutz Jacobson. An diesem Tag sollte er mit seiner Familie eintreffen und in die Wohnung einziehen, in der der jeweilige Besitzer mit Frau und Kindern zu leben pflegte. Schon vor Wochen hatten Hasso und Halina diese Wohnung geräumt und waren in den Altenteil gezogen, der für Hassos Eltern, für Frida und Edward Heflik, angebaut worden war.

Als die Schreinerei in Sicht kam, fiel Nicole ein Möbelwagen auf. »Sind die Jacobsons schon da?«

Halina seufzte. »Ab jetzt haben wir also fremde Leute im Haus.«

4

März 2020, Sylt

Alisia fuhr am späten Nachmittag auf den Autozug, der sie nach Sylt bringen sollte. Ihr schwarzer Mittelklassewagen fiel nicht weiter auf. Ihr Vater hatte ihr, als ihre Karriere Fahrt aufnahm, geraten, sich nichts anzuschaffen, was teuer aussah, und auf keinen Fall zu zeigen, wie gut es ihr ging. »Bei uns wird so was ganz anders beurteilt als bei Weißen.«

Er wusste, wovon er sprach. Hajo Keller hatte eine Frau geheiratet, die von ihren Eltern ein Café und ein Hotel in Westerland, dazu noch mehrere Hotels und Cafés auf dem Festland geerbt hatte. Seine Schwiegereltern waren früher seine Arbeitgeber gewesen. Die Rede vom gemachten Nest, in das er sich gesetzt hatte, war häufig gekommen, das wusste er. Viel häufiger, als hätte Kari Rensing einen weißen Habenichts geheiratet.

Er hatte recht. Die Insassen im Wagen vor ihr und auch die in dem Auto hinter ihr beachteten sie nicht. Ein flotter BMW vor ihr, ein großer Mercedes hinter ihr, da fiel ihr Golf nicht weiter auf, und niemand schenkte der Fahrerin einen zweiten Blick.

Als sie zum Stehen gekommen und der Ordner mit dem Abstand zwischen den Autos zufrieden war, schnallte sie sich ab und sah nach Cleopatra, die zusammengerollt in ihrem Katzenkäfig lag und döste. Alisia lehnte sich zurück und schloss ebenfalls die Augen. Sofort erschien wieder das Gesicht des Mannes in der Badewanne vor ihr, als er sie angesehen hatte, mit diesem erstaunten, verwirrten Blick, als sähe er etwas, was nicht sein konnte.

Sie hatte sich beim Auschecken nach ihm erkundigt. Der Rezeptionist hatte sie fragend angesehen, aber als sie ihm erklärte, dass sie es gewesen war, die den Hotelgast im letzten Moment ins Leben zurückgeholt hatte, zeigte er Verständnis für ihr Interesse. »Ach so, Herr Wiemann!« Aber er wusste nicht, in welches Krankenhaus er gebracht worden war und hatte auch keine Information darüber, wie es ihm ging, nicht einmal, ob er überhaupt überlebt hatte. Aber immerhin wusste er, welcher Sanitätsdienst alarmiert worden war. »Die sind in die Lobby getrampelt wie eine Elefantenherde.« Und er war sogar bereit gewesen, sich dort telefonisch zu erkundigen. »Er lebt«, hatte er gesagt, als er den Hörer zurücklegte. »Mehr wissen die angeblich auch nicht. Nur dass sie ihn ins St.-Georg-Krankenhaus gebracht haben.«

Alisia hatte sich bedankt und im Auto sofort ihr Smartphone aus der Tasche geholt. Aber im Krankenhaus hatte sie niemanden erreicht, der ihr nähere Auskünfte geben wollte, obwohl sie behauptet hatte, die Schwester von Herrn Wiemann zu sein. Nur, dass sie sich keine Sorgen machen müsse, hatte sie zu hören bekommen, es gehe Herrn Wiemann den Umständen entsprechend gut. Aber er würde noch ein paar Tage in der Klinik bleiben müssen. Sie könne ihn jedoch am nächsten oder übernächsten Tag besuchen. Dann wäre er so weit …

So weit, dass er das Gesicht der Frau ertragen konnte, die seine Pläne vereitelt hatte? So weit, dass er ihr verzeihen konnte, ihn ins Leben zurückgezerrt zu haben? So weit, dass er ihr dankbar war, den Selbstmord vereitelt zu haben? Alisia wusste nicht, ob sie es wagen würde, in die Klinik zu fahren.

Ihr Smartphone klingelte, als der Zug sich gerade in Bewegung setzte. Mike Heiser war am anderen Ende. »Bist du noch in Hamburg?«

»Nein, auf dem Weg nach Sylt.«

»Ich muss mit dir sprechen.«

Sie kannte ihn gut genug, um zu wissen, dass dieser Satz bedeutete, dass er keine aufbauenden Nachrichten hatte. Und sie wusste auch, dass diese Nachrichten schon länger in ihm schmorten. Jetzt hatte er also endlich Mut gefasst. »Ich komme gleich zu dir«, sagte sie.

»Also gut, ich erwarte dich.«

Sie hörte, dass Cleopatra sich reckte, drehte sich aber nicht um. Was würde geschehen, wenn ihre Ahnungen richtig waren? Nun, es gab noch viele Möglichkeiten, Geld zu verdienen. Auch andere Jobs gab es, wenn auch nicht so gut bezahlte. Und sie gehörte nach wie vor zu den Topmodels Deutschlands. Eigentlich konnte sie zufrieden sein, dass sie so lange das Aushängeschild für die *Heiser-Mode* geblieben war. Seit ihrem dreißigsten Geburtstag vor vier Jahren rechnete sie damit, dass Mike sie durch ein jüngeres Model ersetzen würde. Aber bisher hatte er es nicht gewagt.

Der Zug löste sich vom Festland. Wie immer in diesem Augenblick überkam Alisia etwas Feierliches, wie als Kind beim Anblick des Weihnachtsbaums. Manchmal erschien ihr dieses Eintreten in etwas Neues sogar wie die letzten Minuten vor dem Betreten des Catwalks. Ohne Nervosität, ohne Lampenfieber zwar, aber mit der Ernsthaftigkeit, die der Augenblick verlangte. Alisia lächelte niemals, wenn der Zug auf den Hindenburgdamm fuhr, so wie ein Model niemals lächelte, wenn es den Laufsteg betrat. Das Meer hatte immer einen großen Auftritt, dem konnte man nicht einfach entgegenlächeln.

Sie verstellte ihre Rückenlehne, sodass sie entspannt, mit vor der Brust verschränkten Armen, hinaussehen konnte. Schon bald hatte sie keine Augen mehr für das Wasser, das sich waschbrettartig wellte, sondern richtete sich auf ihr Inneres. Der Blick aufs Wasser ging immer einher mit dem Blick in ihre Erinnerungen.

Mike Heiser hatte sich verpflichtet gefühlt, sie weiter für Heiser-

Moden laufen zu lassen, auch noch nach ihrem dreißigsten Geburtstag, schließlich war sie als Alisia Heiser zur Welt gekommen. Daran konnte sie sich zwar nicht erinnern, aber Mike machte sich immer klein, wenn er ihrer Mutter begegnete. So, als litte er unter Schuldgefühlen. Alisia hatte keine Ahnung, warum. Die Scheinehe der beiden war schließlich eine Abmachung gewesen, die Kari ihm selbst angeboten hatte. Mike brauchte sich also nicht verpflichtet und schon gar nicht schuldig zu fühlen. Eher umgekehrt. Für Mike war es ganz schön schwierig geworden, als Kari ein Kind mit dunkler Hautfarbe zur Welt brachte, das unmöglich von ihrem Ehemann stammen konnte. Sie hatte Alisia die ganze Geschichte irgendwann erzählen müssen, nachdem diese immer wieder nachgebohrt hatte. Tatsächlich war Alisia schockiert gewesen, als sie hörte, dass Kari in jungen Jahren oft Drogen genommen und nach einer Party bei Mike Heiser einen derartigen Filmriss gehabt hatte, dass sie nicht mehr wusste, mit wem sie in der Partynacht geschlafen hatte. Alisias Vater hatte es natürlich gewusst, war aber damals von Karis Ehe mit Mike Heiser überrumpelt worden und hatte seine Liebe zu ihr in sich eingeschlossen. Bis er erfuhr, dass Kari ihr Baby »Cappuccinchen« nannte, weil es kaffeebraune Haut hatte. Die Ehe, die Kari und Mike eingegangen waren, damit Mikes Homosexualität nicht ans Licht kam, war also bald darauf annulliert worden. Eigentlich musste keiner dem anderen einen Vorwurf machen, die Sache war geräuschlos über die Bühne gegangen. Und mittlerweile musste Mike zum Glück keine Nachteile mehr befürchten, weil er homosexuell war. Sein Outing vor Jahren hatte er sogar groß gefeiert.

Alisia zögerte kurz, als sie vom Autozug gerollt war. Eigentlich wäre sie gern auf direktem Weg ins *König Augustin* gefahren, aber besser war es vermutlich, erst den Besuch bei Mike zu machen. Dann hatte sie es hinter sich. Also fuhr sie durch Westerland, durch Wenningstedt und nach Kampen hinein. Mikes Anwesen befand sich auf der linken Seite zwischen Straße und Strand. Ein richtiges Filetstück, heute unbezahlbar. Schon nach wenigen Metern kam sie an einem Schlagbaum an, neben dem ein Security-Mann stand. Das hatte Mike beibehalten. Noch immer wurde er von der Sorge gequält, dass ein Unbefugter bei ihm eindrang. Der Mann warf nur einen kurzen Blick in ihr Auto, salutierte und öffnete die Schranke. Er kannte sie. Erst zwanzig, dreißig Meter weiter, nach einer sanften Kurve, war das Haus zu sehen, das von der Straße nur zu erahnen war. Ein Friesenhaus, natürlich mit Reetdach, aber so riesig, wie Friesenhäuser niemals waren. Die Auffahrt und der breite Eingangsbereich passten genauso wenig zu einem Friesenhaus.

Als Alisia ausstieg, öffnete sich schon die Eingangstür der Villa. Die Haushälterin erschien. Alisia ließ die Wagentür offen und reichte ihr den Autoschlüssel. »Können Sie sich bitte um Cleopatra kümmern?«

Alisia gehörte zu den wenigen, die nicht ins Haus geführt werden mussten. Sie hatte einmal den Namen Heiser getragen, gehörte damit gewissermaßen zur Familie und hatte andere Rechte. Außerdem kannte sie sich natürlich aus, während der Vorbereitungen auf große Modenschauen ging sie bei Mike ein und aus, und seine neuen Kollektionen probierte er immer direkt an ihrem Körper aus. Mit schnellen Schritten durchmaß sie die helle Diele und trat in einen Flur, der aus dem privaten Bereich wegführte in den Teil des Hauses, der Heiser-Moden vorbehalten war.

Mike erwartete sie in seinem Büro. Er sah schlecht aus, so krank, dass Alisia erschrak und Mühe hatte, es sich nicht anmerken zu lassen. In den letzten Wochen war es weiter mit ihm bergab gegangen. Aber noch gab er nicht auf, noch hielt er die Geschicke von Heiser-Moden fest in seinen Händen. Dabei hatte er längst für einen Nachfolger gesorgt, aber Franco Statti war Figurant geblieben und würde es bleiben, solange Mike noch den Weg ins

Büro und in sein Atelier schaffte. Aber da er die schriftliche Zusicherung erhalten hatte, Mikes Nachfolger und späterer Besitzer von Heiser-Moden zu werden, lehnte er sich nicht auf. Er wartete einfach ab. Zu Alisia hatte er einmal gesagt, dass so alles richtig sei. Er hätte Zeit, sich einzuarbeiten, und würde, wenn es so weit war, genau Bescheid wissen, wie die Firma zu führen sei.

»Wie geht's dir?«, fragte Alisia, obwohl sich die Frage erübrigte, so elend wie Mike aussah.

Er antwortete nicht, sondern winkte nur ab. »Parkinson ist nicht schön, aber ich habe eine Form, die langsam fortschreitet. Es könnte also noch eine Weile dauern, bis ich abkratze.«

Die Tür öffnete sich, eine Frau mittleren Alters trat ein. Sie trug ein graues Baumwollkleid und darüber eine weiße Schürze. Ohne Zweifel eine Pflegekraft.

»Entschuldigung«, sagte sie und blieb auf der Schwelle stehen. »Ich wusste nicht, dass Sie Besuch haben.«

Mike blickte nicht auf. »Blutdruck messen?«

»Ich komme später wieder.« Die Tür wurde hinter der Pflegekraft wieder ins Schloss gezogen, so leise, als verließe sie das Zimmer eines Schwerkranken.

»Schließlich bin ich in Pflegestufe vier gelandet«, erklärte Mike. »Was die Pflegeversicherung bezahlt, will ich auch haben.«

Alisia sah auf die Tür, als erwartete sie, dass sie sich noch einmal öffnete. »Sicherlich beschäftigst du noch mehr Pflegepersonal?«

»Natürlich! Insgesamt vier Schwestern. Eine davon wohnt im Gästehaus und steht ständig zur Verfügung, während die anderen nach Feierabend heimfahren. Aber Delia hat ein paar Tage Urlaub. Musste nach Hamburg wegen einer Familienangelegenheit. Du hast sie schon mal gesehen. Delia Berglund …«

Er strich über die Papiere auf seinem Schreibtisch, als wollte er sie glätten. Alisia wusste, dass er damit das Zittern seiner Hände verbarg, weil der Tremor nicht so stark auffiel, wenn sein Körper in Bewegung war.

Alisia starrte seine Hände an und versuchte, sie nicht zu sehen, sondern sich auf das zu konzentrieren, was sich in ihrem Kopf bewegte. Delia Berglund! Ja, jetzt wusste sie wieder, wo sie die Frau in dem Hotel schon einmal gesehen hatte. War das möglich? Was für ein seltsamer Zufall …

Sie ließ sich vor seinem Schreibtisch nieder, die langen, schlanken Beine in den schwarzen Lederleggings übereinandergeschlagen, die Absätze ihrer Stilettos in den weichen Teppich gebohrt. Sie öffnete die Knöpfe ihrer ebenfalls schwarzen Jacke und ordnete die vielen Ketten, die darunter zum Vorschein kamen. Dann strich sie sich über die raspelkurzen Haare, ihr Markenzeichen. Ihre Fingernägel waren knallrot lackiert, in der gleichen Farbe wie ihr Lippenstift, auf weiteres Make-up hatte sie verzichtet. Eine bildschöne Frau, eine Raubkatze auf zwei Beinen, so hatte es kürzlich in einer Zeitung gestanden, eine Frau, neben der die meisten anderen blass und unscheinbar aussahen. Es sei denn, sie waren blutjung …

Und da kam es auch schon. »Alisia, ich wollte mit dir über deine Zukunft sprechen. Du bist nun schon so lange das Gesicht von Heiser-Moden«, begann Mike, »und über dreißig. Ich muss aufpassen, dass aus meinem Label nicht die Mode für die reife Dame wird.«

5

März 2020, Sylt

»Wie bitte?« Kari starrte ihre Tochter an, als hätte sie nicht richtig verstanden.

Sie saßen an einem Tisch im Café *König Augustin*, direkt am Eingang zur Küche. Nicht der erste Tisch, den sich ein Gast ausgesucht hätte, deswegen war er zum Treffpunkt des Besitzers mit seinen Angehörigen geworden und wurde für Gespräche mit Mitarbeitern oder Geschäftspartnern genutzt. Immer noch in der Nähe des Geschehens, aber doch weit genug weg, um ungestört reden zu können. Vorsichtshalber prangte hier immer das »Reserviert«-Schild, damit kein Gast auf die Idee kam, sich doch einmal dort niederzulassen, wenn kein anderer Tisch mehr frei war. Hier konnte sich auch die berühmte *La Cappuccina* niederlassen, vorsichtshalber mit dem Rücken zu den anderen Tischen, ohne von Autogramm- und Selfiejägern gestört zu werden.

Unter Karis und Hajos Leitung hatte sich das Café verändert. Knut Augustin und Robert König hatten vor Jahren mit viel Bedacht eine Einrichtung gewählt, die sowohl den verwöhnten Gästen, die schon lange nach Sylt kamen, als auch den Gästen der Mittelschicht, die damals neuerdings Urlaub auf der Insel machten, gefiel. Die beiden Männer hatten sich für die Farben Weiß und Rot entschieden, frisch und anmutig, weiße Möbel, roter Teppichboden, weiße Tischdecken, rot bestickt. Nicht protzig, sondern gemütlich, das war ihre Devise gewesen. Olaf Rensing hatte alles so gelassen, wie sein Vater es entschieden hatte. Wenn etwas erneuert werden musste, dann nur innerhalb der von seinem Vater gesteckten Grenzen. Erst Kari und Hajo hatten das Rot und den weißen Schleiflack aus dem Café verbannt, hatten es in Beigetönen eingerichtet, mit sandfarbenen Teppichböden, hellen Holztischen, Leinendecken und Ton-in-Ton-Dekorationen.

Alisia drehte die kleine Vase mit den Schilfgräsern hin und her, während ihre Mutter noch immer mit ihrer Fassungslosigkeit zu kämpfen hatte. »Das kann doch nicht sein Ernst sein.«

Alisia seufzte. »Es ist seine Firma. Wenn er es so will ... ich kann damit leben.«

Kari schnappte nach Luft. »Du bist seit fünfzehn Jahren sein Topmodel. Das Gesicht von Heiser-Moden ...«

»Du sagst es, Mama. Seit fünfzehn Jahren! Das ist in diesem Geschäft eine irre lange Zeit.«

»Trotzdem kann er dich nicht einfach abservieren. Das schadet deinem Ruf.«

»Soll ich noch mit sechzig für ihn laufen?«

»Zumindest, solange er die Firma leitet.« Eine kurze Pause entstand, in der jeder daran dachte, dass Mikes Zukunft womöglich nur noch kurz war. Aber niemand sprach es aus.

»Und danach ... Franco Statti würde niemals auf die Idee kommen, eine andere dir vorzuziehen.«

Alisia war dankbar, als sich die Bürotür in der Nähe der Theke öffnete und ihr Bruder Constantin zu ihnen trat. Er warf einen Blick ins Café, ließ die Augen von einem Tisch zum anderen wandern, stellte fest, dass alles in Ordnung war, dass das Café gut besucht war und die Gäste zufrieden schienen. Dann erst setzte er sich zu Kari und Alisia. »Was gibt's?«

Alisia wollte nicht, dass ihr Besuch bei Mike Heiser vor Constantin ausgebreitet wurde. »Es ist wie früher«, lenkte sie ab und lächelte so lange, bis aus den Augen ihrer Mutter die Empörung gewichen war und Constantin nicht mehr auf einer Antwort auf seine Frage bestand. »Ich möchte nicht wissen, was an diesem Tisch schon alles besprochen wurde. Selten ging es in die Wohnung, immer musste das Café im Auge behalten werden. Das war schon bei Opa und Oma so.«

»Familientradition!« Nun lächelte Kari breit und blickte mit Stolz um sich. »Ihr seid die vierte Generation.« Sie hob die Finger und zählte ab. »Euer Urgroßvater Knut Augustin hat das *König Augustin* gegründet, zusammen mit seinem Freund Robert König. Er hat es Olaf hinterlassen, seinem unehelichen Sohn, meinem Adoptivvater …«

»… weil Opa damals verschwunden war«, warf Constantin ein, als wollte er verhindern, dass die Harmonie überhandnahm.

Aber Kari ließ sich nicht unterbrechen. »… und meiner Mutter, die es dann mit meinem Vater Arne weitergeführt hat.« Sie blickte ihre Kinder strahlend an und ließ dann den Blick auf Constantin ruhen. »Und jetzt bist du dran.«

»Oder ich«, meinte Alisia und stieß ihren Bruder mit dem Ellbogen an. »Wir könnten uns die Leitung auch teilen.«

Constantin kam nicht dazu, darauf etwas zu erwidern. Kari war schneller. »Du hast deine eigene Karriere, Alisia. Der liebe Gott hat dir deine Schönheit nicht gegeben, um sie hinter der Theke eines Cafés verkümmern zu lassen. Nein, du musst dich nicht fürs *König Augustin* aufopfern. Ich hatte damals keine Chance, ich war ja Einzelkind. Aber ihr beide …«

Alisia überging diesen Kommentar ihrer Mutter und stellte dabei fest, wie gut es ihr mittlerweile gelang, alle Untiefen von familiären Gesprächen zu umschiffen, und zwar bevor das Boot in Seenot geraten konnte, also noch ehe ein falsches Wort fallen oder eine unerwünschte Zukunftsvision beim Namen genannt werden konnte. »Ich muss dich mal wieder in deinem Atelier besuchen«, sagte sie zu ihrem Bruder. »Woran arbeitest du zurzeit?«

Constantins Miene erhellte sich. »An einem Nachttisch für

meine Wohnung. Ja, komm mal vorbei. Wenn du was Ausgefallenes für dein Apartment brauchst, ich baue es dir.«

Kari sah voller Stolz von einem Kind zum anderen. »Ein wirklich hübsches Hobby, Constantin! Das ist wohl das Erbteil deines Urgroßvaters.«

Constantin nickte. »Oma hat heute Morgen noch von ihren Eltern gesprochen. Sie meinte, wir sollten in Riekenbüren mal wieder einen Besuch machen.«

Hajo Keller, der gerade an den Tisch trat, umarmte Alisia von hinten, klopfte Constantins Schulter und setzte sich zu ihnen. »Familiengespräche?«

»Stell dir vor«, wandte sich Kari an ihren Mann, »was Mike gesagt hat …«

Alisia unterbrach ihre Mutter. »Ich fahre jetzt erst mal in meine Wohnung. Koffer auspacken, Wäsche waschen … vor allem muss Cleopatra aus ihrem Korb raus und sich bewegen.«

Die Katze schlief auf dem Rücksitz von Alisias Auto. Die Stunde in Mike Heisers Garten war aufregend für sie gewesen. Krabbelnde Käfer, schwirrende Insekten, dichtes Gebüsch und feuchten Rasen erlebte sie nicht oft. Eine huschende Maus hatte sie derart erschreckt, dass sie, als Alisia sich von Mike verabschiedet hatte, gern wieder in ihren Katzenkäfig gekrochen war, um sich von den Abenteuern zu erholen und ihre Sicherheit in Frauchens Nähe zu genießen.

Alisia stand auf. »Bis später.«

Während sie zu ihrem Auto ging, das hinter dem Haus stand, wo sie nicht gesehen und belästigt werden konnte, dachte sie darüber nach, wie diese Familiengespräche mittlerweile abliefen. Immer im Zickzackkurs! Ihre Mutter versuchte, das Schicksal ihrer Kinder in die Richtung zu lenken, die ihrer Meinung nach die beste war, und musste gelegentlich daran erinnert werden, dass Alisia und Constantin erwachsen waren und eigene Vorstellungen vom Leben hatten. Constantin musste unterbrochen werden, wenn er von der Arbeit in seinem Atelier sprach, damit nicht der Verdacht entstand, sie wäre ihm wichtiger als seine Arbeit im *König Augustin.* Alisia selbst machte möglichst keinen Versuch, von ihren Zukunftsträumen zu reden, um ihre Mutter nicht zu verstören. Und ihr Vater? Er tat alles, um es Frau und Kindern recht zu machen, jedem einzelnen Familienmitglied zu helfen, dorthin zu kommen, wo es sein wollte. Aber er schaffte es selten, die jeweils anderen Interessen an der richtigen Stelle einzuordnen, sodass alle Wünsche und Hoffnungen ohne zu knirschen ineinandergriffen. Alisia fragte sich oft, ob auf diese Weise nicht seine eigenen Wünsche auf der Strecke blieben.

6

März 2020, Sylt

LINDA KÖNIG HATTE sich gefreut, als Alisia in ihre Nähe zog. Manchmal war sie sogar bereit, sich um Cleopatra zu kümmern, wenn Alisia länger unterwegs war, und Chris hatte dann nichts dagegen, dass das Katzenkörbchen in seinem Atelier aufgestellt wurde. Die Penthauswohnung, die Alisia bezogen hatte, lag in einem Hinterhaus, ebenfalls auf der Berthin-Bleeg-Straße, in der auch das Haus stand, das Chris Reineit mittlerweile gehörte, mit einem großen Atelier im Garten. Linda war der Meinung gewesen, Alisia müsse nach Kampen ziehen, sich dort ein kleines reetgedecktes Haus kaufen, am besten in Mike Heisers Nähe, das Geld habe sie doch. Aber Alisia hatte klar gesagt, dass sie das Unauffällige vorzog und sich gern dort verbarg, wo niemand sie vermutete. Ihre Wohnung war zwar durchaus komfortabel, aber das Haus, in dessen erster und zweiter Etage sie lag, sah sehr unscheinbar aus. Dort vermutete niemand ein so erfolgreiches Model, und genau deshalb hatte sie sich für dieses Haus entschieden. Die Eigentümer, denen auch das Vorderhaus gehörte, das sie an einen Versicherungsmakler vermietet hatten, waren echte Friesen, redeten wenig und fanden gesellschaftliche Kontakte überflüssig. So war Alisia Keller davor geschützt, dass sich schnell herumsprach, wo sie lebte. Leute mit gezückten Handys hatte sie jedenfalls noch nie vor ihrer Haustür angetroffen. Auch Linda musste irgendwann zugeben, dass Alisia dort besser aufgehoben war als in Kampen, wo Prominente vermutet und schnell aufgespürt wurden.

Linda hatte einen Termin in der Wohnung, die ihr Vater Robert König zu Lebzeiten bewohnt hatte. Nach seinem Tod war sie vermietet worden. Linda hatte nichts gegen den regelmäßigen monatlichen Mietzins einzuwenden, aber dass sie als Vermieterin auch Pflichten hatte, gefiel ihr weniger. Sie war nun schon über siebzig, bisher war es ihr gelungen, ohne Arbeit ein gutes Leben zu führen. Nun plötzlich sollte sie sich um Handwerker kümmern, weil die Mieter sie wegen einer defekten Heizung am Vormittag aus dem Schlaf klingelten? So hatte Linda sich das nicht gedacht. Ihr Vater hatte eigentlich dafür gesorgt, dass sie bis zum Lebensende keine finanziellen Probleme, dass sie im Gegenteil für jeden Komfort genug Geld zur Verfügung haben würde. Schon seit Längerem war Linda versucht, die Wohnung ihres Vaters zu verkaufen, statt sie zu vermieten, um sich die ganze Arbeit zu sparen. Immer war irgendwas. Sie sollte sich eine zersprungene Fliese in der Küche anschauen, die ausgewechselt werden musste. Die Wasseruhr im Keller schien defekt. Waren die von allen guten Geistern verlassen? »Ich werde den Mietern sagen, sie können die Wohnung kaufen.«

Chris fand es jedoch wirtschaftlicher, sie zu behalten und das Vermögen arbeiten zu lassen. »Die Immobilien auf Sylt werden immer teurer«, argumentierte er. »Und du solltest froh sein, dass du eine Aufgabe hast. Willst du es wirklich Arbeit nennen, ein Inserat aufzusetzen, einen Mietvertrag auszufertigen, den Interessenten die Wohnung vorzuführen und dafür zu sorgen, dass ihre Heizung und das fließende Wasser funktionieren?«

Ja, das war unbedingt Arbeit! Linda war empört, dass ihr Freund das anders sah. »Ich kenne mich mit so was nicht aus!«

»Dann beschäftige dich damit, so schwer ist das nicht.«

Linda fühlte sich unverstanden, nörgelte herum, kritisierte Chris' Arbeit, fand das Atelier zu kalt, verlangte, dass er den Kaminofen anheizte, und schimpfte über die Putzfrau, die nicht gut gearbeitet hatte.

Schließlich legte Chris den Pinsel zur Seite. »Lass mich in Ruhe arbeiten, Linda. Du raubst mir hier den letzten Nerv. Ich muss arbeiten.« Er sah auf die Uhr. »Dein Termin ist um elf. Es spricht nichts dagegen, pünktlich zu sein.«

Das war ja wohl der Gipfel! Linda griff aufgeregt nach ihrem Mantel, warf ihn über und rauschte hinaus. Ihre eigene Wohnung lag zum Glück nicht weit entfernt. Immer wieder gab es diese Gelegenheiten, bei denen sie froh war, dass sie ihre Wohnung nicht aufgegeben hatte. Meist war sie zwar bei Chris, aber dennoch wollte sie ihre Eigenständigkeit nicht ganz und gar aufgeben. Die Wohnung ihres Vaters hatte sie nach seinem Tod vermietet, diese zusätzliche Einnahme gefiel ihr gut, wenn sie sie auch nicht nötig hatte.

Sie überlegte gerade, ob sie Chris damit strafen sollte, sich eine geschlagene Woche nicht mehr in seinem Atelier blicken zu lassen, da sah sie Alisias Auto vorfahren. Sie wartete am Straßenrand, bis Alisia ausgestiegen war, und erfuhr, dass sie mal wieder Station auf Sylt machte. Leider lud sie Linda nicht zu einem Glas Champagner ein, sie war müde und musste angeblich noch mehrere Telefongespräche führen. »Beruflich.«

Linda stöhnte auf und erwähnte, dass auch sie beruflich unterwegs sei. »Anstrengende Mieter! Lästig, so was.«

»Wir sehen uns später.« Alisia verschwand im Haus, Linda machte auf dem Absatz kehrt und ging ins Atelier zurück. Die Mieter konnten warten. Sie war bereit, über Chris' Unverschämtheiten hinwegzusehen, damit sie ihm erzählen konnte, dass sie Alisia getroffen hatte. »Sie sah mal wieder atemberaubend aus.«

Chris stand an seiner Staffelei, den Pinsel vorgestreckt, er tupfte, trat zurück, tupfte wieder und trat noch weiter zurück, um die Korrektur auf sich wirken zu lassen. Er schien unzufrieden zu sein.

»Dabei ist sie schon über dreißig«, murmelte er geistesabwesend, als ihm einfiel, dass Linda etwas gesagt hatte und sicherlich eine Antwort von ihm erwartete. »Das sieht man ihr nicht an.«

»Dreißig«, wiederholte Linda verächtlich. »Da ist es leicht, gut auszusehen.«

Sie wartete darauf, dass Chris ihr sagte, Linda sähe mit über siebzig auch noch verdammt gut aus, aber er war nicht recht bei der Sache. Normalerweise wusste er, wie er mit ihr umgehen musste, damit ihr Zusammenleben harmonisch war, aber an diesem Tag war er so intensiv mit seinem Gemälde beschäftigt, dass er unaufmerksam geworden war.

»Ich glaube, sie sieht auch deshalb gut aus, weil sie ein erfülltes Leben hat. Ein Beruf tut jedem Menschen gut.«

Linda sah ihn entgeistert an. »Was sagst du da? Eine Kassiererin im Discounter bleibt attraktiver, weil ihr der Beruf guttut?«

Chris schüttelte ärgerlich den Kopf. »Ich meine natürlich einen Beruf, der Berufung ist, der dich ausfüllt, nicht nur dafür da ist, den Lebensunterhalt zu sichern. Ein Beruf, der dich täglich fordert, der den Geist wachhält, der dich zwingt, jung zu bleiben.« Er starrte auf die Staffelei, den Pinsel erhoben, ließ ihn aber schweben und näherte sich der Leinwand nicht. »Ich mag mir nicht vorstellen, was aus mir geworden wäre, wenn man mich gezwungen hätte, mein Geld als Postbeamter zu verdienen, statt meiner Berufung nachzugehen.«

»Du bist ein Mann!« Linda ließ sich auf das Sofa sinken, den Termin mit ihren Mietern hatte sie längst vergessen. Sie bemühte sich um eine aufreizende Sitzhaltung und ließ ihre Beine blicken, die noch immer schlank und gut proportioniert waren. Heimlich öffnete sie den oberen Knopf ihrer Bluse, obwohl sie wusste, dass ihr Dekolleté nicht mehr dasselbe war, das Chris früher regelmäßig von der Staffelei weggelockt hatte.

Diesmal blickte er sie nicht einmal an. »Du klagst so oft über das Alter, Linda. Du würdest gar nicht über Krähenfüße und

Kniebeschwerden nachdenken, wenn du etwas Sinnvolles zu tun hättest. Wenn du dich gern für etwas engagieren würdest! Wenn du Geld ausgeben könntest, das du selbst verdient hast!«

Linda war sprachlos. »Willst du damit sagen?«, fragte sie leise, »ich bin langweilig geworden, weil ich eine Frau ohne Beruf bin?«

Noch immer war sein Blick auf das Gemälde gerichtet, nach wie vor sah er Linda nicht an. »Natürlich würde ich nicht wagen, es so auszudrücken. Du kannst ja selbst mal überlegen, ob da was dran ist.«

Linda spürte Zorn in sich brodeln. »Das ist ja …«

»Vergiss deinen Termin nicht. Du wirst zu spät kommen.«

Sie sprang auf, stellte sich neben ihn und betrachtete wie er das Bild auf der Staffelei. Mühsam blieb sie ruhig, am liebsten hätte sie eine Schere genommen und sein Werk zerfetzt. Diesen schrecklichen Beruf, dem er sich täglich mehrere Stunden widmete und sie während dieser Zeit manchmal vergaß. Berufung? Linda wollte unbedingt darüber lachen. Aber es gelang ihr nicht. »Bilde dir nicht zu viel ein auf deine sogenannte Berufung. Deine Bilder werden längst nicht mehr so hoch gehandelt wie am Anfang. Diese gegenständliche Malerei will doch niemand mehr. Abstrakte Kunst ist heute gefragt. Aber was machst du? Du malst das 137. Bild mit Nordseewellen und Strandhafer.« Nun endlich drehte er sich zu ihr um. Sie sah sofort, dass sie zu weit gegangen war, dass sie ihn verletzt hatte. »Ist doch wahr! Deine Bilder sind längst nicht mehr so viel wert wie früher. Du bekommst nur noch die Hälfte dessen, was du anfänglich kassiert hast.«

Seine Stimme hatte einen Klang, den sie nicht kannte, leise, geradezu gefährlich leise. »Das sagt mir jemand, der selbst noch nichts auf die Beine gestellt hat? Jemand, der wie die Made im Speck lebt, den andere ihr hingeworfen haben?« Er schien mit einem Mal Freude daran zu haben, sie mit dem zu konfrontieren, was offenbar schon länger in ihm gärte. »Früher hast du mit deiner

Schönheit vieles wettmachen können. Aber sicherlich hast du längst gemerkt, dass es mit der Schönheit vorbei ist. Und was bleibt nun übrig?« Er machte einen Schritt auf sie zu, und sie wich zurück, als erwartete sie einen tätlichen Angriff. »Eine gelangweilte Frau, die nichts anderes kann, als Geld auszugeben, das sie selbst nicht verdient hat. Attraktiv ist das nicht, Linda, das kannst du mir glauben.«

Sie schnappte nach Luft, öffnete den Mund, aber es fiel ihr nichts ein, was sie darauf entgegnen konnte.

7

März 2020, Sylt

Franco Statti war ein typischer Italiener, jedenfalls optisch. Schwarzhaarig und glutäugig, mit einer Haut, als hätte er sich ausgiebig gesonnt, mit ausgeprägtem Modebewusstsein, immer nach dem letzten Schrei gekleidet, stets sehr gepflegt und meist kurz vor der Grenze, hinter der die Geschmacklosigkeit lauerte. In seinem Wesen war er dagegen beinahe friesisch, sehr ruhig, leise, wortkarg und langsam. Deswegen verstand er sich auch sehr gut mit Mike Heiser, der einen temperamentvollen, lauten Mitarbeiter nicht hätte ertragen können. Als Franco Statti zu Mikes rechter Hand wurde, hielt man ihn ebenfalls für schwul, er schien nicht nur Geschäfts-, sondern auch Lebenspartner zu sein. Aber es stellte sich schnell heraus, dass diese Annahme aus dem Vorurteil entstanden war, Männer, die an Mode interessiert waren, müssten homosexuell sein. Nach einem stürmischen Verhältnis mit der Frau eines Kampener Hoteliers und einer von der Öffentlichkeit interessiert verfolgten On-off-Beziehung mit einer bekannten Schauspielerin hatte sich dieser Verdacht schnell in Luft aufgelöst. Insider wussten überdies, dass er seit Monaten unsterblich in *La Cappuccina* verliebt war, was der Regenbogenpresse bisher zum Glück verborgen geblieben war.

»Du hast es ihr wirklich gesagt?« Franco saß in Mikes Büro und betrachtete ihn kopfschüttelnd. »Wenn sie das an die große Glocke hängt, bist du der bitterböse Macho, der die Frauen, wenn sie älter werden, aussortiert.«

»Du hast gehofft, ich würde zögern, bis ich den Löffel abgebe? Damit du Alisia beschäftigen kannst, bis sie grau und krumm ist?« Mike setzte das feiste Grinsen auf, das er sich gern erlaubte, seit er wusste, wie gezählt seine Tage waren. »Du kannst sie ja zurückholen, wenn du meine Nachfolge angetreten hast.«

Es klopfte an der Tür, die Haushälterin schaute ins Zimmer. »Besuch für Sie, Herr Heiser. Frau Keller möchte Sie sprechen.«

Mike runzelte die Stirn und gab ihr einen Wink, dass sie Kari Keller hereinführen dürfe.

Franco erhob sich, aber Mike schüttelte den Kopf. »Du bleibst.«

Franco begrüßte Kari mit Bussibussi, während Mike sitzen blieb und Kari nur mit einem Kopfnicken empfing. »Was gibt's?«

Kari sah ihn ohne ein Lächeln an. »Ich muss dich unter vier Augen sprechen.« Sie trug ein helles Kostüm, mit einem kurzen Rock. Er taxierte sie kurz von Kopf bis Fuß, wie er es immer tat, wenn er einer Frau gegenüberstand, die immerhin so gut angezogen war, dass er ihre Kleidung einer Begutachtung unterzog. Kari sah gleich, dass sie durchgefallen war. Mike gefiel ihr kurzer Rock augenscheinlich nicht. Aber es war ihr egal.

»Privat oder geschäftlich?«, fragte er.

»Beides«, antwortete Kari.

Franco hatte sich schon zur Tür begeben, aber Mike versuchte noch einmal, ihn zurückzuhalten. »Signore Statti ist mein Stellvertreter, demnächst mein Nachfolger. Vor ihm habe ich keine Geheimnisse.«

»Das glaube ich nicht«, antwortet Kari kühl und blickte Mike so lange an, bis er Franco mit einem Kopfnicken zu verstehen gab, dass er nicht bei diesem Gespräch dabei sein müsse. Als sich die Tür hinter dem Italiener geschlossen hatte, war Karis Blick noch kühler geworden, ihre Haltung noch aufrechter. Mike Heiser spürte, dass etwas Unangenehmes auf ihn zukam. »Du behandelst meine Tochter nicht wie irgendein x-beliebiges Model«, sagte sie langsam und betonte dabei jede Silbe. »Alisia wird das Gesicht von Heiser-Moden bleiben, sonst …« Sie warf einen Blick Richtung Tür, hinter der Franco gerade verschwunden war, und verstummte.

»Sonst?« Mike versuchte, provokant zu klingen, obwohl er wusste, dass es vermutlich besser war, sich kooperativ zu zeigen.

»Sonst erfährt die Öffentlichkeit, wie du mit ihr umgegangen bist, nachdem sie auf die Welt gekommen war.«

Sie wagte es tatsächlich, mit dieser alten Geschichte zu kommen? »Das glaubt dir kein Mensch«, stieß er hervor. »Außerdem lasse ich mich nicht erpressen.«

»Das ist deine Entscheidung«, kam es kühl von Kari zurück. »Dass mir kein Mensch glauben wird, nehme ich jedoch nicht an. Ich gehe davon aus, dass ich nicht einmal Beweise erbringen muss. Wenn ich der Presse erzähle, dass du Alisias Ermordung in Auftrag gegeben hast, ist dein Ruf ruiniert.«

»Das würdest du tun?« Mike starrte Kari mit offenem Mund an.

Kari behielt ihn fest im Auge. »Für meine Tochter würde ich alles tun. Das weißt du doch.«

Mike versuchte, uninteressiert zu wirken. »Und du weißt, dass ich nicht wieder gesund werden kann. Mit solchen Skandalgeschichten werde ich mir nicht meine letzten Tage vergiften.«

»Das wirst du dann müssen«, gab Kari zurück. »Ich glaube auch nicht, dass es dir egal ist, wie es mit deinem Ruf bestellt ist, wenn du abtrittst.« Erneut warf sie einen Blick zur Tür, hinter der Franco Statti verschwunden war. »Ganz abgesehen davon, dass dein Nachfolger dann womöglich unter den Folgen zu leiden hat.«

»Es gibt keine Beweise.« Mühsam stand Mike auf, seine rechte Hand, die er sonst immer in die Jackentasche steckte, damit das Zittern nicht auffiel, bebte und zuckte über der Schreibtischplatte. »Wie gesagt, ich lasse mich nicht erpressen.«

Kari erhob sich lächelnd und blieb stehen, Auge in Auge, Stärke und Gesundheit gegen Schwäche und Krankheit, Macht gegen Schuld, Unanfechtbarkeit gegen Unrecht. »Ich bin sicher, du wirst es dir noch mal überlegen.«

8

März 2020, Riekenbüren

Am Abend waren alle Möbel ins Haus gebracht worden, Lutz Jacobson erschien bei Hasso und Halina und meldete, dass der Einzug bewältigt worden sei. Er war ein Mann von Mitte fünfzig, mit grauen, struppigen Haaren, einem schmalen, wettergegerbten Gesicht und einem Körper, dem anzusehen war, dass er an harte Arbeit gewöhnt war. Bisher hatte er in einer Schreinerei in der Nähe von Stuttgart gearbeitet, hatte aber seiner Frau versprechen müssen, in deren Heimat zurückzukehren, sobald sich eine Gelegenheit bot. Ria Jacobson stammte aus Bremen, hatte sich in Schwaben nie wohlgefühlt und, seit sie krank geworden war, immer öfter davon gesprochen, dass sie zurück in die Heimat wollte.

»Sie hat eine chronischen Lungenerkrankung«, erklärte Lutz Jacobson. »Zwar hat sie mit dem Rauchen aufgehört, aber ob das noch was bringt …?«

Diese Frage ließ er im Raum stehen. Seine bedrückte Miene verriet, dass er sich große Sorgen um seine Frau machte. Als Hasso und Halina mit ihm in die Wohnung gingen, die sie vor Kurzem noch selbst bewohnt hatten, fanden Sie Ria Jacobson auf dem Sofa liegend vor. Sie sah blass und erschöpft aus und rang nach Luft. Aber als sie Hasso und Halina sah, stand sie auf, obwohl beide ihr zuredeten, liegen zu bleiben und sich auszuruhen. Die drei Kinder kamen herein, die schon gelernt hatten, dass die Mutter Schonung brauchte. Sie erboten sich, Hasso und Halina durchs Haus zu führen, damit sie sich ansehen konnten, wie sie es eingerichtet hatten.

Tim Jacobson war trotz seiner erst siebzehn Jahre ein beinahe zwei Meter großer Kerl, aber mit dem Gesicht eines kleinen Jungen. Um durch alle Türen zu kommen, hatte er sich angewöhnt, gebeugt zu gehen, und sah nun von hinten aus wie jemand, der schon viele Jahre schwerer Arbeit hinter sich hatte. Zu diesem Eindruck passte auch seine Kleidung, die immer gleich war. Dunkle Hosen, dunkle Jacken, Holzfällerhemden. Alles so, als müsste es dringend in die Waschmaschine, selbst dann, wenn er es morgens frisch angezogen hatte. Seine ein Jahr jüngere Schwester Gina war spindeldürr und kleidete sich jeden Tag so, als ginge sie zu einer Party. Knallenge Jeans, ein Top, das sowohl ihren gepiercten Bauchnabel als auch den Ansatz ihrer nicht nennenswerten Brüste freilegte, ein dick gepudertes Gesicht und dichte Büschel falscher Wimpern. Ihre Lippen waren stets grell geschminkt. Vorsichtshalber trug sie ständig einen Lippenstift bei sich, damit sie immer, wenn sie das Rot an einem Glas, einer Tasse, der Wange ihres Vaters oder den Lippen eines Klassenkameraden hinterlassen hatte, sofort wieder für den gewünschten Ursprungszustand sorgen konnte. Die Jüngste der Familie, erst zwölf Jahre alt, eiferte beiden Geschwistern gleichzeitig nach. Wie Tim trug auch Jana am liebsten Klamotten, die den Namen Kleidung nicht verdienten, und wie Gina klebte sie sich Wimpern an, die aussahen, als müsste das Öffnen der Lider ein Kraftakt für sie sein.

Halina war froh, dass ihr nicht gefiel, wie die Jacobsons sich eingerichtet hatten, so wurde sie von Wehmut verschont. Sie mochte die Möbel nicht, von denen kein Stück zum anderen passte, bekam eine Gänsehaut, als sie die schrecklichen Gemälde sah, die noch an den Wänden lehnten, aber demnächst aufgehängt werden sollten, und war entsetzt, als sie hörte, dass die Fenster mit dichten Gardinen zugehängt sein würden, wenn alles fertig war. Schwere, grobe Spitze und darüber labskausfarbene Veloursvorhänge. Dass ihr liebevoll gepflegtes Parkett demnächst unter hässlichen Teppichen und Läufern verschwinden würde, machte Halina zu schaffen, und Hasso schluckte, als er von den Plänen hörte, einen Teil der Schreinerei abzutrennen, um daraus einen Partyraum für die Kids zu machen. Lutz Jacobson erklärte umständlich mit einigen pädagogischen Fachausdrücken, die auswendig gelernt klangen, er wolle nicht riskieren, dass seine Kinder woanders als unter seiner Aufsicht feierten. Er war sicher, einen Trick gefunden zu haben, dass die drei weder jemals volltrunken ins Bett fallen noch unter Drogeneinfluss Dummheiten machen oder sich in einem Gebüsch einem sexuellen Abenteuer hingeben würden, was ja vornehmlich und besonders oft auf einem langen Nachhauseweg geschah. Wenn er von Basiskompetenzen und Situationsansätzen redete, ohne glaubhaft machen zu können, dass er wusste, wovon er sprach, schaute er immer Nicole an, als käme es ihm vor allem auf ihre Zustimmung an. Aber Nicole sah ihn nur schweigend an und ließ nicht erkennen, was sie von seinen erzieherischen Maßnahmen hielt.

»Die Kinder wollten unbedingt in Stuttgart bleiben«, erzählte er, als sie wieder an der Eingangstür angekommen waren. »Ein Dorf in Norddeutschland? Ohne Kino und ohne Jugendtreff?« Er lachte, obwohl zu erkennen war, dass es nicht leicht für ihn sein konnte, einerseits die Bedürfnisse seiner Frau zu erfüllen und andererseits den Kindern zu geben, was sie brauchten. Seine eigenen Wünsche blieben dabei vermutlich auf der Strecke. »Vor allem Gina wollte nicht nach Riekenbüren.« Er betrachtete sie mit naivem Vaterstolz. »Aber dann hat sie einen Artikel in einer Zeitschrift gelesen.«

Gina hörte auf, an ihren Piercings herumzudrehen. »Die Familie von *La Cappuccina* soll aus Riekenbüren kommen.« Sie sah die drei Hefliks an, als hielte sie es für möglich, dass diese Dorfdeppen nicht wussten, von wem die Rede war, selbst wenn der Promi, um den es ging, in ihrer Mitte wohnte. »Das Supermodel! Ihre Oma soll hier aufgewachsen sein.«

Hasso grinste. »Die Oma ist meine Schwester und *La Cappuccina* meine Großnichte.«

Nicole, die bis zu diesem Augenblick nicht viel gesagt hatte, schien auch einmal etwas beitragen zu wollen. »Vielleicht kommt sie bald mal wieder zu Besuch.«

Die Verblüffung hielt lange an. Dann aber zerriss Gina mit einem Schrei die kurze Sprachlosigkeit. Frau Jacobson fuhr von ihrem Ruhelager hoch, ihr Mann geriet ins Schwanken, griff Halt suchend ins Leere und wurde kurz vor einem Sturz in eine Stehlampe, für die noch kein Platz gefunden worden war, von Hasso aufgefangen. Halina und Nicole starrten Gina an, als zweifelten sie an ihrem Verstand.

»Hier? Zu Besuch?«, kreischte Gina und drehte sich wie ein Brummkreisel. »Ich werd' wahnsinnig.« Mit diesen Worten lief sie nach draußen, vermutlich auf der Suche nach jemandem, der nicht erwachsen war und der ermessen konnte, was es bedeutete, fortan in einem Haus zu leben, in dem *La Cappuccina* demnächst zu Besuch erwartet wurde.

Lutz Jacobson hatte sich wieder gefangen. »Du meine Güte! Dieses Model ist ihr Idol. Sie will unbedingt so werden wie sie. So dünn, so schön und so erfolgreich. Sie ist regelrecht besessen …«

9

März 2020, Sylt

In Alisias Wohnung war alles hell. Die Wände, der Fußboden, die Ledersofas, die Vorhänge und kleinen Teppiche und sämtliche Bilderrahmen. Die Kissen und die Decke, die auf einem Sessel lagen, waren schneeweiß. So wie der flauschige Bademantel, den Alisia nach dem Aufstehen angezogen hatte. Sie ging in die Küche, stellte den Kaffeeautomaten an und kochte sich einen doppelten Espresso. Mit dem Becher in der Hand ging sie ins Wohnzimmer und stellte sich ans Fenster. Sie hielt das Gesicht über den aufsteigenden Wrasen und genoss die feuchte Wärme auf ihrer Haut. Dann griff sie in die Tasche ihres Bademantels, zog ihr Telefon heraus und holte eine Nummer aus dem Speicher, die sie schon am Vortag gewählt hatte.

Zum Glück meldete sich dieselbe Krankenschwester, mit der sie bereits gesprochen hatte. »Die Schwester von Herrn Wiemann? Heute können Sie mit ihm sprechen. Moment …«

Alisia hörte murmelnde Stimmen, die lockende der Schwester, die ablehnende eines Mannes, dann schließlich Geraschel und eine barsche männliche Stimme. »Lea? Woher weißt du, dass ich hier bin?«

Sie hatte sein Gesicht vor Augen, als sie antwortete: »Hier ist nicht Ihre Schwester. Sorry, dass ich gelogen habe. Aber … ich wollte Sie sprechen.«

»Warum? Wer sind Sie?«

»Ich heiße Alisia Keller.« Sie zögerte kurz, aber zum Glück kam keine Reaktion auf ihren Namen. Er schien sie nicht zu kennen. »Ich kam gestern zufällig an Ihrem Zimmer vorbei, als Sie …«

Er ließ sie nicht aussprechen. »Sie waren das?« Er zögerte. »Ihr Name kommt mir bekannt vor. Kennen wir uns?«

»Nein«, gab Alisia schnell zurück.

»Sie haben mich aus dem Wasser gezogen?«

Alisia nickte, merkte, wie unsinnig das war, und presste schließlich ein »Ja!« heraus.

Sie rechnete damit, dass am anderen Ende aufgelegt wurde. Aber das geschah nicht. Es blieb still, eine Weile, dann hörte sie wieder Geraschel und schließlich erneut die Frage: »Warum?«

»Also, meine Katze …« Sie berichtete hastig, weil sie das Gefühl hatte, er könnte jeden Augenblick verärgert das Gespräch beenden; wie Cleopatra durch den geöffneten Türspalt gehuscht war und sie versucht hatte, die Katze unauffällig aus dem fremden Hotelzimmer herauszuholen. »Da habe ich Sie gesehen. Durch die geöffnete Badezimmertür.«

»Und jetzt erwarten Sie, dass ich mich bei Ihnen bedanke.«

Alisia erschrak. »Nein, ich wollte nur … ich möchte nur wissen, wie es Ihnen geht.«

»Prima. Danke.«

»Wann werden Sie entlassen?«

»Morgen.«

»In Ihre Wohnung?«

»Ja, klar.«

»Leben Sie allein?«

»Ja.«

»Aber …«

»Hören Sie«, unterbrach er sie. »Die Psychologen haben mich schon genug ausgehorcht. Und sie sind zu der Überzeugung gekommen, dass man mich allein lassen darf. Okay?«

»Also gut. Ich meinte ja nur …«

»Klar, Sie meinen es gut. Und ich bedanke mich nochmals.« Seine Stimme wurde unvermittelt weicher und freundlicher. »Sorry, ich sollte nicht so barsch mit Ihnen reden. Sie haben mir das Leben gerettet. Und eigentlich …« Er zögerte, dann fuhr er beherzt fort: »Eigentlich bin ich ganz froh darüber.«

»Sie werden es nicht noch einmal versuchen?«

»Nein, ganz sicher nicht.«

Das Gespräch war jetzt beendet, Alisia hätte noch ein paar Floskeln anfügen und dann auflegen können. Aber es gelang ihr nicht. Ihm offenbar auch nicht. Sie hörte ihn atmen, im selben Rhythmus, wie sie selbst atmete.

Er war schließlich der Erste, der wieder sprach. »Ich kann mich noch genau an Ihr Gesicht erinnern«, sagte er, und nun klang seine Stimme so liebenswürdig, als wäre er ein Reporter, der sie interviewen wollte. »Sie sind verdammt hübsch.«

»Danke.« Das Kompliment bedeutete ihr nichts, aber Alisia war froh, dass dadurch das Gespräch fortgesetzt werden konnte. Sie wollte sich einfach nicht von seiner Stimme trennen, die dunkel und weich war, ein bisschen kratzig, aber selbst als er unfreundlich mit ihr gesprochen hatte, doch ihren Wohlklang nicht verloren hatte. Und dann war da noch immer sein Gesicht vor ihren Augen, sein Blick, der so unglücklich gewesen war, so herzzerreißend trostlos.

»Wo wohnen Sie?«

Nun lachte er leise. »Wollen Sie mich etwa besuchen? Nachsehen, ob ich noch lebe? Kontrollieren, ob ich es kein zweites Mal versucht habe?«

»Warum nicht?«

»Ich fühle mich geehrt, wenn mich eine so schöne Frau besucht. Übrigens … Sie sind mir bekannt vorgekommen. Kann es sein, dass wir uns schon mal begegnet sind?«

»Nein, das wüsste ich.« Nun sagte Alisia etwas, was sich vorher noch nicht in ihrem Kopf formiert hatte: »Warum wollten Sie sich umbringen? Was ist so Schreckliches passiert, dass Sie nicht mehr leben wollten?«

»Was fällt Ihnen denn als Erstes ein?«

»Liebeskummer?«

»Bingo.«

»Eine Frau, die mit Ihnen Schluss gemacht hat?«

»Noch mal Bingo.«

»Und jetzt?«

»Jetzt kann ich ihr nicht mal ein schlechtes Gewissen machen. Das wäre ihr sicher gewesen, wenn ich mich ihretwegen umgebracht hätte.«

Alisia hatte noch nie mit einem Lebensmüden gesprochen, sie wusste nicht, in welchem psychischen Zustand sich ein Mensch befand, der sich umbringen wollte. Konnte sie seiner saloppen Rede glauben? Oder fiel sie jetzt auf jemanden herein, der dafür sorgen wollte, dass sie ihm nicht noch einmal in die Quere kam? »Man hat Ihnen hoffentlich psychologische Betreuung angeboten.«

»Brauche ich nicht. Der Seelenklempner, der hier für mich zuständig ist, hat klar erkannt, dass ich es kein zweites Mal versuchen werde.«

Alisia war empört. »Wie ist das möglich? Er muss doch …«

»Lassen Sie's gut sein«, unterbrach er sie. »Sie brauchen sich wirklich nicht mehr um mich zu kümmern. Alles ist okay.«

Alisia dachte an die Frau, die Delia hieß. Ihretwegen hatte er sich umbringen wollen. Und sie hatte kurz nach seinem Selbstmordversuch gesagt, dass es noch etwas viel Schlimmeres für ihn gab als ihre verlorene Liebe zu ihm. »Das wird ihn vernichten.« Dieser Satz des Mannes, mit dem Delia in dem Hamburger Hotel gesprochen hatte, klang noch in Alisias Ohren. Es würde also noch schlimmer kommen. Aber das wusste nur sie. Der Psychologe, der mit ihm gesprochen hatte, war ahnungslos.

»Wie heißen Sie?«, fragte sie.

»David.«

David Wiemann also. »Ein schöner Name.«

Er stieß etwas aus, was wohl ein Lachen sein sollte. »Wie lange wollen Sie noch mit mir Konversation machen?« Er räusperte sich und rückte seine Stimme zurecht. »Also noch mal: Danke, dass Sie mich gerettet haben.«

Es klickte in der Leitung, das Gespräch war beendet.

»David Wiemann«, murmelte Alisia. Und noch einmal: »David Wiemann …«

10

März 2020, Sylt

Hajo betrachtete seine Frau eingehend, als wollte er damit warten, sie anzusprechen, bis sie merkte, dass er ihre Aufmerksamkeit haben wollte. Aber Kari blätterte, während sie in ihr Frühstücksbrötchen biss, durch die Tageszeitung, flüchtig nur, ihre Augen flogen lediglich die Überschriften entlang. Im Nu war sie am Ende, bei den Traueranzeigen angekommen.

»Kurt Lukassen ist gestorben«, sagte sie. »Mit dem soll Romy Wimmer ein Verhältnis gehabt haben.«

»Wer?«

Sie faltete die Zeitung zusammen und lachte ihren Mann an. »Der Personalchef vom *Miramar*. Aber Mama meint, es könnte auch rein platonisch gewesen sein.«

Hajo nickte, obwohl es ihn kein bisschen interessierte, erst recht nicht die Affären, die die Freundin seiner Schwiegermutter in jungen Jahren gehabt hatte. »Es war nicht richtig, dass du zu Mike gegangen bist.«

Kari reagierte so heftig, wie er erwartet hatte. »Natürlich war das richtig. Alisia wird das Gesicht von Heiser-Moden bleiben!«

»Du hättest darüber mit Alisia reden müssen. Sie ist erwachsen. Du kannst nicht einfach hinter ihrem Rücken, über ihren Kopf hinweg …«

Kari ließ ihn nicht ausreden. »Das muss ich sogar. Du kennst doch Alisia. Sie lässt sich immer zu viel gefallen. Sie wehrt sich nicht. Das konnte sie noch nie.«

»Ich hatte den Eindruck, dass es ihr nicht viel ausmacht, demnächst nicht mehr Mikes erstes Model zu sein. Sie hatte Verständnis für seine Entscheidung.«

»Klar! Alisia hat immer Verständnis für andere. Aber damit kommt man nicht weit.«

»Alisia ist sehr weit gekommen.« Das sagte Hajo ganz sachlich, aber sein Vaterstolz schimmerte trotzdem durch.

»Weil ich Mike damals klipp und klar gesagt habe, was ich von ihm erwarte. Seine Starthilfe war nicht zu verachten, sie hat viel gebracht. Er ließ Alisia für Heiser-Moden laufen, kaum dass sie die Modelschule hinter sich hatte. Daraufhin hat sie auch andere Aufträge bekommen.«

»Du meinst, ohne deine Hilfe hätte sie nicht Karriere gemacht?«

»Jedenfalls nicht so schnell«, antwortete Kari. »Für eine große Karriere, wie mein Cappuccinchen sie gemacht hat, braucht man auch Beziehungen. Das war schon immer so.«

Hajo seufzte leise. Vielleicht hatte Kari sogar recht. »Trotzdem finde ich es nicht richtig, dass du dich einmischst. Alisia muss ihre Entscheidungen selbst treffen.«

Kari verlor nun das Hitzige, das sich bei ihr immer Bahn brach, wenn sie sich verteidigte, wenn sie versuchte, ihre Meinung gegen andere durchzusetzen. Sie blickte an Hajo vorbei, suchte einen Punkt, der hinter ihm lag, und sagte langsam und beherrscht: »Ich will nicht, dass sie sich fürs *König Augustin* aufopfert. Wenn sie nicht mehr das Gesicht von Heiser-Moden ist, wird sie womöglich ihre Karriere aufgeben.«

»Hat sie das gesagt?«

»Nicht direkt. Aber ich habe es zwischen den Zeilen gelesen. Sie spricht jetzt öfter davon, Constantin die Nachfolge nicht allein zu überlassen.«

»Mir gefällt der Gedanke, dass unsere Kinder demnächst gemeinsam das *König Augustin* leiten.«

Kari blieb immer noch leise und sehr ruhig. »Von mir wurde ständig erwartet, dass ich mich ums Geschäft kümmere. Nicht nur das, ich sollte das *König Augustin* lieben, sollte meinen Lebensinhalt darin sehen, es weiterzuführen.«

Auf Hajos Gesicht stahl sich ein Lächeln. »Das haben deine Eltern schließlich auch erreicht.«

Aber Kari schüttelte heftig den Kopf. »O nein! Das hast du erreicht.« Sie griff über den Tisch nach seiner Hand. »Ich habe mich jahrelang gegen ihre Erwartungen gewehrt, habe immer genau das Gegenteil von dem getan, was sie wollten. Mit ihren Forderungen an mich, unterschwellig oder unmissverständlich, haben meine Eltern mich wahnsinnig unter Druck gesetzt. Ich will das meinen Kindern nicht antun. Sie sollen sich frei entscheiden. Notfalls auch gegen das *König Augustin*.«

Hajo zog die Augenbrauen hoch. »Lässt du Alisia wirklich eine freie Entscheidung, wenn du es bist, die dafür sorgt, dass sie das Gesicht von Heiser-Moden bleibt? Und was ist mit Constantin?«

Kari sah ihren Mann verblüfft an. »Für ihn war doch immer klar, dass er mal die Leitung des *König Augustin* übernehmen wird.«

»Für ihn? Oder für dich?« Hajo wollte nicht anzüglich werden, spürte aber, dass er es nun doch geworden war. Als Kari ihm ihre Hand wieder entziehen wollte, griff er zu und hielt sie fest. Seine Augen lächelten, seine Lippen folgten ihnen erst, als er seine Frau eine Weile angesehen hatte. »Ich weiß nicht, ob Constantin den Mut hätte, sich gegen das *König Augustin* zu entscheiden.«

Wieder wollte Kari ihre Hände entziehen, aber auch diesmal hielt Hajo sie fest. »Weiß Alisia, dass du bei Mike warst?«

Nun schaffte sie es doch, sich von Hajo zu lösen. Kari stand auf, während sie antwortete: »Nein, natürlich nicht. Mike wird sich hüten, darüber zu reden. Von dieser Sache wissen nur wir beide und er selbst. Und meine Eltern natürlich. Aber Alisia soll davon nichts wissen, da waren wir uns doch einig. Wie hätte sie jahrelang mit Mike zusammenarbeiten sollen, wenn sie gewusst hätte, dass er sie mal loswerden wollte?«

Hajos Augen folgten der tatkräftigen Gestalt seiner Frau, ihren dynamischen Bewegungen, mit denen sie den Tisch abdeckte und die Küche aufräumte. »Und Franco Statti? Der schweigt auch?«

»Er weiß nur, dass alles so bleiben wird wie bisher. Mehr nicht.«

*

Alisia beschloss, einen Spaziergang am Strand zu machen. Sie war dankbar, dass die Sonne sich hinter den dichten Wolken versteckt hatte und sogar ein leichter Nieselregen einsetzte. Mit hochgeschlagenem Kragen und unter einer Kapuze, die sie sich tief in die Stirn ziehen konnte, würde sie nicht weiter auffallen. Sie trug dann auch gerne Kleidung in der Farbe ihrer Haut, weil sie fürchtete, dass Kontraste mit leuchtenden Farben noch deutlicher zeigten: Da kommt *La Cappuccina*. Sie fiel ja schon durch ihre Größe, ihre langen Beine, ihren Modelgang schneller auf als andere.

Wie immer machte sie sich mit gesenktem Kopf auf den Weg. Ein Supermarkt befand sich in der Nähe, dort war immer viel los, vor dem Eingang wimmelte es von Leuten, die sie erkennen konnten. Aber zum Glück hatten alle genug mit ihren Einkäufen, mit nörgelnden Kindern, gefüllten Einkaufswagen oder Fahrrädern zu tun, die manchmal unter dem Gewicht von ungeübten Fahrern und schwankenden Einkaufsbeuteln am Lenker gefährlich in Schieflage kamen.

Am *Gosch*-Restaurant ging sie zum Strand hinab, und im selben Moment hörte das Nieseln auf, ein Wolkenriss über dem Meer jagte einen pfeilgeraden Sonnenstrahl aufs Wasser. Nicht lange, dann schloss sich der Spalt wieder, die grelle Linie wurde undeutlich und verschwand schließlich. Dennoch ließ sie eine winzige Helligkeit zurück, die Hoffnung, dass das Wetter besser werden könnte.

Alisia entschloss sich, gen Norden zu gehen. Immer hart an der Wasserkante entlang, wo der Sand feucht und fest war. Die Brandung war nicht stark an diesem Tag, die Gefahr, dass eine Welle über ihre Schuhe schwappte, gering. Sie steckte die Hände in die Taschen und hielt ihr Gesicht dem Wind entgegen, genoss es, wenn er über ihre geschlossenen Augen strich. Sobald ihr jemand entgegenkam, senkte sie den Blick auf ihre Fußspitzen, damit niemand sie erkannte, oder wandte sich dem Meer zu und starrte so lange zum Horizont, bis die Stimmen in ihrem Rücken nicht mehr zu hören waren.

Seit sie am Morgen die Augen geöffnet hatte, waren ihre Gedanken bei David Wiemann. Er wollte sich einfach nicht wieder aus ihrem Kopf lösen. Warum? Es fiel ihr schwer, eine Erklärung zu finden. Aber er hatte etwas in ihrem Inneren ausgelöst, eine Saite zum Klingen gebracht, von der sie bisher nichts gewusst hatte. Was war das? Mitleid? Nicht nur, so viel stand fest. Sorge um ihn? Ja, auch. Aber da war noch etwas anderes, wofür sie keinen Namen fand. Und natürlich die Frage, ob sie ihn wirklich sich selbst überlassen durfte. Er hatte optimistisch geklungen, hatte ihr weismachen wollen, dass er ihr dankbar war und dass sein Entschluss, sich das Leben zu nehmen, unbedacht gewesen war. Gab es das? Alisia konnte es sich nicht vorstellen. Diese Entscheidung, sein Leben zu beenden, würde doch niemand leichtfertig treffen. Nein, er hatte ihr etwas vortäuschen wollen, damit sie ihn in Ruhe ließ. Vermutlich überlegte er sich schon, wie er es beim nächsten Mal besser und sicherer anstellen konnte. Noch einmal würde es ihm nicht passieren, die Tür des Hotelzimmers nicht fest ins Schloss zu drücken. Oder war die offene Tür ein Schrei nach Hilfe gewesen? Hatte es in all seinem Unglück noch eine kleine Hoffnung gegeben, dass jemand ihn ins Leben zurückholte?

Vielleicht hatte sich die Frau, die mit ihm Schluss gemacht hatte, ja besonnen und war zu ihm zurückgekehrt? Alisia dachte an das Gespräch, dass sie in Hamburg belauscht hatte. David Wiemann hatte Selbstmord begehen wollen, weil Delia Berglund mit ihm Schluss gemacht hatte, weil er ohne sie nicht leben konnte oder wollte. Und sie hatte den Mann gefragt, mit dem sie geredet hatte, was David tun würde, wenn er erst alles wüsste. Alles! Was mochte das sein?

Alisia blieb stehen und blickte sich um. Der Weg, den sie zurückgelegt hatte, war beachtlich. Wenn sie so weitermachte, würde sie bald in Kampen sein. Ob sie zu Mike gehen und nachsehen sollte, ob Delia Berglund inzwischen zurück war, und sie zur Rede stellen? Alisia gehörte zu den wenigen, die wussten, wie man vom Strand auf das Grundstück des Modedesigners gelangte. Früher hatte er dort Security-Leute aufgestellt, aber mittlerweile gab es nicht mehr viele Neugierige, die sich ansehen wollten, wie Mike Heiser wohnte. Ihre Mutter hatte ihr oft erzählt, dass sich damals, als ihre Hochzeit durch alle Gazetten gegangen war, viele Paparazzi dort herumgetrieben hatten. Als ihre Scheinehe annulliert worden war, hatte es noch einmal einen unerwünschten Medienrummel gegeben. Und als Mike Heiser eine Fernsehshow verlor, die ihm angeboten worden war, weil erneut der Verdacht entstand, dass er homosexuell sein könnte, war er noch einmal ins Kreuzfeuer der Öffentlichkeit geraten. Dann jedoch war es stiller um ihn geworden. Sein Outing Jahre später hatte keine hohen Wellen mehr geschlagen. Danach konnte er endlich in Frieden leben, ohne sich verstellen zu müssen. Seine Mode, die sich zwischenzeitlich nicht mehr so gut verkaufen ließ, hatte nun wieder ihren festen Platz in allen Luxusboutiquen. Daran hatte Franco Statti einen großen Anteil. Ihm hatte Mike es zu verdanken, dass sein Name wieder in einem Atemzug mit denen von Karl Lagerfeld und Jil Sander genannt wurde.

Alisia blieb stehen und überlegte, ob sie weiterlaufen sollte. Nein, sie würde nicht in Mikes Garten gehen und nach Delia

Berglund Ausschau halten. Die Bekanntschaft mit der Pflegerin musste sie auf anderem Wege machen. Unauffälliger. Vielleicht würde sich ein Zufall anbieten, wenn sie die Augen offen hielt. Andererseits … es durfte nicht zu viel Zeit vergehen. Wann immer David Wiemann alles erfuhr – dieses Alles, von dem Delia Berglund gesprochen hatte –, war er erneut in Gefahr.

Alisia machte kehrt und ging zurück Richtung Wenningstedt. Sie musste herausbekommen, wo David Wiemann wohnte, sie musste ihm helfen. Musste sie das wirklich? Sie war doch eine Fremde für ihn, vielleicht hatte er Angehörige und Freunde, die sich seiner annahmen und ihm zeigten, dass das Leben schön war. Warum glaubte ausgerechnet sie, dass sie David Wiemann helfen konnte?

Egal! Alisia wusste nur, dass sie es wollte. Der Grund spielte keine Rolle.

Aus dem Lebensmittelmarkt in der Berthin-Bleeg-Straße trat ein Mann, den sie kannte. Er hatte eine Brötchentüte in der Hand und schlug die gleiche Richtung ein wie sie selbst. Er lief auf der rechten, Alisia auf der linken Straßenseite. Sie hatte sich schon vor Jahren angewöhnt, erst einmal aus ein paar Metern Entfernung, von der gegenüberliegenden Straße, den Torbogen zu sichern, der vom Vorderhaus zum Hinterhaus führte, in dem sie wohnte. Nun erkannte sie, dass dort niemand herumlungerte, der mit gezücktem Smartphone auf sie wartete, und wechselte auf die andere Straßenseite.

Franco Statti bemerkte sie erst, als sie beide gemeinsam auf den Torbogen zugingen. Verblüfft blieb er stehen. »Alisia! Ich wollte zu dir.«

Sie zeigte lächelnd auf die Brötchentüte. »Ich habe schon gefrühstückt.«

»Ehrlich?« Er sah enttäuscht aus. »Ich noch nicht. Aber wenn du schon einen Spaziergang gemacht hast, kannst du sicherlich ein zweites Frühstück gebrauchen.«

Diese Idee gefiel Alisia durchaus. Im Penthouse angekommen, ließ sich Franco von Cleopatra begrüßen, die ihm schnurrend um die Beine ging, folgte Alisia in die Küche und suchte aus dem Kühlschrank heraus, was sie für ein gutes Frühstück brauchten, während sie die Kaffeemaschine bereitmachte. Sie wusste, wie sehr er es genoss, in ihrer Küche zu schalten und zu walten, als gehöre er hierher, die Schränke zu öffnen, das Geschirr auf den Tisch zu stellen, als sei es seine tägliche Aufgabe. Auch die Käsestückchen, die er für Cleopatra abzweigte, gehörten zu diesem Ritual. Seit dieser einen Nacht, die er bei Alisia verbracht hatte, war das so, und ihr gefiel die Selbstverständlichkeit, mit der er sich in ihrer Wohnung bewegte. Wenn sie auch die gemeinsame Nacht bereute. Sie war schön gewesen, Franco hatte sich als genau der Liebhaber erwiesen, den sie erwartet hatte, aber danach war es schwer gewesen, ihm zu erklären, warum sich die Nacht dennoch nicht wiederholen würde. Sie wollte nicht aus Bequemlichkeit in eine feste Beziehung mit ihm rutschen. Wenn wirklich mehr zwischen ihnen war, wollte sie sich klar und deutlich für ihn entscheiden. Und dazu hatten ihre Gefühle bisher nicht gereicht. Aber Alisia hielt es durchaus für möglich, in eine Liebe zu ihm hineinzuwachsen, wenn sie auch bisher immer davon geträumt hatte, sich kopfüber hineinzustürzen, sobald sie wusste, dass der Richtige gekommen war.

Sie frühstückten häufig zusammen. Franco nutzte jede Gelegenheit, ihr einen Besuch abzustatten. Meistens freute sie sich darüber, nur manchmal fragte sie sich, ob es besser wäre, mehr Abstand zwischen ihnen herzustellen. Denn dass Franco in sie verliebt war, hatte ihr irgendwann auffallen müssen. Sie hatte es ihm sogar auf den Kopf zugesagt, und er hatte es nicht bestritten.

»Lass mir Zeit«, hatte Alisia damals gesagt.

In diesem Augenblick bereute sie es. Franco war ein netter Typ, sehr gut aussehend, verlässlich, hilfsbereit, humorvoll. Er hatte alles, was sie sich von einem Mann wünschte. Und sie hatte geglaubt, dass sie sich in ihn verlieben könnte, dass sie vielleicht sogar schon in ihn verliebt war, dass aus diesem guten Gefühl, das sie stets in seiner Gegenwart hatte, eine tiefe Liebe werden könnte. Sie hatte längst gelernt, dass ein Mensch wie sie besser nicht auf Leidenschaft setzte. Es gab zu viele Männer, die ihr zu Füßen lagen, die ihr mit viel Geld und Ansehen imponieren und sich letztlich doch nur mit ihrer Schönheit und ihrem Ruhm schmücken wollten. Franco war da anders. Sie hatten etwas Gemeinsames, die Arbeit. Sie würden ein tolles Team abgeben, wenn sie beide einmal Mikes Firma leiten konnten. War diese Sicherheit nicht mehr wert als rasende Verliebtheit und ungezügelte Leidenschaft? All das verflog ja so schnell. Vertrauen dagegen blieb, und eine leise Liebe ohne viel Auf und Ab hatte garantiert eine größere Chance, bestehen zu bleiben. Trotzdem hatte Alisia Zeit gebraucht. Und jetzt, mit einem Mal, schien es ihr, als dürfte sie Franco nicht mehr hinhalten, als müsste sie ihm seine Hoffnungen nehmen. Warum mit einem Mal? Sie verzählte sich, als sie das Kaffeepulver in den Filter löffelte. Die Frage war nicht zu beantworten, wollte nicht beantwortet werden. Nein, David Wiemann konnte unmöglich etwas damit zu tun haben. Sie kannte ihn doch gar nicht.

»Mike schickt mich übrigens«, sagte Franco und betrachtete den gedeckten Tisch, als wollte er überprüfen, ob er an alles gedacht hatte. »Ich sollte dich anrufen, aber mir gefiel es besser, dich mit frischen Brötchen zu überraschen.«

Alisia lächelte. »Wenn Mike was von mir will, kann er mich doch selbst anrufen.«

»Komischerweise war es ihm diesmal peinlich.«

Die Kaffeemaschine begann zu gluckern, der Kaffeeduft stieg wie das Synonym von Gemütlichkeit in den Raum. Franco griff nach Alisias Hand und drückte einen Kuss darauf. Er war der einzige Mann, den sie kannte, der einer Frau gern die Hand küsste.

Und ihr gefiel das. Kurz nahm er sie in den Arm, drückte sie zärtlich an sich, löste sich aber schnell wieder von ihr. Nein, er bedrängte sie nie, das wusste Alisia zu schätzen. Er zeigte ihr nur immer wieder, wie sehr er sie begehrte, und gleichzeitig, dass er nach wie vor bereit war, zu warten und ihr die Zeit zu lassen, die sie brauchte.

Sie setzten sich, Cleopatra nahm auf einem freien Küchenstuhl Platz, und Franco griff nach dem Brotmesser und zerteilte die Brötchen. Ein dunkles Körnerbrötchen für Alisia, ein helles, weiches für ihn selbst. »Er hat es sich anders überlegt«, sagte er. »Du sollst doch das Gesicht von Heiser-Moden bleiben.«

Alisia sah ihn ungläubig an. »Kein blutjunges Model? Er hatte doch Angst, dass aus seinen Modellen die Mode für die reife Dame wird, wenn eine Frau in meinem Alter sie repräsentiert.«

Franco lachte. »Anscheinend ist ihm aufgefallen, dass dieser Spruch total daneben war.«

Alisia lachte mit. Sie liebte es, wenn Franco, der hervorragend Deutsch sprach, deutsche Redewendungen benutzte, die aus seinem Mund immer so klangen, als hätte er sie wörtlich übersetzt.

»Total daneben«, wiederholte er. »Vielleicht hat aber auch deine Mutter etwas bewirkt.«

Alisia stand auf und holte die Kaffeekanne, der Kaffee war durchgelaufen. »Was hat meine Mutter damit zu tun?«

»Sie war bei Mike. Ich durfte bei ihrem Gespräch nicht dabei sein. Er hat mich rausgeschickt. Aber danach hat er mir erklärt, dass er seine Meinung geändert hat.«

»Meine Mutter?« Alisia dachte nach, schüttelte dann aber den Kopf. »Nein, Mama muss aus einem anderen Grund bei Mike gewesen sein. Vermutlich hat sie ihn wieder überreden wollen, Livreen für das Hotelpersonal zu entwerfen.«

Das hielt Franco für möglich. Er beklagte sich eine Weile über Mikes Sprunghaftigkeit, über seine Besserwisserei und die Probleme bei der Arbeit, die sich durch Mikes Erkrankung ergeben hatten. »Wann immer ich anderer Meinung bin, bekomme ich zu hören, dass er schließlich nicht mehr lange zu leben hat und ich warten soll, bis ich allein schalten und walten kann.« Dann aber war er wieder voller Mitleid für Mike, den er seinen Freund nannte und der seiner Meinung nach ein langes Leben verdient hatte. »Diese Krankheit ist wirklich heimtückisch.«

Alisia gelang es, auf Mikes Pflege zu sprechen zu kommen, auf die Krankenschwestern, die täglich zu ihm kamen, um ihn zu versorgen und ihm zu helfen, wenn er Hilfe brauchte. »Wie viele hat er eigentlich?«

»Vier«, gab Franco zurück. »Drei, die sich den Tag aufteilen, und eine in Reserve.«

Von dort war es nur ein kleiner Schritt zu der Pflegerin, die Delia Berglund hieß. »Hast du sie schon mal gesehen?«

Natürlich war Franco diese Frau gut bekannt. »Sie ist die Schwester von Golo Berglund. Kennst du den?« Als Alisia den Kopf schüttelte, ergänzte er: »Ein Musikproduzent. Der hat schon viele Hits auf den Markt gebracht.« Franco zählte die Schlagersänger auf, die durch Lieder von Golo Berglund in den Charts gelandet waren. »Ich habe mal gelesen, dass er unbedingt auch Samy Angermann unter Vertrag nehmen wollte, aber der lässt seine Hits woanders produzieren. Der Angermann ist ja mittlerweile auch zu alt fürs Showgeschäft.«

»Angermann?« Den Namen hatte Alisia schon einmal gehört. Sie zögerte kurz, aber dann fiel es ihr ein. »Lea Angermann ist seine Tochter. Sie arbeitet auch als Model.« Sie hatte Lea in Berlin auf der Fashion Week kennengelernt und sehr sympathisch gefunden. »Schade, dass ich so lange nichts von ihr gehört habe. Ich muss sie mal wieder anrufen.« Sie seufzte tief auf. »Bei diesem stressigen Job ist es schwierig, Freundschaften aufzubauen und zu erhalten.«

Franco griff nach ihrer Hand. »Vielleicht war Mikes Idee gar nicht so schlecht? Womöglich täte es dir gut, ein bisschen zurückzustecken? Wenn du bei Mike keinen weiteren Vertrag unterschreibst, kannst du dir die Jobs aussuchen. Du musst dann nicht mehr ständig parat stehen, wenn er pfeift.«

Alisia dachte nach und wiegte den Kopf. »Mal sehen, ich überlege es mir.«

Der Druck von Francos Hand verstärkte sich. »Ich würde so gerne mit dir zusammen die Firma leiten.«

Alisia war froh, dass Cleopatra auf ihren Schoß sprang. Sie entzog Franco ihre Hand. »Du wirst die Firma leiten.« Sie betonte das erste Wort dieses Satzes und auch das erste Wort des folgenden. »Dich hat Mike zu seinem Nachfolger bestellt. Von mir ist in dem Vertrag keine Rede. Ich würde nur in der Geschäftsleitung sein, solange wir zusammen sind.«

Sie erschrak, als sie Francos Gesicht sah, das einen feierlichen Ausdruck annahm, und hatte plötzlich Angst, dass er ihr einen Heiratsantrag machen würde, damit klar war, dass sie so lange wie er selbst in der Geschäftsleitung arbeiten würde. Schnell ergänzte sie: »Und du vergisst, dass es da noch eine andere Firma gibt. Das Café und die Hotels meiner Eltern.« Ehe Franco sie daran erinnern konnte, dass ihr Bruder für die Nachfolge vorgesehen sei, kam sie noch einmal auf Delia Berglund zu sprechen. »Was ist das für eine Frau? Ist sie verheiratet?«

Franco schüttelte den Kopf. »Sie ist liiert, soviel ich weiß. Auch mit einem Musikproduzenten. Aber der ist längst nicht so erfolgreich wie ihr Bruder.«

*

Als Franco gegangen war, holte Alisia ihren Laptop aus dem Schrank. Warum war sie nicht eher auf die Idee gekommen, hier nach ihm zu suchen?

Als sie den Namen David Wiemann eingegeben hatte, wusste sie bald Bescheid. 1986 geboren, im selben Jahr wie sie selbst, Abitur in Köln, Studium an der Musikhochschule in Münster, Arbeit als Toningenieur bei einem Plattenlabel in Osnabrück, seit fünf Jahren selbstständiger Musikproduzent. Die Titel, die er bisher auf den Markt gebracht hatte, waren Alisia allerdings sämtlich unbekannt. Und von dem privaten David Wiemann fand sie nichts im Netz. Nur ein paar Fotos in Gegenwart anderer wichtiger Leute aus der Musikszene und eins auf einem roten Teppich mit einer Frau an seiner Seite. *David Wiemann mit seiner Freundin!* Alisia betrachtete die beiden sehr genau. Ja, das war die Frau, die sie in dem Hamburger Hotel gesehen und belauscht hatte. Delia Berglund. Die Frau, die David Wiemann so sehr liebte, dass er lieber sterben als ohne sie weiterleben wollte.

Sie spürte, dass ihr der Brustkorb eng wurde. Es kam noch etwas auf David Wiemann zu, sie hatte es gehört. »Wir haben gewusst, dass es ihn vernichten wird«, hatte der Mann im Hotel zu Delia Berglund gesagt. Und: »Ich wage mir nicht vorzustellen, was er tun wird, wenn er alles weiß.«

11

März 2020, Sylt

Brit stand am Herd und briet Spiegeleier, als Arne sie von hinten umarmte. Sie legte den Kopf zurück, schloss die Augen und dachte nicht daran, was aus den Spiegeleiern wurde. Noch immer genoss sie Arnes Nähe, seine Zärtlichkeit, seine sanften Hände. In Situationen wie dieser blitzten dann Bilder durch ihren Kopf, die den jungen Arne zeigten, auf dem Campingplatz Dikjen Deel, in dem Haus seiner Tante, Arne als Nachfolger seines Vaters, Arne mit Bart und Perücke, als er sich aus seinem Leben geschlichen hatte. Arne, Arne, Arne! Manchmal sah sie ihn dann auch in einer Zeit, in der er unsicher, ängstlich und unglücklich gewesen, in der er vor den Problemen davongelaufen war. Und dann wieder als Mann, der wusste, was er wollte. Was für ein Füllhorn an Erinnerungen! Was für eine Liebe! Nicht einmal die harmonische Ehe mit Olaf hatte an dieser Liebe etwas ändern können. Ach, Olaf …

»Carsten hat angerufen«, sagte Arne, als er sich von Brit löste. »Er will das *Carar* verkaufen.«

Brit holte die Spiegeleier aus der Pfanne, die wie durch ein Wunder nicht angebrannt waren, und dekorierte mit ihnen die Krabbenbrote, die sie bereits vorbereitet hatte. »Verständlich. Er ist alt genug, um sich endlich zur Ruhe zu setzen.«

Sie setzten sich an den Tisch und griffen nach ihren Bestecken. »Er möchte mir meinen Anteil auszahlen«, berichtete Arne weiter. »Ich weiß gar nicht, ob ich das will.«

Brit sah ihn zunächst fragend an, dann begriff sie. »Du denkst daran, wie das *Carar* damals bezahlt worden ist?«

Arne nickte. »Von dem Geld, das Carsten von Linda erpresst hat. Er hatte ihr im Krankenhaus erzählt, dass ich das Schiffsunglück überlebt hatte. Als ihm dann klar wurde, dass sie dieses Wissen für sich behalten hatte, wusste er, dass sie mit meinem Verschwinden sehr einverstanden war. Und dass niemand etwas davon erfahren sollte.«

»Sie hatte nicht damit gerechnet, dass Carsten überlebt.«

Arne sah an Brit vorbei an die gegenüberliegende Wand, aber sie wusste, dass er ein ganz anderes Bild vor Augen hatte. »Ich brauche das Geld nicht. Carsten hat es nötiger. Seine Altersvorsorge hat er nie besonders ernst genommen.«

»Du hast schon auf sehr viel verzichtet«, erinnerte Brit. »Auf dein ganzes Erbe. Das hat nach dem Tod deines Vaters Olaf bekommen.«

»Ihm hat es auch zugestanden.« Arne lächelte Brit an. »Und am Ende bin ich jetzt trotzdem dort gelandet, wo mein Vater mich haben wollte.« Er schüttelte den Kopf. »Verrückt.«

»Du hast mich also nur geheiratet, um über mich doch noch an dein Erbe zu kommen?« Brit sah ihn nicht an, weil er nicht sehen sollte, dass sie lachen musste.

Aber sie konnte ihm natürlich nichts vormachen. Er reagierte todernst. »Klar. Was dachtest du denn?«

Sie sahen sich an und lachten nun beide. Ein altes Paar, dem die bewegte Vergangenheit nicht anzusehen war. »Ich wollte«, seufzte Arne, »wir hätten damals einen Blick in die Zukunft werfen können. Wenn ich uns hier hätte sehen können …«

»… und Kari«, ergänzte Brit und erinnerte damit daran, welche Sorgen sie sich um ihre Tochter gemacht hatten, bis sie an Hajos Seite zu einem Leben gefunden hatte, das sie glücklich machte.

Arne legte das Besteck zurück und strich sich über den Bauch, als hätte er zu viel gegessen. »Ich bin glücklich. Und ich wollte, mein Vater könnte von da oben zusehen, was aus uns geworden ist. Mit Olaf an seiner Seite, auf der höchsten Wolke.«

»Sie wären beide zufrieden«, bestätigte Brit. »Auch Olaf.« Dann verzog sich ihr Gesicht zu einem winzigen Schmerz. »Sorgen mache ich mir nur um Constantin. Ich bin nicht sicher, dass er mit der Verantwortung für das *König Augustin* glücklich wird.«

Aber Arne war optimistisch. »Denk an Kari. Wie lange hat sie sich dagegen gewehrt, Olafs Nachfolge anzutreten! Und nun ist sie glücklich damit. Auch Constantin muss erst in seine Aufgabe hineinwachsen.«

Als hätte er auf sein Stichwort gewartet, erschien ihr Enkel im Garten. Sein Fahrrad warf er gegen die Wand seines Ateliers, eilig riss er die Tür auf. Sie konnten sehen, wie er seinen grauen Kittel vom Haken nahm und ihn über seinen dunklen Anzug zog.

»Er nutzt jede Gelegenheit«, sagte Brit versonnen, »um an seinen Möbeln zu arbeiten.«

Arne ging zur Terrassentür und öffnete sie. Ein kalter Wind drang herein, wirbelnd, noch winterlich, aber schon mit einem Frühlingshauch in seinen Spitzen. Brit erhob sich ebenfalls und folgte Arne. Aus Constantins Atelier drang Musik. Er hatte ein altes Transistorradio dort aufgestellt, das er gern benutzte. Andere junge Leute ließen sich über ihr Smartphone mit Musik berieseln, aber Constantin nahm sein Handy nicht gern in die Pause mit. Brit wusste, dass er deswegen gelegentlich Ärger mit seinen Eltern bekam, die ihren Sohn ständig erreichen wollten, wenn sie es für nötig hielten. Brit ahnte, dass Constantin sein Smartphone genau deswegen gern im Büro liegen ließ, aber sie hatte Kari noch nie einen Hinweis gegeben. Sie konnte Constantin ja so gut verstehen. Er brauchte einfach diese Zeit in seinem Atelier, man durfte sie ihm nicht nehmen.

Arne summte die Melodie mit, die bis ins Wohnzimmer drang. Er schloss die Terrassentür wieder und sang leise weiter. »Das ist ein richtiger Ohrwurm«, murmelte er. »*Du bist wie ein Lied, und ich will es singen, singen, singen* …«

12

März 2020, Achim

Nicole Heflik sass am Schreibtisch und lauschte auf die Musik, die durchs offene Fenster drang. Eigentlich hatte sie der jungen Kollegin sagen wollen, es sei ihr zu kalt, sie solle das Fenster wieder schließen. Aber damit wäre auch die Melodie nach draußen verbannt worden, und das hätte ihr leidgetan.

»Du bist wie ein Lied, und ich will es singen, singen, singen …«

Eine Melodie, die sofort ins Ohr ging, ein Rhythmus, der auf der Stelle in den Körper fuhr, ein Arrangement, das alle Sinne ansprach, das Kopf, Geist und Herz in Bewegung setzte. Dass Katy, die neue Angestellte, leise mitsummte, hätte sie eigentlich unterbinden müssen, schließlich war Nicole die Leiterin der Knut-Augustin-Stiftung für unmündige ledige Mütter und als solche für die Arbeitsergebnisse verantwortlich. Gesang während der Arbeit ging eigentlich nicht, da war Nicole streng. Aber sie konnte verstehen, dass es schwerfiel, diese Melodie vorüberziehen zu lassen, ohne zu reagieren. Es fiel ihr ja selbst schwer.

»Hätten Sie gedacht, dass Cornelius Löber so gut singen kann?«

Nicole sah sie überrascht an. »Der Star von *Heimweh nach Madrid*?« Diese Fernsehserie schaute Nicole sich gerne an. Jeden Sonntagabend endete das Wochenende damit.

»Angeblich wollte er schon immer Sänger werden«, wusste Katy zu berichten. »Und jetzt hat Golo Berglund ihm ein Angebot gemacht, das er nicht ablehnen konnte. Irgendwo habe ich gelesen, dass er die Melodie gehört hat und sofort wusste, dass er sie unbedingt singen wollte.«

*

Hajo kam ins Café, wo er mittags üblicherweise mit Kari einen kleinen Imbiss einnahm. Er hielt sein Smartphone in der Hand, als er sich zu seiner Frau setzte. »Constantin ist schon wieder nicht zu erreichen.«

Kari wollte etwas entgegnen, unterließ es dann aber. Im Café lief immer leise Hintergrundmusik, sanfte Melodien, die den Gästen gefielen, am liebsten deutsche Schlager, die besonders beliebt waren, oder Musical-Melodien, die auch gern gehört wurden, niemals Hardrock oder Musik, die von harten Bässen begleitet wurde. Sie merkte auf, auch Hajo stellte fest, dass eine Kellnerin die Musik lauter gestellt hatte, als es üblich war. Er dachte, Kari wollte es bemängeln, stellte dann aber fest, dass sie leise mitsummte und ihre Finger den Takt schlugen.

Er lächelte. »Das wird wohl der neue Sommerhit.«

Kari bestätigte es. »Du bist ein Lied für mich … Wer singt das eigentlich?«

Hajo bewies, dass er bei der Lektüre der Tageszeitung die Rubrik ›Gesellschaft‹ nicht ausließ. »Cornelius Löber! Die Serie, in der er die Hauptrolle spielt, soll eingestellt werden. Da musste wohl schnellstens etwas Neues her.«

*

Hasso hatte sich vorgenommen, seine alte Werkstatt nur zu betreten, wenn er von Lutz Jacobson um Hilfe gebeten wurde. Langsam bummelte er an der hinteren Tür vorbei, schlenderte in Richtung Campingplatz und tat so, als wolle er seiner Frau an der Schranke oder im Kiosk helfen. Dabei konnte er die Werkstatttür im Auge behalten, damit er notfalls reagieren konnte, wenn sie sich öffnen sollte. Das geschah tatsächlich, und Hasso fuhr herum, als wäre er gerufen worden. Das war jedoch nicht der Fall. Einer der Gesellen trat aus der Werkstatt, ging über den Hof und winkte seinem bisherigen Chef zu, ohne etwas zu sagen. Er summte leise vor sich hin, suchte in einem Bretterstapel eine geeignete Latte heraus, und sang nun sogar den Refrain laut mit: »Du bist wie ein Lied, und ich will es singen, singen, singen …«

Tim Jacobsen kam auf den Hof geradelt und rief: »Ich kann's nicht mehr hören. Überall dieser stumpfsinnige Song.«

»Der ist nicht stumpfsinnig«, behauptete seine Schwester Gina, die gerade aus dem Haus kam, und wurde von der kleinen Jana Jacobsen unterstützt, die ihr folgte. »Und der Text ist so schön.«

Hasso wandte sich kopfschüttelnd ab, verfolgt von dem Lied, das in der Werkstatt nun so laut gedreht worden war, dass er es hören konnte, bis er am Campingplatz angekommen war. Halina summte auch schon mit, als er sie erreichte, und der Camper, dem sie die Schranke öffnete, schlug mit den Fingerspitzen auf dem Lenkrad den Takt.

*

Romy Wimmer hievte ihren riesigen Koffer aus dem Zug und sah sich zornig um. Was war nur mit den modernen Männern los? Keiner, der einer Frau half? »Unglaublich!«

Sie sah Franco Statti mit wehendem Jackett auf den Bahnsteig laufen. Beinahe hätte man glauben können, er wolle sie abholen und wäre untröstlich, weil er zu spät gekommen war, um ihr den schweren Koffer abzunehmen. Aber das war natürlich ausgeschlossen. Woher sollte er wissen, wann Romy aus ihrem Urlaub in der Dominikanischen Republik zurückkam? Er winkte ihr nur flüchtig zu und suchte die Passagiere nach einem bekannten Gesicht ab, das er schnell fand. Ein Geschäftsfreund, der ihn auf Sylt besuchte. Aus den Lautsprechern, aus denen normalerweise die Mitteilungen kamen, dass ein Zug Einfahrt hatte oder ein anderer verspätet Westerland erreichen würde, erscholl mit einem Mal ein Lied, und prompt ging über die meisten Gesichter ringsum ein Lächeln. »Du bist wie ein Lied, und ich will es singen, singen, singen ...«

Romy stöhnte auf. Diesen Song hatte sie in ihrem Hotel täglich ein Dutzend Mal gehört. Beinahe hätte sie mitgesungen, konnte sich gerade noch im letzten Augenblick bremsen.

Franco grüßte sie im Vorübergehen lachend und meinte: »Das wird wohl der Sommerhit!« Und sein Geschäftsfreund behauptete, die Frau, die neben ihm im Zug gesessen habe, hätte das Lied von Köln bis Westerland gehört. Zwar über Kopfhörer, aber er hatte trotzdem mithören müssen, weil sie die Musik derart laut gestellt hatte.

Franco lachte noch einmal. »Die Pflegerinnen von Mike drehen das Radio auch immer auf, wenn dieser Song kommt. Es ist kaum auszuhalten. Und Cornelius Löber ist damit so erfolgreich, dass der Fernsehsender sich zweimal überlegen wird, ob er *Heimweh nach Madrid* wirklich aufgeben wird.«

Romy winkte ihm nach, dann machte sie sich auf den Weg. Zum Glück hatte sie es nicht weit. Als sie in Rente gegangen und Nicole die Leitung der Knut-Augustin-Stiftung anvertraut worden war, hatte Brit ihr eine kleine Wohnung auf Sylt mietfrei zur Verfügung gestellt. Ihr Geschenk zum Renteneintritt! Bisher hatte Romy im Gebäude der Stiftung in Achim gewohnt, aber dieses Apartment hatte nun Nicole bezogen. Romy wollte unbedingt nach Sylt zurück und hatte sich Sorgen gemacht, wie sie dort etwas Bezahlbares finden sollte. Als Brit ihr den Wohnungsschlüssel überreichte, war Romy zu Tränen gerührt gewesen. Bisher war diese Wohnung für Kellner und Kellnerinnen frei gehalten worden, die vergeblich Wohnraum suchten. Schon Knut Augustin und Robert König hatten die Idee gehabt, Ferienwohnungen zu mieten und später sogar einige zu kaufen, damit Wohnungsnot für ihre Mitarbeiter ein Fremdwort blieb. Romy war Brit dankbar dafür, hatte die Wohnung hübsch eingerichtet und freute sich, wieder auf Sylt zu leben. Und da sie nun keine Miete zu zahlen brauchte, hatte sie sich den Urlaub in der Karibik gegönnt. Sie würde jetzt schleunigst ihren Koffer in der Wohnung abstellen und dann Brit anrufen, damit sie sich im *König Augustin* trafen. Es gab viele Urlaubserlebnisse, die Romy loswerden wollte. Sogar einen Mann hatte sie kennengelernt. Endlich mal wieder ein handfester Flirt – vielleicht sogar mehr! Sie hatte ja beinahe vergessen, wie so was ging. Konnte es möglich sein, dass sie mit über siebzig endlich den Mann ihrer Träume gefunden hatte?

Ein Auto blieb vor der Ampel stehen, damit die Fußgänger gefahrlos die Maybachstraße überqueren konnten, um in die Friedrichstraße zu kommen. Der Fahrer hatte die Seitenscheibe heruntergedreht und sang lauthals mit. »Du bist ein Lied für mich, und ich will es singen, singen, singen …«

*

Samy Angermann schrie auf, als er das Lied zum ersten Mal hörte. Er war gerade aus seinem Arbeitszimmer getreten, in dem er mit seinem Manager telefoniert und dann auf ungefähr hundert Autogrammkarten seinen Schriftzug gesetzt hatte. Bis zu diesem Augenblick war er gut gelaunt und optimistisch gewesen. Seine Karriere schien noch einmal Fahrt aufzunehmen, trotz seiner gut siebzig Jahre. Er wollte sich noch nicht zur Ruhe setzen, noch nicht von der Bühne abtreten, auf der er so lange zu Hause gewesen war. Okay, er hatte nie zu den ganz Großen gehört, sein Name war nie in einem Atemzug mit Elton John oder Rod Stewart genannt worden, obwohl Samy selbst der Meinung war, dass er es durchaus mit diesen Kollegen aufnehmen konnte. Aber deutsche Schlagersänger, so sagte er oft bitter, wurden eben immer belächelt und vor allem von reiferen Damen verehrt. Doch genau für diese war er nun im richtigen Alter. Sein Äußeres hatte er sorgfältig gepflegt, Sport getrieben, die eine oder andere Gesichtskorrektur vornehmen lassen und immer darauf geachtet, jugendlich gekleidet zu sein. Er sah gut und gern zehn Jahre jünger aus und galt nach wie vor als attraktiver Mann. Und seit er allen Grund hatte, nicht nur auf eine Fortsetzung seiner Karriere, sondern sogar auf einen Aufschwung zu hoffen, hatte er eine Weile in einer Schönheitsklinik zugebracht, aus der er glatt noch einmal fünf Jahre jünger zurückgekehrt war.

Dieser Eindruck war allerdings momentan hinfällig. Er brüllte los, als litte er unter einem unerträglichen Schmerz. »Nein! Nein! Nein!«

Seine Frau kam ins Zimmer gestürzt. »Um Gottes willen! Was ist los?«

Samy Angermann ließ sich nach hinten fallen und hätte beinahe den Sessel verfehlt, in den er hatte sinken wollen. »Hör dir das an!«, schrie er und hielt sich die Ohren zu. »Indra, hör dir das an!«

Seine Frau lauschte auf die Musik, erschrak, lauschte wieder und erstarrte. Mit offenem Mund stand sie da und sah ihren Mann an, der sein Gesicht in den Händen verbarg. Es kam ihr sogar so vor, als weinte er. Zwei vorsichtige Schritte machte sie auf ihn zu, darauf gefasst, dass er sie abwehrte, weil sie ihn nicht weinend erleben sollte. Aber er blieb stumm und bewegungslos sitzen und ließ zu, dass sie seinen Kopf streichelte. Eine Situation, wie sie früher nicht vorstellbar gewesen wäre. Indra Angermann war fünfzehn gewesen, als sie ihren Mann kennenlernte, der damals ein Star auf der Höhe seines Ruhms gewesen war, und hatte ihn erst heiraten dürfen, als sie volljährig geworden war. Bis dahin hatten ihre Eltern verhindert, dass sie mit dem Vater ihres Erstgeborenen vor den Traualtar trat. Ein Kind war sie gewesen, das durch den erwachsenen Samy zur Frau geworden war. Aber irgendwie war sie in der Ehe ein Kind geblieben. Samy war der Ältere, der Lebenserfahrene, dazu die bekannte Persönlichkeit, der Mann, der nach wie vor viel Geld verdiente … Nun war Indra zum ersten Mal die Stärkere, diejenige, bei der er Trost suchte.

»Wie kann das sein?«, flüsterte sie. »Das ist doch nicht möglich.«

Aber ihr Mann antwortete nicht.

13

März 2020, Hamburg

David Wiemann sass in seinem Studio vor dem Mischpult und hörte sich zum soundsovielten Mal die Aufnahme seines Vaters an. Fantastisch! Noch immer benutzte er seine Stimme wie ein Instrument, sie war reifer geworden, sogar noch besser als in seinen jungen Jahren. David war sehr stolz auf ihn. Auf der Höhe seines Ruhms hatte er einen Song nach dem anderen herausgebracht, und in dieser Quantität war manchmal die Qualität untergegangen. Aber jetzt schien ihm die lange Pause, in der er nichts oder nichts Erfolgreiches hatte veröffentlichen können, gutgetan zu haben. Samy selbst wollte es zwar noch nicht glauben, er haderte nach wie vor mit den vergangenen Jahren, die er auf dem Abstellgleis verbracht hatte, wie er es selber nannte, doch nun diese große, ganz große Hoffnung! Diese wunderbaren Augenblicke zwischen Vater und Sohn, die Anerkennung, der Stolz des Vaters, die Hoffnung, endlich auch in der Öffentlichkeit sein Sohn genannt zu werden. Und endlich den Namen des Vaters tragen. Es war eine herrliche Zeit gewesen, die hinter David lag. Die Proben mit seinem Vater, der Optimismus seines Vaters, als er das Lied probte, die Anerkennung seines Vaters! Doch nun war das alles vorbei. In David war alles leer, nachdem er stundenlang mit Hass und Wut angefüllt gewesen war. Und mit bitterer Enttäuschung.

»Delia«, stöhnte er. Warum meldete sie sich nicht? Warum hob sie nicht ab, wenn er ihre Nummer wählte? Schämte sie sich?

Wusste sie, was ihr Bruder getan hatte? Hatte sie ihn nicht verlassen, weil sie ihn nicht mehr liebte, sondern weil sie ihm nicht mehr in die Augen sehen konnte? Ging sie ihm aus dem Weg, weil sie zwischen die Fronten geraten war, zwischen die Interessen ihres Bruders und die berechtigten Ansprüche ihres Geliebten?

»Geliebter!« David stieß dieses Wort verächtlich von sich. Delia hatte ihn häufig so genannt. Mein Geliebter! Ein schönes Wort, hatte er noch vor Kurzem gefunden, ein Wort, das alles ausdrückte, was richtig war. Aber jetzt hörte es sich an wie ein Wort aus einem Groschenroman. Unecht, überspannt, wirklichkeitsfern.

Gestern noch hatte er gezögert, aber nun wählte er doch die Telefonnummer von Golo Berglund. Und tatsächlich meldete Delias Bruder sich sofort. Seine Stimme klang zunächst müde und so, als fühle er sich gestört, aber als er Davids Namen hörte, änderte sich das. Prompt redete er laut und so klar und deutlich, als hätte er sich vorgenommen, einen ausgeschlafenen Eindruck zu machen. »Noch jemand, der mir gratulieren will? Danke. Das hatte ich von Ihnen nicht erwartet. Das ehrt Sie.«

David war verwirrt. »Wie meinen Sie das?«

Er hörte Golo Berglund leise lachen. »Ich weiß nicht, wie viel ich in den letzten Tagen trinken musste und wie wenig ich geschlafen habe. Aber nun ist Schluss mit der Feierei. Jetzt geht es darum, aus dem Song alles rauszuholen, was geht. Der Interpret muss aufgebaut werden, ich sitze schon an dem nächsten Song für Cornelius Löber.«

David verschlug es die Sprache. Für mehrere Sekunden blieb es still in der Leitung, er hörte auf der anderen Seite leise Stimmen, Golo Berglund war offenbar nicht allein.

»Das kann ich übrigens empfehlen. Wenn prominente Schauspieler, Politiker oder Sportler singen, braucht man sich über die Vermarktung keine Sorgen zu machen. Wenn das Lied nicht total unterdurchschnittlich ist, wird es ein Hit.«

Endlich hatte David seine Sprache wiedergefunden: »Sie sprechen von meinem Song. Den ich komponiert und getextet habe. Den ich gerade mit meinem Vater aufgenommen habe. Den ich im nächsten Monat rausbringen will.«

Ein Lachen drang an sein Ohr. Ungläubig? Oder verächtlich? »Reden Sie keinen Mist.«

»Mist?« David schrie das Wort, mit überkippender Stimme, so laut wie möglich. »Sie haben mich bestohlen.« Erschöpft sank er wieder zusammen. Er konnte nicht mehr, ihm fehlten die Kräfte, und eigentlich wusste er ja, dass es zwecklos war. »Steckt Delia mit Ihnen unter einer Decke?«

Wieder kam dieses Lachen, diesmal sollte es wohl beruhigend klingen, wie von jemandem, der einem Irren gegenübersteht und ihn nicht reizen will. »Reden Sie keinen Blödsinn, Wiemann!«

Dann legte Berglund auf. Ein leises Tut-tut-tut drang an Davids Ohr. Er umklammerte das Telefon so fest, dass ihm die Hände wehtaten, dann war er drauf und dran, es an die Wand zu werfen. Vielleicht hätte er es sogar getan, wenn es nicht in diesem Augenblick zu klingeln angefangen hätte. Und wenn er nicht die Telefonnummer seines Vaters erkannt hätte …

14

April 2020, Sylt

Alisia hatte alles getan, um nicht mehr an David Wiemann denken zu müssen. Aber gelungen war es ihr nicht. Nun stand sie am Fenster und starrte hinaus, ohne etwas zu sehen. Sie trug einen taupefarbenen Hausanzug, den nur ganz Respektlose Jogginganzug genannt hätten. Das Logo von Mike Heiser war erst auf den zweiten Blick zu erkennen, es war am unteren Rand des Oberteils, dezent und Ton in Ton aufgestickt. Make-up trug Alisia nicht, frisieren musste sie ihre raspelkurzen Haare nicht, wie immer sah sie blendend aus, ohne etwas an ihrem Äußeren verändert zu haben, seit sie aus dem Bett gestiegen war.

Die Zweige der hohen Laubbäume an der Grundstücksgrenze schlugen hin und her, vom Wind gezaust, gelegentlich flogen kurze, dünne Äste herab, dennoch war der Frühling nun endlich eingekehrt. Der Wind war noch kalt, zu kalt für diese Jahreszeit, aber die Sonne ließ sich nicht beirren. Sie kämpfte sich immer wieder durch die dahinjagenden Wolken und war dann so warm, wie sich das für einen Frühlingstag gehörte. Alisia liebte es, den kalten Wind zu spüren und gleichzeitig die Wärme der Sonne auf ihrer Haut. Immer wunderte sie sich dann darüber, dass sich beides nie vermischte. Der Wind blieb kalt, auch wenn die Sonne immer wärmer wurde. Am schönsten war es, den Wind auf der einen und die Sonne auf der anderen Wange zu spüren.

Aber an diesem Tag war anderes wichtiger. Sie würde gleich ihren Koffer packen und nach Hamburg aufbrechen. Am Abend gab es eine kleine Modenschau, keine öffentliche Veranstaltung, nur eine Präsentation neuer Mike-Heiser-Modelle vor Kunden, Besitzern teurer Boutiquen, großen Modehäusern und Online-Händlern. Vielleicht eine Gelegenheit, David Wiemann einen Besuch abzustatten? Sich zu vergewissern, dass es ihm gut ging? Was sie aber auf seine Frage, was sie das eigentlich anging, sagen würde, wusste sie nicht. Hatte sie ein Recht darauf, sich in seine Angelegenheiten zu mischen, weil sie ihn gerettet hatte? Konnte sie daraus einen Anspruch ableiten? Würde er am Ende glauben, sie sei auf seine Dankbarkeit aus? Oder sollte sie ihm verraten, was sie belauscht hatte? »Wir haben gewusst, dass es ihn vernichten wird …« Dieser Satz ging ihr nach wie vor durch den Kopf.

Ihr Kaffee war mittlerweile kalt geworden. Sie verzog angewidert das Gesicht, als sie einen weiteren Schluck genommen hatte, trug den Becher in die Küche und schüttete ihn aus. Dann stellte sie die Kaffeemaschine an, um sich einen frischen zu kochen. Wenn sie David Wiemann nun anrief, musste sie ihm gestehen, dass sie ihn gegoogelt, dass sie sich nach ihm erkundigt hatte. Wie sonst hätte sie an seine Telefonnummer kommen können? Alisia spürte, dass es ihr peinlich war, ein so großes Interesse an David Wiemann einzugestehen. Er konnte ja nicht wissen, dass sie Delia Berglund belauscht hatte, dass sie etwas mitbekommen hatte, was vielleicht wichtig für David war. Anscheinend kam etwas auf ihn zu, das er womöglich verhindern konnte, wenn er die Chance hatte, sich der Sache rechtzeitig entgegenzustellen. Etwas Vernichtendes, so hatte der Mann gesagt, der mit Delia in dem Hamburger Hotel gesprochen hatte.

Sie ging in ihr Arbeitszimmer und zog ihr Handy vom Netzteil ab. In der Liste ihrer Kontakte fand sie den Namen Lea Angermann. Vielleicht konnte sie von ihr etwas erfahren? Sie wählte ihre Nummer, aber es meldete sich nur die Mailbox.

Bevor sie es noch einmal versuchen konnte, rief ihre Mutter

an. Alisias Körper spannte sich. Ohne es zu wissen, sah sie jetzt aus wie eine Frau, die auf einen Angriff gefasst war. »Was gibt's, Mama?«

Die Auseinandersetzung, die sie mit ihrer Mutter gehabt hatte, wirkte noch nach. Alisia hatte sie sofort angerufen, nachdem sie von Franco erfahren hatte, dass Kari Keller bei Mike Heiser einen Besuch gemacht hatte. »Hast du dafür gesorgt, dass Mike mich weiter beschäftigt?«

Kari hatte eine Weile herumgedruckst. »Ich hatte etwas mit ihm zu besprechen, und da …«

»Was hattest du mit ihm zu besprechen?«

»Du weißt doch, wir waren mal verheiratet …«

»Mama, das ist über dreißig Jahre her. Eine Scheinehe, das hast du mir doch längst erzählt. Was gab es da jetzt noch zu besprechen?«

»Wir hatten ja auch mal daran gedacht, dass Mike neue Arbeitskleidung für unsere Kellner entwirft.«

»Ich erinnere mich. Aber ich erinnere mich auch, dass ihr davon Abstand genommen habt, weil es euch zu teuer war.«

»Ich wollte noch mal mit Mike darüber reden.«

Alisia war sich sicher, dass ihre Mutter sie belog. »Erzähl mir nichts, Mama. Ich bin über dreißig, ich treffe meine Entscheidungen ganz allein. Woher willst du wissen, dass ich noch das Gesicht von Heiser-Moden sein will? Vielleicht will ich ja mit dem Model-Job Schluss machen?«

Sie hörte, dass ihre Mutter erschrak. »Du darfst dich nicht aus dem Geschäft drängen lassen.«

»Ich meine es anders, Mama! Willst du das nicht verstehen? Ich denke darüber nach, ob ich noch Model sein *will*.« Das letzte Wort schoss sie ihrer Mutter ins Gesicht. »Ewig will ich es nicht mehr, so viel steht fest. Ich könnte mir gut vorstellen, bald fürs *König Augustin* zu arbeiten.«

»Das kommt nicht infrage«, kam es blitzschnell zurück. »Du

weißt, Cappuccinchen, was ich dir immer gesagt habe: Wir verlangen nichts von dir.«

»Hörst du mir eigentlich zu? Ich würde Constantin nicht helfen, weil ich muss oder weil es von mir verlangt wird, sondern weil ich es gern tun würde.«

»Das sagst du jetzt nur so, ich kenne dich doch. Habe ich dir nicht oft genug erzählt, wie es mir früher gegangen ist? Ich habe jahrelang gegen den Anspruch meiner Eltern protestiert, habe immer das Gegenteil von dem getan, was von mir erwartet wurde. Wenn ich das *König Augustin* nur von Weitem sah, habe ich schon den Druck gespürt, den meine Eltern auf mich ausübten. Das will ich dir ersparen, Kind. Zum Glück bist du ja kein Einzelkind, so wie ich …«

Alisia hatte das Gespräch bald abgebrochen. Ihre Mutter wollte sie einfach nicht verstehen. Kari Keller war so stolz auf ihre schöne, berühmte Tochter. Dass *La Cappuccina* irgendwann im Café von Tisch zu Tisch gehen und sich bei den Gästen erkundigen könnte, ob sie zufrieden seien, wollte ihr einfach nicht in den Kopf. Erst recht nicht, dass Alisia es gern tun würde. So wie Kari es selbst heute auch gern tat. An der Seite ihres Mannes,der sie von ganzem Herzen liebte und der sich auch gern mit den Gästen beschäftigte. Sogar mit denen, die einem Schwarzen distanziert gegenüberstanden.

Nun hielt Alisia das Gespräch mit ihrer Mutter kurz, behauptete, sie müsse ein dringendes Telefonat führen, ehe sie nach Hamburg aufbrach und seufzte tief auf, als das Gespräch beendet war. Dann wählte sie Leas Nummer noch einmal. Aber wieder nur die Mailbox. Sie ging ins Schlafzimmer und fing an, ihren Koffer zu packen. Vielleicht würde sie David Wiemann anrufen, wenn sie in Hamburg angekommen war. Sie brauchte nicht morgen gleich wieder nach Sylt zurückzukehren, sie konnte noch zwei, drei Tage in Hamburg bleiben.

Während sie ihre Kleidung aus dem Schrank holte und inspizierte, sich nicht entscheiden konnte, was sie mitnehmen sollte, was sie nach der Modenschau tragen wollte und was passend war, wenn sie David Wiemann begegnete, summte sie vor sich hin. Woher kam diese Melodie? Alisia blickte auf und sah zum Fenster, das offen stand. Draußen war ein Auto vorbeigefahren, mit heruntergelassenen Seitenscheiben und voll aufgedrehtem Radio. Sie lächelte leicht und sang den Refrain mit. »Du bist ein Lied, und ich will es singen, singen, singen …« Ein Song, der sofort ins Blut ging.

15

April 2020, Riekenbüren

In Riekenbüren waren nach Ursula Berghoffs Beerdigung die schwarzen Anzüge und Kostüme schon wieder ausgebürstet worden und unter Plastikhauben in den hinteren Ecken der Schränke verschwunden. Niemand war zurzeit schwer krank, es waren keine weiteren Beerdigungen abzusehen. Doch es gab ja noch jene Fälle, in deren Todesanzeigen standen: plötzlich und unerwartet …

Und so kam es, dass kurz nach Ursula Berghoffs Tod eine weitere Beerdigung begangen werden musste. Die Tote war keine Riekenbürenerin, stammte aber aus der Gegend und wäre deshalb vermutlich schneller als andere Zugezogene integriert worden, wenn es dazu noch hätte kommen können. An diesem Tag wurde Ursula Berghoff zum ersten Mal schmerzlich vermisst, die in der Vergangenheit stets dafür gesorgt hatte, dass in Riekenbüren die Neuigkeiten schnell herum waren. Diesmal dauerte es länger, bis alle wussten: Ria Jacobson war gestorben. Am Abend war sie zu Bett gegangen wie immer, vielleicht ein bisschen müder und erschöpfter als sonst, ein wenig kurzatmiger und deprimierter als an den Tagen vorher, aber ihr Mann war dennoch ohne große Sorgen neben ihr eingeschlafen – und am nächsten Morgen neben seiner toten Frau aufgewacht. Schlimmer! Die kleine Jana war in das Doppelbett ihrer Eltern gekrabbelt und hatte sich an ihren Vater geschmiegt, weil die Mama so komisch kalt gewesen war und nicht wie sonst reagierte, wenn sie zu ihr unter die Decke schlüpfen wollte …

Hasso war derart erschüttert, dass er seine Schwester anrief.

Brit geriet prompt in Sorge, als sie die Stimme ihres Bruders hörte. »Ist was passiert? Du hast dich ja schon ewig nicht mehr gemeldet.«

Dieser Satz riss Hasso aus seiner Bestürzung. Er vergaß den Grund seines Anrufs und gab ärgerlich zurück: »Du auch nicht.«

Statt sich gemeinsam darüber zu grämen, dass eine noch junge Frau aus dem Leben gerissen worden war, dass drei Kinder ihre Mutter verloren hatten, dass ein Ehemann nicht wusste, wie er demnächst mit dem soeben gepachteten Betrieb und darüber hinaus mit Haushalt und Kindererziehung klarkommen sollte, diskutierten sie darüber, wen mehr Schuld traf, dass der familiäre Kontakt in den letzten Jahren eingeschlafen war. Und wie immer in ähnlichen Situationen stiegen sie auf einen Zug auf, mit dem sie in die Vergangenheit reisten. An sämtlichen Bahnhöfen vorbei, an denen Verwandte dem Zug nachschauten oder aber aufsprangen. Ihre Eltern, Olaf und auch Dennis, die ihnen nicht mehr zuwinken konnten, Nicole, die mit ihrer Aufgabe in der Knut-Augustin-Stiftung glücklich geworden war, Kari, die beinahe auf die schiefe Bahn geraten wäre, ihre Tochter, die so schön war, dass sie nicht nach Riekenbüren passte, ihr Sohn, der das Vermächtnis seines Großvaters weitertragen würde …

»Ich gebe zu«, sagte Hasso, »dass ich Bedenken hatte, als Kari einen Schwarzen heiratete. Und unsere Eltern erst! Aber sie hatten beide mittlerweile kapiert, dass man besser den Mund hält und sich nicht einmischt. Und wenn man jetzt deine wunderschöne Enkeltochter ansieht …«

»Sie kommt ganz nach Hajo.« Eine kleine Pause entstand, in der beide das Gleiche dachten.

Hasso sprach es aus. »Es ist traurig, dass ich keine Enkelkinder haben werde.«

Brit seufzte. »Ich verstehe es nicht. Nicole ist so eine liebe Person. Jeder Mann hätte froh sein können, sie zur Frau zu bekommen.«

Aber auch hier dachten sie beiden das Gleiche, wenn es diesmal auch niemand aussprach. Alle mochten Nicole, aber leider hatte sie sich optisch zum Abbild ihrer Großmutter entwickelt. Frida Heflik war in ihrer Jugend immer das Mauerblümchen gewesen, hatte lange warten müssen, bis sich ein Mann fand, der sie heiraten wollte, und das war dann Edward Heflik gewesen, der mit seinem lahmen Bein bei den Frauen, die ihn vor der Kinderlähmung attraktiv gefunden hatten, keine Chance mehr hatte. Nicole hatte Fridas Figur geerbt, war breithüftig, hatte ein ausladendes Gesäß und dicke Beine. Ihr Gesicht war blass, ihre dünnen Haare waren für keine Frisur zu gebrauchen. Als sie in eine Sonderschule geschickt wurde, weil sie mit dem Lesen und Schreiben nicht zurechtkam, war sie noch unattraktiver geworden. Sie war scheu und verschüchtert und traute sich selbst nichts zu. Das allerdings hatte sich geändert, seit sie wusste, dass sie nicht zu dumm zum Lesen und Schreiben war, sondern unter Legasthenie litt. Nicole hätte niemals eine Sonderschule besuchen dürfen, aber diese Erkenntnis kam zu spät. Zum Glück hatte Brit dafür gesorgt, dass ihre Nichte dennoch ihren Berufswunsch erfüllen konnte. Nicole hatte sich nichts sehnlicher gewünscht, als in einem Büro zu arbeiten und vor einer Schreibmaschine zu sitzen. Natürlich war niemand bereit gewesen, sie einzustellen, aber Brit hatte es trotzdem gewagt. Ihre Freundin Romy war zu jener Zeit noch die Leiterin der Knut-Augustin-Stiftung gewesen, unter ihren Fittichen wuchs Nicole zu einer passablen Büroangestellten heran. Die Prüfung zur Bürogehilfin hatte sie zwar nicht bestanden, aber Romys Nachfolgerin wurde sie dennoch. Von Vitamin B wurde zwar oft abfällig geredet, aber Brit hatte nie bereut, dass sie Nicole eine Chance geboten hatte. Und auch Kari und Hajo hielten große Stücke auf sie.

Hasso versuchte, fröhlich zu klingen. »Nicole ist glücklich in der Knut-Augustin-Stiftung. Sie braucht keinen Mann. Und für Kinder ist es ja sowieso zu spät.«

Brit schwieg eine Weile. Dann fragte sie zögernd: »Aber du meinst, sie wünscht sich noch immer eine Familie?«

Hasso schien sich genau zu überlegen, wie er antwortete: »Tut das nicht jede Frau?«

Nein, da war Brit anderer Meinung. »Heutzutage gibt es viele Frauen, denen ihr Beruf wichtiger ist.«

»Aber nicht Nicole.« Über diese Antwort musste Hasso nicht lange nachdenken.

»Und du meinst, Nicole und Lutz Jacobson …?« Brit sprach den Satz nicht zu Ende.

Hasso wusste natürlich, was sie meinte. »Jeder bekäme das, was er sich wünscht.«

»Wie gut verstehen sich Nicole und Lutz Jacobson denn?«, fragte Brit vorsichtig.

Hasso wusste genau, worauf seine Schwester abzielte. »Ich will nicht pietätlos sein, aber das wäre tatsächlich herrlich, wenn die beiden sich gut verstehen würden. Dann bliebe die *Schreinerei Wunder* in der Familie.«

Seine Schwester hatte ihn nicht auf diesen Gedanken gebracht, er war ihm schon selbst gekommen. Allerdings traute er sich nicht, ihn Halina gegenüber zu äußern, die es sicherlich unanständig gefunden hätte, so kurz nach Ria Jacobsons Tod den Ehemann mit Nicole verkuppeln zu wollen. So tat es ihm gut, dass Brit die gleichen Gedanken hatte wie er selbst.

»Ich könnte mir vorstellen, dass Nicole gerne bereit ist, Lutz Jacobson ein bisschen unter die Arme zu greifen«, sagte Brit. »Vielleicht lernen sie sich auf diese Weise kennen und lieben …« Sie schlug die Hand vor den Mund und hätte am liebsten alles wieder zurückgenommen, was gesagt worden war. Das war ja die reinste Kuppelei! Und pietätlos obendrein! Gut, dass Nicole nicht wusste, wie unverblümt ihr Vater und ihre Tante über ihre Zukunft redeten.

16

April 2020, Hamburg

David Wiemann weinte. Seit Jahren hatte er nicht mehr geweint. Nicht einmal, als Delia ihm am Telefon gesagt hatte, dass es vorbei sei mit ihrer Liebe, dass sie sich von ihm trennen wollte, hatte er geweint. Da hatte er geschrien, gewütet, seine Liebe zu ihr verflucht und sich immer wieder gefragt, wie er sich derart in ihr hatte täuschen können. Und schon am nächsten Tag hatte er einen Plan gesucht, wie er sie zurückerobern würde. Seine Gefühle hatten mehr einer verheerenden Wut geglichen, und erst diese Wut hatte ihn zur Trauer geführt. Möglich, dass er, als er in der Hotelbadewanne lag, dann doch geweint hatte, dass er sich nicht erinnern konnte, weil er sowieso nur eine sehr nebulöse Erinnerung an das Geschehen hatte. Aber das war nun auch nicht mehr wichtig. Nach dem Telefonat mit seinem Vater schien alles vorbei zu sein. Alles. Nun war er viel zu mutlos, um einen weiteren Schritt gehen zu können. Er würde von nun an nur dastehen und abwarten können, zu ohnmächtig, um etwas zu bewegen. Es würde ja doch nicht gelingen. Er war schlecht! Ein schlechter Musiker, ein schlechter Texter, ein total mieser Produzent. Und natürlich ein schlechter Sohn, der seinen Vater nur enttäuschen konnte. Als Liebhaber taugte er offenbar auch nichts, sonst hätte Delia ihn nicht verlassen. Und seine Mutter? Sie war ja so schwach, viel zu schwach, um ihn zu unterstützen. Sie war ein großes Kind gewesen, als sie Davids Vater kennenlernte, und war in der Ehe ein Kind geblieben, das sich immer nach der Meinung des Familienoberhauptes richtete. Sie würde glauben, was ihr Mann ihr erzählte, würde so enttäuscht sein wie er und nicht wagen, anders zu reagieren als er. Sie würde ihren Sohn nicht einmal fragen, wie es dazu hatte kommen können. Ihr Mann hatte immer recht, er musste einfach recht haben. Samy Angermann war immer der Mann ihrer Träume gewesen, Indra hatte ihn schon angehimmelt und verehrt, als sie noch sehr jung war. Ein Mann wie er hatte schon deshalb recht, weil ihm auf einer Bühne applaudiert und zugejubelt wurde, weil Zeitschriften über ihn berichteten, weil Frauen für ihn schwärmten, weil er auf eine lange Karriere zurückblicken konnte, auf einen Erfolgsweg von über vierzig Jahren. Wenn er auch in den letzten zehn Jahren keinen Hit mehr gelandet hatte, war er dennoch nie in Vergessenheit geraten. Es gab einige Schlager, die er interpretiert hatte, die auf keinem Schützenfest fehlen durften. Man kannte ihn noch. Samy Angermann war wie Peter Alexander oder Costa Cordalis eine Größe geblieben, auch nach dem letzten Hit. Jetzt hatte er kurz vor dem ganz großen Comeback gestanden. Und sein Sohn, der ihm dazu verhelfen sollte, hatte es verdorben. Dieser Erstgeborene, der nicht einmal seinen Namen trug …

David stand auf und reckte sich. Er fühlte sich wie nach einer Nacht, in der er sehr schlecht geschlafen hatte und von Albträumen geplagt worden war. Müde und abgeschlagen. An solchen Tagen hatte es keinen Sinn, sich noch einmal ins Bett zu legen und zu versuchen, wieder einzuschlafen. Die Albträume würden zurückkommen, und er würde anschließend genauso unausgeschlafen sein wie vorher. Nein, er musste etwas tun. Aber was? Eigentlich war klar, was er zu tun hatte: Golo Berglund zur Rechenschaft ziehen. Aber wie? Golo hatte sicherlich dafür gesorgt, dass David ihm nichts nachweisen konnte. David wusste nicht mal, wie Golo an seine Noten und den Text gekommen war! Und eigentlich ging es ihm auch gar nicht mehr darum. Was Golo getan hatte, ließ sich nicht wiedergutmachen, Davids Melodie war nicht zurückzuholen, sein Lied war unterschlagen, geraubt, erbeutet worden, das große Comeback seines Vaters zunichtegemacht.

David zog alle Regler des Schaltpults nach unten und stellte den Strom ab. Das Licht erlosch, das Summen der Geräte verstummte. Eine Weile stand er in der Dunkelheit seines Studios, dann tappte er vorsichtig zur Tür und zog sie auf. Schwaches Licht fiel nun herein, gedämpft durch eine weitere Tür, die aber einen Spalt offen stand. Er musste Delia anrufen, ein weiteres Mal versuchen, sie zu erreichen. Sie sollte ihm sagen, dass sie es nicht gewesen war, die ihm den Song gestohlen hatte. Sie hatte vermutlich eine unbedachte Äußerung getan, hatte das Lied gesummt, als sie zu Golo gekommen war, hatte ein paar Worte darüber verloren, dass David Wiemann einen Song geschrieben hatte, der unglaubliches Potenzial hatte. Aber mehr nicht. Nein, mehr auf keinen Fall. Dass Delia ihm die Noten gestohlen hatte, dass sie den Text an sich genommen hatte, dass sie das alles Golo gegeben und gesagt hatte: Beeil dich, damit du früher auf dem Markt bist als er … Nein, das konnte Delia unmöglich getan haben. So eine war sie nicht. Das Ganze musste ein Missverständnis sein. Er hatte ihr dieses Lied gewidmet. Für Delia! Das war die Überschrift gewesen. Ein Geschenk zu ihrem Geburtstag. Das Datum stand ganz oben, noch über dem Titel. Natürlich hatte sie es mitgenommen, und ihr Bruder hatte es später gesehen und an sich genommen, ohne dass sie es merkte. So musste es gewesen sein. Alles andere war undenkbar. Sie hatte ihn doch geliebt. Vielleicht liebte sie ihn immer noch. Dass sie mit ihm Schluss gemacht hatte, konnte auch bedeuten, dass sie sich schämte. Sie wusste, was ihr Bruder getan hatte, und wollte ihn weder verraten noch in Schutz nehmen. Stattdessen hatte sie auf ihre Liebe zu David verzichtet. Nur um nicht bekennen zu müssen, dass ihr Bruder ein Schuft war, ein Dieb, ein Verbrecher. Ja, so konnte es sein.

Er musste lange nach seinem Smartphone suchen, bis er es

schließlich in der winzigen Teeküche seines Studios fand. Die Anrufliste zeigte, wie oft er schon Delias Nummer gewählt hatte. Kein einziges Mal hatte sie abgenommen. War sie etwa krank geworden? War ihr etwas zugestoßen? David trat aus der Teeküche und ließ sich schwer auf einen Stuhl sinken, der neben der Eingangstür stand. Das musste es sein! Delia war krank, hatte einen Unfall gehabt, lag womöglich im Krankenhaus! Und Golo, dieser Mistkerl, hatte ihm nichts davon verraten.

David wählte ein weiteres Mal Delias Nummer ohne jede Hoffnung und legte auf, ohne sich die Ansage ihrer Mailbox anzuhören. Er würde nach Sylt fahren müssen. Aber vorher rief er noch bei Heiser-Moden an. Doch auch diesmal war niemand bereit, ihn in die Villa von Mike Heiser durchzustellen, damit er eine seiner Pflegerinnen sprechen konnte. Er erfuhr nicht einmal, ob sich Delia Berglund krankgemeldet hatte. Mike Heiser hielt alles, was zu seinem Privatleben gehörte, sehr sorgfältig unter Verschluss. Trotzdem würde er nach Sylt fahren. Wozu hatten seine Großeltern dort eine Ferienwohnung? Und wozu hatte er einen Schlüssel?

Die alten Wiemanns, die Eltern seiner Mutter Indra, standen immer hinter ihm, von ihnen fühlte er sich angenommen und geliebt. Schade, dass er sie so selten sah. Als Kind hatte es überhaupt keinen Kontakt zwischen seinen Eltern und den Großeltern gegeben, später war eine schale Versöhnung zwischen seiner Mutter und ihren Eltern zustande gekommen, sein Vater jedoch war nie bereit gewesen, seine Schwiegereltern als Teil der Familie anzuerkennen. Nur David war glücklich gewesen, Großeltern zu haben, so wie alle anderen Kinder. Die Eltern seines Vaters waren längst gestorben, lange hatte er geglaubt, ein Kind ganz ohne Opa und Oma zu sein. Als er die beiden kennenlernen durfte, war er schon in die Grundschule gegangen. Seine Schwester Lea, die fünf Jahre jünger war, konnte sich nicht daran erinnern, jemals ohne Großeltern gewesen zu sein. Wenn die alten Wiemanns auf

Sylt waren, durften die Enkel sie gelegentlich besuchen. Ihre Mutter brachte sie dann auf die Insel, blieb aber nie länger als einen einzigen Tag. Später holte sie die beiden dann zurück, übernachtete aber auch bei dieser Gelegenheit nur ein einziges Mal, und das auch nur, weil es anders nicht ging.

David hatte erst nach und nach erfahren, was in der Vergangenheit geschehen war und warum er Wiemann hieß, während seine Eltern und seine Schwester den Namen Angermann trugen. Seine Mutter war erst fünfzehn gewesen, als sie sich in den wesentlich älteren Schlagerstar Samy Angermann verliebte und von ihm schwanger wurde. Sie verschwieg ihren Eltern den Namen des Vaters, weil sie fürchten musste, dass ihr Vater alles tun würde, um Samy Angermanns Karriere zu gefährden. So kam David als uneheliches Kind von Indra Wiemann zur Welt. Diese heiratete den Vater ihres Kindes erst, als sie erwachsen war und die Zustimmung ihrer Eltern nicht mehr brauchte. Aber Samy Angermanns Angst vor einem möglichen Skandal, weil er als erwachsener Mann eine Fünfzehnjährige geschwängert hatte, blieb. Zwar verleugnete er seinen Sohn nicht, aber er sorgte dennoch dafür, dass David in den Homestorys nicht vorkam, während er Lea, seit sie ein bekanntes Model geworden war, auf dem roten Teppich gerne an seine Seite holte.

David stand auf und ging ins Studio zurück. Alle anderen Räume waren zu deprimierend. Diese Teeküche, der schreckliche Toilettenraum, die Garderobe, die gleichzeitig so etwas wie ein Aufenthaltsraum war, in dem er alles abstellte, was sonst keinen Platz hatte. Sein Vater hatte das Gesicht verzogen, als er zum ersten Mal das Studio von *Wiemann Productions* betreten hatte. »Du wirst dir demnächst hoffentlich etwas Besseres leisten können«, hatte er gesagt.

Sein Studio! Darauf war David stolz gewesen, aber natürlich war es ihm immer nur um den Raum gegangen, in dem er Musik aufnahm und in dem hinter einer Glaswand der Sänger stand. Auch die Songtexte hatte David immer hier geschrieben, an einem winzigen Stehpult, das gerade noch in den Raum passte. Sein Studio, sein Heiligtum! Hier war zum ersten Mal die Melodie durch seinen Kopf gegeistert, die er vom selben Augenblick an nicht wieder losgeworden war. »Du bist wie ein Lied …« Der Song, der sogar Gnade vor den Augen seines Vaters gefunden hatte, das Lied, das Samy Angermann unbedingt hatte singen wollen. Und das, nachdem David schon so oft vergeblich versucht hatte, ihm etwas auf den Leib zu schreiben. Sein Vater hatte es immer vorgezogen, zu den namhaften Musikproduzenten zu gehen, die ihn kannten, die seine Stimmlage kannten, die Töne, die ihm am besten lagen, die Höhen und Tiefen seiner Stimme, die wussten, was er brauchte. Doch nun …

»Du Versager!«, hatte sein Vater gebrüllt. »Du … Dieb! Verbrecher! Wie konntest du?« Am Ende hatte er sogar geschrien, dass sein Sohn nicht einmal clever genug sei, einen gestohlenen Song ein paar Tage eher auf den Markt zu bringen als der rechtmäßige Produzent. »Nicht nur kriminell, auch noch dumm!« Alles war vergeblich gewesen. Die Aufnahmen, die David mit Stolz und Samy mit großer Hoffnung erfüllt hatten … alles umsonst!

David sehnte sich nach seiner Mutter, wusste aber, dass es sinnlos war, sie anzurufen. Vielleicht Lea? Ja, seine Schwester würde ihm glauben, sie vertraute ihm. Oder … diese Frau. Wie hieß sie noch? Alice … oder so ähnlich. Mit einem Mal lachte er auf, obwohl er alles andere als amüsiert war. Nein, sie hieß Alisia! Noch bekannter war sie unter dem Namen *La Cappuccina*! Eine bildhübsche Frau, die schönste der Modeszene wurde sie oft genannt, mit einer Hautfarbe wie ein Cappuccino, mit riesigen dunklen Augen und einem sinnlichen Mund. Natürlich hatte er sie schon in Zeitungen gesehen, sie auf einer Modenschau laufen sehen, die er wegen Lea besucht hatte. Warum hatte er das nicht gleich erkannt?

»Ich Idiot!« Schade, dass er ihre Nummer nicht hatte. Ob sie ihn noch einmal anrief? Erwarten konnte er es nicht, er war nicht besonders freundlich zu ihr gewesen. Außerdem würde sie ihn kein zweites Mal erreichen können, fiel ihm ein. Sie hatte ihn im Krankenhaus angerufen auf dem Festnetztelefon, das auf seinem Nachttisch gestanden hatte.

Er machte alle Lichter wieder an, zog scin Handy hervor, lehnte sich auf seinem Stuhl zurück und wählte die Nummer seiner Schwester Lea.

17

April 2020, Sylt

Alisia trug den Katzenkorb in Chris' Atelier. »Danke, dass Cleopatra hierbleiben darf.«

»Immer gern.« Chris lächelte auf die Katze herab.

Alisia sah sich um. »Ist Linda nicht da?«

Chris zuckte nur mit den Schultern. »Es läuft zurzeit nicht gut zwischen uns. Vielleicht kommt sie heute noch, vielleicht auch nicht. Sie will mir zeigen, dass sie nicht auf mich angewiesen ist.«

»O je!« Alisia ging zu dem Kaffeeautomaten, der in einer Ecke von Chris' Atelier stand. »Willst du reden? Ich hab's nicht eilig.«

Chris schüttelte zwar den Kopf, legte aber trotzdem den Pinsel weg, kam zu Alisia und drückte für sie zwei Tasten des Kaffeeautomaten. »Cappuccino wie immer?«, fragte er erst danach.

Sie sah zu, wie der Milchschaum in die Tasse sprühte und der Kaffee dem Getränk am Ende die richtige Farbe gab. Sie lächelte, ohne es zu merken.

Auch Chris lächelte. »*La Cappuccina* trinkt mit mir Cappuccino! Ich bin ein Glückspilz.«

Alisia lehnte sich an den Tisch und hielt ihr Gesicht über die Tasse, wie sie es immer gern tat, wenn der Kaffee noch so frisch war, dass er ihr ins Gesicht dampfen konnte. »Was genau ist denn euer Problem?«, fragte sie sachlich.

Chris schien kein langes Gespräch führen zu wollen. Kurz und bündig berichtete er, dass er Linda den Vorwurf gemacht habe, nicht zu arbeiten, sich für nichts zu engagieren, nie ihr eigenes

Geld verdient zu haben. »Sie klagt über das Alter, will mir aber nicht glauben, dass sie in Wirklichkeit kein Problem mit dem Alter, sondern mit ihrer Langeweile hat. Als sie jung war, hat sie es als ihre Aufgabe, ihre Berufung gesehen, schön und begehrenswert zu sein. Damit war sie vollauf beschäftigt, dieser Job hat ihr gefallen, das war genau ihr Ding. Aber natürlich hat sie nie daran gedacht, dass sich etwas ändern könnte. Jetzt ist sie nichts als eine Frau, die sich langweilt. Dass sie damit nicht mehr attraktiv ist, will sie nicht begreifen. Sie glaubt nach wie vor, dass es aufs Äußere ankommt, auf faltenfreie Haut, auf schöne Haare, ein gelungenes Make-up, teure Klamotten und so weiter.« Chris verdrehte genervt die Augen. »Wenn eine Frau ein interessantes Innenleben hat, ist auch ihr Äußeres interessant. Wer denkt denn an Krähenfüße, wenn eine Frau etwas zu sagen hat? Wenn sie etwas erreicht hat? Wenn sie für etwas brennt, wofür sie sich engagiert?«

Alisia war nachdenklich geworden. »Ein interessanter Aspekt«, murmelte sie. Eine Weile schwiegen sie beide, dann fügte sie an: »Eigentlich tut mir Linda leid. Gibt es denn nichts, was sie tun könnte?«

Chris schüttelte den Kopf. »Was auch nur den Anschein von Arbeit hat, lehnt sie ab. Die Mieter, die in die Wohnung ihres Vaters gezogen sind, sollen brav ihre Miete zahlen, aber bitte keine Ansprüche stellen. Dass Linda einen Mietvertrag ausdrucken lassen, ausfüllen und unterschreiben musste, war schon ein Kraftakt. Manchmal kommt es mir vor, als hätte sie im Laufe der Jahre das Lesen und Schreiben und sogar das Denken verlernt.« Er winkte ab, als wollte er nicht länger über Linda reden, tat es dann aber doch. »Ich weiß, dass Arne in der kurzen Zeit ihrer Ehe versucht hat, Linda die Arbeit im *König Augustin* schmackhaft zu machen. Er war der Ansicht, dass sie eine gute Geschäftsfrau abgeben würde, und ich glaube das auch. Sie hat Verhandlungsgeschick, kann gut mit Zahlen umgehen und wäre die Richtige gewesen, einen

Betrieb wie das *König Augustin* zu repräsentieren.« Er verzog das Gesicht. »Na ja, ich darf mich nicht beschweren. Ich selbst habe ihr damals zugeredet, sich nicht auf Arnes Forderungen einzulassen. Ich wollte natürlich nicht, dass sie sich zu sehr ans *König Augustin* bindet. Ich wollte sie für mich. Für mich ganz allein. Das war ein Fehler.« Er betrachtete Alisia, als sähe er sie zum ersten Mal. »Du bist ganz anders.«

»Ich bin eine andere Generation«, antwortete Alisia schnell. »In meinem Alter ist ein Beruf selbstverständlich. Vor dreißig, vierzig Jahren durften Frauen noch Hausfrauen sein, ohne dass sie langweilig genannt wurden.«

Chris lachte. »Eine Hausfrau ist Linda aber nie gewesen. Nur eine schöne Frau, die von ihrem Vater verwöhnt wurde, sonst nichts.«

»Und eine Frau, die du liebst?«

»Und eine Frau, die ich liebe.«

Es entstand eine wohltuende Stille. Nicht eine, die unruhig machte, keine, die zur Verlegenheit führte, einfach ein Schweigen, das voller Nachdenken und Gemeinsamkeit war. Schließlich fragte Chris: »Was ist eigentlich mit Franco Statti und dir? Linda sagt, er ist verrückt nach dir.«

»Er ist ein wirklich netter Kerl. Aber …«

»… du liebst ihn nicht?«

»Ich weiß nicht. Vielleicht doch. Vielleicht … ich glaube, ich bin verliebt in ihn, aber … Ach, ich weiß auch nicht.«

Chris lachte. »Das hört sich so an, als gäbe es noch einen anderen.«

»Stimmt.« Und als Chris erstaunt die Stirn hochzog, wusste sie mit einem Mal, dass er jemand war, dem sie ihr Geheimnis anvertrauen konnte. Mit leiser Stimme erzählte sie von ihrem Erlebnis in dem Hamburger Hotel. Und am Ende setzte sie etwas hinzu, was sie selbst noch mehr erstaunte als Chris Reineit: »Er geht mir einfach nicht mehr aus dem Kopf. Ich glaube …« Nein, das wollte sie nun doch nicht aussprechen.

»Dich hat die Liebe auf den ersten Blick erwischt?« Chris wartete auf ihre Reaktion, aber Alisia nickte nicht und schüttelte auch nicht den Kopf.

»Ich bin sicher, dass es sie gibt«, sagte Chris nach einer Weile, als er nicht mehr auf eine Reaktion von Alisia hoffte, »diese Liebe auf den ersten Blick. Ich glaube aber auch, dass es Liebe gibt, die gedeihen muss, die heranwächst von Sympathie über Verliebtheit zur ganz großen Liebe.«

18

April 2020, Hamburg

»BESETZT!« IMMER UND immer wieder wählte David die Nummer, aber jedes Mal ertönte nur das Besetztzeichen. Entnervt warf er sein Smartphone zur Seite, erhob sich, ging erneut in die Teeküche, fragte sich, was er dort sollte, und überlegte, die Tür des Studios hinter sich zuzuwerfen und nach Hause zu gehen. Aber er schaffte es nicht. Er ging zurück und startete die Aufnahme mit der Stimme seines Vaters. »Du bist wie ein Lied für mich …«

Samy Angermann holte alles aus seiner Stimme heraus. David spürte seine Hoffnung in jedem Ton, seine Zuversicht, dass er eine Riesenchance erhielt, vermutlich seine letzte. Eine Chance, die ihm sein Sohn geboten hatte. Aber jetzt tönte aus allen Lautsprechern da draußen die gleiche Melodie mit dem gleichen Text, gesungen von einem Mann, der noch nie als Sänger aufgetreten, als Schauspieler jedoch sehr bekannt war. Cornelius Löber, der Star von *Heimweh nach Madrid*, einer Fernsehserie, die schon viele Jahre sehr erfolgreich war, in letzter Zeit aber schlechte Quoten aufwies. Es wurde gemunkelt, dass *Heimweh nach Madrid* vielleicht bald abgesetzt wurde. Und wahrscheinlich strebte Cornelius Löber deswegen eine neue Karriere an. Dabei war er an den richtigen Musikproduzenten geraten. Golo Berglund hatte schon einmal vor Jahren einen Fußballspieler zum Singen gebracht, dessen Stimme weniger als mäßig gewesen war. Der Song hatte sich dennoch millionenfach verkauft, denn sein Interpret hatte für jede

Menge Gesprächsstoff gesorgt, weil er kurz vorher von einem Schmierenjournalisten bei einem One-Night-Stand erwischt und fotografiert worden war. Golo Berglund hatte schon bald die Champagnerkorken knallen lassen können, und Cornelius Löber würde ihm vermutlich zu einem ähnlichen Erfolg verhelfen …

David hatte die Musik so laut gestellt, dass er beinahe das Klingeln seines Handys nicht gehört hätte. Er nahm das Gespräch an, noch bevor er die Musik ausgestellt hatte.

»War das Papa?« Lea hatte die Stimme ihres Vaters sofort erkannt. »Was ist passiert, David? Ich habe gerade lange mit Papa telefoniert. Ich verstehe das nicht. Du bist doch kein Dieb.«

»Nein«, bestätigte David tonlos. »Das bin ich nicht. Es ist genau umgekehrt. Mir ist dieses Lied gestohlen worden.«

»Ich bin in Hamburg«, sagte Lea. »Soll ich zu dir kommen? Oder sollen wir uns lieber im *Carar* treffen? In einer halben Stunde? Ich nehme ein Taxi.«

David kam als Erster im *Carar* an. Und hätte am liebsten auf dem Absatz kehrtgemacht, als ihn Cornelius Löbers Stimme empfing. »Du bist wie ein Lied …« Er schloss kurz die Augen und versuchte, sich zu fangen. Sollte das in den nächsten Monaten nun immer so weitergehen? Würde ihm überall sein Lied entgegenschallen, würde er überall Leute mitsummen hören, wie hier den Barkeeper, der sogar den Zapfhahn im Rhythmus des Liedes betätigte? Und würde er Cornelius Löber in den Talkshows darüber reden hören, wie fasziniert er vom ersten Augenblick an von dieser Melodie gewesen war? So sehr, dass er sie einfach singen musste …

Als Lea eintrat, hatte Adele längst mit *Someone like you* den Song abgelöst. Dan Wilson war der Produzent dieses Liedes. David hatte geglaubt, dass er nach »Du bist wie ein Lied« ebenfalls Musik für bekannte Sänger würde produzieren können, die Selbstläufer wurden. Seine ganze Hoffnung hatte er auf diesen Titel gesetzt, er hatte gewusst, dass er damit seinen Durchbruch schaffen konnte. Die Musik war gut, die Melodie, der Rhythmus war gut, und auch der Text war gut, nicht zu seicht, nicht banal, sogar ein bisschen lyrisch, mit dem Ausdruck eines Gefühls, das jeder kannte. Ein Siegertitel, ein Hit, das hatte David sofort gewusst, und auch Delia hatte es erkannt, als sie das erste Mal die Rohfassung gehört hatte. An ihrem Geburtstag, an dem er ihr das Lied gewidmet und geschenkt hatte …

Lea fiel allen auf, als sie zu ihm an den Tisch kam, und David wurde von einigen Geschlechtsgenossen neidisch angesehen, die nicht wussten, dass er der Bruder dieser schönen jungen Frau war. Lea war groß und schlank, aber nicht so groß, wie man es von einem Model eigentlich erwartete. Sie hatte anfänglich Schwierigkeiten gehabt, ins Geschäft zu kommen, weil sie nicht die Gardemaße vorwies, die erwartet wurden, sich dann aber doch durchgesetzt. Zwar war sie keine Heidi Klum, keine Claudia Schiffer und auch keine *La Cappuccina* geworden, aber sie hatte sich ihren Platz in der Modewelt trotzdem erobert. Denn was sie an Größe vermissen ließ, machte sie an Persönlichkeit wett. Sie war keine glatte Schönheit, sondern eine mit Ecken und Kanten. Ihre Nase war ein wenig schief, ihre Augen waren zu klein, um Lea eine makellose Schönheit nennen zu können. Dennoch wirkte sie attraktiver als viele andere, die über den Laufsteg gingen und sich kaum voneinander unterschieden. Und sie trug den Namen Angermann, sie war die Tochter des bekannten Schlagersängers. Lea wusste selbst, dass ihr auch diese Tatsache den Weg geebnet hatte.

Carsten Tovar bediente sie persönlich und legte ihnen die Speisekarte vor. »Heute kann ich Ihnen Steinbutt mit grünem Spargel und Austern-Velouté empfehlen.«

David sah Lea fragend an, wusste aber, ehe er auf das Angebot reagieren konnte, dass sie etwas anderes wollte. »Heringsstipp! Haben Sie den auch?«

Carsten Tovar lachte. »Den führen wir immer.«

Auch David entschied sich dafür, schlug die Speisekarte zu und reichte sie Carsten zurück. »Die Weinkarte brauchen wir nicht. Zum Hering muss es ein Bier sein.«

Es ging ihm im selben Augenblick ein wenig besser. Der Schmerz war noch da, die Enttäuschung tat noch weh, die Verzweiflung lauerte noch immer auf ihn, aber nun war seine Schwester da. Helfen konnte sie ihm nicht, das konnte niemand, aber sie würde ihm zuhören, und sie würde auf seiner Seite stehen. Dass sie Papas Liebling war, immer gewesen war, hatte nie etwas daran geändert, dass sie sich stets neben David gestellt hatte, wenn sie glaubte, dass ihm Unrecht geschah.

Jetzt allerdings war etwas anders. Sie betrachtete ihn mit einem Blick, den er nicht kannte. Es war nicht der aufmunternde Blick der Schwester, die ihm gleich den Ellenbogen in die Seite stoßen und eine Idee präsentieren würde, wie er aus seiner misslichen Lage am besten herauskam. Diesmal war sie ernst, zwinkerte ihm nicht Mut machend zu, hatte etwas Geschäftsmäßiges an sich und sah so aus, als ginge es darum, ihn zur Einsicht zu bringen. »Es ist ja nicht so, als könnte ich dich nicht verstehen, David«, begann sie, »aber …«

»Du glaubst auch, ich hätte das Lied gestohlen?«, fuhr David auf. Das konnte doch nicht wahr sein! Auch Lea?

Seine Schwester betrachtete ihn lange. »Wie gesagt, ich kann dich verstehen. Papa hat immer verschwiegen, dass er einen Sohn hatte, er wollte nicht, dass du seinen Namen bekommst, er hat dich aus der Öffentlichkeit rausgehalten, während ich …« Lea brach ab. »Aber das war doch alles nur, weil unsere Mutter erst fünfzehn war, als sie dich bekam. Das ist zwar schon lange her, aber Papa hat immer noch Angst, dass man ihm das zum Vorwurf machen könnte. Noch nach so vielen Jahren. Sein Image …«

»Was hat das mit dem Song zu tun, den ich für Papa geschrieben habe?«, unterbrach David.

»Du wolltest endlich, dass er dich anerkennt, das verstehe ich. Du wolltest …« Sie zögerte. »Vermutlich wolltest du ihn zwingen, endlich allen zu sagen: Seht her, das ist mein Sohn. Ein toller Komponist und Texter, ein spitzenmäßiger Musikproduzent. Seine Mutter war noch ein Kind, als sie ihn bekam, ich hatte damals Angst, dass es mich die Karriere kosten könnte, wenn jemand erfährt, dass ich eine Fünfzehnjährige geschwängert habe. Aber nun …«

»Nein!«, sagte David so laut und schneidend, dass der Kellner, der die Biere servieren wollte, erschrocken zurückwich und glaubte, er hätte etwas Falsches auf dem Tablett stehen.

David murmelte eine Entschuldigung, wartete ab, bis die Biergläser vor ihnen standen, und sprach dann in gemäßigter Lautstärke weiter. »Ich weiß doch, wie das damals war. Mama war noch ein halbes Kind, sie hat verschwiegen, wer der Vater ihres Kindes war, Opa und Oma hätten ihn in der Öffentlichkeit unmöglich gemacht und alles getan, um seine Karriere zu zerstören. Ich weiß auch, dass Mama mich in einem Entbindungsheim zur Welt gebracht hat, dass sie nicht einmal zu Hause bleiben konnte. Aber als die beiden dann verheiratet waren, da hätte er sich zu mir bekennen müssen.«

»Dann wäre es trotzdem an die große Glocke gekommen, dass Mama bei deiner Geburt noch so jung war. Das hätte seinem Image nicht gutgetan.«

»Ich durfte nicht einmal seinen Namen tragen. Ich musste David Wiemann bleiben, während du als Lea Angermann geboren wurdest.«

»Trotzdem hat er dich nie verleugnet. Ich meine … er hat nie gesagt, dass er keinen Sohn hat.«

»Das nicht, aber ich habe auch nie neben ihm auf irgendeinem roten Teppich stehen dürfen. Er wollte niemanden mit der Nase drauf stoßen, dass er einen Sohn hat, der nur fünfzehn Jahre jünger als seine Mutter ist. Wenn er mich auch nie verleugnet hat, er hat aber immer dafür gesorgt, dass niemand nach mir fragt.«

Lea hob ihr Glas und prostete David zu, jetzt augenscheinlich darum bemüht, die Stimmung herzustellen, die sonst zwischen ihnen herrschte. »Deswegen verstehe ich ja, dass du Papa endlich zwingen wolltest, sich zu dir zu bekennen. In aller Öffentlichkeit. Er brauchte einen tollen Song für sein Comeback, dieser Titel ist einfach spitze, du hast nicht widerstehen können …«

David griff hart nach Leas Hand. »Hör auf«, zischte er. »Ich habe den Titel nicht gestohlen. Es ist mein Song! Er gehört mir! Mir! Golo hat mir die Melodie gestohlen, nicht umgekehrt.«

Lea sah ihren Bruder jetzt regelrecht ängstlich an. »Kannst du das beweisen?«

»Natürlich nicht! Wie denn? Sonst hätte ich Golo längst angezeigt.« Er betrachtete seine Schwester, sah, wie sie seinem Blick auswich, wie sich ihre Hände mit dem Serviettensaum beschäftigten, wie sie an ihm vorbeiblickte und nicht wusste, was sie sagen wollte. »Du traust mir das wirklich zu?«

»Wie gesagt …«

»Ja, ja, du verstehst mich, schon klar. Du hast Verständnis dafür, dass ich unseren Vater mal so richtig beeindrucken wollte und dafür einem Konkurrenten einen Song geklaut habe.« David spürte, wie die Trauer in ihm aufstieg, wie sie ihn schwer und unbeweglich machte, wie die Verzweiflung ihn lähmte und sich eine Leere in seinem Kopf ausbreitete, als wollte sie ihn am Denken hindern. Es war sinnlos. Wenn sogar Lea ihm nicht glaubte, brauchte er gar nicht zu versuchen, einen Beweis zu finden. Niemand würde ihm helfen, weil es niemanden gab, der ihm glaubte. Sein Vater nicht, seine Mutter nicht, weil sie immer die Meinung des Vaters übernahm, und nun auch seine Schwester nicht.

Der Kellner servierte den Heringsstipp. Schweigend betrachteten sie eine Weile die gut gefüllte Schüssel, dann tat Lea ihnen beiden auf und wünschte: »Guten Appetit.«

David bedankte sich, begann zu essen, legte aber schon bald das Besteck wieder beiseite. »Mir ist der Appetit vergangen.«

Lea kämpfte mit einem großen Zwiebelring, ehe sie antwortete: »Ich werde versuchen, mit Papa zu reden. Er wird dir verzeihen, wenn ich ihm erkläre, wie es so weit kommen konnte. Für ihn ist ja kein Schaden entstanden. Niemand weiß von den Aufnahmen, die du mit ihm gemacht hast, niemand hat je gehört, dass er den Titel sang. Wenn er in der Versenkung verschwindet, wird niemand etwas erfahren.«

»Was soll das heißen? Du willst ihm auseinandersetzen, warum ich zum Dieb wurde? Weil der kleine David endlich mal von seinem Papa gelobt werden wollte?«

»Sei nicht zynisch.«

David hatte nun wieder Mühe, so leise zu sprechen, dass er die anderen Gäste nicht störte. »Ich will nicht, dass du Papa erklärst, warum ich für ihn einen Song geklaut habe. Ich will, dass du ihm erklärst, dass er sich irrt. Dass der Song von mir ist, dass Golo Berglund ihn mir gestohlen hat.«

Lea schwieg, ließ den Blick nicht von ihrem Heringsstipp, machte aus einem Stück drei kleine und aß sie langsam und konzentriert. »Es kann doch kein Zufall sein«, sagte sie leise, »dass du mit der Schwester von Golo Berglund zusammen bist.«

»Ich war es. Delia hat Schluss gemacht.«

Lea sah ihn überrascht an. »Weil sie weiß, was du getan hast?«

»Verdammt!« David warf seine Gabel auf den Teller, dass die weiße Soße nur so spritzte. Schon stand er neben dem Tisch und riss seine Jacke von der Stuhllehne. »Ich bin froh, dass ich kein Angermann bin. Ihr könnt mir gestohlen bleiben. Alle! Papa, Mama und du nun auch. Schönes Leben noch!«

Damit rannte er hinaus, den Kellner über den Haufen, der zum

Glück nichts Zerbrechliches in der Hand hielt, sondern nur einen Korb mit frischen Brötchen, die auf der Erde landeten. Einen Gast, der nach einem freien Tisch Ausschau hielt, stieß er zur Seite, und Carsten Tovar, der ihm besorgt zum Ausgang folgte, übersah er einfach. Aus! Aus und vorbei! Er war allein, ganz allein auf der Welt. Delia gehörte nicht mehr zu ihm, und nun hatte er auch seine Familie verloren. Mit seinem Vater wollte er nie wieder etwas zu tun haben, mit seiner Mutter auch nicht. Und dass Lea ihm nun auch nicht glaubte, war der Gipfel, nein, der Tiefpunkt seines Lebens. Lea war doch immer auf seiner Seite gewesen. Warum glaubte nicht einmal sie, was wirklich geschehen war?

Aus einem vorbeifahrenden Auto tönte »Du bist wie ein Lied ...« und er griff in den Blumenkasten eines Hauses, an dem er gerade vorbeiging, riss eine knospende Geranie heraus und warf sie dem Auto hinterher, ohne die geringste Chance zu haben, es zu treffen.

»Vorsicht, junger Mann!«, sagte jemand im Vorübergehen. »Sie vergreifen sich an fremdem Eigentum.«

»Na und?«, brüllte David hinter ihm her. »Was geht Sie das an? Und wissen Sie eigentlich, was mit meinem Eigentum passiert ist?«

Der Mann blieb stehen, drehte sich um, wurde aber von seiner Begleiterin weitergezogen. »Lass ihn doch, der macht nur Ärger. Irgendein Asozialer ...«

Ein Asozialer! Wenn er so aussah, konnte er sich ja auch so benehmen. Asozial! »Ich bin der Sohn von Samy Angermann«, schrie er und riss auch die restlichen Geranien aus den Blumenkästen, warf sie auf den Gehweg und trampelte darauf herum. »Ich bin der Sohn von ...«

Zwei Hände packten ihn und sorgten dafür, dass wenigstens die allerletzte Geranie an ihrem Platz blieb. »Schön ruhig, mein Junge. Jetzt ist Schluss! Vandalismus mögen wir hier gar nicht.«

Eine Stunde später saß er auf einem Polizeirevier vor dem Schreibtisch des diensthabenden Beamten und tat sein Bestes, ihm zu erklären, was mit ihm geschehen war. Natürlich war er zunächst für betrunken gehalten worden, aber der Alkoholtest hatte ergeben, dass er stocknüchtern war. Daraufhin hatte David etwas von Familienstreitigkeiten erzählt, von beruflichen Problemen und von seiner Freundin, die mit ihm Schluss gemacht hatte.

Der Polizist brachte nun sogar Verständnis für ihn auf. »Das ist wohl ein bisschen viel auf einmal gewesen.«

Um eine Anzeige wegen Randalierens und Sachbeschädigung kam er trotzdem nicht herum. Aber das war egal. David war froh, dass er entlassen wurde und niemand darauf bestand, ihn dem Polizeiarzt vorzuführen, weil seine Behauptung, er sei der Sohn von Samy Angermann auf eine Persönlichkeitsstörung hinweisen könnte.

Als er vor der Polizeistation stand, überlegte er, ob er ein Taxi holen oder zu Fuß zum Bahnhof gehen sollte. Er entschied sich für Letzteres. Die frische Luft würde ihm guttun. Und wenn an diesem Abend kein Zug mehr nach Lohbrügge fuhr, dann würde er in einem Hotel übernachten, vielleicht sogar dort, wo Delia mit ihm Schluss gemacht hatte, oder in seinem Musikstudio. In der Abstellkammer stand eine Liege, auf der er schon gelegentlich übernachtet hatte, wenn er zu lange an einem Musiktitel gearbeitet hatte, um noch mit dem Zug nach Lohbrügge zu fahren. Das war vermutlich besser als ein Hotel, auf jeden Fall besser als ein Luxushotel, in dem man ihn schief ansehen würde, wenn er ohne Gepäck einchecken wollte, in einer Hose, auf der die Blumenerde ihre Spuren hinterlassen hatte.

19

April 2020, Hamburg

Diesmal wohnte sie in der ersten Etage. Dasselbe Hotel, aber eine andere Zimmerkategorie. Mike Heiser war großzügig, er buchte jedes Mal eine Suite für sie. Oder war es Franco Statti, der dafür gesorgt hatte, dass Alisia besonders komfortabel untergebracht war? Schon möglich. Selbst begnügte er sich mit einem Business-Zimmer, mit dem im Übrigen auch Alisia zufrieden gewesen wäre. Sie machte sich längst nicht so viel aus Luxus, wie Franco glaubte. Aber vielleicht hatte er ja auch darauf gehofft, die Nacht mit ihr zusammen in der Suite zu verbringen? Natürlich war er bei der Produktpräsentation von Heiser-Moden dabei gewesen. An Mikes Stelle, der eine Reise nach Hamburg nicht mehr bewältigte, selbst dann nicht, wenn sämtliche Pflegerinnen ihn begleiteten.

Alisia räkelte sich und sah zu, wie die Sonne hinter den Häusern aufging. Erst nur ein schwacher Schein, dann immer heller, und schließlich stand sie grell am Himmel. Ein sonniger Frühlingstag war angebrochen. Der Autoverkehr erwachte, Stimmen vor dem Hotel waren zu hören, Hundegebell, eine Autohupe. Kein Möwengeschrei, keine Brandungswellen, keine Windböen. Auf Sylt wachte Alisia einfach viel lieber auf. Jedenfalls seit ein paar Jahren. Am Anfang ihrer Karriere war sie immer gerne in anderen Städten in großen Hotels abgestiegen, hatte die Bewunderung genossen, die sie überall erntete, und hatte jede bevorzugte Behandlung gern angenommen. Aber irgendwann hatte sie sich nicht mehr daran erfreuen können. Jetzt wollte sie viel lieber unerkannt bleiben, ihre Ruhe haben, ein Mensch wie jeder andere. Wenn sie auch cappuccinobraune Haut hatte und größer und attraktiver war als andere. Die Menschen, die glaubten, dass sie darum zu beneiden war, hatten keine Ahnung.

Sie angelte ihr Smartphone vom Nachttisch und schaute nach eingegangenen Mails. Nichts Wichtiges. Ein Anruf, während sie geschlafen hatte? Nein, auch nicht. Sie drückte ihr Gesicht kurz ins Kissen, als sie sich eingestand, dass sie sich soeben vorgestellt hatte, David Wiemann könnte versucht haben, sie zu erreichen. So ein Unsinn! Er kannte sie doch gar nicht. Selbst wenn er gern ein Gespräch mit ihr geführt hätte, er hätte nicht gewusst, wie er sie erreichen sollte. Ob er ihren Namen behalten hatte? Dann natürlich würde er sie erreichen können, wenn er es unbedingt wollte. Sie hatte eine eigene Seite auf Mike Heisers Homepage. Dort gab es einen Link, über den man ihr eine Mail schicken konnte. Diese landete zwar bei einer von Mikes Assistentinnen, doch in manchen Fällen wurden ihr besonders persönliche oder spezielle Nachrichten weitergeleitet. Aber David Wiemann wusste ja nichts von ihr. Und ihren Namen hatte er vermutlich längst vergessen, wenn er ihn überhaupt mitbekommen hatte. Wer behielt schon einen Namen, wenn sich jemand vorstellte?

Wieder googelte sie die Website seines Musikstudios. Es hatte eine Festnetznummer, eine Mobilnummer war nicht angegeben. Er gehörte also zu denen, die nicht ständig erreichbar sein wollten, die sich gut überlegten, wem sie die Nummer ihres Handys gaben. Ob sie es einfach mal versuchte? Möglich, dass sie ihm auf die Nerven ging, aber konnte ihr das nicht egal sein? Sie hatte einen triftigen Grund, ihn anzurufen: Sie sorgte sich um seinen seelischen Zustand, hatte Angst, dass er sich noch einmal etwas antun wollte, gehörte eben zu den Menschen, die sich gern um andere kümmerten. So würde sie antworten, wenn er sie fragen sollte, was sie eigentlich von ihm wollte.

Sie wählte die Festnetznummer, und er meldete sich schon nach dem zweite Klingeln. »Ja?«

Diese eine Silbe war so voller Hoffnung und Angst, dass sie am liebsten wieder aufgelegt hätte. Hoffte er, dass Delia es sich anders überlegt hatte? War er voller Angst, dass sie an dem Ende ihrer Liebe festhielt?

»Ich bin's«, sagte sie und merkte gleich, wie dumm das war. So was sagte man, wenn man sich sehr vertraut war, wenn der andere sofort die Stimme erkannte und Bescheid wusste. »Alisia Keller«, ergänzte sie hastig. »Die Frau … Sie wissen schon.«

»Ja, ja.« Seine Enttäuschung tat ihr weh.

»Ich wollte mal hören …«

»Warum lassen Sie mich nicht einfach in Ruhe?«

»Weil …«

»Hören Sie, Alisia … Sie scheinen ein netter Mensch zu sein. Offenbar wollen Sie wirklich verhindern, dass ich einen zweiten Versuch mache, mich umzubringen. Aber …« Er stöhnte auf, sie hörte ihn schlucken, dann ergänzte er: »Also, ich sage Ihnen jetzt mal was … Sie dürfen diesen … diesen Selbstmordversuch nicht so ernst nehmen. Es war gar keiner, nur eine Kurzschlussreaktion. Ich hatte das Gefühl, dass alles schieflief in meinem Leben, einfach alles. Da habe ich mich schrecklich betrunken. Ich wusste nicht mehr, was ich tat. Ehrlich gesagt … ich kann mich gar nicht erinnern, wie ich in die Badewanne gekommen bin. Auch noch im Smoking! Wo ich doch mit meiner Freundin … meiner Ex-Freundin verabredet war. Sie wollte mich zu einer Gala abholen. Eigentlich …«

Alisia saß mit einem Mal sehr aufrecht da. »Sie wollten sich gar nicht umbringen?«

»Nein! Oder … an jenem Abend vielleicht wirklich. Aber nur, weil ich so betrunken war. Heute denke ich nicht mehr an Selbstmord.« Nun klang seine Stimme ein wenig schuldbewusst. »Der

Psychologe im Krankenhaus hat mir das geglaubt. Deswegen durfte ich so schnell nach Hause.«

»Das ist ja …«

»Tut mir leid, aber Sie brauchen sich wirklich nicht weiter um mich zu kümmern. Ich komme klar.«

»Wirklich? Wer sagt mir, dass es stimmt, was Sie mir gerade erzählen?«

Er schien verblüfft zu sein. »Sie meinen, ich habe Ihnen vorgeschwindelt …?«

»Um mich abzuwimmeln, ja.«

Nun lachte er leise. »Lieber Himmel, sind Sie hartnäckig! Möchten Sie vorbeikommen, um sich zu überzeugen? Hier gibt es keine Badewanne. Einen Revolver habe ich auch nirgendwo versteckt und einen Strick, um mich aufzuknüpfen, ebenfalls nicht. Sie können sich überzeugen, wenn Sie wollen.«

Alisia spürte, wie Empörung in ihr aufstieg. Stimmte es, was er ihr weismachen wollte? Wenn nicht, wie reagierte sie dann am besten? Sollte sie ihm sagen, dass sie ihm nicht glaubte? Oder einfach so tun, als hätte er sie überzeugt?

Sie schluckte ihre Empörung herunter. »Okay«, gab sie zurück, ehe sie es sich anders überlegen konnte. »Haben Sie Hunger? Soll ich Frühstück mitbringen?«

»Sie … Sie wollen wirklich …?«

»Ich kenne die Adresse Ihres Studios. Es ist nicht weit. Ich bin wieder in dem Hotel, in dem wir …« Sie zögerte, um die richtige Formulierung zu finden. »… in dem wir uns kennengelernt haben. In einer Stunde bin ich da.«

Schnell beendete sie das Gespräch, damit er nicht den Versuch machen konnte, ihr die Sache auszureden. Dann ließ sie sich rücklings auf ihr Bett fallen und schloss die Augen. War sie verrückt geworden? Wie konnte sie sich diesem Mann derart aufdrängen? Schnell korrigierte sie sich, ihr ging es selbstverständlich nur darum, sein Leben zu retten, ihn von einem weiteren Selbstmordversuch abzuhalten, ihm zu zeigen, dass das Leben schön war, auch mit Liebeskummer. Aber er würde glauben, dass sie an ihm interessiert war. Das war natürlich blanker Unsinn. Sie war kein naives kleines Mädchen, sondern eine gestandene Frau von über dreißig. Und ein Mann, der von der Frau, die er liebte, verlassen worden war, mochte sich vieles wünschen, aber garantiert nicht gleich die nächste Liebesgeschichte. Allerhöchstens eine Frau, mit der er eine Nacht verbringen konnte, um die andere für ein paar Stunden zu vergessen. Und dafür musste sich jede Frau zu schade sein. *La Cappuccina* erst recht.

Sie stand auf, duschte und zog sich an, alles in Windeseile. Ehe sie ihr Zimmer verließ, schaute sie in den Spiegel. Auf Make-up hatte sie verzichtet, ihre Jeans war schlicht, aber natürlich teuer und perfekt sitzend, die weiße Bluse, die sie dazu trug, wirkte clean und bescheiden, setzte die Farbe ihrer Haut aber derart in Szene, dass ihr trotzdem jeder nachsehen würde. Die hochhackigen Sandaletten, in die sie geschlüpft war, zappelte sie wieder von den Füßen und entschied sich stattdessen für flache Ballerinas. Sie wusste nicht, wie groß David Wiemann war. Er sollte nicht gezwungen sein, zu ihr aufzublicken, das tat kein Mann gern.

Neben dem Hotel gab es eine Bäckerei, die auch Frühstück servierte. Sie ließ sich für zwei Personen alles einpacken, was man für einen guten Start in den Tag brauchte, Brötchen, Butter, Konfitüre, Schinken und Käse. Auf Kaffee verzichtete sie, in David Wiemanns Musikstudio würde es sicherlich eine Kaffeemaschine geben. Der Coffee to go, den die Bäckerei anbot, würde vermutlich nur noch lauwarm sein, wenn sie an ihrem Ziel ankam. Alisia hasste Kaffee, der nicht heiß war.

Als das Taxi vor dem Musikstudio Wiemann hielt, war tatsächlich nicht viel mehr als eine Stunde vergangen. Sie stieg aus und sah sich um. Keine gute Gegend. Ein Gewerbegebiet, in dem der

Tag noch nicht erwacht war. Möglich auch, dass die kleinen und mittleren Betriebe, die hier ansässig waren, längst Insolvenz angemeldet hatten. Einige Fenster waren blind, die Türen geschlossen, Unkraut war davor in die Höhe geschossen, als wären sie lange nicht geöffnet worden. Autos standen herum, die nicht mehr fahrtüchtig erschienen, der Fahrer des Kleinlasters, der die Straße herunterkam, hielt vergeblich nach einer Straßenbezeichnung und einer Hausnummer Ausschau. Die Stille machte Alisia Angst. Aber als sie auf die Eingangstür von *Musikproduktion Wiemann* zuging, hörte sie plötzlich Musik. Eine Melodie, die seit Wochen überall zu hören war. »Du bist wie ein Lied …« Aber sie hörte sich anders an. Dieselbe Melodie, derselbe Text, aber ein anderer Sänger, älter, mit einer reiferen Stimme, dazu ein anderes Arrangement. Besser, fand Alisia, viel besser. Mit Steigerungen, die dramatisch waren, die zu dem Refrain führten, der dann ganz leicht und beschwingt daherkam. Einfach toll!

Sie schaffte es nicht, die Klingel zu betätigen. Erst musste das Lied vorüber sein, das ein furioses Ende bekam, viel eindrucksvoller als die Version, die zurzeit überall zu hören war. Erst als hinter der Tür Stille eingetreten war, drückte sie auf die Klingel. Ein Gong war bis draußen zu hören. Und dann Schritte. Die Tür öffnete sich, und David Wiemann stand vor ihr. Anders, als sie ihn in Erinnerung hatte, und doch unverkennbar der Mann, den sie aus dem Badewannenwasser gezogen hatte. Seine Augen waren dieselben, aber ihr Ausdruck war anders, klarer, geradezu trotzig, als wollte er die Musik erklären, die gerade zu Ende gegangen war, und sogar ein wenig aggressiv.

20

April 2020, Riekenbüren

Nicole Heflik hatte Urlaub. Eigentlich war es ihr Plan gewesen, nach Sylt zu fahren, ihre Cousine hatte ihr angeboten, zwei Wochen im Hotel *König Augustin* zu wohnen. Aber nun hatte sie Kari angerufen und ihr erklärt, dass sie später kommen würde. »Ich bin noch in Riekenbüren. Der Pächter hat gerade seine Frau verloren. Ich will ihn und seine Kinder ein paar Tage unterstützen, dafür sorgen, dass alles wieder seinen normalen Gang geht. Auch ohne Mutter.«

Ihr Vater hatte sie darum gebeten. »Der Mann ist ja völlig überfordert. Er weiß nichts von Haushaltsführung und Kindererziehung. Er hat sich ja auch noch gar nicht richtig eingearbeitet. Lutz braucht Hilfe. Unbedingt!«

Nicole hatte sich auf den Urlaub gefreut, sich aber schließlich doch einverstanden erklärt, obwohl sie zunächst eingewandt hatte, dass Lutz Jacobson eher Ruhe brauchte, um seine Trauer zu verarbeiten, und keine Ratschläge für den Haushalt, Hilfe bei der Wäsche und beim Kochen. »Für die Kinder ist es sicherlich auch wichtiger, den Verlust ihrer Mutter aufzuarbeiten. Zusammen mit ihrem Vater! Dabei kann ich ihnen nicht helfen.«

Aber Hasso war davon überzeugt gewesen, dass allein Nicoles Anwesenheit dem Pächter und seinen drei Kindern helfen konnte. »Vielleicht kommst du demnächst öfter am Wochenende nach Riekenbüren?«

Nicole hatte sich nicht getraut, diese Bitte abzulehnen. Gleich am nächsten Morgen war sie in die Wohnung gegangen, in der sie selbst aufgewachsen war, und hatte dort für Ordnung gesorgt. In allen Ecken und Enden war zu erkennen gewesen, dass Ria als schwerkranke Frau nach Riekenbüren gekommen war. Die Schränke teilweise noch nicht eingeräumt, der Vorratsraum ein einziges Durcheinander, viel Schmutzwäsche lag herum, und andere gewaschene Teile warteten darauf, gefaltet oder gebügelt zu werden. Die drei Kinder, die Nicole anleiten wollte, damit sie demnächst ohne Mutter zurechtkamen, zeigten sich widerborstig. Sie wollten keine Frau in ihrer Wohnung haben, die versuchte, ihnen für ein paar Tage die Mutter zu ersetzen.

»Mein Zimmer ist tabu«, hatte Tim zur Begrüßung gesagt. »Wehe, du gehst da rein.«

Gina hatte sich ihm unverzüglich angeschlossen. »Lass uns einfach in Ruhe, dann geht's vielleicht.«

Die beiden verschwanden, ohne zu sagen, wohin sie gehen und wann sie zurückkehren wollten. Nur die kleine Jana hielt sich gern in Nicoles Nähe auf, half ihr beim Wäschesortieren und beim Staubwischen. Dabei erzählte sie ihr von ihren Freundinnen in Stuttgart, ihre Mutter erwähnte sie jedoch mit keiner Silbe.

Lutz Jacobson ließ sich kurz zwischendurch blicken, sah zufrieden auf das Bügelbrett, das Nicole aufgeschlagen hatte, und auf Jana, die einen Kakao vor sich stehen hatte. »Was für ein schöner Anblick«, sagte er und lächelte Nicole an. »Es ist schön, eine Frau im Haus zu haben.«

Tim kam in diesem Augenblick herein. »Ich muss keine Frau hier haben«, brummte er, streifte seine schmutzigen Schuhe ab und ließ sie direkt vor Nicoles Füße fallen. »Höchstens eine Putzfrau.«

Nicole wartete darauf, dass Lutz seinen Sohn maßregelte, aber er schwieg dazu. Stattdessen setzte er sich Nicole gegenüber und tat so, als wollte er ihr beim Bügeln zusehen und als könnte er nicht genug davon bekommen. »Ich bin wirklich sehr froh.«

Gina, die gerade hereinkam, verdrehte die Augen. »Sie bügelt auch nicht besser als Mama. Vielleicht sogar schlechter.« Sie warf Nicole ein Shirt aufs Bügelbrett. »Das auch noch!«

»Wenn du mich so nett darum bittest«, gab Nicole ironisch zurück und wartete erneut darauf, dass Lutz seine Tochter ermahnte. Aber auch diesmal wartete sie vergeblich. Er sagte auch nichts, als sie Ginas Shirt nahm, es bügelte und sorgfältig zusammenlegte, redete nur davon, dass er jemanden brauchte, der sich um Kinder und Haushalt kümmerte, weil ein Mann in seiner Lage unmöglich alles allein schaffen konnte. Dann kam Gina, riss das frisch gebügelte Shirt an sich und verschwand ohne Dank. Aber auch dazu schwieg Lutz Jacobson.

Nicole ging schon nach zwei, drei Stunden im Hause Jacobson zu ihrer Mutter auf den Campingplatz, um dort zu verschnaufen. »Das hat keinen Sinn, Mama. Die Familie muss sich erst selbst finden.«

»Warum tust du es dann?«, fragte Halina, während sie im Kiosk ihr Warenangebot ordnete.

»Weil Papa mich gebeten hat.«

Halina fuhr zu ihr herum. »Er hat dir gesagt, du sollst Lutz Jacobson helfen?«

»Ja, er hat mich gebeten, Kari anzurufen und den Sylturlaub zu verschieben.«

Halina ließ die Arbeit ruhen und ging zur Kaffeemaschine. »Ich dachte, es wäre deine Idee gewesen.« Sie drückte eine Taste, damit sich das Mahlwerk in Bewegung setzte, und sah zu, wie der Kaffee in die beiden Tassen tropfte. »Du solltest Kari noch einmal anrufen, ehe sie dein Hotelzimmer anderweitig vergibt. Und dann setz dich ins Auto, und fahr nach Sylt. Du hast Urlaub nötig, du musst auch mal etwas erleben.«

Nicole zögerte. »Aber die Kinder …«

»Hast du das Gefühl, dass die Kinder sich freuen, wenn du bleibst? Ihretwegen?«

Nicole schüttelte den Kopf. »Nein.«

»Na, also.«

»Aber Lutz Jacobson …«

»Er kann nicht erwarten, dass du für ihn auf deinen Urlaub verzichtest. Du kennst ihn doch kaum.«

»Also gut.« Nicole atmete auf. Der Gedanke, den verwitweten Vater und seine Kinder allein zu lassen, belastete sie zwar, dennoch war sie froh, dass ihre Mutter sie überredet hatte, ihren Urlaub verspätet doch noch anzutreten. Ob Ria Jacobson jemals Urlaub ohne ihre Familie gemacht hatte? Diese Frage strich sofort wieder aus ihren Gedanken. Ria Jacobson war die Ehefrau und Mutter gewesen, das war etwas ganz anderes. Nicole hatte oft davon geträumt, einen Mann und Kinder zu haben, aber nun wollte sie nur an die Vorteile denken, die sie genießen konnte, weil sie eben keine Verantwortung für andere trug.

Lutz Jacobson trat an ihren Wagen, als sie losfahren wollte. »Ich hoffe, Sie kommen bald wieder?«

Nicole betrachtete ihn, sein gut geschnittenes, wenn auch faltiges Gesicht, seine müden Augen, in denen die Trauer saß wie eine Krähe über einem Komposthaufen. »Versprochen.«

»Nicht wegen … also nicht, weil Sie mir geholfen haben.« Lutz Jacobson wurde verlegen, er war kein Mann schöner Worte. »Sondern mehr wegen … also wegen Ihnen, Nicole. Es war schön, Sie im Haus zu haben.«

Ein Flirtversuch? Das konnte ja wohl nicht sein. Nicht so kurz nach dem Tod seiner Frau. Eine Bitte um Hilfe anderer Art? Nicht Hilfe im Haushalt und bei der Versorgung der Kinder, sondern Hilfe, damit Lutz über seinen Schmerz hinwegkam? Damit er einen Neuanfang fand? Nicole fühlte sich überfordert. Dazu wusste sie nichts zu sagen. Sie beließ es bei ein paar formellen Abschiedsworten und spielte ungeduldig mit dem Gas. Sie brauchte Abstand zu diesem Mann, zu seinen Kindern, zu der Wohnung, in der er lebte und in der sich Nicole wie ein Fremdkörper vorgekommen war.

Ihre Eltern waren nicht aus dem Haus gekommen, um ihr nachzuwinken, wie es sonst üblich war. Wollten sie etwa Lutz Jacobson dieses Feld überlassen? Oder waren sie noch immer in ihren Streit verwickelt, den Halina angezettelt hatte? Nicole war dazugekommen, ohne dass ihre Eltern es bemerkt hatten.

Schon in der Haustür hatte sie die aufgeregte Stimme ihrer Mutter gehört. »Du willst unsere Tochter an den Pächter verschachern? Schämst du dich nicht?«

Nicole war stehen geblieben und hatte sich keinen Schritt weiter in die Wohnung getraut. Sie hörte ihren Vater eine Erklärung murmeln, die nicht besonders überzeugend klang, deren Wortlaut sie jedoch nicht verstand.

»Nicole braucht keinen Mann«, fuhr ihre Mutter mit erhobener Stimme fort. »Sie hat einen guten Job, den sie liebt. Obwohl sie Legasthenikerin ist, hat Brit sie zur Leiterin der Knut-Augustin-Stiftung gemacht. Das soll sie aufgeben, um einen Witwer zu heiraten, dessen Kinder zu versorgen und ihm den Haushalt zu führen?«

Halinas Stimme war schrill geworden. Dieses Mal konnte Nicole verstehen, was Hasso antwortete: »Die Schreinerei würde dann in der Familie bleiben.«

Nicole gab Gas, ohne noch einmal zurückzublicken. Die *Schreinerei Wunder!* Sie war das Wichtigste im Leben ihres Vaters. Dafür sollte Nicole ihr eigenständiges Leben aufgeben. Sie bremste ab und fuhr langsam durch Riekenbüren, so langsam, dass sie Zeit hatte, sich alles anzusehen, was sie sonst nie zur Kenntnis nahm, wenn sie die Eltern besuchte, weil ihr alles so vertraut war. Die langweilige Dorfstraße, die Kirche, der *Dorfkrug*, das einzige Geschäft, das übrig geblieben war, nachdem das Einkaufszentrum im Nachbarort eröffnet hatte. Wenn vor zwanzig Jahren ein Mann wie Lutz Jacobson gekommen wäre, hätte sie nicht lange nachgedacht.

Für einen Mann, der über ihre Unattraktivität hinweggesehen hätte, dem es egal gewesen wäre, dass sie einen dicken Hintern und unförmige Beine hatte, dünnes Haar und ausdruckslose Augen, wäre sie gern in Riekenbüren geblieben. Dann hätte sie noch ein eigenes Kind bekommen können und wäre in dem Leben, wie es ihre Eltern und Großeltern geführt hatten, vielleicht glücklich geworden. Aber jetzt sah das anders aus. Wenn sie an ihre Arbeit dachte, an ihre hübsche Wohnung über dem Büro, dann war das, was ihre Heimat zu bieten hatte, nicht mehr verlockend. Andererseits war sie viel allein in ihrer schönen Wohnung, nach Feierabend, an den freien Wochenenden. Und ihre Eltern wurden nicht jünger. Ihre Mutter war noch recht gut beieinander, aber ihr Vater alterte sichtlich. Wenn die beiden demnächst Hilfe brauchten, würde Nicole wohl nach Riekenbüren zurückziehen müssen, damit sie sich um die beiden kümmern konnte. Der Weg nach Achim war nicht weit, es wäre möglich, morgens mit dem Auto von Riekenbüren ins Büro zu fahren und abends wieder zurück. Viele Riekenbürener arbeiteten in Achim, manche sogar in Bremen. Vielleicht wäre diese Regelung auch denkbar, wenn sie sich auf die Idee ihres Vaters einließ? Auch wenn sie empört war über Hassos Verkupplungsversuche – der Gedanke an eine eigene Familie, an einen Ehemann und Kinder, wärmte Nicole das Herz. Eine Familie, für die sie wichtig war! Das war früher ihr Traum gewesen.

Als sie aus Riekenbüren herausfuhr, dachte sie an ihre Großmutter Frida Heflik. Sie hatte den flotten Edward heiraten können, obwohl sie unscheinbar gewesen war und sich bis dahin kein Mann für sie interessiert hatte. Edward Heflik am allerwenigsten. Erst als er durch die Kinderlähmung ein verkümmertes Bein zurückbehalten und damit einen großen Teil seiner Attraktivität verloren hatte, war sie für ihn die richtige Frau geworden. Nicole spürte die deprimierte Stimmung, die sie immer anfiel, wenn sie solche Gedanken hatte. Es kam eben doch in erster Linie auf Äußerlichkeiten an. Die Frau, die hübsch war, bekam, was sie wollte. Und wer hässlich war, so wie sie, musste sich mit dem zufriedengeben, was sie bekommen konnte. Und das war möglicherweise ein Witwer mit drei Kindern …

Als sie auf die Autobahn fuhr, beschloss sie, mit Kari und mit Tante Brit darüber zu sprechen. Sie ahnte, dass sie auf zwei sehr unterschiedliche Standpunkte treffen würde. Tante Brit hatte konservative Ansichten, Kari genau gegenteilige. Eine Frau, die sich wegen ihrer Liebe zu einem Mann mit dunkler Hautfarbe ständig mit Vorurteilen konfrontiert sah, kam sicherlich auf Alternativen, an die Nicole nicht einmal dachte. Wenn dann auch noch Alisia dazukam, würde Nicole am Ende verwirrter sein als jetzt. Die schöne Alisia! War es gerecht, dass die unscheinbare, unattraktive Nicole mit einer Frau verwandt war, die zu den schönsten Deutschlands gehörte?

21

April 2020, Hamburg

Franco Statti fiel auf, als er durch die Hotellobby ging. Nicht nur wegen seines guten Aussehens, seines gepflegten Äußeren und der teuren Kleidung, sondern vor allem durch sein entschlossenes Auftreten. Die anwesenden Frauen zeigten fast alle mehr oder weniger deutlich, dass sie davon beeindruckt waren. Ein Mann, der wusste, was er wollte. Ein Mann, der beanspruchte, was ihm zustand. Ein Mann, der nicht lange bat, sondern verlangte, wenn er mit ausgesuchter Höflichkeit nicht weiterkam. Ein Hotelgast, der an der Rezeption stand und einchecken wollte, ließ ihm den Vortritt, obwohl er eigentlich an der Reihe war. Auch ihm imponierte Stattis energisches Auftreten, er fühlte sich sogar geehrt, als ihm für sein Entgegenkommen sehr höflich und überschwänglich gedankt wurde.

»Wo ist Alisia Keller?«, fragte er den Rezeptionisten. »In ihrem Zimmer meldet sich niemand, und telefonisch kann ich sie nicht erreichen.«

Der Hotelangestellt konnte ihm mitteilen, dass Alisia Keller noch vor dem Frühstück das Haus verlassen hatte. Ob und wann sie zurückgekommen war, konnte er nicht mit Sicherheit sagen.

»Sie hat das Frühstück nicht im Hotel eingenommen?«, fragte Franco ungläubig.

Das wusste der Rezeptionist genau. »Aber sie hat keine Nachricht für Sie hinterlassen. Tut mir leid.«

Franco bedankte sich und verließ die Lobby. Vor dem Hoteleingang blieb er stehen und atmete tief ein und aus. Wo konnte Alisia sein? Er zog sein Handy hervor und wählte noch einmal ihre Nummer. Wieder ging die Mailbox an, und diesmal sprach er eine Nachricht auf. »Ich bin's, Franco. Wo bist du? Wir wollten doch zusammen nach Sylt zurückfahren. In einer Stunde sollten wir auschecken. Melde dich bitte.« Er zögerte kurz, fand dann, dass seine Nachricht womöglich barsch geklungen hatte, dass sie sich so anhören konnte, als beklagte er sich über Alisias Verhalten, und fügte deswegen noch zwei Luftküsse an. »Bis gleich.«

Im selben Moment fuhr ein Taxi vor, und *La Cappuccina* stieg aus. Sofort blieben mehrere Leute stehen, machten sich gegenseitig auf sie aufmerksam, staunten sie mit offenem Mund an, schafften es aber nicht, sie um ein Selfie zu bitten, denn sie ging schnurstracks, ohne sich umzusehen, ins Hotel. So eilig, dass sie nicht einmal Franco Statti zur Kenntnis nahm, der ihr nun hinterherlief.

In der Lobby verließ sie die Eile, dort fühlte sie sich sicherer vor Autogramm- und Selfiejägern. Im Nu hatte Franco sie eingeholt. »Alisia!«

Erstaunt drehte sie sich um. Sie sah deprimiert aus, es schien sogar, als hätte sie geweint. Ihre Bewegungen waren fahrig, sie sah an ihm vorbei, als wollte sie so schnell wie möglich allein sein.

Er griff nach ihrem Arm. »Was ist los?«

Aber sie schüttelte den Kopf und ging ihm voraus zu den Aufzügen. Franco folgte ihr, drückte den Knopf der ersten Etage und ging dann neben ihr auf die 113 zu. Er streckte die Hand aus, ließ sich von Alisia die Zimmerkarte geben und öffnete ihr die Tür. Sie trat vor ihm ein und ließ sich aufs Bett fallen.

»Wo warst du?«, fragte Franco.

Sie lag mit geschlossenen Augen da und öffnete sie nicht, als sie die Arme nach ihm ausstreckte. »Leg dich zu mir.«

Das ließ Franco sich nicht zweimal sagen. Die Frage, warum er mit einem Mal, völlig unerwartet, das bekam, wonach er sich ständig sehnte, verdrängte er, so gut es ging. Und er wiederholte die Frage nicht, wo sie gewesen war. Obwohl es ihn nach wie vor mächtig interessierte, denn offenbar war dort, wo sie sich in den letzten Stunden aufgehalten hatte, etwas geschehen, was sie verändert hatte. Etwas, was ihr gezeigt hatte, dass Franco der Richtige für sie war? Jetzt durfte er nichts falsch machen …

Er ließ sich auf ihren Körper ziehen und stellte fest, dass sie kein Parfüm aufgelegt hatte. Es war nicht der fehlende Duft, der ihm auffiel, sondern der unbekannte Geruch, der von ihr ausging, den Franco nicht kannte. Kein guter Geruch, eher eine Ausdünstung. Sie roch nach ungelüfteten Räumen, nach alten Teppichböden und ganz schwach nach einem Rasierwasser, das er kannte, weil er es früher selbst mal benutzt hatte. Sie war also bei einem Mann gewesen? Franco beschloss, nicht weiter zu fragen, sondern ihr zu zeigen, dass dieser andere Mann auf keinen Fall richtig für sie sein konnte. Sie schien es längst selbst zu wissen, sie brauchte offenbar nur seine Bestätigung, um die angemessene Entscheidung zu treffen.

Er küsste sie sanft, sehr zärtlich, nicht fordernd und wagte sich erst weiter vor, als sie ihm eindeutig entgegenkam. Mit allen Sinnen horchte und fühlte er auf das, was von ihr kam, damit er nur darauf reagierte. Alles musste so sein, wie sie es nun erwartete. Wenn der andere Mann Fehler gemacht hatte, dann wollte Franco solche Fehler nicht wiederholen. Sie drängte sich an ihn, seufzte tief auf und zeigte ihm, was sie von ihm erwartete. Und das bekam sie. Genau so, wie sie es wollte und anscheinend brauchte. Franco Statti wusste, wie man eine Frau glücklich machte. Indem sie sah und fühlte, dass sie die Einzige für ihn war, dass ihm nichts auf der Welt wichtiger war als sie. Das hatte er natürlich schon vielen Frauen vorgegaukelt, das gehörte einfach zum Spiel mit der Liebe dazu. Aber wenn es um Alisia ging, war es die reine Wahrheit. Nichts auf der Welt war wichtiger für ihn als sie.

»Ich liebe dich«, wagte er zu sagen, als er sich von ihr löste, so sanft, wie er zu ihr gekommen war.

Dass sie ihm nicht antwortete, tat ihm weh, aber er war trotzdem voller Hoffnung, dass die Zeit nicht mehr fern war, in der sie entgegnen würde: Ich dich auch. Ihr Lächeln war ihm vorerst Antwort genug. Auf keinen Fall würde er sie bedrängen. Als sie aufstand und ins Badezimmer ging, blickte er ihr mit einer Mischung aus Triumph und Angst hinterher. Triumphierend, weil sie ihn wieder zu sich gelassen hatte, weil er sie lieben durfte, weil er nicht mehr glauben musste, dass das eine Mal ein Versehen gewesen war, das sich nicht wiederholen sollte. Aber auch ängstlich, weil er fürchtete, dass diese gemeinsame Liebesstunde nicht wirklich ihm gegolten hatte. Sie hatte sich nicht für ihn entschieden, sondern gegen einen anderen. Sein Triumph fiel in sich zusammen, seine Angst gewann die Oberhand.

22

April 2020, Sylt

Kari und Hajo nahmen mittags für gewöhnlich einen kleinen Imbiss im Café ein. Abends aßen sie in ihrer Wohnung, dann kochte Kari, oder sie gingen aus und speisten in einem Restaurant. Oft gesellte sich dann Constantin zu ihnen, der eine kleine Wohnung in der Käpt'n-Christiansen-Straße hatte, in einem Haus, in das außer ihm nur Feriengäste einzogen. Hajo hatte die Wohnung für seinen Sohn gekauft, weil es unmöglich war, eine geeignete Mietwohnung auf Sylt zu bekommen. Sämtlicher Wohnraum wurde mittlerweile den Touristen zur Verfügung gestellt. Für diejenigen, die auf der Insel lebten und arbeiteten, blieb kaum etwas übrig. Wenn Constantin seinen Eltern die Geschäftsleitung abgenommen hatte, würde er, vielleicht schon mit einer kleinen Familie, in die Wohnung über dem Café einziehen, dann würde seine jetzige Wohnung ebenfalls an Feriengäste vermietet. Und dann würden Kari und Hajo in ihren Alterssitz umziehen. So, wie Brit und Arne es getan hatten. Auch da war bereits vorgesorgt worden. Zwischen Westerland und Wenningstedt gab es ein kleines Haus in den Dünen, das Hajo vor ein paar Jahren gekauft hatte. Noch wurde es an Touristen vermietet, aber wenn es so weit war, würden Kari und Hajo dort ihr Rentnerleben genießen können.

An diesem Tag verbrachte Constantin die Mittagspause nicht in seinem Atelier im Garten seiner Großeltern, sondern setzte sich zu seinen Eltern. Die Kellnerin stellte einen großen Teller mit belegten Brötchen auf den Tisch, wie sie auch im Café serviert wurden, wenn Gäste kamen, die keinen Kuchen wollten.

Kari sah ihren Sohn scharf an. »Du verbringst zu viel Zeit in deinem Hobbyraum, Coni. Nach Feierabend kannst du machen, was du willst, aber nicht während der Arbeitszeit.«

»Ich hatte Mittagspause.« Constantin sprach leise, obwohl keine Gäste in der Nähe saßen: »Und nenn mein Atelier bitte nicht immer Hobbyraum.«

Kari verdrehte die Augen. »Ich will dein Hobby nicht herabwürdigen, aber es ist eben doch nur ein Hobby. Du machst schöne Sachen, das finde ich auch, wirklich hübsch. Aber deine eigentliche Arbeit ist hier. Im *König Augustin.«*

Hajo witterte Unfrieden und lenkte vom Thema ab. Kari mochte das nicht, ließ aber zu, dass er fragte: »Wann wird Nicole nach Sylt kommen? Eigentlich wollte sie doch heute schon eintreffen.«

»Sie hat ihren Urlaub verschoben. Auf unbestimmte Zeit.« Sie wandte sich an Constantin: »Ist Nicoles Zimmer schon wieder vergeben?«

Es war Hajo, der antwortete: »Ja, schon zwei Stunden nach Nicoles Absage. Aber wie lange …?«

»Sie hat ihre Meinung erneut geändert. Sie kommt heute nach Sylt, nur einen Tag später als geplant.«

Hajo ließ sein Brötchen sinken. »Und wo sollen wir sie unterbringen?« Ehe Kari etwas erwidern konnte, ergänzte er: »Sie gehört zur Familie.«

Kari hatte sich schon Gedanken gemacht. »Wir haben noch das kleine Zimmer direkt neben dem Aufzug.«

»Da soll das Bad renoviert werden, bevor wir es wieder ins Angebot nehmen.«

»Nicole ist ja nicht anspruchsvoll. Und natürlich muss sie für das Zimmer nicht bezahlen. Dann wird sie sich nicht beschweren.«

»Das billigste Zimmer für Nicole?« Hajo sah verärgert aus. »Sie hätte eher das beste Zimmer verdient. Du weißt, was wir ihr verdanken.«

Constantins Interesse war geweckt. »Was habt ihr Nicole zu verdanken?«

Hajo warf seiner Frau, die auf ihren Teller starrte, einen Blick zu. »Ach, nichts Besonderes … ist auch schon lange her … aber trotzdem …«

Diesmal war es Kari, die ablenkte. »Du hast recht. Das beste Zimmer wäre gerade gut genug für sie. Wir müssten mal mit ihr reden. Sie lässt sich ausnutzen.« Mit einem Blick auf Constantin merkte sie, dass ihr Ablenkungsmanöver gelungen war. Dass Nicole vor vielen Jahren dabei geholfen hatte, Alisia zu finden, als sie kurz nach ihrer Geburt entführt worden war, wussten nur wenige. Alisia selbst hatte es nie erfahren, und daher durfte es natürlich auch Constantin nicht wissen. »Sie braucht ihren Urlaub. Dass sie für diesen neuen Pächter darauf verzichten sollte …«

»Es war ja nur ein Tag«, beschwichtigte sie Hajo. »Nicole ist eben ein netter Mensch. Sie lässt niemanden hängen. Wir werden es ihr so richtig schön machen, wenn sie hier ist.«

23

April 2020, Sylt

Francos Wunsch war es gewesen, dass Alisia mit zu ihm kam, in seine Wohnung. »Ich möchte noch ein wenig mit dir zusammen sein.« Ihren Hinweis, dass Cleopatra auf sie wartete, ließ er nicht gelten. Er schien den Schritt, den er an diesem Tag in Alisias Leben gesetzt hatte, unter keinen Umständen wieder zurückgehen zu wollen. Es war anders gewesen als die eine Nacht, die sie bereits zusammen verbracht hatten. Damals war Alkohol im Spiel gewesen, blanker Übermut, Unüberlegtheit. Gestern hatte Alisia eine klare Entscheidung getroffen, das hatte Franco gespürt. Sie merkte, dass er dennoch unsicher blieb, womöglich noch unsicherer als zuvor. Es war, als könnte er nur in ihrer Anwesenheit daran glauben, dass sie nun zu ihm gehörte. Das formulierte er immer wieder in mehr oder weniger versteckten Andeutungen, wartete dann auf ihre Bestätigung und tat so, als bemerkte er nicht, dass er keine bekam. Dann setzte er eine optimistische Miene auf, lachte sie glücklich an, und schien sich selbst zu bestätigen, dass eine Frau, die einen Mann begehrte, fest mit ihm zusammen sein, zu ihm gehören wollte. Eine ziemlich antiquierte Vorstellung, fand Alisia, war aber andererseits auch gerührt über seine altmodische Interpretation von Liebe.

Franco hatte, als er zu Mikes Stellvertreter geworden war, von ihm eine Wohnung im Gästetrakt bekommen. Die Gästezimmer wurden ja, seit Mike krank war, kaum noch benutzt. Die Zeit der verrückten Partys war längst vorbei. Wenn Mike jetzt Einladungen verschickte, dann wussten alle Empfänger, dass es sich um schicke Geselligkeiten handelte, dass nicht mehr gekifft wurde, dass die Partys nicht mehr am Strand endeten und nicht mehr getrunken wurde, bis die Ersten in den Pool oder sämtliche Hüllen fielen. Mittlerweile übernachtete auch kaum noch jemand bei Mike, allenfalls solche Gäste, die auf dem Festland wohnten. Drei Zimmer im Gästehaus waren deshalb aufgegeben und zu Francos Wohnung umgestaltet worden. So war er ständig für Mike verfügbar und wohnte kostenlos in schönster Umgebung. Eine Win-win-Situation.

Franco küsste Alisia vor Mikes Augen und sah sie so zärtlich an, dass Mike begreifen musste, was geschehen war. Er sagte nichts dazu, lächelte aber väterlich und so, als wollte er ihnen seinen Segen geben. Seine Gedanken verriet er nicht, aber er bestätigte, dass es ihn freue, nicht nur von Franco, sondern auch von Alisia zu erfahren, wie die Produktpräsentation am Abend zuvor aufgenommen worden war. Natürlich hatte Franco längst mit ihm telefoniert, aber Einzelheiten erfuhr Mike erst jetzt. Zufrieden lächelte er, als Franco immer wieder das Wort an Alisia weitergab und bei allem, was er sagte, ihre Zustimmung einholte. Danach bat er Franco, mit ihm über das Angebot eines neuen Stofflieferanten aus Mailand zu sprechen und die Preise für die neue Kollektion festzulegen.

»Das ist langweilig für dich, Alisia«, sagte Mike. »Du kannst gerne währenddessen deine Zahnbürste in Francos Wohnung unterbringen und deinen Pyjama in sein Bett legen. Oder trägst du lieber Negligés?«

Er lachte kurz auf, dieses meckernde Lachen, das Alisia nicht mochte. Aber sie machte gute Miene zu diesem anzüglichen Spiel, stand auf und erwiderte Francos Kuss, ehe sie den Raum verließ. Von dort ging sie unverzüglich auf die Terrasse, nicht in Francos Wohnung. Ihre Zahnbürste und ihr Pyjama würden im Koffer bleiben und dieser in Francos Auto, bis er sie in ihre Wohnung bringen würde.

Die Sonne schien, zwei Liegestühle standen auf der Terrasse, Alisia ließ sich auf einem von ihnen nieder, schloss die Augen und streckte ihr Gesicht der Sonne entgegen. Herrlich! Ganz anders als in dem muffigen Musikstudio von David Wiemann, diesem fensterlosen Raum, in dem es schlecht gerochen hatte. Auch in den übrigen Räumen, die zwar Fenster besaßen, war lange nicht gelüftet worden. Die kleine Teeküche, die David ihr gezeigt hatte, damit sie das Frühstück vorbereiten konnte, war nicht besonders gepflegt. David schien es selbst aufzufallen, als er sie beobachtete, während er in der geöffneten Tür stand. »Hier ist noch nie etwas anderes erledigt worden, als einen Kaffee zu kochen und die Umverpackung eines Lieferdienstes zu öffnen.«

Einen Tisch gab es nur im Studio selbst, also trug Alisia das Frühstücksangebot des Bäckers dorthin, während David sich um frischen Kaffee kümmerte. Sie beobachtete ihn unauffällig und merkte bald, dass er das Gleiche mit ihr tat. Auch er wollte wissen, wie seine Lebensretterin aussah, so wie sie sehen wollte, wie ihr David Wiemann gefiel, wenn er in seinem Element war. Es kam ihr seltsam, sogar ein bisschen verrückt vor, hier mit ihm zu frühstücken, als hätten sie sich unter fröhlichen Umständen kennengelernt. Aber noch immer hatte sie den Eindruck, dass es besser war, nicht noch einmal auf den Abend im Hotel zurückzukommen, ihm zu glauben, dass er nicht gewusst hatte, was er tat, oder wenigstens so zu tun.

»Mein Gott, was sind Sie für eine wunderschöne Frau«, stöhnte er, als er sich ihr gegenüber niedergelassen hatte. Die Kaffeemaschine prustete und hustete in der Teeküche. »Kann es sein, dass ich Sie kenne? Dass ich schon mal was in der Zeitung über Sie gelesen habe?«

»Schon möglich«, antwortete Alisia gleichmütig. »Ich auch über

Sie? Was ist mit dem Lied, das ich gerade gehört habe, als ich ankam? Das kenne ich.«

»Das kennt jeder«, gab David zurück und ging in die Küche, um die Kaffeekanne zu holen. »Aber anders«, sagte er, als er zurückkam.

Alisia hatte mittlerweile Samy Angermanns Stimme erkannt. »Der Song ist überall zu hören, aber ein anderer singt ihn.«

»Cornelius Löber«, bestätigte David. »Der Star von *Heimweh nach Madrid*.«

Und dann brach es aus ihm heraus. Dass er wusste, endlich den Song seines Lebens geschrieben zu haben. Dass er ihn Delia vorgespielt hatte, dass auch sie der Meinung gewesen war, dieser Song sei das Beste, was er je produziert habe. Dass er ihr das Lied gewidmet und ihr zum Geburtstag geschenkt habe. Und dass er zum ersten Mal von seinem Vater angesehen worden sei, als wäre er stolz auf seinen Sohn. »Das Lied wollte er unbedingt für sein Comeback haben. Mein Lied!« Doch dann hatte Golo Berglund es auf den Markt gebracht, dieselbe Melodie, derselbe Text, nur ein anderes Arrangement und ein anderer Sänger. »Mein Vater hält mich für einen Betrüger. Jetzt wird er erst recht nicht wollen, dass jemand von seinem Sohn erfährt.«

Warum David den Namen seiner Mutter trug, warum er nach der Heirat seiner Eltern nicht den Namen seines Vaters erhalten hatte, den seine Mutter angenommen und den auch seine jüngere Schwester ganz selbstverständlich erhalten hatte, erfuhr sie nicht. Sie fragte auch nicht danach. Es ging ihr in ihrem Gespräch mit David nur um Delia. Die Frau, die er liebte, die Frau, die mit ihm Schluss gemacht hatte, die Frau, die einen Bruder hatte, der ihm das Wichtigste gestohlen hatte, was David Wiemann je besessen hatte. Sein bestes Lied.

»Könnte es Delia selbst gewesen sein?«, hatte Alisia gefragt.

In diesem Augenblick war ihr vor Augen geführt worden, wie

verblendet David Wiemann war, blind vor Liebe, denn sofort wehrte er ab: Nein, Delia konnte es nicht gewesen sein, sie würde so etwas niemals tun. Ihr Bruder musste das Notenblatt gesehen und heimlich an sich genommen oder eine Kopie gemacht haben. Vielleicht hatte sich Delia sogar von ihm getrennt, weil sie sich für ihren Bruder schämte, weil ihr klar war, was er David angetan hatte. Nur so konnte es sein.

»Sie müssen Beweise haben«, hatte Alisia gesagt. »Dann bekommen Sie wenigstens Schadenersatz. Und Ihr Vater wird einsehen, dass er Ihnen unrecht getan hat.«

Der Schadenersatz schien ihn nicht zu interessieren, aber seinem Vater zu beweisen, dass das Lied wirklich von ihm stammte, dass nicht er ein Dieb war, sondern Golo Berglund, diese Aussicht belebte ihn. Von da an veränderte er sich, die Schwermut fiel von ihm ab, seine Liebe zu Delia schien mit einem Mal leichter zu werden, schwebender, luftiger, war nicht mehr so wuchtig und majestätisch wie noch kurz vorher, war vielleicht sogar wegzupusten. Mit einem Mal konnte er seine Gefühle für sie sogar hinterfragen und war sich nicht mehr ganz sicher, ob sie seine Liebe verdiente, ob sie ihn genauso geliebt hatte wie er sie. »Vielleicht habe ich mich wirklich in ihr getäuscht.«

Alisia hatte kurz darüber nachgedacht, ob sie ihm von ihrer Beobachtung im Hotel erzählen sollte, ihm verraten, dass sie Delia belauscht hatte, die mit einem Mann geredet hatte, von dem sie jetzt glaubte, dass es Golo, ihr Bruder, gewesen sein musste. Das wäre der Beweis, den David bräuchte, um zu erkennen, dass Delia von Anfang an Bescheid wusste – aber es war kein Beweis, der vor Gericht standhalten würde. Etwas, was eine Fremde gehört hatte, war ohne Bedeutung. Delia würde alles bestreiten, Golo sowieso, und anschließend darauf achten, sich in Zukunft ohne Zeugen zu unterhalten. Nein, ein Beweis musste hieb- und stichfest sein.

»Ich habe Notenblätter vermisst«, sagte David gedankenvoll, »nicht nur das eine Blatt mit dem Refrain, das ich Delia zum Geburtstag geschenkt habe. Aber ich habe mir nichts dabei gedacht.« Er lächelte, als müsste er sich entschuldigen. »Ich bin schrecklich altmodisch, wenn es ums Komponieren geht. Ich schreibe tatsächlich die Noten auf, so wie früher Schubert und Beethoven.« Hastig ergänzte er, dass er sich natürlich nicht mit diesen Herren vergleichen wolle, er aber eine Melodie zuerst geschrieben vor Augen haben müsste, bevor er sie hören wollte. »Zum Glück hatte ich alles schon im Ohr, als ich die Notenblätter vergeblich gesucht habe.« Er sah sich um und verzog das Gesicht. »Sie sehen ja, dass ich nicht besonders ordentlich bin. Diese Notenblätter sind nicht das Erste, was hier unauffindbar geblieben ist.«

»Aber das Erste, was nicht verloren gegangen, sondern gestohlen worden ist?«

Er schwieg nun, sah sie nur an, als müsste er sich darüber klar werden, wer sie war, warum sie gekommen war, warum sie bei ihm war, was sie von ihm wollte, was sie ihm geben wollte. »Sie sind Model, stimmt's?«, fragte er mit einem Mal.

Alisia nickte nur und sagte nichts.

»Meine Schwester arbeitet auch als Model.«

»Ich weiß.« Sie lachte leise. »Verrückt, dass Lea Ihre Schwester ist. Wir haben schon mehrmals zusammen gearbeitet.«

»Sie kennen Lea?«

Alisia nickte. »Nicht besonders gut. Es ist ja immer viel zu wenig Zeit, um zu quatschen, wenn man einen gemeinsamen Job macht. Aber ich finde Lea sehr nett.«

»Lea Angermann«, sagte David leise und sehr langsam. »Sie darf den Namen meines Vaters tragen.«

Sein Gesicht wurde plötzlich von einer so tiefen Trauer überschattet, dass seine Züge kaum noch zu erkennen waren. Das Helle, Freundliche, das zwischendurch kurz erschienen war, das

Verschmitzte, das gelegentlich durchschimmerte, das Empfindsame, Schwärmerische, alles war mit einem Mal verschwunden, in seiner Trauer untergegangen, erloschen. Was war das für ein Mann, der so tief empfinden konnte? Alisia begriff in diesem Augenblick, dass sie es wissen wollte. Und gleichzeitig wurde ihr klar, dass sie sich der Antwort, wenn sie denn eine fand, verschließen musste. Dieser Mann, der so intensiv lieben konnte, würde jede Frau, auch die, die ihn liebte, unglücklich machen. Wer so tief liebte, würde am Leben scheitern. Seine Gefühle konnten dem Alltag niemals standhalten. Über Alisias Rücken zog eine Gänsehaut. War es doch möglich, dass David noch an Selbstmord dachte? Auch wenn er nüchtern war und überlegt handelte?

Sie dachte an Franco, an seinen gesunden Pragmatismus. Auch er konnte lieben, vielleicht liebte er sie sogar wirklich, aber er konnte auch unbeschwert leben. Er würde immer versuchen, der Liebe das Leben einzuhauchen, genug Leben, damit es für den Alltag reichte, nicht nur Leidenschaft, die für die Nacht genügte. In diesem Augenblick war sie froh, dass sie nicht so liebte wie David Wiemann, nicht so belastend, geradezu zerstörerisch. Franco Statti ließ sich von ihr fröhlich lieben, beschwingt und sanft. Oder war das keine Liebe? War das nur Verliebtheit? Vermutlich musste sie es ausprobieren.

Alisia öffnete die Augen, weil sie spürte, dass sie beobachtet wurde. Tatsächlich! Am Ende der Terrasse stand eine Frau im weißen Schwesternkittel, die verlegen lächelte.

»Entschuldigung, ich dachte, Sie schlafen. Und ich fragte mich gerade, ob ich Sie womöglich wecke, wenn ich über die Terrasse gehe.«

»Ich schlafe nicht.« Alisia richtete sich auf. »Und natürlich stören Sie mich nicht.«

Die Frau nickte und schickte sich an, an Alisia vorbei ins Haus zu gehen. Eine kleine, zierliche Frau, sehr hübsch mit ihren großen

Augen und dem herzförmigen Mund. Aber doch von konfektioneller Schönheit, einer Attraktivität von der Stange, die nur so lang erhielt, wie die Frisur saß, das Make-up stimmte und die Mode nichts anderes vorgab. Diese Frau kannte sie. Das war Delia Berglund.

24

April 2020, Sylt

NICOLE FRAGTE SICH, warum sie so lange nicht auf Sylt gewesen war. Die Verladestation in Niebüll, wo sie sich in eine lange Autoreihe stellte und hoffte, auf den nächsten Autozug zu kommen, war nicht schön, und doch wurde bereits dort das prickelnde Gefühl erzeugt, das zu Sylt gehörte, die unruhige Erwartung, die kribbelnde Vorfreude. Die Möwen schienen sie auf die Insel zu locken, der Wind sie hinüberzuwinken. Nicole freute sich auf ihren Urlaub, nicht nur auf die Insel, sondern auch auf die Verwandten. Viel zu lange hatte sie Onkel und Tante nicht gesehen, ihre Cousine, deren Mann und die Kinder. Ihre Eltern hatten einen Besuch auf Sylt ja immer wieder verschoben. Die Schreinerei, der Campingplatz, Hassos Rheuma, es hatte immer Gründe gegeben, die sie in Riekenbüren hielten. Vor allem ihr Vater wollte nur noch zu Hause bleiben, traute sich nicht mehr woanders hin. So wurde man wohl, wenn man sich in Riekenbüren verwurzelte, wenn man sich kein anderes Leben vorstellen konnte als das, was schon die Eltern geführt hatten. Irgendwann fehlte dann der Mut, Riekenbüren zu verlassen. Nicole begriff, dass ihre Eltern verlernt hatten, woanders zu sein als in Riekenbüren, vor allem ihr Vater, aber auch ihre Mutter. Sie waren mit dem Dorf verbunden wie damals die Großeltern, deren Eltern und vermutlich alle Generationen vorher. Ein Leben in Riekenbüren! Plötzlich, angesichts der touristischen Unruhe um sie herum, der Erwartung, der Vorfreude, konnte Nicole sich nicht vorstellen, nach Riekenbüren zurückzuziehen und dort zu bleiben.

Es herrschte Ebbe, als der Zug sich dem Meer näherte. Ein blauer Himmel nahm dem Watt sein Grau, die Sonne glitzerte in den Prielen, Austernfischer stakten von einer Reliefrille zur anderen und suchten nach kleinen Fischen und Krebsen, Wattwürmer drehten sich in den Schlick. Sattgrüne Wiesen verliefen im Watt, Schafe standen auf kleinen Erhebungen und glotzten aufs Wasser, ehe sie sich wieder ans Grasen machten. Ein Leben, wie es schon vor Jahrtausenden bestanden hatte. Etwas, das sich nie änderte, es sei denn, der Mensch mischte sich ein. Nicole empfand mit einem Mal ein tiefes Glück angesichts dieser Unendlichkeit, dieser Ruhe, dieses Gleichmaßes. In den Autos vor und hinter ihr war es still, nur gelegentlich war ein Smartphone in einer erhobenen Hand zu sehen, aber Kinder balgten sich nicht, Mütter reichten keine Bilderbücher oder Reiseproviant nach hinten, Väter blätterten nicht in Reiseführern. Niemand entzog sich diesem Schauspiel. Ein Blick ins Watt zeigte jedem, dass das Leben schön war.

Der Mann in dem Wagen hinter ihr zertrennte mit einem Mal die Ruhe. Nicole wurde durch seine großen Gesten aufmerksam, die sie im Rückspiegel erkennen konnte. Er schlug mit beiden Händen aufs Lenkrad, holte weit aus und schlug, so fest er konnte. Dann sah sie sein Gesicht, verzerrt von Wut oder Trauer, das konnte sie nicht ausmachen. Schließlich legte er seinen Kopf aufs Lenkrad und bewegte sich nicht mehr.

Sie konnte den Blick aufs Watt nicht länger genießen, sondern heftete die Augen auf den Rückspiegel, bis er den Kopf wieder hob und sich umsah, als wüsste er nicht, wie er auf diesen Zug gekommen war. Dann schien er sich gesammelt zu haben, stellte die Rückenlehne seines Sitzes etwas weiter nach hinten, kreuzte die Arme vor der Brust und legte den Kopf zur Seite. So blieb er, auch noch als der Zug längst auf die Insel gefahren war, als das

Watt nicht mehr zu sehen war, als weite Wiesen sich links und rechts dehnten. Dazwischen viele Wege, auf denen Traktoren fuhren und unzählige Radfahrer, die geduldig vor den heruntergelassenen Schranken warteten und den Fahrern der Autos zuwinkten, die der Zug an ihnen vorübertrug. Sie alle waren gut gelaunt. Das Wetter war schön, die Sonne schien, der Himmel war blau, die Insel bot alles auf, was sich ein Urlauber von seinem Ferienort wünschte.

Nicole war nervös, als der Zug in den Bahnhof von Westerland eingefahren war, die übliche Unruhe eintrat und das Poltern der Planken zu hören war, als die ersten Autos vom Zug fuhren. Rücklichter flammten auf, Motoren wurden gestartet, einige Autos ruckten zentimeterweise vor, als könnten die Fahrer es nicht abwarten, vom Zug zu fahren, oder als hätten sie Angst, zu spät loszufahren und den Verkehr aufzuhalten. Nicole fuhr vorsichtig an, um den Motor nicht abzuwürgen, dann folgte sie den vor ihr fahrenden Autos zügig. Die enge Kurve vom Zug herunter auf die Rampe, die zur Straße führte, war gar nicht so schwer zu nehmen, wie sie befürchtet hatte.

Die Ampelanlage war zwar nicht zu erkennen, sie befand sich hinter einer Linkskurve, aber sie war es, die den Strom der neu ankommenden Autos aufhielt. Nun sah Nicole wieder in den Rückspiegel. Der Mann hinter ihr saß aufrecht da und schien sich darauf zu konzentrieren, den Moment nicht zu verpassen, an dem sich die Autoschlange in Bewegung setzte. Er ließ die Seitenscheibe herunter, und sie tat es ihm gleich. Eine gute Idee, den Wind hereinzulassen, der herrlich erfrischend war und so gut roch, obwohl das Bahnhofsgelände viel tat, um ihm die Frische zu nehmen. Der Zug, der gerade eingefahren war, spuckte Gerüche aus, die dem Wind dennoch nichts anhaben konnten.

Nicole drehte das Radio an, weil sie den Wunsch hatte, zu singen oder zumindest zu summen. Der erste Sender brachte einen politischen Kommentar, den sie nicht hören wollte, der zweite ein Interview eines Sternekochs, das sie ebenfalls nicht interessierte, erst der dritte lieferte die Musik, die ihr jetzt guttat. »Du bist wie ein Lied …«

Sie summte mit, und als der Refrain begann, konnte sie sogar mitsingen. Mittlerweile hatte sie das Lied so oft gehört, dass sie wohl bald auch alle Strophen auswendig kennen würde.

Sie erschrak zu Tode, als jemand neben ihrem Auto auftauchte. Der Mann aus dem Auto hinter ihr! »Wenn Sie schon so einen Mist hören, müssen Sie dann das Radio auch noch so laut aufdrehen, dass jeder mithören muss?«

Damit wandte er sich um und stieg wieder in seinen eigenen Wagen. Im selben Moment setzte sich die Fahrzeugschlange in Bewegung. Erschrocken hatte Nicole das Radio leiser gedreht und auch die Seitenscheibe hochgekurbelt. Mein Gott, was war das denn für ein Kerl? »Der spinnt ja wohl!« Den Song hörte man überall. Wenn er sich jedes Mal so aufregte, würde er bald an einem Herzinfarkt versterben! Was war schon dabei, die Musik ein bisschen lauter zu drehen, wenn man vergnügt und vorfreudig war? Sie schickte einen wütenden Blick in den Rückspiegel, stellte aber fest, dass der Mann woanders hinsah und ihn nicht bemerkte. »Blödmann!« In der Linkskurve angekommen wechselte die Ampel wieder auf Rot. Trotzig drehte sie die Seitenscheibe wieder herunter und das Radio lauter, allerdings nicht ganz so laut wie vorher. Sollte er sich doch noch einmal aufregen! Niemand konnte ihr verbieten, dieses schöne Lied so laut zu hören, wie sie wollte!

Allerdings behielt sie ihn im Auge. Wäre er erneut aus dem Auto gesprungen, hätte sie vorsichtshalber ihre Fahrertür verriegelt. Aber diesmal reagierte er nicht. Vermutlich hatte er eingesehen, dass er im Unrecht war.

Die Ampel wurde wieder grün, Nicole startete, die Fahrzeugschlange setzte sich zügig in Bewegung. Jeder wollte so schnell wie möglich in seinem Hotel oder der Ferienwohnung ankommen. Doch dann brauste ein junger Mann mit einem dieser modernen Elektroroller über die Kreuzung, er hatte offenbar die rote Ampel übersehen. Nicoles Vordermann musste bremsen, sie schaffte es zum Glück gerade noch, ihren Wagen ebenfalls zum Stehen zu bringen, doch ihr Hintermann reagierte zu spät. Seine Bremsen quietschten, ein heftiger Ruck durchfuhr Nicoles Auto und zeigte an, dass er nicht früh oder nicht stark genug gebremst hatte. Nicole rutschte von der Kupplung und würgte den Motor ab. Mit zitternden Knien stieg sie aus und besah sich den Schaden, der zum Glück gering war. Ein Kratzer und eine Beule an der Stoßstange, nicht weiter schlimm. Ihr Auto war sowieso nicht mehr neu, ähnliche Kratzer und Beulen gab es schon mehrere.

Der Mann stieg zögernd aus und kam mit schuldbewusstem Blick näher. »Das habe ich nun davon«, sagte er. »Geschieht mir wohl recht.«

»Meinen Sie Ihr spätes Bremsen oder Ihren Wutanfall von eben?«

»Letzteres«, gab er zerknirscht zurück. »Ihre Stoßstange kann ich reparieren lassen, aber meine Unhöflichkeit leider nicht.«

Nicole war schnell versöhnt. »Sie sind ja hoffentlich versichert.«

»Natürlich.« Er überreichte ihr seine Visitenkarte. »Lassen Sie die Stoßstange reparieren? Dann erstatte ich Ihnen den Rechnungsbetrag. Es lohnt sich für mich nicht, die Versicherung einzuschalten. Mein Schadensfreiheitsrabatt dürfte höher sein als die Rechnung der Werkstatt.« Er notierte auf der Karte die Adresse der Wohnung, in der er auf Sylt wohnen würde. »Sie gehört meinen Großeltern.«

Nicole war nicht sicher, ob es richtig war, ihm zu glauben, oder ob sie nicht doch direkt die Polizei dazurufen sollte. Aber nun, nachdem der Mann seinen Zorn abgelegt hatte, machte er einen vertrauenswürdigen Eindruck. Sie rechnete nicht damit, dass er später seine Schuld leugnen und sie auf den Reparaturkosten sitzen lassen würde.

Sie legte seine Visitenkarte neben sich auf den Beifahrersitz und warf vor der nächsten roten Ampel einen Blick darauf. »David Wiemann, Musikproduzent.« Vielleicht war er wütend auf einen Konkurrenten, der einen Song auf den Markt gebracht hatte, der ihm eine Menge Kohle einbringen würde?

25

April 2020, Sylt

ROMY HATTE BRIT und Arne alles erzählt, was sie unbedingt loswerden musste, vom tropischen Wetter in der Dominikanischen Republik, dem komfortablen Hotel, den flotten Animateuren und natürlich bis hin zu dem Mann, den sie kennengelernt hatte. Der sich allerdings bis jetzt nicht bei ihr gemeldet hatte, obwohl er es beim Abschied fest versprochen hatte.

»Ob ihm was zugestoßen ist?«, überlegte sie verzweifelt. »Schlangenbiss oder Hornissenstich?«

Brit vermutete eher, dass er zu Hause eine Ehefrau hatte, die nicht erfahren durfte, dass er sie im Urlaub nach Strich und Faden betrogen hatte.

»Was?« Romy fuhr in die Höhe. Die Halsketten, die sie aus der Dominikanischen Republik mitgebracht hatte, klirrten. »Das glaubst du wirklich?« Hektisch suchte sie in ihrer Tasche – kreisrund, aus Korbgeflecht, so groß wie ein Wagenrad, ebenfalls aus der Dominikanischen Republik – herum. »Eigentlich wollte ich ihn nicht anrufen. Das sähe ja so aus, als liefe ich ihm nach. Aber in diesem Fall …«

»Was hast du vor?«, fragte Brit beunruhigt.

»Na ja, ihn anrufen. Was sonst?«

»Warum?«

»Er soll mir erklären, ob er verheiratet ist.«

Arne mischte sich ein. »Warte doch erst mal ab.« Er griff unauffällig nach dem Smartphone, das in seiner Nähe lag. »Wie heißt der Typ?«

»Mark Philips. Er ist Engländer.«

»So heißt der Schwiegersohn der Queen.« Brit gab eigentlich nur ungern zu, dass sie ein Fan aller Königshäuser war und sich im englischen ganz besonders gut auskannte. »Der Ex von Prinzessin Anne. Die war doch in erster Ehe mit einem Mark Philips verheiratet, und von dem hat sie zwei Kinder.«

»Vielleicht ist er das?« Romys Augen wurden groß wie die eines kleinen Mädchens, dem ein Märchen erzählt wird.

»Das glaubst du nicht wirklich«, gab Brit zurück, ohne zu lächeln. Sie kannte Romy schon zu lange, um sich noch zu amüsieren, wenn sie der Realität entrückte. Das wusste auch Romy selbst, die mit Brits Reaktion jedes Mal in die Wirklichkeit zurückgeholt wurde.

Arne steckte sein Smartphone wieder weg. Anscheinend war er zu der Ansicht gekommen, dass in diesem Fall auch Google nicht weiterhelfen konnte. »Das wäre schon eine sehr merkwürdige Namensähnlichkeit.« Er hob die Hände, als würde er von Romy mit der Waffe bedroht. »Andererseits ist das ein Allerweltsname, vielleicht heißt er ja wirklich so …«

Romy lief puterrot an, als schämte sie sich. Das kam selten vor, aber Brit merkte, dass sie sich diesmal wirklich schämte. Sie hätte gern den Kopf geschüttelt, unterließ es aber im letzten Augenblick. Ließ sich eine Frau, die sich erfahren nannte und die ihr Alter erfolgreich ignorierte, derart hinters Licht führen? Das geschah doch nur irgendwelchen Landeiern, die keine Ahnung hatten, wie man mit Männer umgehen musste.

Romy schien es nun selbst aufzugehen. »Verdammt! Und ich dachte, auf meine alten Tage würde es doch noch klappen mit der Liebe. Ich wollte mich gleich morgen zu einem Englischkurs anmelden.« Wütend sah sie Brit an. »Du hast sogar zweimal geheiratet. Und ich kriege das kein einziges Mal hin?«

»Arne und ich sind nicht verheiratet«, korrigierte Brit sanft.

»Aber fest zusammen«, gab Romy zornig zurück. »Das ist doch das Gleiche. Mehr will ich ja eigentlich auch nicht. Wilde Ehe, bis ich achtzig bin! Ist das etwa zu viel verlangt?« Es folgte eine Tirade über Männer im Allgemeinen und den Mann, der sich Mark Philips genannt hatte, im Besonderen, dann kam Constantin von der Straße in den Garten und lenkte sie ab.

Nicole war an seiner Seite, in einer Jeans, die viel zu eng war und ihre Problemzonen erbarmungslos ins Licht rückte, einem Shirt, das diese Problemzonen kein bisschen verdeckte, und Haaren, aus denen sie mit einem Stylingmittel eine Frisur hatte machen wollen, was jedoch gründlich danebengegangen war.

Aber sie hatte etwas erlebt, was bei Nicole selten vorkam, und war gekommen, weil sie etwas loswerden wollte, was sie im *König Augustin* niemandem hatte erzählen können, denn Kari und Hajo waren schwer beschäftigt gewesen, als sie eintraf. Ein Unfall beim Verlassen des Autozuges! Sie schmückte ihn derart dramatisch aus, dass Brit schnell der Verdacht kam, dass sie ein wenig übertrieb. Aber sie ließ es sich nicht anmerken. Nicole hatte so selten etwas zu erzählen, dass sie ihr die Freude daran nicht verderben wollte. Ein Unfallgegner, der sich sehr merkwürdig verhalten hatte, mit einem Beruf, von dem noch niemand einem Vertreter leibhaftig begegnet war, und er war genau so gewesen, wie Nicole sich einen Musikproduzenten vorgestellt hatte, völlig überdreht, mit einem Benehmen, das ständig zwischen Unverfrorenheit, Überheblichkeit und Zuvorkommenheit hin und her pendelte. »Ein verrückter Typ!«

Arne war wieder derjenige, der zum Pragmatischen neigte. Ihn interessierte, ob dieser Musikproduzent für den Schaden an Nicoles Auto aufkommen würde und ob es klug gewesen war, ihn ohne Angabe seiner Versicherungsnehmer, ohne Vorlage seines Personalausweises und ohne Hilfe der Polizei davonkommen zu lassen. Brit hatte Mitleid mit Nicole. Genau wie bei Romy kurz vorher hatte Arne es auch in diesem Fall schnell geschafft, aus einem eigentlich interessanten Erlebnis, von dem es in Nicoles Leben noch nicht viele gegeben hatte, eine schnöde Bauernfängerei zu machen. Romy war der Spaß an ihren Urlaubserinnerungen vergangen, Nicole die Freude daran, einmal jemandem begegnet zu sein, der ihr ein bisschen verrückt erschienen war.

Beide, sowohl Romy als auch Nicole, beschlossen, ihre aufregenden Erlebnisse woanders zum Besten zu geben. Brit verabschiedete sich von ihnen, sah den beiden hinterher und griff nach Arnes Hand. Wie glücklich konnte sie doch sein! Ihr Leben war so viel reicher als Nicoles, die so wenig erlebte, aber auch als Romys, die ständig etwas erlebte, was aber nicht in die Zukunft führte.

Sie hob sich auf die Zehenspitzen und hauchte dem überraschten Arne einen Kuss auf die Lippen. »Ich liebe dich. Und ich bin sehr froh, dass ich mit dir zusammen so viel erlebt habe, dass ich mich jetzt zufrieden zurücklehnen kann.«

26

April 2020, Sylt

Alisia rang nach Worten, lächelte Delia Berglund an, als läge ihr etwas auf der Zunge, sah, dass Delia es bemerkte, denn die Pflegerin zögerte und wartete. Aber Alisia fiel nichts ein, was über den Zustand des Wetters hinausging. Dann kam ihr in den Sinn, nach Mike zu fragen, nach seinem Gesundheitszustand, seinen Perspektiven. Aber natürlich durfte Delia darüber nichts sagen, Alisia war ja eine Fremde für sie, selbst wenn ihr der Name *La Cappuccina* auch bekannt sein sollte und sie wusste, dass sie das berühmte Model vor sich hatte. Schließlich kam Alisia der Zufall zu Hilfe. Die Musik, die in der Küche lief, war bisher kaum zu hören gewesen, jetzt aber drehte die Haushälterin das Radio lauter, und das Lied drang bis in den Garten.

»Ein toller Song, oder?« Alisia ließ die Füße wippen und kam sich dabei ziemlich albern vor. »Für Cornelius Löber vielleicht eine ganz neue Karriere.«

Delia reagierte so, wie Alisia es sich gewünscht hatte. »Mein Bruder hat das Lied auf den Markt gebracht. Er wollte auf Nummer sicher gehen und hat sich einen Interpreten gesucht, der in Deutschland bereits sehr bekannt ist. Wenn auch als Schauspieler.«

Alisia gab sich überrascht, stand auf und ging zu ihr. »Ihr Bruder ist Musikproduzent?«

Delia nickte stolz. »Er schreibt für viele bekannte Sänger.«

»Dann wird er sich jetzt sicherlich zur Ruhe setzen können«, lachte Alisia. »An diesem Song wird er sich dumm und dämlich verdienen.«

Delia lachte ebenfalls. Hatte David dieses Lachen gemocht? Oder das Funkeln in ihren Augen, das aufglomm, wenn sie lachte? Oder die Grübchen in ihren Wangen? »Mal schauen! Er hat mir einen Anteil versprochen, weil ich ihm zugeredet habe, das Lied zu produzieren. Ich habe gleich erkannt, dass es Potenzial hat, während er zunächst noch unsicher war.«

Alisia erstarrte innerlich. Hatte Delia gerade, ohne es zu merken, zugegeben, dass sie David das Lied gestohlen hatte? Um sich nichts anmerken zu lassen, zog sie beeindruckt die Mundwinkel herab und nickte, als wollte sie Delia Anerkennung schenken. »Ehrlich?« Sie war zufrieden mit ihrer schauspielerischen Leistung. Delia konnte unmöglich an ihrem Erstaunen zweifeln. »Ich hoffe, Sie haben einen guten Prozentsatz ausgehandelt.« Wieder lachte sie, obwohl sie eigentlich gern vor Delias Füße gespuckt hätte. Ein Anteil, weil sie ihm zugeredet hatte? Diese Schlange! Sie bekam einen Anteil, weil sie das Lied für ihren Bruder gestohlen hatte. Seinem rechtmäßigen Urheber weggenommen! So sah es aus.

Delia bewegte sich mit winzigen Schritten Richtung Terrassentür. Anscheinend fand sie, dass sie nun lange genug Konversation betrieben hatte. Aber Alisia stellte erschrocken fest, dass die Plauderei mit Delia sie in Wahrheit kein bisschen weitergebracht hatte. Nichts Handfestes hatte sie von ihr erfahren, womit sie David Wiemann helfen könnte.

»Ich würde auch gerne mal eine Platte aufnehmen«, hörte sie sich sagen. War sie verrückt geworden? Sie und singen? »Damit könnte ich meine Karriere krönen.«

Nun war sie wirklich von allen guten Geistern verlassen. Delia Berglund musste sie für übergeschnappt halten.

Aber diese reagierte ganz anders. »Prominente sind immer sehr gut zu vermarkten«, sagte sie, »das weiß ich von meinem Bruder. Deswegen hat er sich ja für Cornelius Löber entschieden. Wenn ein Song von einem Promi gesungen wird, einem Schauspieler oder Sportler, dann läuft er immer gut. Auch wenn die Stimme stark bearbeitet und dreimal übereinander gelegt werden muss, damit ein Sound dabei rauskommt. Entscheidend ist natürlich auch, wie dieser Promi aussieht.« Sie schenkte Alisia ein Lächeln, das nett und sympathisch war. »Aber da dürfte es ja kein Problem geben. Ich kann es meinem Bruder sagen. Vielleicht hat er Interesse.«

»Das wäre toll. Danke.« Alisia wandte sich ab und ging mit gemischten Gefühlen wieder zu ihrer Liege. Nur weg von dieser peinlichen Inszenierung. Am Ende würde sonst wirklich noch Golo Berglund erscheinen und mit einem Plattenvertrag winken. Wie peinlich war das denn?! Sie schloss die Augen, um sich von der Rolle, die sie gerade gespielt hatte, zu erholen: der selbstverliebte Promi, der sich einbildete, selbst ein Lied aufnehmen zu müssen. Andererseits war sie auch ganz zufrieden mit sich … vielleicht würde der Kontakt mit Golo Berglund auch für neue Erkenntnisse sorgen.

Sie blinzelte, als sie das leise Klingeln eines Handys hörte. Delias Handy. Durch die Scheibe des Wohnzimmers sah sie, dass Delia in ihrer Kittelschürze kramte und ihr Smartphone herauszog. Ihre Stimme war leise, sie zischte, offenbar wollte sie nicht gehört werden. Weil Mike keine Privatgespräche während der Arbeitszeit duldete? Oder weil es um etwas ging, was niemand wissen durfte? Delia blieb hinter der Scheibe stehen und ging nicht weiter ins Haus hinein. Wahrscheinlich glaubte sie, dass Alisia nichts hörte, und war andererseits besorgt, dass die Haushälterin in der Küche oder die Putzfrau im Erdgeschoss etwas mitbekam

Alisia kniff die Augen zusammen, um sich noch mehr auf ihr Gehör zu konzentrieren. »Ja, gut versteckt. Besser bei mir als bei dir. Sicher ist sicher.« Sie machte ein paar Schritte ins Wohnzimmer hinein, schien sich dann aber umzudrehen, denn ihre Stimme war noch genauso gut zu hören wie vorher. »Wir sollten alles vernichten«, hörte Alisia sie sagen. »Wir brauchen es nicht mehr.«

Alles! Da konnten doch nur die Notenblätter gemeint sein, die David vermisste! Gut versteckt bei Delia, besser bei ihr als bei ihrem Bruder, denn sicher war sicher. Klar, Golo hatte damit gerechnet, dass David die Polizei alarmierte und diese dann sein Studio durchsuchte. Und dass diese Noten nun vernichtet werden konnten, war ebenso klar. Der Song war fertig, er lief auf allen Radiosendern, die CDs, Streamings, Downloads dürften vermutlich längst gigantische Verkaufszahlen melden. Die Sache war erledigt, da warf man am besten alles in den Müll, was noch nachträglich zu Schwierigkeiten führen konnte.

»Nein, das nicht«, sagte Delia nun leise. »Das gehört mir!« Sie lauschte kurz, dann lachte sie. »Dann bin ich eben sentimental, aber …« Sie ließ sich unterbrechen, dann wurde ihr Lächeln noch breiter. »Direkt unter Ted Herold? Na gut, da dürfte nichts passieren. Ich nehme es dann bei Gelegenheit mit. Und alles andere, was noch bei mir ist, werde ich in Mike Heisers Papiertonne werfen. Das ist am unauffälligsten. Hier sucht keiner danach.«

Sie beendete das Gespräch, Alisia hörte ihre eiligen Schritte. Die Noten waren also bei Delias Bruder versteckt. Oder sie sollten bei Delia versteckt werden, auch möglich. Direkt unter Ted Herold? Was damit gemeint war, konnte Alisia sich nicht erklären. Egal! Alles andere wollte sie hier, auf Mikes Anwesen, entsorgen. Was war damit gemeint? Alisia fiel keine Erklärung ein. Sie wusste nur eins: Sie wollte es haben. Alles, was Delia und Golo vernichten wollten, konnte für David von großer Bedeutung sein. Wo wohnte Delia? Sie hatte hier bei Mike ein Personalzimmer wie alle, die für ihn arbeiteten. Aber die meisten wohnten auf dem Festland, hatten dort ihren Hauptwohnsitz und bezogen das Personalzimmer nur, wenn ihr Dienst so unglücklich lag, dass kein Zug mehr von der Insel fuhr, wenn sie Feierabend hatten. Aber wo wohnte Delia Berglund?

Als Franco zu ihr auf die Terrasse kam, fragte sie ihn aufs Geratewohl. Sie habe einen Dialekt an Delia Berglund bemerkt, ob sie aus Süddeutschland käme?

Franco schüttelte erstaunt den Kopf. »Soviel ich weiß, stammt sie aus Hamburg, und dort wohnt sie auch. Als Italiener erkennt man einen Dialekt vielleicht nicht. Mir ist jedenfalls noch nie einer aufgefallen.«

»Hamburg? Das ist aber weit. Oder fährt sie nicht täglich nach Hamburg in ihre Wohnung?«

»Natürlich nicht. Sie bleibt immer hier. Es sei denn, sie trifft sich mit ihrem Freund, der in Hamburg lebt, oder sie hat mehrere Tage an einem Stück frei.« Er setzte sich neben sie, blinzelte in die Sonne und griff beiläufig nach ihrer Hand. »Und? Hast du deine Zahnbürste und deinen Pyjama schon in mein Apartment gebracht?«

Alisia zögerte nur kurz. Unter anderen Umständen hätte sie jetzt eine Erklärung gefunden, warum sie in ihre eigene Wohnung in Wenningstedt zurückwollte. Aber Delia wollte etwas vernichten. Die Noten, den Beweis! Vielleicht heute noch!

»Ich muss Cleopatra holen. Okay?«

Franco küsste sie. »Und noch ein paar Sachen für die nächsten Tage? Es wäre schön, wenn du mal etwas länger bei mir bleiben könntest.«

27

David war am frühen Morgen losgefahren, war gut durchgekommen, hatte an der Verladestation nicht warten müssen und war schon auf Sylt angekommen, als dort die Ersten zum Bäcker gingen, um für frische Brötchen anzustehen. Abgesehen von dem ärgerlichen Auffahrunfall, der aber durchaus schlimmer hätte ausgehen können, war er zufrieden mit seiner Reise. Er hatte sein Auto in der Tiefgarage abgestellt, aber seine Reisetasche auf dem Rücksitz stehen lassen. Vielleicht war es eine verrückte Idee gewesen, nach Sylt zu fahren. Nur weil er Delia hier näher war. Womöglich war es besser, gleich wieder kehrtzumachen.

Er trat auf den Balkon des Apartments, das seine Großeltern, die Eltern seiner Mutter, vor über zwanzig Jahren gekauft hatten. Eine gute Geldanlage, rühmte sich sein Opa gern, und rechnete ihm dann vor, welchen Wertzuwachs die Wohnung mittlerweile zu verzeichnen hatte. David tat ihm dann jedes Mal den Gefallen, beeindruckt zu sein. Opa hatte ja recht. Die Immobilienpreise auf Sylt hatten sich wirklich explosionsartig entwickelt. Heute wäre für Axel Wiemann eine Wohnung auf Sylt unerschwinglich, und das, obwohl er in guten wirtschaftlichen Verhältnissen lebte. Aber das reichte für Sylt eben nicht. Da mussten die Verhältnisse schon außerordentlich sein.

Schade, dass man von dem Balkon keinen Blick aufs Meer, sondern auf das Altenheim hatte, aber immerhin war die Brandung zu hören, mit Strandnähe konnte seine Oma also angeben, wenn sie bei einem Gespräch mit Bekannten einfließen ließ, dass man eine Wohnung auf Sylt besaß. Mittlerweile nahmen die beiden nur noch selten die Strapazen der Reise auf sich. Feierlich hatten sie irgendwann ihren beiden Enkeln Lea und David je einen Apartmentschlüssel überreicht und ihnen angeboten, jederzeit die Wohnung nutzen zu dürfen. »Wir müssen uns nur absprechen«, hatte Opa ergänzt. »Für alle vier ist zu wenig Platz.«

Da hatte er recht. Das Apartment bestand lediglich aus einem einzigen Zimmer, das zum Glück aber sehr geräumig war. Die Schrankbetten sorgten dafür, dass es zumindest tagsüber nicht eng wurde.

David warf einen Blick zu den Dünen, hinter denen sich das Meer versteckte, dann trat er ins Zimmer zurück. Ob Delia wusste, dass er versucht hatte, sich umzubringen? War sie noch gekommen, nachdem er von der falschen Person gerettet worden war? Pünktlich war sie doch immer gewesen, Verabredungen hatte sie stets eingehalten. Ob sie den Notarzt und die Sanitäter noch gesehen hatte? War sie besorgt, bestürzt, sogar verzweifelt gewesen, als ihr klar geworden war, was sie angerichtet hatte? Wenn ja, dann hatte es ihm nicht viel eingebracht. Sie hatte ihre Entscheidung nicht überdacht oder gar geändert, hatte sich nicht bei ihm gemeldet, hatte ihm nicht erklärt, dass es ihr leidtat und dass sie ihn eigentlich immer noch liebte, dass sie es nur vorübergehend vergessen hatte. Aber als er von seinem Plan, sie zurückzugewinnen, geradezu besessen gewesen war, hatte er ja noch nicht gewusst, dass Golo sein Lied gestohlen hatte.

Er schloss die Balkontür, obwohl das Wetter gut war, obwohl die Luft frisch und würzig war und die Sonne noch wärmte. Er wollte alles Schöne aussperren, wollte sich in die düstere altdeutsche Möblierung seiner Großeltern zurückziehen, wollte eine Umgebung haben, in der es sich gut leiden ließ, in der es nichts gab, was fröhlich stimmte. Er ging an den vier Wänden entlang, als wäre er ein Investor, der die Wohnung samt Inhalt aufkaufen wollte und sich darüber Gedanken machte, welche Summe er anbieten musste, was an der Ausstattung alles so hässlich war, dass er den Preis drücken konnte. Er betrachtete das Wappen von Gütersloh, der Heimatstadt seines Großvaters, das an der Wand hing, daneben ein Hochzeitsfoto und ein gerahmtes Bild, das Davids Mutter am Tag ihrer Einschulung zeigte. Und dann dieses gerahmte Titelbild einer Zeitung. David hatte nie verstanden, warum dieses Bild an der Wand hing, er hatte sich aber auch nie getraut, danach zu fragen. Es war ein paar Tage nach seiner Geburt aufgenommen worden und zeigte David in den Armen von Mike Heiser und dessen Frau, die David nicht kannte. Damals waren seine Eltern noch davon überzeugt gewesen, dass Mike Heiser sein Erzeuger sei. Kopfschüttelnd betrachtete er das Bild. Vielleicht hatten seine Großeltern es rahmen lassen und in ihrer Ferienwohnung aufgehängt, weil es das einzige Babybild war, das sie von ihrem ältesten Enkelkind hatten. Seine Mutter war mit ihren Eltern zerstritten gewesen, hatte jahrelang nichts mit ihnen zu tun haben wollen. David war schon zur Schule gegangen, als es die erste vorsichtige Annäherung gegeben hatte. Leas Geburt hatte vermutlich dafür gesorgt, dass seine Eltern ihr Herz öffnen konnten. Aber ein liebevolles Verhältnis zwischen Davids Mutter und ihren Eltern war nie wieder zustande gekommen.

Seine Gedanken huschten wieder zu Alisia Keller, dieser wunderschönen Frau, deren Zuwendung er noch immer nicht fassen konnte. Er merkte, dass er sich angewöhnt hatte, sämtliche Fragen, die in seinem Kopf erschienen, ihr in Gedanken vorzulegen, sich vorzustellen, wie sie darauf antworten, welchen Ratschlag sie für ihn haben würde. Ob er sie jemals wiedersehen konnte? Er hatte nicht gewagt, ihr vorzuschlagen, sich mal irgendwo zu treffen. Mein Gott, diese Frau musste tausend Verehrer haben, sicherlich lagen ihr die Männer zu Füßen. Warum sollte sie sich mit einem erfolglosen Musikproduzenten abgeben, bei dem sie von Plastiktellern hatte essen müssen? Trotzdem bereute er nun, sie nicht gefragt zu haben, ob er sie anrufen durfte. Ob seine Schwester Alisias

Nummer hatte? Befreundet waren die beiden ja nicht, es war also nicht sehr wahrscheinlich. Aber er würde es einfach versuchen. David seufzte auf. Dafür musste er sich mit seiner Schwester erst einmal wieder versöhnen. Aber dazu war er noch nicht bereit. Dass auch sie ihm nicht geglaubt hatte, dass sie auf der Seite ihres Vaters stand, konnte er ihr so schnell nicht verzeihen.

Er schob den Gedanken an Lea beiseite. An Alisia Keller zu denken war schöner, viel schöner, das tat ihm gut. Ihre Empathie hatte ihn beeindruckt, sie schien ein Mensch zu sein, der nicht am Unglück anderer vorbeiging. Dabei wurde solch schönen Frauen, die noch dazu in der leichtlebigen, unbeständigen Modewelt zu Hause waren, doch eher nachgesagt, dass sie oberflächlich seien, nur auf Äußerlichkeiten bedacht, zu keiner tiefen Emotion fähig, in der es nicht um sie selbst ging. *La Cappuccina* war ganz anders. Seit ihm eingefallen war, mit wem er es zu tun bekommen hatte, war er im Internet auf die Suche gegangen. Unzählige Fotos von ihr hatte er gefunden, die einfach atemberaubend waren. Gelegentlich war er bei Modeschauen zu Gast gewesen, wenn seine Schwester mit von der Partie war, aber ein ausdrucksvolles Gesicht wie Alisias, so schöne, warmherzige Augen und einen derart grazilen Körper hatte er nie gesehen. Und nicht nur das! Außer der Schönheit hatte sie ja noch viel mehr zu bieten. Und gerade das war ein Teil ihrer enormen Ausstrahlungskraft.

Er würde sie gerne anrufen, ihre Stimme hören, ihr leises Lachen, ihre Worte, mit denen sie ihm Mut machen wollte. Dann fiel ihm ein, dass er womöglich doch ihre Telefonnummer hatte, vorausgesetzt, sie hatte ihr Smartphone nicht auf ›anonym‹ gestellt, wie das ja Prominente gern taten, die ihre Telefonnummer eisern unter Verschluss hielten. Aufgeregt zog er sein Handy hervor. Dann fiel ihm ein, dass sie ihn auf dem Festnetz angerufen hatte. Natürlich hatte sie seine Handynummer nicht gekannt, er gab sie ja nur Freunden, Familienangehörigen und Leuten, mit denen er sehr eng zusammenarbeitete. Zwar stand sie auf seiner Visitenkarte, aber die gab er auch nur denjenigen, die ihn überall erreichen durften. Schade! Er würde Alisia nicht anrufen können. Aber warum sollte er das auch wollen? Eigentlich war sie ihm lästig gewesen mit ihrer Hilfsbereitschaft, ihrem penetranten Wunsch, ihm zu helfen. Ob sie sich noch einmal bei ihm meldete? Aber das konnte ihm wirklich egal sein. Sein Herz war besetzt, immer noch, trotz aller Enttäuschung. Ob Delia zu ihm zurückkehrte, war mehr als ungewiss, aber dass er sein Herz schon für eine andere öffnete, war undenkbar. Trotzdem … das Frühstück in seinem Studio war schön gewesen. Wenn Alisia weniger attraktiv wäre, hätte er vielleicht versucht, mit ihr zu flirten. Nur um sich abzulenken, um an etwas anderes zu denken als an Delia. Aber bei einer so schönen Frau wie Alisia hatte er sich nicht getraut. Außerdem hatte er gleich wieder an Delia denken müssen, als er meinte, ein Knistern verspürt zu haben, ein Interesse ihrerseits und sein Wunsch, sich ihr zu öffnen. Nein, noch immer hielt Delia den Platz in seinem Herzen besetzt. Trotzdem kam es ihm jetzt so vor, als hätte sich dieser Platz verschoben, ein wenig von der Mitte an den Rand gedrängt, als müsste es dort, in der Mitte, Platz geben für *La Cappuccina*. Ach, könnte er sie doch anrufen und ihr sagen … Ja, was eigentlich? »Ich wollte Ihnen nur sagen, dass ich Sie toll finde. Sie sind eine wunderbare Frau. Und das sage ich nicht nur, weil Sie so attraktiv sind, sondern weil Sie so … nett sind.« Mein Gott, wie banal! Gut, dass er ihre Handynummer nicht hatte. Am Ende hätte er ihr wirklich diesen Unsinn auf die Mailbox gesprochen. Nett! Himmel, nett waren tausend andere Menschen auch. »Ja, so nett«, wiederholte er trotzdem, weil ihm einfach nichts Besseres einfiel. »So fürsorglich. So hilfsbereit. Dass sie sich die Zeit genommen haben, zu mir zu kommen, mir zuzuhören, mir Mut zu machen, das war einfach unheimlich … nett. Sie sind ein großartiger Mensch.« Er holte tief Luft und ergänzte: »Danke, Alisia, danke für alles.«

Vielleicht würde er irgendwann Gelegenheit bekommen, ihr wirklich zu sagen, wie er über sie dachte, und bis dahin hatte er vielleicht ein passendes Synonym für ›nett‹ gefunden. Dieses Wort wurde ihr wirklich nicht gerecht. Alisia war nicht nett, sondern … wunderbar! Ja, nun hatte er es.

28

April 2020, Riekenbüren

Halina war schon früh zum Campingplatz gegangen. Zwei Putzfrauen hatten sich krankgemeldet, der Platzwart würde erst später seinen Dienst antreten, er hatte einen Arzttermin. Also musste die Chefin einspringen. Als Hasso am Morgen in die Küche kam, zeigte ihm das benutzte Frühstücksgedeck auf dem Tisch, dass seine Frau längst wach und auf Posten war.

Er stöhnte, ging zur Kaffeemaschine und löffelte die dreifache Menge Kaffeepulver in den Filter. Gut, dass Halina schon weg war, so brauchte er sich nicht zusammenzureißen und so zu tun, als wäre er topfit. Und gut, dass sie bei seiner Heimkehr bereits geschlafen hatte und nicht aufgewacht war, als er es mit Mühe geschafft hatte, sich ganz vorsichtig neben sie zu legen. Sie hatte nicht einmal gemerkt, dass er kurz darauf wieder aufgesprungen und ins Bad gelaufen war, um sich zu übergeben. Lieber Himmel, war er betrunken gewesen! Und nun dieser Kater! Einfach schrecklich. Eigentlich hatte er geglaubt, dass diese Zeiten vorbei waren, dass der Leichtsinn, wenn man noch ein Bier bestellte und noch eins, obwohl man wusste, dass man es bereuen würde, mit der Jugend zu Ende gegangen war. So schlecht Hasso sich jetzt fühlte, so mischte sich doch auch ein kleines Triumphgefühl in seine Übelkeit. Er gehörte noch nicht ganz zum alten Eisen, ein bisschen Spritzigkeit steckte noch in ihm. Es tat auch gut, sich sagen zu können, dass ihn nicht reine Leichtfertigkeit dazu gebracht hatte, mehr Bier zu konsumieren, als nötig gewesen wäre. Früher hatte er sich häufig vorsätzlich betrunken, weil er zeigen wollte, was er vertragen konnte, weil es Schwäche gewesen wäre, rechtzeitig aufzuhören, oder weil er einfach keinen Gedanken an den kommenden Morgen verschwendet hatte. Diesmal war das anders gewesen, diesmal war es darum gegangen, jemandem zu helfen. Er hatte seinem Pächter unbedingt zeigen müssen, dass das Leben weiterging, auch wenn einem das Schicksal weismachen wollte, dass die Zukunft öde und freudlos sein würde. Das war schließlich seine Christenpflicht, und die kam eben manchmal ohne Alkohol nicht aus. Lutz Jacobson hatte zunächst abgewinkt, hatte nicht mitkommen wollen, hatte sogar gemeint, es mache einen schlechten Eindruck, wenn er kurz nach dem Tod seiner Frau in eine Kneipe ging. Aber Hasso hatte ihm erklärt, dass die Versammlung im *Dorfkrug* ja nicht dem Vergnügen diene, beileibe nicht, sondern quasi Bürgerpflicht sei. Es ging schließlich um eine Versammlung der Dorfbewohner, vornehmlich der männlichen natürlich, in der darüber abgestimmt werden sollte, ob man für oder gegen eine Umgehungsstraße sei. Die Meinungen wurden da sehr kontrovers diskutiert. Wenn aus den Plänen des Verkehrsministers etwas wurde, dann würde der Fernverkehr demnächst nicht mehr durch Riekenbüren donnern, was vielen recht war, vor allem den Eltern der Schulkinder, die die Hauptstraße überqueren mussten, dann würde das Dorf aber auch abseits liegen, von den Touristenströmen nicht mehr berührt werden und irgendwann womöglich vergessen sein. Das durfte man sich als Unternehmer nicht gefallen lassen, hatte Hasso seinem Pächter erklärt. Für ihn kam es darauf an, dass der Campingplatz weiterhin florierte, für Lutz Jacobson sollte es angeblich darauf ankommen, dass die *Schreinerei Wunder* über die Grenzen Riekenbürens hinaus bekannt blieb. Lutz schien das nicht wirklich einzusehen, aber dass er einen Grund hatte, ins Wirtshaus zu geben, ohne dass ihm vorgehalten werden konnte, er sei noch in Trauer und dürfe deshalb nichts tun, was Freude bereite, gefiel ihm durchaus, das merkte Hasso schnell. So hatte er nicht sehr lange auf ihn einreden müssen und freundlicherweise im *Dorfkrug* den anderen gegenüber sogar durchblicken lassen, dass sein Pächter eigentlich gar nicht hatte mitkommen wollen, dass er ihn aber überredet habe, weil es ja schließlich um das Dorf und das Wohl aller Einwohner ging, zu denen nun auch Lutz Jacobson gehörte. Von allen Seiten war Zustimmung gekommen, Lutz brauchte nicht zu befürchten, dass ihn zukünftig jemand schief ansehen würde. Das löste seine Verklemmung und sorgte dafür, dass er noch vor der Abstimmung das siebte Bier bestellte, obwohl er besser nach dem sechsten Schluss gemacht hätte.

Aber Hasso klopfte ihm beruhigend auf den Unterarm. »Tu dir keinen Zwang an. Ich passe schon auf dich auf. Das Leben geht weiter, du hast genug mitgemacht.«

Damit hatte Hasso geklärt, dass man sich von nun an duzen würde, und zwei Biere weiter waren die beiden bereits beste Freunde.

Als sich die Versammlung aufgelöst hatte, bestellten sie das allerletzte Bier. »Aber wirklich das allerallerletzte«, lallte Lutz.

Hasso bestätigte ihn und fand dann, dass ein klares Wort von Mann zu Mann etwas sei, was keine Frau zuwege brächte. »Die nennen ihr Gekicher bei Prosecco und Hugo ja gern ein gutes Gespräch. Aber in Wirklichkeit ziehen sie dann nur über uns Männer her. Dann bestätigen sie sich gegenseitig und meinen, sie könnten am nächsten Tag an uns herummeckern.«

Lutz Jacobson fand die Worte seines neuen Freundes geradezu philosophisch und stellte sehr, sehr nachdenklich fest, dass er sich diese Gedanken noch nie gemacht habe. Und dass es schade sei, weil er ja nun mit dieser neuen Erkenntnis nicht mehr viel anfangen könne.

»Dafür musstest du erst nach Riekenbüren kommen.« Hasso war hocherfreut, dass er einem Mann, der aus Schwaben angereist war, zeigen konnte, wie glasklar in Norddeutschland gedacht und formuliert wurde. »Außerdem kann es ja sein, dass du irgendwann doch noch mal was mit dieser Weisheit anfangen kannst.« Toller Übergang! Hasso war sehr zufrieden mit sich gewesen. »Du hast doch meine Tochter kennengelernt …«

Nun schlürfte er seinen Kaffee und war mit einem Mal nicht mehr halb so zufrieden mit sich und seiner Idee wie gestern. Dass nur Halina nichts davon erfuhr! Andererseits konnte er sich nicht vorstellen, dass Lutz darüber reden würde. Dem war ja selbst daran gelegen, dass niemand erfuhr, welche Pläne schon in seinem Kopf herumgeisterten. In den Wochen, die er nun ohne Frau war, hatte er ja längst gemerkt, wie schwer es war, mit allem allein zurechtzukommen. Die Arbeit, das Haus, die Kinder … das wurde ihm alles zu viel. Er musste sich einarbeiten, an die Mitarbeiterführung gewöhnen, mit alten und potenziellen Kunden Kontakt pflegen, dann, wenn er endlich Feierabend hatte, den Kindern helfen, sich in ihrer neuen Situation zurechtzufinden, die Wohnung putzen, für ein nahrhaftes Essen sorgen … Lutz hatte zugegeben, dass er bereits mit den Nerven am Ende war. »Burn-out!«, hatte er verkündet. »Davon bin ich nicht weit entfernt.«

Beide wussten nicht so richtig, was bei einem Burn-out passierte, aber wenn man diesen englischen Begriff mit Durch-den-Wind-sein übersetzte, dann wussten beide Bescheid. Im Klartext: Lutz brauchte so bald wie möglich eine Frau, und Hasso ließ durchblicken, was sein größter Wunsch sei: dass der Betrieb im Familienbesitz blieb. Als er von Dennis erzählte, kamen ihm die Tränen, was nur mit einem kleinen Aufgesetzten zu ertragen war. Dann versicherte er, dass er Tim, Gina und Jana als seine Enkelkinder anerkennen würde, und darauf kamen auch Lutz die Tränen, sodass auch er noch einen Aufgesetzten brauchte. Zu einem konkreten Plan, wie die Sache eingefädelt werden konnte, waren sie dann allerdings nicht mehr gekommen …

29

April 2020, Sylt

Das Dünengras wogte unter den wirbelnden Böen, die so übermütig über die Insel kamen, als wollten sie verkünden, dass nun Frühling sei, wenn die Temperaturen auch nach wie vor unberechenbar waren. Es gab noch Tage mit hässlichem Aprilwetter, aber an diesem Morgen war die Welt voller Sonne, wenn auch ohne Wärme. Regen war nicht zu erwarten – wobei man sich da auf Sylt nie ganz sicher sein konnte. Alisia hatte sich einen schneeweißen Windbreaker übergezogen, der auch gegen Regen schützte, und trug ebenso weiße Sneaker zu ihren Röhrenjeans. Unter der Jacke blitzte ein leuchtend blauer Pulli hervor.

Franco nahm sie zum Abschied in die Arme. »Du siehst zum Anbeißen aus.« Sie genoss seinen Duft, der am frühen Morgen noch etwas zu stark war, gegen Mittag jedoch genau richtig sein würde, nur für die Frau zu bemerken, die ihm nahekam. »Wann wirst du zurück sein?«

Diese Frage war dahergesagt, belanglos, unbedeutend, aber Alisia durchfuhr trotzdem ein Unwille, viel zu stark für diese Bagatelle. Sie fragte sich, ob das immer so sein würde, wenn sie mit Franco zusammenlebte. Würde er jedes Mal fragen, wann sie zurückkäme? Würde er auf die Uhr schauen, wenn sie wieder nach Hause kam, sie sogar bitten, ihn seltener allein zu lassen, öfter daheim zu bleiben, auf längere Reisen ohne ihn zu verzichten?

»Mal sehen«, antwortete sie vage. »Vielleicht gehe ich mit Chris und Linda was essen. Oder ich fahre bei meinen Eltern vorbei.

Eigentlich könnte ich auch Opa und Oma mal wieder einen Besuch abstatten. Und Constantin wollte mir seine neuen Möbel zeigen …«

Das würde reichen. Franco musste einsehen, dass er seinen eigenen Tagesablauf unabhängig von Alisias Plänen einrichten musste.

Bevor sie sich ins Auto setzte, ging sie noch bei Mike vorbei. Er grinste ihr entgegen. »Wie ich höre, ziehst du jetzt hier ein?«

»Für ein paar Tage«, schränkte Alisia ein. »Meine Wohnung behalte ich.«

Mike hatte Verständnis dafür. »Diese Italiener sind immer gleich so schwärmerisch. Franco neigt überall zur Übertreibung, auch in der Mode. Wenn Weiß zum Trend wird, kennt er nur noch Weiß, und wenn er verliebt ist, will er gleich heiraten.«

Alisia lachte. »Einen Antrag hat er mir noch nicht gemacht.«

»Kann nicht mehr lange dauern.«

Alisia sah sich um, als vermutete sie, dass sich jemand in Mikes Büro versteckt haben könnte. »Kommst du heute ohne Pflegerin aus?«

»Delia ist auf Posten. Ich will diese weißen Kittel nicht ständig in meiner Nähe haben. Aber wenn ich sie brauche, ist sie da.«

Alisia verabschiedete sich, verließ das Büro und zählte an den Fingern der rechten Hand die Stunden ab. Sie kannte die Arbeitszeiten der Pflegerinnen. Um acht begann die erste Schicht des Tages, um sechzehn Uhr folgte die nächste, die nur sechs Stunden ging, danach kam die Nachtschicht, volle zehn Stunden lang, aber da Mike in der Regel ruhig schlief, hatte sie es einfacher als die Pflegerinnen der Tagesschicht. Mit einem ausgeklügelten Rotationssystem hatte Mike dafür gesorgt, dass die Pflegezeiten gerecht verteilt wurden, und mit der vierten Pflegekraft überbrückte er mögliche Ausfälle. Wenn Delia um acht ihren Dienst angetreten hatte, war sie bis sechzehn Uhr beschäftigt. Bis dahin musste sie in Mikes Nähe bleiben. Franco würde sich also freuen können, Alisia würde voraussichtlich zeitig zurückkommen. Was sie plante, musste bis sechzehn Uhr über die Bühne gegangen sein.

Während sie nach Westerland hineinfuhr, meldete sich ein altbekannter Wunsch in ihrem Inneren, unter dessen Unerfüllbarkeit sie schon oft gelitten hatte. Warum konnte er nicht Wirklichkeit werden, dieser Wunsch, einen Menschen zu haben, mit dem sie über alles reden konnte? Eine beste Freundin, der sie alles anvertrauen konnte, eine, die immer auf ihrer Seite war. Schon in der Schule war es schwierig gewesen. Alisia hatte immer zu den Außenseitern gehört. Nicht wie Kerstin, mit der niemand befreundet sein wollte, weil sie uncool war, an angesagten Klamotten keinen Spaß hatte und lieber ins Pfarrheim zum Jugendtreff ging als zum Mädelsabend in eine Kneipe. Oder wie Vanessa, die andere verpetzte und sich bei Lehrern anbiederte. Nein, bei Alisia war das anders. Sie hatte keine beste Freundin, weil jeder sich darin sonnen wollte, mit dem attraktivsten Mädchen der Schule alles zu teilen, was Mädchen gern zu zweit machten. Weil alle mit ihr befreundet sein wollten, stand sie oft genauso abseits wie die Mädchen, die keiner mochte. Wer in der Klasse neben ihr sitzen und sich am Nachmittag mit ihr verabreden wollte, mochte sie nicht unbedingt besonders gern, sondern wollte sich damit brüsten, im *König Augustin* ein- und auszugehen, weil jeder wusste, dass sie Alisias Busenfreundin war. Auch später änderte sich daran nichts. Mit anderen Models befreundet zu sein, erwies sich als schwierig. Sie waren alle Konkurrentinnen, jede wollte den besten Job bekommen, eine gönnte der anderen nichts. Alisia sah eine ausgelassene Frauengruppe den Radweg entlangfahren, der parallel zum Wenningstedter Weg verlief. Teil einer solchen Gruppe zu sein, musste schön sein.

Alisia bog schon früh rechts ab, weil sie immer gern am Dorfteich Halt machte, manchmal auch am Friedhof oder an der Friesenkapelle. Diesmal entschied sie sich für den Friedhof. Doch gerade als sie den Wagen abgestellt hatte, kam ein Regenguss herunter, der in Sekundenschnelle die Welt verdüsterte. Der Frühling wollte zeigen, dass im April noch mit allem zu rechnen war. Der Regen trommelte aufs Autodach, überzog die Fenster mit dichten Schlieren, die Scheibenwischer kamen dagegen nicht an. Alisia sah zwei Frauen, die etwa in ihrem Alter waren, kreischend vom Friedhof über die Straße laufen und unter dem vorstehenden Dach des Toilettenhäuschens Schutz suchen. Kichernd schüttelten sie sich dort den Regen aus den Haaren, betrachteten gegenseitig die ruinierten Frisuren und kreischten vor Lachen, während sie die Nässe von ihren Regenjacken wischten. Zwei Freundinnen! Die eine konnte der anderen vermutlich jedes Geheimnis anvertrauen. Wie gern hätte Alisia eine solche Freundin gehabt, der sie von David Wiemann erzählen konnte, von ihren Gefühlen, die eine gute Freundin vielleicht verstehen würde, und von ihrem Wunsch, ihm zu helfen. Einer Freundin könnte sie vielleicht sogar gestehen, warum sie ihm helfen und dass sie Delia Berglund aus seinem Leben reißen und verbannen wollte. Diese Freundin würde ihr dann wahrscheinlich vorhalten, dass sie die letzte Nacht mit Franco verbracht hatte, dass sie ihm Hoffnungen machte, aber sie würde auch verstehen, das Alisia nicht daran glauben konnte, für David Wiemann einmal wichtiger zu sein als Delia Berglund. Doch ihre Freundin würde ihr sicherlich raten, trotzdem um ihn zu kämpfen, ihm zu zeigen, dass es sich lohnte, sich auf sie einzulassen. Aber diese Freundin würde dann wohl auch fragen, was es denn war, das ihr so sehr an David Wiemann gefiel, und spätestens während sie nach einer Antwort suchte, würde sie ein zweifelndes Gesicht ziehen. Ja, was gefiel ihr an David Wiemann? Diese Frage hatte Alisia sich selbst noch nicht stichhaltig beantwortet, als sie in die Berthin-Bleeg-Straße einbog und ihren Wagen abstellte. Sie stellte die Scheibenwischer aus und starrte eine Weile in den Regen hinaus, der ihr Auto mit einem undurchdringlichen Schleier überzog. Aber über dem Meer wurde es bald heller, der Regen prasselte nicht mehr, er kam nun in langen Schnüren daher. Und schon bald tropfte er nur noch, und Alisia konnte jeder Spur auf der Windschutzscheibe mit den Augen folgen. Mit wem könnte sie über David sprechen? Mit Lea, weil sie ihren Bruder schließlich am besten kannte? Nein, sie stand auf der Seite des Vaters, sie glaubte David nicht und würde Alisia vermutlich raten, von einem Mann wie ihrem Bruder die Finger zu lassen. Mit ihren Eltern? Die hatten schließlich eine Liebesgeschichte hinter sich, die nur zu einem Happy End geführt hatte, weil sie so fest und unerschütterlich zueinander gestanden hatten. Trotzdem glaubte Alisia nicht daran, dass sie bei ihnen auf Verständnis stoßen würde. Genauso wenig wie bei ihren Großeltern, die ebenfalls lange auf ihr Glück hatten warten müssen. Und wenn sie an Constantin dachte, wusste Alisia, dass sie nicht mehr als einen hilflosen Blick von ihm bekommen würde. Die Erfahrungen ihres Bruders hielten sich in Grenzen, und er war viel zu introvertiert, um aus seinen eigenen Erkenntnissen etwas zu machen, was seiner Schwester helfen konnte.

Der Regen hatte aufgehört, Alisia öffnete die Fahrertür und setzte vorsichtig einen Fuß hinaus. Dann hastete sie über die Straße. Chris Reineits Atelier lag normalerweise still und ruhig da. Ob er gerade arbeitete oder ob er im Vorderhaus beim Essen saß, von außen war es nicht zu erkennen. Das war diesmal anders. Alisia hörte es schon, als sie ums Vorderhaus herumging und die Holzpforte öffnete, die den Garten und damit den Zugang zum Atelier versperrte. Sie wusste, wo der Schlüssel lag, damit sie jederzeit zu Chris und Linda kommen konnte, die wesentlich häufiger im Atelier als in Chris' Wohnung zu finden waren. Ein paar Schritte vor der Tür blieb sie stehen. Dahinter waren laute Stimmen zu hören, Lindas schrille und Chris' dröhnende. Sie schienen zu streiten. Alisia konnte sich nicht erinnern, die beiden schon einmal so aggressiv erlebt zu haben. Zwar hatte sie in letzter Zeit nicht immer den Eindruck von vollkommener Harmonie gehabt, aber dennoch war es immer beim stillen Augenverdrehen oder spitzen Bemerkungen geblieben. Jetzt aber schien eine Grenze überschritten worden zu sein. Chris brüllte Linda an, sie keifte zurück. Schimpfwörter fielen – »Das ist doch alles Scheiße!« – sogar Beschimpfungen waren zu verstehen – »Pinselquäler!« und »Couch-Potato!«, »Mistkerl!« und »Lahme Ente!«.

Alisia zögerte. Sie traute sich nicht, an die Tür zu klopfen. Oder wäre es gut, den Streit zu unterbrechen und damit vielleicht für Frieden zu sorgen? Sie trat an eins der Fenster und versuchte, ins Innere zu blicken. Chris stand vor der Staffelei, den Pinsel noch in der Hand, Linda rannte vor ihm hin und her. »Langweilig nennst du mich? Das ist ja …«

Alisia zog den Kopf ein, denn Linda griff nach einer Farbdose, als wollte sie sie Chris an den Kopf werfen. Alisia erschrak, aber offenbar hatte Chris rechtzeitig nach Lindas Hand gegriffen und damit verhindert, dass sie das Bild, an dem er arbeitete, zerstörte. »Du Furie! Temperamentvoll bist du nur noch, wenn du rumkeifst.«

Kurz darauf wurde die Tür aufgestoßen, Linda stolperte heraus und wäre beinahe gegen Alisia geprallt. »Was willst du denn hier?«

Alisia kam nicht zum Antworten, Linda lief an ihr vorbei, ohne sie weiter zu beachten. Vorsichtig betrat Alisia das Atelier, wo Chris schwer atmend vor der Staffelei stand und so aussah, als wüsste er nicht weiter. Aus einer Ecke des Raums kam ein schwarzer Blitz, hielt auf Alisia zu und sprang ihr in die Arme. Cleopatra! Offenbar hatte sie sich vor den lauten Stimmen in ihrem Körbchen verkrochen und war nun heilfroh, dass ihr Frauchen erschien, um sie aus dem Kriegsgeschehen zu befreien. Kläglich maunzend schmiegte sie sich in ihren Arm.

Chris stieß die Luft von sich und gab sich Mühe, sich zu sammeln und Alisia freundlich zu begrüßen. »Tut mir leid.« Er grinste schief. »Das klang schlimmer, als es ist. Krach gibt's überall mal.«

Alisia bestätigte es eifrig, wartete an der Tür, dass Chris das Katzenkörbchen holte, und nickte erleichtert, als er ihr anbot, es zu ihrem Auto zu tragen. Er hielt sich nicht länger auf als nötig, schaute zu den Fenstern des Vorderhauses, in dem Linda verschwunden war, verabschiedete sich flüchtig von Alisia und versicherte ihr, dass es Cleopatra gut ging. Dann ging er ins Haus, vermutlich, um sich mit Linda zu versöhnen.

Als Alisia den Katzenkorb im Auto verstaute, hielt ein Wagen direkt hinter ihr. Romy Wimmer stieg aus, die Freundin ihrer Großmutter. Von Kopf bis Fuß in Lila gekleidet, eine lila Cordhose, ein dick gestrickter lila Pullover und helle Sneaker mit breiten lila Schnürsenkeln, auf dem Gesicht der dramatische Ausdruck, der bei ihr immer auf ein gerade bestandenes weltbewegendes Ereignis schließen ließ. Wie Alisia von Brit gehörte hatte, hatte es im Leben von Romy Wimmer tatsächlich ständig etwas gegeben, was anders verlaufen war als gedacht. Dennoch, und das war das eigentlich Besondere an ihr, hoffte sie jedes Mal, kaum dass sie einen Misserfolg überwunden hatte, darauf, dass bald alles besser sein würde, nämlich so, wie sie es sich vorstellte. Angeblich war sie schon als junges Mädchen davon überzeugt gewesen, einen großartigen Mann zu heiraten, einen vermögenden, einen prominenten, einen erfolgreichen, blendend aussehenden Mann, aber im Ergebnis hatte sie in ihrem ganzen Leben noch keinen einzigen Heiratsantrag bekommen, nicht einmal von einem unattraktiven armen Schlucker. Dennoch war Romy sicher, dass sie es noch vor ihrem achtzigsten Geburtstag schaffen würde, den Mann ihres Lebens zu finden. Danach würde es dann nur noch darum gehen, so alt zu werden, dass sie die Ehe möglichst lange genießen konnte.

Und plötzlich wusste Alisia, mit wem sie reden konnte. Romy Wimmer war genau die Richtige, obwohl sie wesentlich älter war. Aber Alisia kannte Romy gut genug, um zu wissen, dass sie zwar alt an Jahren, aber jung im Kopf war und sich von den gängigen

Vorstellungen dessen, was man tun und lassen sollte, nicht sonderlich beeindrucken ließ.

Romy nickte zu der Tür, die Chris soeben hinter sich ins Schloss geworfen hatte. »Ist da schon wieder dicke Luft?«

»Scheint so. Dort drinnen bekommst du jedenfalls keinen Kaffee.« Alisia warf einen Blick auf die Uhr. »Wie wär's mit einem zweiten Frühstück im *Café Lindow*?«

Das ließ sich Romy nicht zweimal sagen. Sie warf die offene Autotür wieder ins Schloss, und Alisia verriegelte ihren Wagen, nachdem sie Cleopatra ein Leckerchen zugesteckt hatte, damit sie ihrem Frauchen die kommende Stunde allein im Auto nicht übel nahm.

Romy warf ihr einen kurzen, aber sehr scharfen Blick zu, als sie belegte Brötchen und Kaffee bestellt hatten. »Du hast was auf dem Herzen.«

Alisia nickte. »Ich brauche einen Rat. Und Hilfe brauche ich auch.«

30

April 2020, Sylt

Romy war Feuer und Flamme. Derart aufgekratzt reagierte sie, dass Alisia mit einem Mal bange wurde. Romy schien es nicht darum zu gehen, diesen Fall aufzuklären und der Gerechtigkeit zum Sieg zu verhelfen, sondern ein Abenteuer zu erleben. War das die richtige Motivation?

Die Kellnerin fragte sie nach weiteren Wünschen, aber Romy und Alisia beschlossen, aufs Mittagessen zu verzichten und stattdessen nach Kampen zu fahren, um Alisias Plan in die Tat umzusetzen. Romy fuhr mit ihrem eigenen Wagen hinter Alisias her, stellte ihn ein paar Hundert Meter vor Mikes Anwesen am rechten Straßenrand ab und stieg dann in Alisias Wagen um. Ein Auto, das Mikes Security-Leuten nicht bekannt war, hätte die Schranke nicht passieren können.

Aber Romy wollte nicht auf Alisia angewiesen sein. »Wenn ich abhauen muss, ist es besser, mein Auto steht in der Nähe. Ich muss von dir unabhängig sein.«

Dieser Ansicht war Alisia ebenfalls. »Am besten wäre es natürlich, wenn uns niemand sieht. Sollte Franco etwas merken, müssen wir so tun, als hätten wir uns zufällig in Kampen getroffen, und ich habe dich auf eine Tasse Tee eingeladen. Vielleicht sogar, um dir zu zeigen, wie schön ich zurzeit lebe. Das würde Franco glücklich machen.«

Als sie in Alisias Auto wechselte, fragte Romy: »Wie komme ich in Delias Zimmer?«

»Ich habe Francos Schlüssel in der Tasche«, antwortete Alisia. »Er hat ihn mir überlassen, damit ich ins Schwimmbad und in die Sauna kommen kann. Eine Art Generalschlüssel, der überall passt, nur nicht für die Türen zu Mikes Räumen. Im Haupthaus passt dieser Schlüssel nur zu Mikes Büro und dem Schneideratelier.«

Die Schranke öffnete sich ohne Weiteres, als der Security-Mann, der dort patrouillierte, Alisia erkannte. Während sie auf den Eingang zufuhren, vor dem Platz für ein Dutzend Autos war, stellte Romy die Frage, vor der Alisia sich gefürchtet hatte: »Warum tust du das eigentlich?«

Alisia wusste sofort, wovon sie sprach, fragte aber trotzdem: »Was meinst du?«

»Du bist verknallt in diesen David Wiemann. Stimmt's?«

Alisia wies das zurück, wehrte mit beiden Armen und Händen ab, suchte nach Worten, redete etwas von Fairness und dass sie nun einmal in diese Sache hineingezogen sei ... und gab schließlich klein bei. »Ja, kann sein.«

»Und Franco Statti?«

Diese Frage konnte Alisia leicht beantworten. »Er liebt mich, er ist ein Mann, der zu mir passt, an seiner Seite könnte ich glücklich werden.« Vorsichtig setzte sie hinzu: »Glaube ich wenigstens.«

»Und David Wiemann? Der passt nicht zu dir?«

»Der liebt vor allem eine andere!«, antwortete Alisia heftig. »So sehr, dass er sich ihretwegen umbringen wollte.«

»Ich denke, das war nur eine spontane Sache? Unüberlegt, unter Alkoholeinfluss, also gewissermaßen ... ein Fake.«

»Behauptet er, aber ... Vielleicht hat er das auch nur gesagt, um mich loszuwerden.«

»Vielleicht«, antwortete Romy nachdenklich, »merkt er aber auch bald, dass Delia nicht die Richtige für ihn ist, dass sie ihn betrogen hat, dass er sich auf sie nicht verlassen kann, dass sie ihn nie wirklich geliebt hat ...« Nun grinste sie Alisia an. »Und dann müsste er eigentlich kapieren, was er an dir hat. Wenn du also auf den Rat einer alten Frau hören möchtest, die weiß, wie Männer ticken: Halt Franco auf Abstand. Nicht dass er dir einen Heiratsantrag macht und du später bereust, ihn angenommen zu haben.«

Alisia war froh, darauf nicht antworten zu müssen, denn die Haushälterin erschien in der Eingangstür, die in der Küche jedes Motorengeräusch hören konnte und dann meistens nachschaute, ob ein Gast erwartet wurde, den sie zu Mike führen musste. Aber als sie Alisia erkannte, winkte sie nur kurz, ließ die Tür offen stehen und wandte sich wieder der Küche zu, aus der es verführerisch duftete. Anscheinend gab es da etwas auf dem Herd, was nicht länger allein gelassen werden durfte.

Alisia warf einen Gruß ins Haus, sagte sehr laut und deutlich zu Romy, dass sie sich freue, von ihr Besuch zu bekommen, und ging dann mit ihr durch eine Tür am Ende des Flurs, die aus dem Haupthaus hinausführte, auf einen überdachten Gang, über den man zum Gästehaus gelangte. Es lag ein gutes Stück vom Haupthaus entfernt und hatte ursprünglich zwölf Zimmer besessen, in denen Mikes Gäste gern übernachteten, wenn mal wieder ausgelassene Partys gefeiert worden waren. Jetzt war aus drei Zimmern Francos Wohnung entstanden, zwei Zimmer wurden wechselweise von den Pflegekräften während ihrer Arbeitszeit genutzt, und ein Zimmer gehörte ganz allein Delia Berglund, weil sie die einzige Pflegerin war, die auch während ihrer Freizeit hier wohnte. Es lag im Erdgeschoss, Francos Wohnung dagegen in der ersten Etage, mit einem großen Balkon, der einen herrlichen Blick aufs Meer bot.

Romy war schwer beeindruckt. »Hier könnte ich es auch aushalten.«

Alisia stellte sich neben sie an die Balkonbrüstung. »Meine Wohnung in Wenningstedt hat zwar nicht diesen herrlichen Ausblick, aber dafür gehört sie mir allein. Aufgeben werde ich sie nicht.«

Romy pflichtete ihr bei. »Recht so! Nur nicht auf die Selbstständigkeit verzichten!« Dann ging sie ins Wohnzimmer zurück. »Wie gehen wir nun vor?«

Alisia ging in die Küche und kam mit einer Flasche Mineralwasser zurück. Sie goss Romy und sich selbst ein, dann sagte sie: »Ich gehe kurz rüber zu Mike und schaue nach, ob Delia bei ihm ist und was Franco zu tun hat.« Sie nickte zur Küchentür. »Er hat einen kurzen Imbiss eingenommen, sein Teller steht noch neben der Mikrowelle. Also ist nicht zu erwarten, dass er in der nächsten Stunde hier auftaucht und mit mir essen will. Besser wäre es natürlich, wenn er gar nicht wüsste, dass ich hier bin. Könnte schon sein, dass er kommt, um mit mir einen Espresso zu trinken. Oder …«

»… mit dir ins Bett will? Ein Quickie am helllichten Tag?« Romy grinste.

Alisia hatte noch nie mit Romys lockerer Art umgehen können und beschloss, nicht darauf einzugehen.

»Andererseits gibt es viele Möglichkeiten, wo ich mich aufhalten könnte, wenn ich nicht in der Wohnung bin. Am Pool, in der Sauna, am Strand … Ich werde auf jeden Fall Badesachen mitnehmen. Zwei Bikinis, zwei Badetücher, damit ich notfalls behaupten kann, dass wir beide am Pool oder am Strand waren. Du hast dir Badesachen von mir geliehen.«

Romy sah Alisia von oben bis unten an und lachte. »Das betrachte ich als Kompliment, wenn Franco glauben gemacht werden soll, dass mir deine Bikinis passen.« Sie trank einen Schluck Wasser, dann stellte sie das Glas zurück und verzog das Gesicht. »Für das, was jetzt folgt, brauche ich ein Glas Prosecco.«

Alisia lachte, ging in die Küche und ließ einen Korken knallen. Kurz darauf tranken die beiden sich Mut an, dann ging Alisia los, um zu sehen, ob die Luft rein war. Schon bald darauf kam sie zurück. Franco hatte sie nicht zu Gesicht bekommen, aber sie hatte seine Stimme gehört. »Sie klang ärgerlich. Er führte ein Streitgespräch mit einem der Designer. Ich glaube, Franco ist beschäftigt.« Delia war weder zu sehen noch zu hören gewesen, aber das konnte nur bedeuten, dass sie bei Mike war. »Die Luft ist rein«, sagte Alisia, als sie zu Romy zurückkehrte.

Gemeinsam gingen sie ins Erdgeschoss und hielten vor dem Zimmer an, auf dessen Eingangstür die Sieben prangte. »Ich bleibe hier im Gang«, flüsterte Alisia. »Die Eingangstür werde ich hören, dann sage ich dir Bescheid.«

Um auf Nummer sicher zu gehen, klopfte Alisia an die Tür und wartete einen Moment. Erst als keine Reaktion zu hören war, schloss sie die Tür von Delias Zimmer auf, und Romy setzte vorsichtig einen Fuß in den Raum. Mit einem Mal merkte Alisia, dass es viel schwerer war, einen solchen Plan in die Tat umzusetzen, als sich auszudenken, wie es sein könnte.

»Die Schrankwand«, flüsterte sie Romy nach. »Vielleicht auch der Nachttisch.« Dann fiel ihr etwas ein: »Wenn du irgendwas siehst, was mit Ted Herold zu tun hat, seinen Namen, sein Foto … dann bring es mit.«

*

Romy warf einen Blick zurück, vergewisserte sich, dass die Tür geöffnet und Alisia davor auf ihrem Posten blieb, und riss sich zusammen. Mit fliegenden Fingern machte sie sich ans Werk.

Eine Schranktür nach der anderen öffnete sie und erschrak über jedes Geräusch, das sie verursachte. Zum Glück waren die Habseligkeiten von Delia Berglund sehr überschaubar. Sie hatte augenscheinlich nur das Wichtigste mit nach Sylt genommen, alles andere war wohl in ihrer Wohnung in Hamburg geblieben. Zudem war sie ein ordentlicher Mensch und hatte alles übersichtlich untergebracht. Ihre Papiere waren in Ordnern abgeheftet, alle säuberlich beschriftet, nur in den beiden Schubladen herrschte Chaos. Dort hatte Delia hineingeworfen, was nicht herumliegen sollte. Romanhefte, Werbung, Quittungen, zwei Kataloge mit Mike-Heiser-Mode, eine Kladde, in der sie über ihre Ausgaben Buch führte, Briefe, ausgedruckte Mails. Dazu alle möglichen Schreibwerkzeuge mit unterschiedlichsten Werbeaufdrucken, die sie zu sammeln schien, mehrere Radiergummis, Schnürsenkel und Gummibänder, Mehrfachstecker, Papierscheren, Visitenkarten von unterschiedlichen Leuten, Schreibblöcke, Locher und Hefter.

»Hier ist nichts«, flüsterte Romy.

Alisia steckte den Kopf herein. »Hoffentlich hat sie es nicht schon weggeworfen.«

Romy ging zu Delias Bett, neben dem ein Nachttisch mit drei Schubladen stand. Eine nach der anderen zog sie auf. In der oberen lagen Taschentücher, Nasenspray, Schlaftabletten und Delias Handy, ein altertümliches Ding, nur zum Telefonieren geeignet, nicht internetfähig. Die mittlere Lade war fast leer, nur ein paar Taschenbücher, die aussahen, als wären sie schon oft gelesen worden. Eins stammte aus der Stadtbücherei Westerland. Dann zog Romy die untere Lade auf …

In diesem Augenblick gab es ein Geräusch, das die Stille durchschnitt. Eine Tür öffnete sich und fiel ins Schloss, Schritte näherten sich.

Alisia zischte durch die Tür: »Da kommt jemand.«

Romy war in die Höhe gefahren. Was tun? Die Tür von innen schließen und warten, bis derjenige, der ins Gästehaus gekommen war, an Delias Tür vorbeigegangen war? Oder raus auf den Gang, weil es ja auch Delia gewesen sein konnte, die das Gästehaus betreten hatte?

»Raus!«, hörte sie Alisia rufen.

Aber Romy war nicht schnell genug, weil sie genau in diesem Augenblick etwas bemerkte, was sie daran hinderte, unverzüglich zu reagieren. Zwei, drei Sekunden verharrte sie, und genau diese zwei, drei Sekunden fehlten ihr zur Flucht. Sie war nur noch einen

Schritt von der Tür entfernt, da wurde sie von Alisia von außen zugezogen. Offenbar war es zu spät, aus Delias Zimmer zu huschen. Jemand war schon auf Sichtweite herangekommen, dem man hätte erklären müssen, wie sie, eine fremde Person, in das Zimmer Nummer sieben hereingekommen war und was sie dort suchte.

Romy blieb lauschend an der Tür, das rechte Ohr ans Türblatt gedrückt. »Hallo, Delia!«, hörte sie Alisia rufen, sehr laut, sehr betont, damit Romy es auf der anderen Seite der Tür hören konnte.

»Wollen Sie zu mir?«, fragte Delias Stimme.

»Nein, ich will zum Strand«, antwortete Alisia. »Ich merke nur gerade, dass ich meine Sonnenmilch vergessen habe. Schrecklich, diese riesigen Taschen, in denen man nie das findet, was man braucht. Aber ich glaube … ja, ich habe sie tatsächlich vergessen.«

Romy hörte eine Bewegung direkt an der Tür, ein Rascheln, als führe ein Ärmel darüber, dann ein Klappern, als suchte ein Schlüssel nach dem Schloss.

»Wie geht's Mike?«, hörte sie Alisia noch fragen, die Romy wohl genug Zeit geben wollte, sich ein Versteck zu suchen.

»Nichts Neues«, sagte Delia, dann hörte Romy, wie der Schlüssel ins Schloss gesteckt wurde. Sie starrte zur Terrassentür, die ihr die Flucht ermöglicht hätte. Aber es war zu spät, sie zu öffnen …

31

April 2020, Sylt

Romy stand in dem engen Bad hinter der Tür, mit eingezogenem Bauch und angehaltenem Atem. Im Zimmer wurden Schubladen herausgezogen, Papier knisterte, Delia murmelte etwas, was nicht zu verstehen war. Dann wurde eine Lade so schwungvoll zugeworfen, dass Romy über den Knall erschrak. Fest drückte sie das Blatt Papier an ihre Brust, das sie im letzten Moment unter ihren Pullover geschoben hatte. Wenn Delia nur nicht auf die Idee kam, das Bad zu benutzen! Aber nun hörte sie energische Schritte, die Tür wurde aufgerissen und fiel mit einem Donnern ins Schloss.

Langsam stieß Romy die Luft aus und löste sich vorsichtig von der Wand, an die sie sich gepresst hatte. Das war knapp gewesen. Sie mochte sich nicht vorstellen, was geschehen wäre, wenn Delia die Idee gehabt hätte, sich noch schnell die Lippen nachzuziehen oder die Toilette zu benutzen, bevor sie ging.

Vorsichtig blickte sie ins Zimmer. Es war leer, Gott sei Dank! Wo mochte Alisia sein? Warum kam sie nicht, um Romy zu holen? Sie hatte doch den Schlüssel für Delias Apartment.

Geräuschlos öffnete Romy die Tür und lugte auf den Flur. Niemand zu sehen. Sie zog die Tür hinter sich ins Schloss und ging zu der Treppe, die in die erste Etage hochführte. In diesem Augenblick hörte sie Schritte. Vorsichtshalber duckte sie sich unter den Treppenlauf. Wer war das? Delia, die zurückkam, weil sie etwas vergessen hatte? Oder eine der anderen Pflegerinnen? Sie lauschte angespannt. Die Schritte endeten vor Delias Tür, Romy hörte, dass sie aufgeschlossen wurde. Aber die Schritte kamen unverzüglich zurück auf den Gang. »Romy?«

Sie traute sich aus ihrem Versteck. »Hier!«

Alisia kam zu ihr und zog sie erleichtert in die Arme. »Gott sei Dank!«

Romy löste sich sanft von ihr. »Hat sie was gemerkt?«

»Ich glaube nicht.« Alisia zerrte aufgeregt an Romys Arm. »Sie ist zur Papiertonne gegangen und hat da irgendwas entsorgt. Lass uns nachsehen …«

Aber Romy blickte Alisia nur lächelnd an, und diese unterbrach sich und starrte auf Romys Hand, die sich unter ihren Pullover schob. Es ging ein Leuchten über Alisias Gesicht, als ein Notenblatt zum Vorschein kam. »Du hast es gefunden?«

Romy nickte strahlend und warf einen Blick die Treppe hinauf. »Lass uns in Francos Wohnung gehen.«

Eine halbe Stunde später hatte Alisia Tee gekocht, und sie betrachteten gemeinsam das Notenblatt. Die Euphorie war verschwunden, das Notenblatt sah aus wie jedes andere.

»Er hat gesagt«, meinte Alisia enttäuscht, »er habe Delia das Lied gewidmet und es ihr zum Geburtstag geschenkt. Ohne Davids Handschrift auf dem Blatt ist es kein Beweis.«

»Ein echter Beweis ist es dann auch nicht«, meinte Romy.

Alisia merkte, dass ihr dieser Gedanke auch schon gekommen war, dass sie ihn aber bis jetzt erfolgreich verdrängt hatte. »Du meinst, dann steht Aussage gegen Aussage?«

Romy nickte. »Aber vielleicht ließe er sich zu einer unvorsichtigen Bemerkung hinreißen, wenn ihm klar wird, dass er durchschaut wurde. Nicht nur von David, sondern auch von dir.« Romy grinste. »Und von mir.« Dann fragte sie unvermittelt: »Kannst du Noten lesen?«

Alisia schüttelte den Kopf. »Du auch nicht?«

Romy zeigte auf die Wörter »Allegro« und »Refrain«. »Ist das die Handschrift von David Wiemann?«

»Ich kenne sie nicht.«

Romy nahm einen Schluck Tee. »Dann ruf ihn an, und sag ihm, dass wir das Blatt gefunden haben. Ich denke, mit diesen beiden Wörtern lässt sich Davids Handschrift nachweisen.«

Alisia zog ihr Smartphone hervor und holte die Nummer von Davids Musikstudio aus ihrer Anrufliste. Romy starrte ihr ins Gesicht, während sie das Tuten hörte, das in der Stille dieses Raums auch für sie zu hören war. Doch es wurde nicht abgenommen, die Ansage eines Anrufbeantworters ertönte stattdessen. »Hier ist das Musikstudio von David Wiemann …«

Alisia drückte den roten Knopf. »Ich kenne seine Handynummer nicht.«

Romy dachte nach. »Weißt du, wo er wohnt?«

»Ich glaube, er hat Lohbrügge erwähnt.«

Der Wasserkocher stellte sich mit einem letzten Zischen ab, Alisias Smartphone meldete mit einem leisen Glockenton den Eingang einer WhatsApp-Nachricht. Sie warf einen Blick darauf, es schien nicht wichtig zu sein. Eine Möwe schrie im gleichen Rhythmus wie die Brandung, auf der Terrasse wurden Stühle gerückt, etwas fiel zu Boden, was sich anhörte wie der Stiel eines Schrubbers oder Besens, kreischendes Kinderlachen wehte vom Strand herauf.

»Ich könnte versuchen, an die Telefonnummer seiner Schwester zu kommen und sie anrufen«, sagte Alisia schließlich. »Aber … wie soll ich ihr erklären, warum ich Davids Handynummer haben will?«

»Wie wär's mit der Wahrheit?«

»Ich weiß nicht … Sie hat David genauso wenig geglaubt wie sein Vater.«

»Umso besser. Dann glaubt sie ihm jetzt vielleicht.« Aber Romy wurde schnell klar, warum Alisia zögerte. »Du willst nicht gefragt werden, warum du das für ihn tust? Und du willst ihr nicht verraten, dass wir in Delias Apartment eingedrungen sind?«

Alisia nickte schweigend, und Romy fiel in ihr Nicken ein, bewegte den Kopf aber heftiger und schneller auf und ab. »Dann lass uns bis morgen warten. Versuch immer wieder, ihn zu erreichen. Irgendwann wird er wieder in seinem Studio auftauchen.« Romy trank ihren Tee aus und stellte die Tasse klirrend zurück. »Treffen wir uns morgen Nachmittag im *König Augustin*? Dann können wir überlegen, wie du weiter vorgehen wirst.«

32

April 2020, Sylt

Constantin stand gerne früh auf. Einen Wecker brauchte er nie. Wenn die Sonne aufging, wenn die Möwen erwachten, wenn er hörte, dass das Meer an den Strand brauste oder die Wellen sich müde heranschleppten, dann erwachte in ihm der Tatendrang. Wenn möglich ging er nicht auf direktem Wege ins Café, sondern erst mal in den Garten seiner Großeltern, in sein Atelier, sein Refugium, an den Ort, wo er sich am wohlsten fühlte. Wenn ihn der Duft des Holzes empfing, der ihm immer warm erschien, auch im kältesten Winter und selbst dann, wenn der Seewind durch die Ritzen des ungeheizten Ateliers pfiff, war er glücklich. Manchmal saß er später an seinem Schreibtisch und schnupperte an seinen Händen, denen noch der Duft von Holz, Harz und Leim anhaftete.

Als er am Haus seiner Großeltern ankam, war dort alles dunkel. Entweder schliefen die beiden noch, oder sie waren bereits mit ihren Nordic-Walking-Stöcken unterwegs. So oder so würde er gleich bei ihnen einen Kaffee bekommen. Diesmal würde er sich sogar zu ihnen an den Frühstückstisch setzen, selbst wenn er dann zu spät ins Café kommen würde. Er musste unbedingt mit seiner Oma sprechen.

Er schloss sein Atelier auf und blieb in der Tür stehen, um den Duft des Holzes einzuatmen. Dann zog er die Tür hinter sich zu, schlüpfte aus seiner Jacke und griff nach dem grauen Kittel, der an dem Haken neben der Tür hing. Er musste unwillkürlich lächeln, als er zu seinem Arbeitstisch ging, auf dem die Uhr- und

Schmuckschatulle stand, die ihrer Vollendung entgegensah. Eigentlich hatte er sie als Geschenk für seine Mutter gedacht, mittlerweile jedoch hatte er eine andere Frau ins Auge gefasst, die sich über dieses Geschenk freuen würde. Er hatte die Schatulle aus Olivenholz gefertigt, auf den ersten Blick sah sie aus wie ein kleiner Stapel von Kanthölzern, die aus etwa ein Zentimeter dicken Leisten bestand. Die einzelnen Schubladen verschwanden in geschlossenem Zustand im Fugenbild der Hölzer. Um sie zu öffnen, hatte Constantin einen raffinierten Mechanismus entwickelt. Eine der Leisten ließ sich verschieben, dadurch wurde ein Schloss gelöst und die Laden ließen sich seitlich herausziehen. Wenn der Deckel aufgeklappt wurde, zeigte er das schwarz ausgeschlagene Innere der Schatulle.

Sein Großvater hatte sie sich noch am Tag zuvor angesehen und gesagt: »Ein wahres Meisterstück.«

Daraufhin hatte Constantin sein Smartphone herausgezogen, die Schatulle fotografiert und die Bilder seinem Großonkel nach Riekenbüren geschickt.

Die Antwort war prompt gekommen: »Großartig! Du musst unbedingt mal nach Riekenbüren kommen.«

Constantin lächelte noch immer, während er sich daranmachte, der Schatulle den letzten Schliff zu geben. Riekenbüren! Bisher war dieser Ortsname ein Synonym für langatmige Erzählungen und abgedroschene Erinnerungen gewesen, dazu für merkwürdige Verstimmungen bei seiner Großmutter. Trotzdem war Constantin daran interessiert, dort einen Besuch zu machen und sich in der *Schreinerei Wunder* umzusehen. Onkel Hasso hatte sie zwar verpachtet, war aber sicher, dass der Pächter nichts dagegen haben würde, Constantin dort arbeiten und seine Geräte und Maschinen ausprobieren zu lassen. Und nun, seit genau drei Tagen, gab es eine ganz neue Beziehung zu dem Ort Riekenbüren …

Im Garten hörte er Geräusche. Von Schuhen wurde Schmutz

abgeklopft, sein Großvater scherzte, seine Oma lachte. Wie erwartet, öffnete sich kurz darauf die Tür, und Brit steckte den Kopf herein. Sie hatte rote Wangen, roch nach frischer Luft und schien eine Prise Nordseewind an Constantins Hobelbank zu tragen.

Sie umarmte ihn von hinten. »Kaffee?«

Constantin drehte sich um und drückte seine Oma an sich. »Ja, gern.« Dann gab er den Blick auf die Schatulle frei. »Sie ist beinahe fertig.«

Brit strich ehrfürchtig mit sanften Fingern über das Holz. »Darüber wird sich deine Mutter freuen.«

Constantin wurde nervös. »Besser, du sagst nichts davon, Oma. Könnte sein, dass ich sie einer anderen Frau schenke.«

Brit verstand sofort. »Du hast jemanden kennengelernt?«

Constantin nickte strahlend. »Ein Mädchen, das sagt, sie hätte noch nie eine so schöne Hautfarbe gesehen wie meine.«

Brit lachte. »Das klingt nach akuter Verliebtheit.«

Constantins Blick wurde schwärmerisch. »Sie ist wunderbar.«

»Wie heißt sie?«

»Sabrina.«

»Was für ein schöner Name! Ist sie Sylterin? Oder ein Feriengast? Wo kommt sie her?«

Constantins Lächeln vertiefte sich, ehe er antwortet: »Aus Riekenbüren.«

33

April 2020, Sylt

Alisia erwachte, als Francos Handy piepste. Er hatte die Weckfunktion eingestellt, bevor er einschlief, weil Mike ihn früh in der Schneiderwerkstatt erwartete. Sie arbeiteten an der übernächsten Kollektion und waren sich in vielen Fragen noch nicht einig geworden. Schmale Ärmel oder Puffärmel? Kleine oder große Kragen, rund oder mit langen Spitzen?

Franco war unruhig gewesen, als sie schlafen gingen. »Es ist so, als wollte er die Firma erst aus der Hand geben, wenn er nicht mehr unter uns ist. Bis zum Zeitpunkt seines Todes will er sämtliche Trends bestimmen. Flieder soll die nächste Modefarbe bei Heiser-Moden sein!« Er hatte sich vor die Stirn geschlagen und die Haare gerauft. »Flieder! Das muss man sich mal vorstellen!«

Alisia hatte es sich vorgestellt und durchaus Gefallen an dieser Farbe gefunden. »Warum nicht?«

Prompt hatte Franco sie an sich gezogen. »Dir würde Flieder natürlich wunderbar stehen, cara mia. Dir steht ja alles.«

Danach war Schluss gewesen mit allen beruflichen Problemen. Franco hatte die Champagnerflasche aus der Kühlung geholt und Alisia immer wieder gefragt, ob sie sich wohlfühle, ob sie sich vorstellen könne, bei ihm zu leben, in dieser Wohnung, oder woanders, in einem Haus, das er ihr bauen würde. Alisia hatte sich dann jedes Mal um unverbindliche Antworten bemüht, hatte Cleopatra betrachtet, die sich schnurrend einrollte, und schließlich genickt. Die Katze ließ sich gern von Franco kraulen, räkelte sich stundenlang auf seinem Schoß, floh nur panisch zu Alisia, wenn Franco sie dazu überreden wollte, in den Garten zu gehen, um sich dort nach Mäusen umzusehen. Cleopatra sah aus, als wollte sie sich erklären lassen, was Mäuse waren, und war nicht bereit, sich in der Dunkelheit hinauszuwagen. Vielleicht morgen früh, das sagte ihr Blick, während sie sich auf Alisias Schoß einrollte, wo sie sich sicher fühlte. Ihr Frauchen hatte noch nie von ihr verlangt, eine Maus zu fangen. Sie verlangte nicht einmal von ihr, das Bett zu verlassen, wenn dort etwas stattfand, was angeblich nur zwei Menschen etwas anging. Cleopatra sah überhaupt nicht ein, warum sie davon ausgeschlossen werden sollte, und Franco verlor eine ganze Reihe von Pluspunkten, als er sie für mehrere Stunden auf den Balkon jagte und durch die Scheibe zusehen ließ, wie das mollig warme Bett von Frauchen zerwühlt wurde.

Als Franco aufstand und ins Bad ging, machte Cleopatra sich noch breiter. Sie streckte sich über die zweite Hälfte des ausladenden Bettes und öffnete kein Auge, als Franco zurückkam, um Alisia einen letzten Kuss zu geben.

»Hab einen schönen Tag.«

Alisia nickte nur, machte es wie ihre Katze und öffnete die Augen erst, als sie die Wohnungstür ins Schloss fallen hörte. Eine Weile starrte sie auf ihr Handy, das auf dem Nachttisch lag, dann setzte sie sich auf und wählte die Telefonnummer von David Wiemanns Musikstudio. Aber es war das Gleiche wie am Vortag: Nur der Anrufbeantworter meldete sich. Das Telefonbuch hatte sie längst durchgeforstet. Einen privaten Eintrag in Lohbrügge gab es nicht.

Wieder dachte sie daran, Lea Angermann anzurufen. David hatte seiner Schwester garantiert nicht erzählt, dass er einen Selbstmordversuch hinter sich hatte. Er hatte ja auch Alisia nur erklärt, was passiert war, weil sie zur Zeugin geworden war. Dass er im Alkoholrausch etwas getan hatte, wofür er sich später schämte, hatte er seiner Schwester vermutlich nicht verraten. Wenn es stimmte, was er Alisia erzählt hatte, war es verständlich, dass es ihm peinlich war, darüber zu reden. Aber wenn es nicht stimmte … Alisia war nun hellwach. Vielleicht lag er in seinem Musikstudio auf dem Boden und rührte sich nicht mehr? Oder in seiner Wohnung in Lohbrügge? Die Angst beengte ihren Atem. Er musste unbedingt erfahren, dass sie ein Notenblatt gefunden hatte. In Delias Zimmer! Ein Notenblatt, das verriet, was geschehen war! Dass er betrogen worden war! Selbst wenn es vor einem Richter keinen Bestand hatte, es würde zumindest seinen Vater überzeugen können. Und sie wusste ja, dass David die Meinung seines Vaters über alles ging. Das Urteil eines Richters war ihm nicht so wichtig.

Alisia ließ sich wieder ins Bett zurückfallen. Aber zugeben, dass sie mit Romy in Delias Zimmer eingebrochen war? Wie würde David Wiemann darauf reagieren? Was war sie dann für ihn? Eine Diebin, eine Einbrecherin, eine Kriminelle? Oder eine Frau, die einem Mann nachrannte, in den sie sich verguckt hatte? Solche Frauen waren nie attraktiv, das wusste Alisia, und wenn sie noch so gut aussahen. Ein Mann wollte eine Frau erobern und sich nicht von ihr erobern lassen. Das war eine uralte Weisheit, die heute noch galt. Es gab Dinge zwischen Mann und Frau, die änderten sich nie.

Sie machte einen zweiten Versuch aufzustehen, diesmal gelang er. Alisia öffnete die Balkontür und trat hinaus, während Cleopatra sich erschrocken unter der Decke verkroch, als hätte sie Angst, noch einmal ausgesperrt zu werden und die nächsten Stunden auf diesem schrecklich kalten Balkon verbringen zu müssen.

Der Blick aufs Meer war einzigartig. Rau wie ein Waschbrett war es an diesem Morgen und grau, ohne eine einzige Gischtkrone. Der Wind, der es kräuselte, war nicht stark, aber kurzböig und turbulent. Das Meer sah aus, als hätte es Farbe und Form von der Kälte bekommen, aber das stimmte nicht. Wenn der Morgen auch kühl war, es war eindeutig ein Frühlingsmorgen. Die Luft war schon weich, und wenn die Sonne erst durchkam und die Wolken verjagte, würde es ein herrlicher Frühlingstag werden.

Alisia duschte, zog sich an und ging in Francos Küche, wo sie sich zusammensuchte, was sie für ein Frühstück brauchte. Natürlich war nicht alles da, was ihr den Start in den Tag erleichterte. Sie würde einkaufen müssen. Zaudernd betrachtete sie die Marmelade, die so gar nicht ihr Geschmack war, und den Schokoladenaufstrich, den sie überhaupt nicht mochte. Lohnte es sich wirklich, ihr Müsli einzukaufen, ihre Biomilch, den Lieblingsquark, und die Orangen, die sie sich gern ins Müsli schnippelte? Wollte sie hier wirklich einziehen? Am Ende sogar ihre Wohnung in Wenningstedt aufgeben?

Franco hatte keine Ahnung, warum sie über Nacht geblieben war: nicht seinetwegen, sondern weil sie in Delias Nähe sein wollte, weil sie ihr den Beweis stehlen wollte, dass der Hit, den ihr Bruder Golo soeben herausgebracht hatte, jemandem geraubt worden war. Dem Mann, der Delia Berglund liebte. Der keine Ahnung hatte, dass sie von ihrem Bruder einen fetten Anteil von dem Gewinn kassierte. Jetzt besaß Alisia das Notenblatt, Romy hatte es gefunden, sie mussten es nur noch David Wiemann geben, damit er damit zu seinem Vater gehen konnte. Vielleicht auch vor Gericht ziehen? Man musste sehen, ob dieses Notenblatt als Beweis dienen konnte. Andererseits würde Golo Berglund vielleicht nachgeben, wenn er Gefahr lief, dass sein Ruf den Bach runterging. Samy Angermann war ein Sänger mit allerbesten Verbindungen, mit einem guten Ruf, er war Teil eines Netzwerkes, zu dem viele gehörten, die in der Musikbranche einen Namen hatten. Es war durchaus möglich, dass Golo Berglund nachgab, um seine eigene Reputation zu schützen und zu erhalten. David würde ja schon geholfen sein, wenn sein Vater ihm glaubte, wenn der Beweis, der vor Gericht nicht ausreichen würde, wenigstens ihn überzeugte.

Mit einem Mal wurde Alisia das Herz schwer. Und dann? Dann

würde sie wieder in ihre Wohnung gehen und nur gelegentlich die eine oder andere Nacht bei Franco verbringen. Er musste einsehen, dass sie ihre Selbstständigkeit nicht aufgeben wollte. Hoffentlich reagierte er darauf nicht mit einem Heiratsantrag! Es wäre schwer, ihn abzulehnen, und noch schwerer, ihn anzunehmen. Sie liebte Franco nicht genug. Wenn er sagte, dass sie gut zusammenpassten, dass sie ein erfolgreiches Paar sein würden, dann hatte er recht. Aber Alisia Keller hatte immer von der großen Liebe geträumt, von dem Mann, den sie sah und von dem sie im selben Augenblick wusste, dass er der Richtige war. Aber was tat man, wenn diese Liebe einseitig war? Den Rest des Lebens darunter leiden? Oder sich lieber für die zweitbeste Liebe entscheiden?

Sie schob diese Fragen ärgerlich zur Seite, weil ihr keine Antworten einfielen, solange die große, die ganz große Frage nicht beantwortet war. Wie würde David Wiemann reagieren, wenn sie ihm den Beweis präsentierte, dass er der Urheber von »Du bist wie ein Lied« war? Mit welchem Blick würde er sie ansehen, wenn er erfuhr, was sie für ihn getan hatte? Würde er das Blatt zur Seite legen und ihr erklären, dass kein Gericht der Welt Golo Berglund verurteilen würde, wenn er nichts Besseres als dieses Notenblatt hatte? Ober würde er dankbar sein, weil sein Vater ihm nun endlich Glauben schenken würde?

Was wäre sie dann für ihn? Aus dem Glück, das Notenblatt gefunden zu haben, wurde mehr und mehr die Angst vor dem, was darauf folgen würde. Davids Rehabilitation! Klar, das musste ihr genügen. Das würde ihr auch genügen. Warum dachte sie ständig darüber nach, welche Folgen ihr Einsatz für ihr Verhältnis zu David haben könnte? Lieber Himmel, im besten Fall gar keins! Er würde sich bedanken, versuchen, seine Liebe zu Delia zu retten und nicht weiter darüber nachdenken, warum Alisia ihm geholfen hatte. Aber was, wenn er es doch tat? Wenn er glaubte, ihr etwas schuldig zu sein? Wenn sie für ihn so etwas wurde wie Franco für sie selbst, die zweitbeste Liebe, weil er Delia nicht zurückbekommen konnte?

Dieser Gedanke nagte an ihr noch während des Frühstücks, während sie mit Cleopatra in den Garten ging und ihr die Welt in der Nähe des Erdbodens zeigte, während Franco durch die Fensterscheibe winkte und ihr einen Handkuss zuwarf. Sie beschloss, nach Wenningstedt zu fahren. Oder glaubte Franco, sie würde den Tag in seiner Wohnung damit verbringen, auf ihn zu warten und ihm am Abend wie ein Hausmütterchen das Essen hinzustellen? Sie wusste, dass sie ihm mit diesen Gedanken unrecht tat, trotzdem hatte sie den Wunsch, etwas anderes zu tun als das, was er vielleicht von ihr erwartete.

Sie bat die Haushälterin, Franco mitzuteilen, dass sie in ihre Wohnung gefahren sei, ohne zu ergänzen, wann sie zurückzukehren gedachte. In Wenningstedt verschwendete sie nur einen kurzen Gedanken daran, bei Linda und Chris anzuklopfen. Als sie sich der Tür des Ateliers näherte, drangen schon wieder aufgeregte Stimmen heraus, und Alisia machte auf dem Absatz kehrt. Hoffentlich ging das gut! Obwohl die beiden sich zurzeit überhaupt nicht verstanden, konnte sie sich Linda nicht ohne Chris vorstellen und Chris nicht ohne Linda. Sie gehörten doch zusammen, wenn sie auch ein ungleiches Paar waren. Das waren sie immer gewesen, und genau das schien ihre Beziehung auszumachen.

34

April 2020, Sylt

Carsten Tovar war später aus Hamburg gekommen, als verabredet worden war. Eigentlich hatten sie vorgehabt, im Café *König Augustin* einen Mittagsimbiss einzunehmen, aber dann war er aufgehalten worden und hatte den Zug verpasst, den er eigentlich hatte nehmen wollen. So war aus dem Mittagsimbiss ein frühes nachmittägliches Kaffeetrinken geworden. Kari hatte den Gast ihrer Eltern herzlich begrüßt, auch Hajo war aus dem Hotel herübergekommen, um Carsten Tovar Guten Tag zu sagen, dann waren beide wieder ihrer Arbeit nachgegangen, hatten aber zugesichert, später noch ein Weilchen mit ihnen zusammenzusitzen.

Carsten hatte nach wie vor das Distinguierte, das vor allem alte Damen seit jeher an ihm schätzten. Er wirkte wie ein Intellektueller, und manchem schien es peinlich zu sein, sich von ihm bedienen zu lassen. Der eisgraue Bart, den er trug, seit er mit Arne das *Carar* eröffnet hatte, verstärkte diese Vorstellung noch. Sogar seine Gehbehinderung, die er von dem Schiffsunglück vor vielen Jahren zurückbehalten hatte, vermittelte vielen den Eindruck, es mit einem Mann zu tun zu haben, der nicht fürs Servieren und Bedienen gemacht war.

Er ließ sich schwer an dem Tisch nieder und stellte seinen Gehstock ab. »Es wird Zeit, dass ich in Rente gehe.« Lächelnd sah er zwischen Brit und Arne hin und her. »Was ist die Zeit vergangen! Wenn ich noch daran denke, wie ihr euch kennengelernt habt!«

Brit gab sein Lächeln zurück, dann blickte sie Arne an, und es vertiefte sich auf eine Weise, wie es nur zwischen Liebenden möglich ist. Ein sprechendes Lächeln, ein alles Erklärendes, alles Verzeihendes, ungeschminktes Lächeln. Carsten nahm es gerührt zur Kenntnis.

Brit trug eine dunkelblaue Kombination aus Hose und Cardigan, Arne eine Jeans, ein weißes Hemd und einen leichten Blazer. Auf den ersten Blick wirkten sie wie ein bourgeoises Ehepaar, erst auf den zweiten vermittelte sich dem Betrachter die besondere Innigkeit, die zwischen den beiden herrschte.

Während sie ihre Friesentorte aßen, vergnügten sich die drei mit Erinnerungen. Als Carsten endlich auf den Grund seines Besuchs zu sprechen kommen wollte, erhob sich Brit. »Ich schaue mal, ob ich Kari ein wenig zur Hand gehen kann.«

Carsten beugte sich vor, als er mit Arne allein geblieben war. »Ich habe ein gutes Angebot für das *Carar* bekommen. Ich denke, wir sollten es annehmen.«

Arne nickte. »Ich habe dich schon so lange mit dem *Carar* allein gelassen, es ist deine Entscheidung.« Er lächelte versonnen hinter Brit her. »Und ich wiederhole, was ich dir schon gesagt habe. Ich will kein Geld von dir. Ich bin versorgt, deine Altersvorsorge ist nicht die beste, das weiß ich. Du brauchst das Geld, ich nicht.« Er lächelte in sich hinein. »Es ist verrückt, aber ich lebe von dem Geld meines Vaters, von seinem Erbe, wenn es auch nicht mir gehört, sondern Brit. Aber ich bin der Nutznießer.«

Carsten nickte. »Weil Olaf es geerbt hatte und Brit von ihm.«

»Es geht mir also gut. Außerdem kann ich nicht vergessen, wie wir beide zu dem Geld gekommen sind, das wir für das *Carar* gebraucht haben.«

Wieder nickte Carsten. »Die Erpressung.«

»Ja, die hunderttausend von Linda. Ich habe von diesem Geld profitiert, solange wir zusammen das *Carar* geleitet haben, jetzt will ich es nicht mehr.« Ehe Carsten etwas einwenden konnte, ergänzte er: »Allerdings unter einer Bedingung.«

Carsten zog die Augenbrauen hoch und sah seinen Freund erwartungsvoll an. »Die wäre?«

»Du wirst noch einmal mein Trauzeuge.«

Carsten lachte strahlend. »Ihr wollt endlich heiraten?«

»Ich jedenfalls will. Ich hoffe, Brit auch. Ich habe sie noch nicht gefragt.«

»Und die Sache mit deinem Namen? An der Tür vom *Carar* steht immer noch: Besitzer Carsten Tovar und … Florian Aldenhof.«

»Ich heiße wieder Arne Augustin«, stellte Arne klar. »Es war nicht schwer. Wegen Urkundenfälschung habe ich eine Strafe bekommen, die habe ich bezahlt. Die Sache ist erledigt. Brit wird also nicht Florian Aldenhof, sondern Arne Augustin heiraten.«

Carsten schien noch Zweifel zu haben. »Und dass ich schon bei deiner ersten Ehe mit Linda Trauzeuge war, stört dich nicht? Sie ist schließlich gescheitert.«

»Aber nicht, weil du Trauzeuge warst«, antwortete Arne lachend.

Carsten drückte seinem Freund kurz den Arm, da ging die Tür auf, und Nicole trat ein. Arne stellte sie Carsten vor und erklärte ihm, dass Nicole zu den Verwandten in Riekenbüren gehörte. »Sie macht Urlaub auf Sylt.«

Brit kam an den Tisch und wandte sich an Nicole. »Vorn ist jemand, der nach dir fragt.«

Nicole lächelte erfreut. »Das wird David Wiemann sein.«

»Soll ich ihn an den Tisch schicken?«, fragte Brit.

Nicole begann, in ihrer Tasche zu wühlen. »Ja, bitte. Es geht um die Rechnung der Kfz-Werkstatt. Ich habe den Wagen zur Reparatur gebracht. Ich habe die Rechnung doch eingesteckt …«

Als David Wiemann auf Nicole zukam, hatte sie die Rechnung endlich gefunden. Während sie David der Tischrunde vorstellte, wurde sie dunkelrot. »Herr Wiemann ist Musikproduzent.«

Arne holte einen weiteren Stuhl herbei. »Wie interessant! Wollen Sie uns ein wenig davon erzählen …?«

Hajo zog einen weiteren Stuhl heran und erweiterte die Runde. Mittlerweile waren die beiden Tische beinahe zu klein für sechs Personen. »Sie waren das also, der Nicole aufgefahren ist?«

David verzog schuldbewusst das Gesicht. »Tut mir leid. Ich war nicht gut drauf an diesem Tag.« Er holte seine Börse aus der Gesäßtasche seiner Jeans. »Können wir das gleich erledigen?«, fragte er Nicole. »Dann ist es aus der Welt.« Er warf einen Blick auf die Rechnung und blätterte Nicole ein paar Scheine hin. Auf das Wechselgeld verzichtete er. »Meine Strafe für meine Unhöflichkeit«, meinte er grinsend.

Dann ergab er sich den vielen Fragen, die die anderen hatten, von denen noch nie jemand einen leibhaftigen Musikproduzenten vor sich gehabt hatte. Auf die Frage, welche Titel er schon produziert habe, erntete David allerdings Schulterzucken. Von den Melodien, die er auf den Markt gebracht hatte, war noch keine zu einem Hit geworden.

Arne tröstete ihn. »Was nicht ist, kann ja noch werden. Sie sind noch jung …«

*

Alisia und Romy trafen vor der Tür des Cafés aufeinander.

»Hast du ihn erreicht?«, fragte Romy statt einer Begrüßung.

Alisia wusste natürlich, wen sie meinte. »Er nimmt nicht ab. In seinem Tonstudio scheint er nicht zu sein.«

Romy blieb stehen und dachte nach. »Dann musst du wohl doch seine Schwester anrufen. Was anderes fällt mir nicht ein.«

Alisia nickte unglücklich. »Gern tu' ich es nicht.«

Romy legte eine Hand auf die Klinke der Eingangstür. »Lass uns noch mal in Ruhe darüber reden, wie du am besten vorgehst.

Bei einem Latte und einem Stück Stachelbeerkuchen lässt sich gut nachdenken.«

Alisia betrat als Erste das Café *König Augustin* und geriet damit in einen Strudel der Empfindungen. Verblüffung, Entsetzen, Glück, grenzenloses Staunen. »Das ist ja …«

Kari kam hinter der Theke hervor. »Mein Cappuccinchen«, rief sie und sah Romy erstaunt an, die sie noch nie in Begleitung ihrer Tochter gesehen hatte. »Da drüben sitzt schon eine große Runde. Setzt euch dazu. Ich muss mich leider um den Besuch eines Vertreters kümmern …«

35

Als Gina die Zugtoilette aufsuchte, sagte Lutz: »Bist du auch ganz sicher, dass sich deine Schwester über unseren Besuch freut?«

»Natürlich«, gab Hasso zurück. »Sie liegt mir doch ständig damit in den Ohren, dass ich endlich mal wieder nach Sylt kommen soll.«

»Aber vielleicht hätten wir uns doch besser anmelden sollen?« Lutz wurde mit seinen Zweifeln einfach nicht fertig. Dass er ungelegen kommen könnte, machte ihm zu schaffen, dass sie keine Übernachtungsmöglichkeit finden könnten, ebenfalls, und dass er am Ende Nicole nicht sehen würde und Gina ihr Vorbild *La Cappuccina* nicht zu Gesicht bekommen könnte, stand wie ein Schreckgespenst vor seinen Augen. Dann wäre alles vergeblich gewesen.

Doch Hasso war sich seiner Sache nach wie vor sicher. »Bei Nicole ist es immer besser, sie vor vollendete Tatsachen zu stellen. Sie darf nicht zum Überlegen kommen. Du musst einfach vor ihr erscheinen, dann kann sie nicht weg.«

»Und deine Großnichte? Dieses Model?«

»Ich weiß, dass sie zurzeit auf Sylt ist.« Hasso beugte sich siegessicher vor. »Es ist gut, wenn wir so tun, als ginge es uns nur darum, Gina eine Freude zu machen. Und dass du mal rauskommen musst, wird auch jeder einsehen.«

Gina kehrte zurück und unterbrach das Gespräch der beiden Männer. Während Lutz mit seiner Tochter eine Diskussion darüber anzettelte, ob auch *La Cappuccina* ihren Bauchnabel gepierct hatte und ob der junge Mann, der soeben an ihnen vorbeigegangen war, sich geschüttelt hatte, weil er fror oder weil er sich nicht vorstellen mochte, einen derart grell bemalten Mund zu küssen wie den von Gina, schloss Hasso die Augen. Er dachte an Halina, und er dachte, wie so oft, an Dennis, seinen Sohn, seinen Nachfolger, der nun schon so lange auf dem Friedhof lag. Dass nach Hassos Tod einmal Fremde in der *Schreinerei Wunder* leben und arbeiten würden, machte ihm immer noch zu schaffen. Viel mehr, als er zugeben mochte. Halina war da ja ganz anders. Aber sie war eben nicht mit der Verpflichtung aufgewachsen, dass ein Betrieb wie die Schreinerei vom Vater zum Sohn weitergegeben werden musste. Notfalls auch einem geeigneten Schwiegersohn, aber nur notfalls. Halina hatte eben nicht unter dem gerahmten Bild des Firmengründers Weihnachten gefeiert. Sie hatte, wenn sie an Dennis dachte, nur ihren Jungen im Kopf, den hübschen Kerl, der den Mädchen den Kopf verdrehte, nicht den angehenden Schreiner, der die vom Vater ererbte Firma weiterführte.

Sie war sofort misstrauisch gewesen, als Hasso ihr die Idee mit der Sylt-Reise präsentierte. »Zusammen mit Lutz? Du willst doch nicht immer noch versuchen, deine Tochter zu verkuppeln?«

Hasso hatte steif und fest behauptet, er habe Gina versprochen, sie mit Alisia bekannt zu machen, aber Halina hatte kein Wort geglaubt. »Ich kenne dich, Hasso. Du willst, dass Nicole doch noch heiratet. Aber nicht, damit sie glücklich wird, sondern damit du einen Nachfolger bekommst, der zur Familie gehört. Wie praktisch, dass Lutz Jacobson Kinder hat! Nicole ist ja zu alt, um noch schwanger zu werden. So hast du auch gleich für den nächsten Nachfolger gesorgt. Ob Tim eine Ahnung hat, dass sein Leben auch gleich mit verplant wird?« Sie hatte sich so oft vor die Stirn geschlagen, dass Hasso sich Sorgen um ihre Gesundheit machte. »In welcher Zeit leben wir eigentlich? Du denkst wie dein Urgroßvater!«

Aber sie hatte ihn trotzdem fahren lassen und sogar zugesagt, sich während Lutz' Abwesenheit um Tim und Jana zu kümmern. Beim Abschied hatte sie noch gemurmelt, dass sie auf Alisias guten

Einfluss hoffe, die ja eine bodenständige Person sei, wenn sie auch nicht so aussah. »Die wird Gina hoffentlich die Flausen aus dem Kopf treiben. Jedenfalls bin ich sicher, dass sie das Mädchen nicht dazu ermutigen wird, weiterhin zu essen wie ein Spatz.«

Hasso gab sich seinen Träumereien hin. Nicole vor dem Traualtar mit Lutz, die drei Kinder hinter ihnen. Nicole, die ihre Stellung aufgab, ins Haus zurückzog und die alten Eltern pflegte, wenn sie allein nicht mehr zurechtkamen. Schöne Träume!

Sie fuhren in den Bahnhof von Niebüll ein. Viele Fahrgäste stiegen zu, die ihre Autos auf dem Festland zurückließen, die hohen Kosten für die Überfahrt auf dem Autozug sparen und die langen Wartezeiten nicht riskieren wollten. Hasso schob seine Träume beiseite, die Realität kam auf ihn zu. Vielleicht war es doch ein Fehler gewesen, sich nicht bei Brit anzumelden?

36

April 2020, Sylt

Alisia nahm die Menschen an dem Tisch, die ihr eigentlich vertraut waren, kaum wahr, sie sah nur David, ging nur auf David zu, lief direkt in seine Augen. Die sahen sie erstaunt an, als fragte sich David, wie sie ins *König Augustin* gekommen war, welcher Zufall sie nun in seine Nähe führte.

»Sie hier?«, fragte er fassungslos.

Alisia war genauso entgeistert. »Wie kommen Sie hierher?«

Tische wurden hin und her geschoben, Stühle gerückt, Hajos Stirn wurde kraus. Er liebte es nicht, wenn an der Bestuhlung des Cafés etwas geändert wurde, konnte sogar richtig ärgerlich werden, wenn Gäste sich herausnahmen, aus mehreren kleinen Sitzgruppen eine große zu gestalten. Diesmal machte er gute Miene zum für ihn bösen Spiel, nickte Verständnis heischend zu anderen Gästen, die sich von der Unruhe gestört fühlten, und sorgte dafür, dass zwei Kellner die Umgestaltung vornahmen, die das lautloser und schneller hinbekamen.

Als das erledigt war und sie zusammen in großer Runde an nun drei zusammengeschobenen Tischen saßen, war er derart erleichtert, dass er Sekt für alle in Auftrag gab. Dann machte er diejenigen miteinander bekannt, von denen er glaubte, dass sie sich noch nie gesehen hatten. Alisia nickte, als sie hörte, dass David ein Musikproduzent war, der bei seiner Ankunft auf Sylt Nicoles Auto angefahren hatte, und David reagierte genauso, als ihm gesagt wurde, dass *La Cappuccina* eigentlich Alisia Keller hieß und die Tochter der Café- und Hotelbesitzer war. Dann wurde der Sekt serviert, alle hoben ihre Gläser, prosteten sich zu und tranken.

Romy hatte ihren Platz neben David Wiemann gefunden, während Alisia ihm gegenübersaß. Mit einem Blick verständigten sich die beiden Frauen, dass sie die Gelegenheit für günstig hielten, David zu informieren. Alisia war dankbar, dass Romy es statt ihrer übernahm, ein leises Gespräch mit David Wiemann zu beginnen, derweil Arne von den Sylt-Reisen erzählte, die er als Kind zusammen mit seinem Vater unternommen hatte. Nicole saß da und genoss das Gesprächsdurcheinander sichtlich. Alisia bemerkte die Visitenkarte, die vor ihr lag. Musikproduktion David Wiemann, mit Angabe der Festnetz-, aber auch seiner Mobiltelefonnummer. Die Karte hatte er Nicole vermutlich nach dem Auffahrunfall in die Hand gedrückt. Unauffällig griff Alisia nach der Karte, als gerade alle über eine Pointe lachten, die sie nicht mitbekommen hatte, und ließ sie in ihrer Handtasche verschwinden. Sie gab sich an Arnes Erzählungen interessiert, richtete ihre Aufmerksamkeit aber in Wirklichkeit auf Romys Getuschel.

Kurz darauf blickte David auf und sah Alisia mit großen Augen an. In ihnen stand die Frage, vor der Alisia sich fürchtete: Warum tun Sie das für mich? Noch mehr Angst hatte sie vor der Antwort, die David sich selbst geben musste. Alisia war sehr froh, dass die unerschrockene Romy Wimmer dieses Gespräch eingeleitet hatte und weiterhin fest in der Hand hielt.

Alisia hörte Romy tuscheln: »Wir haben die Noten. Vielleicht können Sie damit vor Gericht ziehen.«

Sie forderte Alisia mit einer Bewegung ihres Kinns zu Alisias Handtasche auf, die Angelegenheit zu Ende zu führen, und Alisia zog, ohne auf ihre Hand zu schauen, das Blatt aus ihrer Tasche, das sie mittlerweile in eine Plastikhülle gesteckt hatte, um es zu schonen. Unauffällig schob sie es unter dem Tisch her, von ihren Knien zu Davids. Sie sah, wie er unter den Tisch griff und nach dem Blatt tastete, ohne Alisia aus den Augen zu lassen. Als sie spürte, wie seine Hände ihre Knie berührten, weil sie das Notenblatt nicht auf Anhieb zu fassen bekamen, zog etwas über ihren Rücken, das sich anfühlte wie die Freude auf die Bescherung am Heiligen Abend, die sie als Kind ebenso empfunden hatte.

In Davids Augen erschien ein Lächeln, als er das Blatt zu fassen bekam, und Alisia spürte, dass sie loslassen konnte. Das Blatt lag nun auf seinem Schoß, dennoch blickte er nicht nach unten, sondern ließ seinen Blick in Alisias Augen. Sie sagten: Danke. Aber sie sagten noch mehr. Alisia wagte nicht zu fragen, was da noch in seinen Augen stand. Wäre die Situation anders gewesen, wäre sie so wie unzählige Situationen vorher gewesen, in denen Männer versucht hatten, das schöne Model zu beeindrucken oder zu zeigen, dass sie von ihm beeindruckt waren, hätte Davids Blick sie nicht berührt. Aber dieser Augenblick war nicht so. David liebte eine andere, das wusste sie, und es ging ihm nicht um sie, sondern um das, was er jetzt auf seinem Schoß hielt. Dennoch sah er sie unverwandt an, als traute er sich nicht, einen Blick nach unten zu werfen. Oder wollte er nicht?

Alisia war die Erste, die dem Blickkontakt nicht mehr standhielt. Sie begann, sinnlos in ihrer Handtasche herumzukramen, als suchte sie ein Taschentuch, das sie nicht finden konnte, während Carsten Tovar mit einem Mal sagte: »Wir kennen uns, Herr Wiemann. Sie waren schon oft im *Carar*. Habe ich recht?«

David Wiemann wirkte überrascht. Entweder hatte er Carsten wirklich nicht erkannt, oder er war soeben aus Träumereien gerissen worden, die ihn so weit von diesem Tisch im *König Augustin* geführt hatten, dass er Mühe hatte zurückzufinden.

»Natürlich! Jetzt erkenne ich Sie auch«, hörte Alisia ihn sagen und nahm auch das feine Knistern wahr, das unter seinen Händen entstand, als er das Notenblatt in die Innentasche seiner Jacke schob, ohne einen Blick darauf zu werfen. Er sprach ausgiebig mit Carsten über das *Carar*, in dem er sich immer sehr wohlfühlte, ließ sich erklären, warum Arne als Mitbesitzer nicht mehr im *Carar* arbeitete, und hörte interessiert zu, als er einen kurzen Überblick über die Liebesgeschichte zwischen Brit und Arne bekam. Während der ganzen Zeit ließ er die flache Hand auf seiner Brust liegen, dort, wo er das Notenblatt hingeschoben hatte. Fasziniert starrte Alisia die Hand an, nicht nur weil es sich um eine schöne, gepflegte, zupackende Männerhand handelte, sondern weil sie endlich loslassen sollte, was sie unter der Jacke festhielt, um es zu betrachten.

Aber es dauerte noch eine Weile, bis sich das Gespräch von David entfernte und sich die Aufmerksamkeit der Tischrunde einem anderen Thema zuwandte. Wie war das *Carar* entstanden, wie waren die Besitzer auf diesen ausgefallenen Namen gekommen?

Romy zischte David etwas zu, und er merkte, dass Alisia ihn ansah, als wollte sie ihn hypnotisieren. Derart unauffällig, dass man es durchaus schon wieder auffällig nennen konnte, zog er das Blatt unter der Jacke hervor und legte es sich erneut auf den Schoß. Lange, sehr lange ruhte sein Blick darauf, dann sah David endlich auf, mit einem Blick, aus dem etwas verschwunden war, das es dort vorher gegeben hatte. Alisia wusste nicht genau, was es gewesen war, vielleicht ein Funke, der die Hoffnung zum Strahlen gebracht hatte? Jetzt jedenfalls war er nicht mehr da, als David sagte: »Eine hübsche Melodie.«

Alisia griff nach dem Sektglas, leerte es mit einem Zug und stellte es zurück. Fassungslos starrte sie ihn an. Eine hübsche Melodie? Was wollte er damit sagen? Er kannte diese Melodie und wusste, dass sie nicht hübsch, sondern sensationell gut war.

Tonlos flatterten auf ihren Lippen die Worte »Du bist wie ein Lied«, aber David schüttelte beinahe unmerklich den Kopf.

»Nicht?« Dieses eine Wort kam hörbar heraus.

»Nein.«

37

April 2020, Sylt

Lea Angermann stand in der Wohnung ihrer Großeltern und sah sich verwundert um. Sie war offenbar nicht die Erste, die auf die Idee gekommen war, ein paar Tage auf Sylt zu verbringen. David war auch hier. Das Schrankbett war ausgeklappt, das Bettzeug darauf zerwühlt, Davids Schlafanzug lag auf dem Fußboden vor dem Bett. Immerhin schien er allein gekommen zu sein. Das hätte noch gefehlt, dass Delia bei ihm war! Dann wäre für Lea kein Platz mehr gewesen. Aber so … Vielleicht war es gut, dass das Schicksal sie zwang, sich auszusprechen und sich zu versöhnen. Sie fragte sich ja schon seit Tagen, wie sie den Streit mit ihrem Bruder bereinigen konnte. Sie liebte ihn doch, und er tat ihr leid. Immer hatte er unter den Ansprüchen seines Vaters gelitten und noch mehr unter der Tatsache, dass er in der Öffentlichkeit stets verschwiegen werden musste. Und nie hatte ihre Mutter sich für ihn eingesetzt, sich nie an seine Seite gestellt und ihn nie verteidigt.

Leas Blick fiel auf das gerahmte Foto an der Wand. Lächerlich, ein solches Bild aufzuhängen! Was sich ihre Großeltern nur dabei gedacht hatten! Ihr neugeborener Enkel auf dem Titelblatt einer Zeitschrift der Regenbogenpresse! Konnte man auf so etwas stolz sein? Aber vermutlich hatten sie schon oft damit angegeben und dann vermutlich auch die Geschichte erzählt, wie es dazu gekommen war …

Lea stellte ihr Gepäck ab, ging ins Badezimmer, nahm Davids

Bürste und fuhr sich durch die Locken, bis sie glänzend auf ihre Schultern fielen. Aus ihrer Handtasche holte sie ihr Schminktäschchen, puderte sich das Gesicht und zog ihre Lippen nach. Sie ging so nahe wie möglich an den Spiegel heran, kontrollierte den Zustand ihres Augen-Make-ups und war zufrieden. Sie würde ohnehin eine große Sonnenbrille aufsetzen, auch wenn die Sonne nicht schien. Jetzt erst mal zum Strand! So hatte sie es immer gehalten, wenn sie nach Sylt kam. Richtig angekommen war sie immer erst, wenn sie am Wasser gewesen war, aufs Meer geblickt und den Brandungswellen entgegengesehen hatte. Erst später würde sie Mike Heiser einen Besuch abstatten. Sie hatte vor ihrer Abreise mit Franco Statti gesprochen, und er hatte ihr Hoffnungen gemacht. Es sei durchaus möglich, demnächst für Heiser-Moden zu laufen. Sie könnten einen gegensätzlichen Typ gebrauchen. Hellhäutig und blond gelockt neben der schwarzen Schönheit von *La Cappuccina.* Ein toller Kontrast! Franco Statti war regelrecht ins Schwärmen geraten bei dieser Vorstellung. Offenbar war ihm in diesem Augenblick nicht klar gewesen, dass Lea fast einen Kopf kleiner war als Alisia, sie erreichte das Mindestmaß an Körpergröße nur ganz knapp. Das war seit jeher ein Problem für sie und ihre Karriere gewesen. Aber seit in der Model-Welt immer öfter von Diversität die Rede war, hatte sich einiges verändert. Plötzlich mussten Models zwar immer noch dünn, aber nicht mehr unbedingt sehr groß sein. Sie durfte neuerdings sogar Busen haben. Die Modewelt schien sich zu verändern, sich mehr den normalen Frauen anzupassen. Das konnte nur gut sein.

Sie zog ihr Handy hervor und hielt es eine Weile unentschlossen in den Händen. Sollte sie David anrufen und ihm sagen, dass sie ebenfalls auf Sylt war? Oder war es besser, ihn mit ihrer Anwesenheit in der Wohnung zu überraschen? Sie entschied sich für Letzteres und steckte ihr Handy wieder weg. Je länger sie am Ufersaum stand, umso sicherer wurde sie, dass alles gut werden würde mit ihrem Bruder. Sie liebten sich doch, und Lea würde sich alle Mühe geben, ihm zu glauben. Vielleicht hatte er ja wirklich recht, und die Melodie war von ihm. Ihr Vater glaubte es nicht, Samy Angermann war davon überzeugt, dass sein Sohn ein Betrüger war. Auch ihre Mutter glaubte das, weil sie ja immer alles glaubte, was ihr Mann ihr weismachte. Indra Angermann schaffte es aber immerhin, einen Grund für Davids Verhalten zu finden: Er wollte seinem Vater imponieren, hatte sie ihrem Mann vorgehalten, wollte endlich einmal seine Anerkennung bekommen, wollte, dass Samy stolz auf ihn war und ihn vor aller Welt seinen Sohn nannte. Lea hatte sich dieser Meinung angeschlossen, aber wenn sie dabei blieb, würde es zu keiner Versöhnung mit David kommen, das war ihr klar. Sie musste alles tun, damit sie David glauben konnte. Notfalls musste sie vorgeben, ihm zu glauben, damit sie sich aussöhnen konnten. Und danach würden sie sich mit einem guten Glas Wein zusammensetzen und Pläne schmieden, wie Samy Angermann davon zu überzeugen war, dass sein Sohn ein toller Komponist und Musikproduzent war, wie ihre Mutter endlich dazu gebracht werden konnte, sich hinter ihren Sohn zu stellen, und wie die beiden einsehen konnten, dass heute kein Hahn mehr danach krähte, in welchem Alter Indra Angermann ihr erstes Kind bekommen hatte. Und sie würden sich schreckliche Strafen für denjenigen ausdenken, der David sein Lied gestohlen hatte. An diesem Punkt merkte Lea, dass es schwierig werden könnte. Wenn sie David wirklich glauben wollte, musste sie ihm auch helfen, zu seinem Recht zu kommen. Er brauchte Beweise, er brauchte einen Anwalt, womöglich einen Zeugen. Wenn sie nun einfach behauptete, genau zu wissen, dass David dieses Lied geschrieben hatte? Wenn sie im Zeugenstand mit klarer Stimme aussagte, dass sie bei der Entstehung der Melodie dabei gewesen war? Dann wäre das eine glatte Lüge. Womöglich würde sie die Finger heben und schwören müssen! Nein, einen Meineid leisten, das ging gar nicht. Aber wenn sie David klargemacht hatte, dass sie ihm glaubte, dann musste es logisch sein, ihn darin zu unterstützen, dass auch alle anderen ihm glaubten. Nur … Lea hatte ihre Meinung eigentlich nicht geändert. Noch immer war sie davon überzeugt, dass David die Melodie gestohlen hatte. Zwar hielt sie ihn nicht für einen Dieb oder Kriminellen, auf keinen Fall. Es konnte nur seine Verzweiflung gewesen sein, die ihn dahin getrieben hatte. Eine gute Gelegenheit, er war unbeobachtet gewesen, hatte die Noten in Golos Studio liegen sehen, und dann …

Lea drehte sich um und kehrte zurück. Nein, sie würde David nicht helfen können. Nicht, solange sie selbst nicht an seine Unschuld glauben konnte.

38

April 2020, Sylt

Alisia starrte David an, Romy starrte zu Alisia, David starrte auf einen Fleck auf der Tischdecke. Schließlich richtete er den Blick auf Alisia. »Sie können keine Noten lesen?«

Sie schüttelte den Kopf, und Romy flüsterte: »Ich auch nicht.«

Auf der anderen Seite des Tisches gab Hajo die Geschichte zum Besten, wie sein damaliger Schwiegervater, der erste Mann von Brit Rensing, ihn zum Vorstellungsgespräch gebeten hatte. »Ich hielt ihn für einen besonders unvoreingenommenen Mann, aber in Wirklichkeit hatte er sich meine Bewerbung nur nicht genau angesehen. Er war völlig entgeistert, als ein Schwarzer im *König Augustin* erschien.«

Natürlich ließ Brit es sich nicht nehmen, die Geschichte aus ihrer Sicht zu erläutern. Währenddessen flüsterte Alisia im Schutz der lauten Stimmen: »Delia hat gesagt, sie wolle es vernichten. Etwas, das bei ihr versteckt ist.«

David fragte nicht, woher sie Delia kannte und warum sie wusste, was Delia vorhatte. »Sie muss etwas anderes gemeint haben.«

Durch Romy ging ein Ruck, sie beugte sich mit einem Mal vor. »Wann wird bei Mike die Papiertonne geleert?«

Alisia riss die Augen auf, sie brauchte nicht lange nachzudenken. »Heute.«

»Um welche Uhrzeit?«

»Später Nachmittag. Mikes Haus ist immer das letzte. Das hat mir neulich einer der Müllwerker erzählt.« Sie grinste leicht. »Als Dank dafür, dass ich ihm ein Autogramm für seine Tochter gegeben habe.«

Die Uhr rückte soeben auf halb vier vor. Romy schob ihren Stuhl nach hinten. »Dann wird's Zeit.«

Hajos Bitte auf nähere Erklärung kamen sie nicht nach. »Das erzähle ich euch später, Papa.« Mehr war auf die Schnelle nicht aus Alisia herauszubekommen.

»Du könntest heute Abend …«, begann Hajo.

»Ja, ja, vielleicht.«

Nun fiel Brit auf, dass ihre Freundin Romy schon gehen wollte. Aber auch ihr gelang es nicht, dafür eine Erklärung zu bekommen. Alisia warf der Kellnerin zu, die Rechnung gehe auf sie, was so viel hieß wie: Sie wird nicht bezahlt, weil ich die Tochter des Hauses bin.

Sie rannten auf den Ausgang zu, von verständnislosen Blicken verfolgt, und waren noch nicht an der Tür angekommen, als diese sich öffnete. Ein schriller Schrei zerschnitt das kultivierte Ambiente des *König Augustin*. Das hatte zwar in diesem Moment einiges von seiner Eleganz verloren, weil an dem langen Tisch in einer Ecke lauter als sonst geredet und gelacht wurde. Aber einen solchen Schrei hatte es nicht einmal gegeben, als der Oberkellner gemeldet hatte, in der Backstube habe es einen Kurzschluss gegeben, sämtliche Öfen seien kalt und die Torten darin nicht zu retten.

»Das ist sie!«

Alisia sah ein sehr junges Mädchen mit ausgestrecktem Zeigefinger auf sich zukommen, schlug einen Haken, um nicht von ihm aufgespießt zu werden, umrundete das Mädchen und die beiden Männer, die in ihrer Begleitung waren, wieselflink und hatte die Tür schon aufgerissen, als David und Romy noch zu erklären versuchten, warum Eile geboten war und man sich nicht mit Höflichkeiten aufhalten könne.

»Wir müssen nämlich ganz schnell …«

»… bevor die Müllabfuhr kommt …«

Alisia hörte noch, wie einer der Männer sagte: »Wir hätten uns doch besser vorher anmelden sollen.«

Während sie zu ihrem Auto hastete, David und Romy auf ihren Fersen, fiel ihr ein, dass sie diesen Mann kannte. Aber woher? Es wollte ihr spontan nicht einfallen. Vielleicht später.

Sie schwang sich auf den Fahrersitz, Romy fiel im nächsten Augenblick neben sie, hinten knallten zwei Türen ins Schloss. Mit aufheulendem Motor setzte Alisia zurück und schoss die Käpt'n-Christiansen-Straße hinunter. Erst als sie in die Maybachstraße einbog, ließ sie die Frage zu, warum im Fond ihres Wagens zwei Türen zugefallen waren.

Bevor sie der Sache nachgehen konnte, sagte David: »Wir haben übrigens einen blinden Passagier an Bord.«

39

April 2020, Sylt

Constantin hatte sich verdrückt. Darin war er mittlerweile Meister geworden. Anfänglich hatten seine Eltern oft nach ihm gefragt, hatten erwartet, dass er sich abmeldete, dass er Bescheid sagte, wohin er ging, dass er sein Handy mitnahm, damit er erreichbar war … aber inzwischen hatten sie sich damit abgefunden, dass er gelegentlich einfach weg war. Meist suchten sie ihn dann, wenn es etwas wirklich Wichtiges gab, in seinem Atelier im Garten der Großeltern, das sie selbst hartnäckig Werkstatt oder Hobbyraum nannten. Aber dort würden sie heute ohne Erfolg bleiben. Dass ihr Sohn, der künftige Chef des *König Augustin*, während der Arbeitszeit einen Strandspaziergang machte, würde ihnen vermutlich nicht in den Sinn kommen. Vorsichtshalber hatte Constantin in Gegenwart von zwei Kellnern die Bemerkung fallen lassen, dass er einen Reiseveranstalter im *Café Wien* treffen wolle. Sollten seine Eltern ihn später darauf ansprechen, war eben aus diesem Treffen nichts geworden, der Reiseveranstalter hatte kurzfristig abgesagt …

Noch wollte er nicht über Sabrina sprechen, wollte nicht erklären, wie er sie kennengelernt hatte, wollte sie nicht einladen und seinen Eltern präsentieren. Er wollte sie für sich allein, jedenfalls fürs Erste. Vorm *Miramar* war er ihr zum ersten Mal begegnet. Sie hatte mit staunenden Augen an der Fassade des altehrwürdigen Hotels hochgeblickt und war dann auf einen Rolls Royce aufmerksam geworden, der vor dem Eingang stand. Damit war sie derart beschäftigt gewesen, dass sie Constantin nicht gesehen hatte. Sie war, mit einem Coffee to go in der Hand, gegen ihn geprallt, der Kaffee war auf sein weißes Hemd geschwappt und Sabrina untröstlich gewesen. Zu Constantins Freude derart untröstlich, dass sie sich von ihm einladen ließ, als er weisgemacht hatte, dass nichts anderes ihn mit ihrer Ungeschicklichkeit versöhnen könnte. Und schon am ersten Abend hatte er sich bis über beide Ohren in sie verliebt. Als er hörte, woher sie stammte, war es ihm sogar so vorgekommen, als hätte das Schicksal seine Hände im Spiel. Und auch Sabrina hatte ausgesehen, als könnte sie es nicht glauben, dass ein Sylter das Dorf kannte, aus dem stammte.

Constantin war glücklich, als er Sabrinas Hand ergriff und mit ihr gen Süden wanderte. Sie war das erste Mädchen, das derart intensive Gefühle in ihm weckte. Zwar war er schon oft verliebt gewesen, aber meist nur kurz, er war der jeweiligen Mädchen schnell überdrüssig geworden. Ein- oder zweimal war es ihm ernster gewesen, aber dann hatten die Mädchen unter fadenscheinigen Begründungen die Beziehung beendet, und Constantin vermutete, dass er mal wieder Opfer seiner Hautfarbe geworden war. Trotz der mittlerweile kulturellen Vielfalt in Deutschland und obwohl Menschen mit dunkler Hautfarbe längst zum gesellschaftlichen Bild beitrugen, gab es immer noch viele, die einen Menschen ablehnten, wenn er nicht weiß war. Nicht offen, aber mit versteckten kleinen Gesten. Keiner sagte, er wolle mit dem Sohn eines schwarzen Vaters nichts zu tun haben, aber viele ließen eben doch durchblicken, dass jemand wie Constantin vor den Türen ihrer Familien stehen bleiben musste. Und das, obwohl er aus guter Familie kam, die einen bekannten Namen trug, die auf Sylt hohes Ansehen genoss.

Sein Vater hatte ihm oft erzählt, wie schwierig es früher gewesen war, sich als Schwarzer in Deutschland zu behaupten. Hajo war damals noch beschimpft und wie jemand behandelt worden, der nicht dazugehören durfte. Heute herrschte ein größeres

Bewusstsein für Themen wie Diskriminierung, jedenfalls auf Sylt. In einer zivilisierten Gesellschaft sollten Rassisten nicht mehr geduldet werden – und wurden es zum Glück auch immer weniger. Aber dennoch … Menschen, die durchaus freundlich zu Constantin waren, warfen die Türen zu, wenn er ihnen zu nahe kam. Wenn es um ihre Familien ging, hieß es: draußen bleiben!

Sabrina war anders, und sie behauptete, auch ihre Eltern seien anders. Ihr Bruder sowieso, der in der Welt der Musik zu Hause war, wo es erheblich liberaler zuging als unter den Handwerkern in Riekenbüren, wo die Welt vor allem dann in Ordnung war, wenn alles so blieb, wie es schon immer gewesen war. Aber auch dort schienen sich gewisse Veränderungen durchzusetzen oder waren einfach nicht mehr aufzuhalten. Dass das berühmte Model *La Cappuccina* seine Wurzeln in Riekenbüren hatte, war zum Beispiel zu einer Tatsache geworden, die bei vielen Gelegenheiten mit Stolz verkündet wurde.

Sabrina lachte jetzt ausgelassen. Constantin liebte dieses Lachen. »Wenn ich in Riekenbüren erzähle, dass ich den Bruder von *La Cappuccina* kennengelernt habe, werden sie alle ausflippen.«

Er blieb stehen und zog Sabrina an sich. »Du hast ihn nicht kennen-, sondern lieben gelernt. Wie oft muss ich das noch sagen?«

Sie lachte lauter und schmiegte sich in seine Arme. »Stimmt! Wie konnte ich das vergessen?«

Constantin küsste sie ausgiebig, bevor sie weiterschlenderten. »Es ist schon Wahnsinn, dass du ausgerechnet aus Riekenbüren kommst. Das Gesicht meiner Oma nimmt immer einen sehr merkwürdigen Ausdruck an, wenn sie von Riekenbüren spricht. Ich glaube, sie hat keine guten Erinnerungen.«

Sabrina wurde nachdenklich. »Von der *Schreinerei Wunder* wird im Dorf viel geredet. Nicht nur wegen *La Cappuccina.* Deine Oma soll mal verschwunden gewesen sein, habe ich gehört. Sie war ein …« Sabrina kicherte. »… ein gefallenes Mädchen.«

Constantin wollte ebenfalls lachen, aber es gelang ihm nicht. »Oma redet nicht gern darüber. Das muss eine harte Zeit für sie gewesen sein. Sie musste sich bis zu ihrer Volljährigkeit versteckt halten, damit man ihr Kari nicht wegnehmen konnte.«

»Schrecklich, wie man früher mit Frauen umgegangen ist, wenn sie ungewollt und unverheiratet schwanger wurden. Die Männer blieben immer ungeschoren.«

Constantin konnte nicht erklären, warum er einem weiteren Verlauf des Gesprächs auswich. Vielleicht lag es daran, dass darüber in seiner Familie nur mit großer Verlegenheit geredet wurde, mit einem Seitenblick auf seine Oma, mit verminderter Lautstärke, mit fragender Miene, weil die meisten nicht genau wussten, was damals geschehen war. Brit selbst danach zu fragen, war überflüssig. Sie wich immer aus, manchmal nahm ihr Gesicht sogar einen Ausdruck an, der allen Angst machte. So, als wollte sie in Tränen ausbrechen oder einen Wutanfall bekommen. Mal so, mal so. Jedenfalls wollte jeder sowohl das eine als auch das andere vermeiden.

Constantin gelang es, das Gespräch auf Sabrinas Bruder zu bringen. Sie hatte schon oft von ihm gesprochen, sie war stolz auf ihn und davon überzeugt, dass ihm eine große Karriere bevorstand. »Er hat eine so schöne Stimme!«

Constantin liebte sie in solchen Momenten ganz besonders. Wenn ihr Gesicht leuchtete, wenn es voller Optimismus war und ihm zeigte, wie empathisch sie sein konnte. Dann war ihr ganzer Körper in Bewegung, die langen Haare flogen, sie drehte sich in der Taille, sie ging nicht mehr, sie hüpfte. Leider hatte ihr Bruder den Durchbruch noch nicht geschafft. Aber immerhin hatte er mittlerweile einen Manager, was Sabrina mit ehrfürchtigem Augenaufschlag kundtat. Einen Manager zu haben, das bedeutete für sie offenbar, dass Roland kurz davor war durchzustarten. Gelegentlich ließ man ihn auf Schützenfesten singen, auch als Hochzeitssänger war er schon aufgetreten, und als er kürzlich Peter Maffay imitieren durfte, hatte er angeblich einen großen Erfolg gefeiert. »Eigentlich sollte er die Firma übernehmen. Das wollen in Riekenbüren alle Väter. Die Söhne müssen weitermachen, was sie angefangen haben. Oder sogar schon ihre Väter und Großväter. Bei euch ist es die Schreinerei, bei uns der Klempnerbetrieb. Aber Roland hat schon früh erkannt, dass das nichts für ihn ist. Trotzdem hat mein Vater gehofft, dass er seine Meinung ändert. Ich hatte angeboten, eine Lehre als Sanitär-Installateurin zu machen, aber da ist meine Mutter ausgeflippt. Ihre Tochter solle sich nicht mit der Sch… äh, den Fäkalien anderer Leute befassen. Das wäre Männersache.«

Constantin musste stehen bleiben, weil ihm das Lachen die Beine lähmte. »Was für ein Argument«, prustete er.

Aber Sabrina blieb ernst. »Heute ärgert es mich, dass ich Bürokauffrau geworden bin.« Sie stellte sich in Positur. »So ein Blaumann hätte mir doch gestanden, oder?«

»Dir steht einfach alles«, gab Constantin zurück und hatte damit genau das Richtige gesagt.

Als sie umkehrten, gestand Sabrina, dass sie bereute, nie woanders als im elterlichen Büro gearbeitet zu haben. Schon während ihrer Ausbildung hatte sie sich an den Schreibtisch ihrer Mutter gesetzt, die bis dahin die Büroarbeit erledigt hatte, als fertige Bürokauffrau war sie schnell unentbehrlich geworden. »Aber meine Eltern würden nicht akzeptieren, dass ich woanders arbeite. Höchstens, wenn ich mal heirate …«

Constantin kam aus dem Kopfschütteln gar nicht wieder heraus. Während dieser Stunden mit Sabrina war ihm klar geworden, wie verkrustet diese alten Strukturen waren, in die er sich selbst ebenfalls eingefügt hatte. Genau wie Sabrina. Warum ließen sich junge Leute immer wieder darauf ein? Weil es so bequem war? Weil sie sich verpflichtet fühlten? Warum hatte Roland Wolke es geschafft, Sänger statt Installateur zu werden? Warum war es

Sabrina nicht gestattet worden, in einen Männerberuf vorzudringen? Und warum musste er selbst demnächst Chef des *König Augustin* werden, obwohl ihm immer wieder gesagt wurde, dass er dazu selbstverständlich nicht gezwungen würde. Nein, er durfte die Nachfolge seiner Eltern antreten. Und er durfte darüber glücklich sein. Er zögerte, hörte nicht richtig zu, während Sabrina von ihrem Bruder Roland erzählte, und fragte sich, wie glücklich er darüber war. Sehr glücklich? Oder nur ein bisschen? Oder etwa unglücklich? Nein, unglücklich war er auf keinen Fall. Und natürlich sah er ein, dass seine Schwester, das berühmte Model, ihre Schönheit nicht hinter der Theke des *König Augustin* verblühen lassen durfte.

40

April 2020, Sylt

Der Security-Mann machte einen langen Hals, als Alisia neben der Schranke hielt. »Meine Gäste«, erklärte sie knapp und konnte daraufhin passieren.

Sie stellte den Wagen wie immer vor dem Eingang ab und sah sich um, ehe sie ausstieg. »Keiner da. Wenn jemand auftauchen sollte, folgt ihr mir in die Wohnung, als wäre nie etwas anderes geplant gewesen. Andernfalls gehen wir sofort hinters Haus. Dort ist der Platz mit den Mülltonnen.«

Sie vermied es, David anzusehen, obwohl sie bemerkte, dass er sie häufig beobachtete. Er schien keine Angst davor zu haben, sich durch Blicke zu verraten, das war bei Alisia anders. Und wollte sie überhaupt wissen, was Davids Augen preisgaben? Nein, davor hatte sie Angst. Die Frage, die vermutlich in seinen Augen stehen würde, konnte er sicherlich nicht mehr lange für sich behalten. Und davor fürchtete sie sich. ›Warum tun Sie das für mich?‹ Was würde sie darauf antworten?

Es begegnete ihnen kein Mensch, also ging Alisia am Eingangsportal vorbei, gefolgt von Romy, David – und Gina Jacobson. Sie war während der Fahrt notgedrungen eingeweiht worden und spontan begeistert gewesen, *La Cappuccina* eine Gefälligkeit zu erweisen. Was Alisia bedrückte, war nur, dass Gina womöglich später eine Belohnung in Form von Unterstützung erwartete. Viele Mädchen waren der Meinung, dass man Beziehungen brauchte, um ins Modelgeschäft einsteigen zu können.

Erleichtert stellte sie fest, dass die Müllabfuhr noch nicht da gewesen war, die Müllcontainer waren noch gefüllt. Der mit dem blauen Deckel, in dem das Papier gesammelt wurde, allerdings nur zur Hälfte.

Alisia wandte sich an Gina. »Du kannst jetzt zeigen, dass es richtig war, dich mitzunehmen.«

Gina sah sie an, als wäre sie auch bereit, für Alisia in eine Jauchegrube zu steigen. »Klaro.«

»Steig in die Tonne. Und dann reichst du uns alles raus, was wie ein Notenblatt aussieht.«

»Oder was den Aufdruck vom Musikstudio Golo Berglund trägt.« David bildete mit den Händen eine Räuberleiter. »Vielleicht hat Delia auch etwas weggeworfen, was von ihrem Bruder stammt, etwas, was ihn verraten könnte ...«

Gina stand einen Augenblick später in dem Papiercontainer, nur ihr Kopf schaute noch heraus. Eifrig machte sie sich auf die Suche, während die anderen ein paar Schritte zurückwichen, als wollten sie mit Ginas Indiskretion nichts zu tun haben. Alisia stand so, dass sie einen Blick auf den rückwärtigen Eingang hatte, den die Haushälterin benutzte, wenn sie Abfall aus der Küche trug, David versuchte, die Einfahrt im Auge zu behalten, Romy bewegte sich mit zwei, drei Schritten zwischen den beiden hin und her und machte es sich zur Aufgabe, Gina alle paar Sekunden zu fragen: »Immer noch nichts?«

Zweimal antwortete Gina auf diese Frage, dann ignorierte sie Romy. Tief gebückt stand sie in dem Papiercontainer, zog ein Blatt nach dem anderen unter ihren Füßen hervor und war nur zu hören, aber nicht zu sehen. In diesem Augenblick war Alisia sehr dankbar, dass sie nicht diese Sisyphusarbeit auf sich nehmen musste. Andererseits: Wenn schon, dann hätte David das selbst übernehmen müssen. Auch der wirkte so, als hätte er sich nicht gerade darum gerissen. Doch es war ihm auch anzusehen, wie unwohl er sich dabei fühlte, dass jemand anders für ihn in einer Mülltonne herumwühlte. Er rang offensichtlich mit sich, Gina Hilfe anzubieten. Am Ende unterließ er es, und es wäre auch sinnlos gewesen. Die beiden hätten sich nur gegenseitig im Wege gestanden. Alisia riss sich von David los, obwohl er ihr den Gefallen getan hatte, ihren beobachtenden Blick nicht zur Kenntnis zu nehmen. Hoffentlich wurde sie dieses Mädchen aus Riekenbüren später wieder los, ohne ihr vorher eine Karriere als Supermodel versprechen zu müssen.

»Wenn du was findest, mache ich dich mit Heidi Klum bekannt«, sagte sie trotzdem.

»Ehrlich?« Die Bewegungen in dem Container wurden noch dynamischer. Und jetzt lächelte David, und ihre Blicke trafen sich. Dieses Abenteuer schien ihm nun doch Vergnügen zu bereiten.

Aber dann hatte der Spaß schlagartig ein Ende. Alisia war die Erste, die auf das Knarren der Tür aufmerksam wurde und die Schritte hörte. Mit einem Satz war sie bei dem Papiercontainer und schloss so hastig den Deckel, dass Gina erschrocken aufschrie, als sie sich mit einem Mal im Finsteren wiederfand.

»Pscht!« Alisia wandte sich der Haushälterin zu, die auf die Biotonne zusteuerte und erstaunt stehen blieb, als sie die kleine Menschenansammlung entdeckte. Alisia setzte das harmloseste Lächeln auf, über das sie verfügte. Dicht trat sie an den Papiercontainer heran, damit Gina ihre Stimme hören konnte und begriff, dass sie sich jetzt still verhalten musste. »Was sich in meinem Auto an Dreck angesammelt hat! Es wird Zeit, dass ich mal alles Überflüssige wegwerfe.« Sie öffnete ihre große Tasche, als könnte sie voller Unrat sein, während Romy und David die Umgebung betrachteten, als wären sie nur mitgekommen, weil sie den Blick aufs Meer genießen wollten, das jedoch von hier aus gar nicht zu sehen war. Kurzum, sie verhielten sich so auffällig, dass die Haushälterin sie misstrauisch ansah. »Kann ich irgendwie helfen?«

»Nein, nein, vielen Dank!«, rief Alisia und wühlte weiter in ihrer Tasche herum.

Zum Glück drang nun ein Geruch aus der Küche, der die Haushälterin aufschreckte. »O Gott, das Pilzragout!«

Sie nahm sich nicht einmal die Zeit, den Bioabfall zu entsorgen, sondern ließ den Mülleimer stehen und hastete in die Küche zurück.

Kaum war sie nicht mehr zu sehen, zischte Alisia: »Schnell! Die kommt gleich zurück.«

David öffnete den Deckel des Papiercontainers, in dem augenblicklich wieder Bewegung entstand. »Was gefunden?«

Gina gab etwas zur Antwort, was sich nicht wie eine Erfolgsmeldung anhörte. Nervös trat David wieder zurück und sah zur Auffahrt. Im selben Moment hörten es auch Romy und Alisia. Das tiefe Brummen eines schweren Motors, knirschenden Kies, laute Männerstimmen, klappernde Tonnen.

»Raus!«, rief Alisia.

Aber Gina hörte sie anscheinend nicht. Ihr Kopf erschien nicht an der oberen Kante des Containers, nur intensives Geraschel war zu hören, noch intensiver als vorher, schneller, hastiger.

»Raus!«, wiederholte Alisia, und David stimmte ein: »Beeil dich!«

Beide behielten sowohl den Kücheneingang als auch die Auffahrt im Auge, um nichts zu verpassen, um die Dringlichkeit jeder Gefahr beurteilen zu können.

Romy war es schließlich, die an den Container trat und Gina anherrschte: »Mach, dass du da rauskommst!«

»Wie denn?«, kam es zurück. »Allein schaffe ich das nicht.«

Der Müllwagen fuhr zum Glück langsam, nachdem er die Schranke hinter sich gelassen hatte. Und endlich schien Gina der Ernst der Lage bewusst zu werden. Sie zog sich an der Kante des Containers hoch, ließ sich von sechs Händen in die Höhe zerren, schwang schließlich ihr rechtes Bein über die Kante und fiel dann in die Arme ihrer Helfer.

Im Nu stand sie auf ihren Beinen, strahlte Alisia an und rief: »Das fühlte sich an wie eine dieser schrecklichen Aufgaben, die Heidi Klum ihren Mädchen stellt.«

Alisia verdrehte die Augen, ohne dass Gina es merkte. »Schnell weg.«

Sie liefen in den hinteren Teil des Gartens, weit entfernt von den Mülltonnen, hockten sich auf ein kleines Rasenstück, auf dem eine Wäschespinne stand, und Alisia legte die Unterarme auf ihre angezogenen Knie und ihr Gesicht darauf, als könnte sie die Sonne nicht ertragen oder als wollte sie den anderen ihre Enttäuschung nicht zeigen. David starrte auf irgendeinen Punkt in der Ferne, Romy riss wütend ein paar Gräser aus, die dafür büßen sollten, dass die Zeit nicht gereicht hatte, den Beweis zu finden, der David rehabilitieren konnte.

»Wo ist eigentlich Gina?«, fragte sie ohne jedes Interesse.

Alisia zuckte mit den Schultern, David zeigte keinerlei Reaktion. Offenbar hatte das Mädchen sich woanders versteckt. Sie würde schon wieder auftauchen. Sie hörten die Stimmen der Müllwerker, das Schlagen der Tonnen, das Klappern der Deckel, und Alisia kniff die Augen zusammen, als täten ihr die Geräusche weh.

Davids Stimme war so leise, dass sie beinahe nicht zu verstehen war. Sie hätte seine Worte auch gern überhört, denn er fragte genau das, was sie von Anfang an befürchtet hatte: »Warum tun Sie das für mich?« Zum Glück sah er nicht nur Alisia, sondern auch Romy an.

Und Alisia war dankbar, dass Romy ihr die Antwort abnahm: »Weil wir gegen Ungerechtigkeit sind, ist doch klar.«

Alisia hoffte, damit um die Antwort herumgekommen zu sein, aber David sah sie nun so eindringlich an, dass sie merkte: Ihm kam es besonders auf ihre Meinung an. »Tja … irgendwie dachte ich … ich war ja nun von Anfang an dabei … und ich finde …« Sie beendete ihr Stottern, weil sie merkte, wie wenig überzeugend es klang. Schließlich endete sie mit den hingeflüsterten Worten: »Schade, dass alles umsonst war.«

David versuchte ein Lächeln. »Das kann man nicht sagen. Ich habe immerhin diese wirklich hübsche Melodie. Ich könnte mich an Golo rächen und sie auf den Markt bringen. Vielleicht wird sie ein Erfolg.«

Aber Alisia schüttelte den Kopf. »Das ist nicht Ihr Stil.«

Auch Romy war dieser Meinung. »Gleiches mit Gleichem vergelten, das geht gar nicht. Stand das nicht schon in der Bibel?«

Alisia nickte. »Nicht gegeneinander aufrechnen, sondern den anderen durch Großzügigkeit übertreffen.«

»Na, toll.« David schien nicht wirklich überzeugt zu sein.

Sie erhoben sich, als der Müllwagen wieder anrollte, klopften sich das feuchte Gras von den Hosen und kehrten zu den geleerten Mülltonnen zurück, die mit offenen Deckeln dastanden, an die Hauswand geworfen, wo die Haushälterin sie später ordentlich positionieren und schließen würde. Obwohl es sinnlos war, warf jeder von ihnen einen letzten Blick in den Papiercontainer.

»Wo ist Gina geblieben?« Davids Stimme klang nun ärgerlich.

In diesem Augenblick fuhr ein Wagen vor, ein silbergrauer Alfa Romeo. Er stoppte kurz an der Schranke und wurde dann zügig durchgewunken.

»Vorsicht«, zischte Alisia und drängte sich zwischen Papier- und Wertstoffcontainer. »Duckt euch. Wir sollten hier nicht gesehen werden. Nicht neben den Mülltonnen. Wie soll ich das erklären?«

Trotz der Warnung machten alle drei einen langen Hals, denn die Neugier war noch ein wenig größer als die Angst vor Entdeckung. Und mit einem Mal fuhr David in die Höhe. »Verdammt!«

Erschrocken zog er sich wieder zurück, aber es schien, als wäre es zu spät, als hätte seine unbedachte Bewegung ihn verraten. Die Schritte, die auf dem Kies vor dem Eingang knirschten, stoppten nicht vor der Tür, sie kamen näher …

41

April 2020, Sylt

Brit wollte ihren Bruder gar nicht wieder loslassen. »Dass du mich endlich besuchen kommst!« Mit leichter Verwunderung, aber dennoch höflich, wandte sie sich an den Mann in Hassos Begleitung und begrüßte ihn besonders zuvorkommend, als sie hörte, um wen es sich handelte. »Der Pächter der *Schreinerei Wunder*? Wie nett!«

Dass Lutz Jacobsons Tochter hinter *La Cappuccina* hergelaufen war, musste natürlich geklärt werden, dass Hasso sich nicht angemeldet hatte, bedurfte ebenfalls einer Erläuterung, und warum er nicht von Halina begleitet wurde, ebenso. Genug zu erzählen also! Dass Lutz Jacobson sich währenddessen einen Platz in Nicoles Nähe suchte, fiel Brit sofort auf. Sie hatte den schnellen Blick gesehen, wie er Nicole ins Auge fasste, wie er sich auf sie konzentrierte, wie er sie geradezu zu hypnotisieren versuchte. Brit wunderte sich insgeheim. Was war das los? War dieser Mann, der Pächter der Schreinerei *Wunder* wegen Nicole nach Sylt gekommen?

Dann aber kehrten ihre Gedanken zu ihrem Bruder zurück. »Warum hast du mir deinen Besuch nicht angekündigt?«, fragte sie zum mindestens dritten Mal, ohne aber eine befriedigende Antwort zu bekommen. Hektisch wandte sie sich an Kari, die gerade aus dem Büro gekommen war. »Haben wir ein Hotelzimmer frei?«

Kari winkte beruhigend ab. »Eins auf jeden Fall.«

Brit atmete auf. »Du kannst ja bei uns wohnen, Hasso. Herr Jacobson zieht dann mit seiner Tochter in das freie Zimmer.«

Am Tisch waren die Plätze von Romy, Alisia und David Wiemann frei geworden, Hajo war diesmal nicht gezwungen, den großen Tisch noch einmal zu erweitern. Brit sah ihm an, wie zufrieden er darüber war. Auf ihre Frage, warum Alisia es um Himmels willen mit einem Mal so eilig gehabt habe, konnte er nicht antworten. Und warum Romy und der Musikproduzent ihr gefolgt waren, wusste er erst recht nicht. »Wir werden es irgendwann erfahren«, meinte er mit der ihm eigenen Gelassenheit, während Kari Vermutungen anstellte, die mit einem vergessenen Termin bei Mike Heiser begannen und ganz verwegen damit endeten, dass der Musikproduzent Alisia zu Probeaufnahmen in sein Studio eingeladen habe. Den beiden war womöglich ganz spontan die Idee gekommen, aus *La Cappuccina* nun auch noch eine berühmte Sängerin zu machen. Warum Gina dem Model nachgelaufen war, fragte sich niemand, denn junge Mädchen, die Alisia verfolgten, tauchten öfter im *König Augustin* auf. Dass Gina nicht zurückkam, sorgte dann aber doch für Aufregung. Allerdings nicht bei ihrem Vater, der erstaunlich gelassen blieb und damit dafür sorgte, dass auch alle anderen schließlich nur noch die Schultern zuckten.

Brit war es mit einem Mal so, als müsste sie ein Auge auf ihre Nichte haben. Noch nie hatte jemand unter der Angst gelitten, Nicole könnte auf den falschen Mann reinfallen oder ein Liebhaber meine es nicht ernst mit ihr. Nicole war ja bisher nur ein einziges Mal ganz kurz mit einem jungen Mann zusammen gewesen, und dass es sich dabei um einen Kriminellen gehandelt hatte, der mit ihrem Bruder befreundet und mit ihm zusammen bei dem Unfall ums Leben gekommen war, hatte man erst später erfahren. Romy hatte damals die Finger im Spiel gehabt, aber Brits Sorge um die soeben geborene Kari hatte alles überdeckt. Heute wusste sie nicht mehr so recht, was mit André eigentlich passiert war.

Nun aber schien Nicole das Interesse eines Mannes geweckt zu haben, ein Riekenbürener Schreiner, der sie ansah, als wüsste er genau, was er wollte. Brit wurde von einem vagen Unbehagen heimgesucht. Dieser Mann gefiel ihr nicht. Oder war es nur die Art, wie er Nicole ansah? Dieses Besitzergreifende mochte sie nicht, ebenso wenig wie das Hemdsärmelige, betont Männliche von Lutz Jacobson. Wenn sie die Sache richtig durchschaute, war er Nicole nach Sylt gefolgt, um hier, fernab von allen Riekenbürener Vorurteilen und ihrer Neugier nach einer neuen Frau Ausschau zu halten, noch ehe die angemessene Zeit vergangen war, die früher das Trauerjahr genannt wurde. Brit musste tief durchatmen. Lieber Himmel, wann würde es ein Ende haben mit dem, was man tat und was nicht sein durfte! Und wann würde es aufhören, dass diese Frage immer auf dem Rücken von Frauen ausgetragen wurde? Frauen, die eine Familie zusammenhielten, Frauen, die unbezahlte Arbeit verrichteten, Frauen, die für die Familie Verzicht übten. Bis manche Frauen selbst das Gefühl hatten, sie müssten sich an einen Mann klammern, wenn sie sich wertvoller fühlen wollten, wenn sie eine Familie haben wollten, wenn die ersten Gedanken ans Alter und die Angst vor dem Alleinsein kamen.

»Ich möchte mich noch bei Ihnen bedanken«, hörte sie Lutz sagen, und es klang, als hätte er sich diese Worte gewissenhaft zurechtgelegt. Selbst das Lächeln, das er Nicole schenkte, kam Brit einstudiert vor. »Sie haben in zwei Tagen meinen Haushalt wieder auf Vordermann gebracht.«

»Keine Ursache«, antwortete Nicole steif.

Brit verstand sofort, dass sie lieber etwas anderes gehört hätte, nicht unbedingt etwas von ihren Fähigkeiten als Köchin, Putzfrau, Wäscherin oder Aufräumerin.

»Das war wirklich sehr nett von Ihnen.«

»Es hat mir Spaß gemacht«, sagte Nicole steif. »Aber ich hatte ja zwei Wochen Sylt gebucht …«

»Schon gut«, warf Lutz erschrocken ein. »Ich wollte Ihnen keine Vorwürfe machen.«

Brit war voll und ganz von diesem Gespräch gefangen. Nicole rechtfertigte sich, weil sie ihren Urlaub angetreten hatte? Lutz Jacobson verfiel tatsächlich auf die Idee, sie könnte sich deswegen Vorwürfe machen?

Brit wurde es unbehaglich zumute. Woran war Lutz Jacobson interessiert? An Nicole oder an der Firma ihres Vaters? Sie fing an, sich Sorgen zu machen. Nicole war so ein netter Mensch, sie durfte nicht in die Hände des falschen Mannes geraten. Brit sah zwischen Hasso und Lutz hin und her. Steckte ihr Bruder mit Lutz Jacobson unter einer Decke? Hatten die beiden gemeinsam einen Plan geschmiedet?

42

April 2020, Sylt

Lea stemmte die Fäuste in die Seiten und sah ihren Bruder herausfordernd an. Sie war exakt so gekleidet, wie ein Modedesigner sich ein Model wünschte, wenn er es zu einem Besuch eingeladen hatte. Natürlich trug sie Mike-Heiser-Mode, in diesem Fall eine knöchellange hellbraune Hose aus einem Seide-Baumwolle-Gemisch, dazu hohe Spangenschuhe, ein helles T-Shirt und darüber eine Jacke aus champagnerfarbenem Rindsleder im Bikerlook. Edel, schick, aber lässig.

»Was machst du hier?«

»Das frage ich dich«, gab David zurück.

»Ich habe einen Termin bei Mike Heiser.« Lea ergänzte an Alisia gewandt: »Franco Statti meint, wir könnten uns vielleicht ergänzen. Gerade, weil wir vom Typ her so unterschiedlich sind.«

Alisia gab sich erfreut und stellte ihr Romy Wimmer vor. Sehr ausführlich, viel ausführlicher als nötig, mit Einzelheiten, die Lea nicht interessierten. Sie sah argwöhnisch von einem zum anderen. Was ging hier vor? Ihr kam es so vor, als wären alle darauf bedacht, Zeit zu schinden, einen Augenblick, in dem Klartext geredet werden musste, so lange wie möglich hinauszuzögern und noch ein paar Sekunden darauf hoffen zu dürfen, dass irgendeine faule Ausrede herankam, die die Peinlichkeit erträglicher machte. Was für eine Peinlichkeit?

Nun wieder diese Romy Wimmer! In aller Ausführlichkeit erklärte sie, dass sie die Freundin von Alisias Großmutter sei und sich darüber gefreut habe, dass Alisia sie um Hilfe gebeten hatte.

»Wobei?«, fragte Lea. »Beim Durchsuchen der Mülltonne? Oder plaudert ihr lieber neben den Mülltonnen als … im Garten, unter einem Kirschbaum oder neben dem Pool?«

David hob die Hände. »Okay, wir müssen dir sagen, worum es geht.« Er brachte ein schiefes Lächeln zustande. »Wenn du mir Zeit gibst, mir zu überlegen, ob ich überhaupt wieder mit dir reden will.«

Sie fuhr den rechten Ellenbogen aus und boxte ihn in die Seite. »Ach, komm … wir konnten uns doch noch nie lange böse sein.«

In diesem Augenblick erschien Gina endlich wieder, die die Augen aufriss, als ihr schon wieder ein bekanntes Model unterkam. »Lea Angermann! Wahnsinn!«

Lea fragte nicht, wer das Mädchen war, erkundigte sich auch nicht, was sie in der großen Mülltonne zu suchen gehabt hatte, sah nur Alisia und David fragend an. Sie wollte sich jetzt nicht länger zum Narren machen lassen.

Alisia nickte ergeben und lud Lea in Francos Wohnung ein. Der verzweifelte Blick, den sie Romy zuwarf, wurde zum Glück auf Anhieb verstanden. Auch Lea verstand ihn. Alisia wollte augenscheinlich, dass dieses Mädchen sich ihnen nicht anschloss, dass Romy Wimmer sich um sie kümmerte, während Lea nun endlich reinen Wein eingeschenkt werden sollte.

Romy stupste Gina freundschaftlich an. »Dann machen wir beide uns mal per Taxi auf den Weg. Was hältst du davon?«

Gina hielt überhaupt nichts davon, das war unübersehbar, aber Romy ließ ihr keine echte Wahl. Sie zog ihr Smartphone hervor und suchte nach der Taxinummer.

Aber Alisia hielt sie zurück. »Ihr könnt mein Auto nehmen. Ich komme dann schon irgendwie nach Westerland zurück.«

»Gut!« Romy war einverstanden.

Gina jedoch zauderte noch immer. »Ja, aber …«

Alisia lächelte sie an. »Wir sehen uns sicherlich noch, solange du auf Sylt bist.«

Lea wunderte sich, weil es nicht das zu sein schien, was Gina hören wollte, obwohl sie so aussah, als verehrte sie *La Cappuccina*, als hätte sie ihr Idol vor Augen. Aber statt sie anzustrahlen und sich auf ein Wiedersehen zu freuen, schaute sie fragend und verunsichert von einem zum anderen. »Wollen Sie denn gar nicht mehr wissen, was ich in dem Müllcontainer gefunden habe?«

Alisia starrte sie an, Romy gab einen drucksenden Laut von sich, und David machte einen Schritt auf sie zu. Lea war die Einzige, die mit dieser Frage nichts anfangen konnte. Was war hier los?

Gina griff unter ihr Shirt und fummelte so lange darunter herum, dass Alisia der Verdacht kam, das Mädchen wolle sich nur interessant machen. Dann aber zog sie tatsächlich etwas hervor, was zur Hälfte in ihrer engen Jeans gesteckt hatte und sich nur zögernd hatte lösen wollen. Sie streckte es Alisia entgegen. »Hier!« An David gewandt sagte sie: »Sie haben gesagt, ich soll auch nach etwas gucken, wo Golo Berglund draufsteht.«

David und Alisia beugten sich über drei oder vier zusammengeheftete Blätter, Romy versuchte, etwas zu erkennen, Lea fing an, sich zu langweilen. Aber sie merkte auf, als David stöhnte: »Das gibt's doch nicht.« Er nahm Gina die Blätter aus der Hand, die schon ziemlich zerknittert waren, dann sah er erst Alisia und schließlich Lea ratlos an. »Das gibt's doch nicht«, wiederholte er.

Lea drängte sich nun an seine Seite und starrte die Blätter an, die David in Händen hielt. Nur kurz überflog sie einige Überschriften. »Roland Wolke?«, fragte sie. »Wer ist das denn?«

43

April 2020, Sylt

Alisia wusste, dass Franco immer kurz angebunden war, wenn er bei der Arbeit gestört wurde. Das kam ihr sehr entgegen. »Kann ich dein Auto haben?«, hatte sie gefragt, ohne eine Erklärung abzugeben, warum sie nicht ihr eigenes nehmen wollte.

Franco hatte nur ein Grunzen von sich gegeben, das sich wie ein Ja anhörte. Und dann hatte er ihr hastig erklärt, wo er den Autoschlüssel aufbewahrte. »Bis später.«

Lea war zu Mike ins Büro gegangen, sie wollte nicht unpünktlich sein, und Alisia hatte David angeboten, mit ihr in Francos Wohnung zu gehen, um zu besprechen, wie sie nun weiter vorgehen wollten. Aber er hatte gezögert. Er wäre sich wie ein ungebetener Gast vorgekommen, wie jemand, der in eine Wohnung eindrang, ohne eingeladen zu sein. Alisia verstand es, ohne dass er es ihr erklärte. Sie selbst wollte auch nicht von Francos plötzlichem Erscheinen gestört werden und sich später nicht fragen lassen müssen, woher sie David kannte und warum sie ihn in Francos Wohnung eingeladen hatte. Davids Idee, nach Westerland in das Ferienapartment seiner Großeltern zu fahren, gefiel auch ihr besser. Sie brauchten jetzt einfach Zeit und Ruhe, um zu besprechen, was geschehen war und wie sie darauf reagieren wollten.

Schweigend fuhren sie mit dem Aufzug in die Wohnung der alten Wiemanns, betraten sie ebenso schweigend, hatten beide Mühe, ihre Verlegenheit zu überwinden. Vielleicht wäre es doch besser gewesen, in Francos Wohnung zu bleiben, in ihrem Komfort, mit dem Ausblick aufs Meer? Alisia fühlte sich nicht wohl in dieser Wohnung, deren Besitzer sie nicht kannte. Und David schien es ähnlich zu gehen, zumindest entschuldigte er sich fortlaufend für die unzeitgemäße Umgebung, die altmodische Einrichtung, die geschmacklosen Wohnaccessoires. Alisia konnte sich denken, was in ihm vorging. Er sah etwas, was ihm vorher nie aufgefallen war, ein Apartment, das einmal schick gewesen war, weil es sich auf Sylt befand, dem nun aber der Schleier der Vernachlässigung vorgezogen worden war.

David öffnete das Fenster, als wollte er demonstrieren, dass die Brandung zu hören war, knipste eine Lampe an, stellte fest, dass sie ein Licht wie in einem Wartesaal erzeugte, und versuchte es mit einer kleinen Tischlampe, die für ein wenig Gemütlichkeit sorgte. Dann ging er in die Küche und kam mit einer Sherryflasche zurück. »Sekt, Wein und Bier sind zwar im Haus, aber nicht gekühlt«, erklärte er entschuldigend. »Oder wollen Sie lieber einen Kaffee?«

Sie ging mit ihm zusammen in die winzige Küche und fand eine Schachtel mit Teebeuteln. David setzte Wasser auf, Alisia suchte zwei Beutel mit Früchtetee heraus und hängte sie in Becher mit Sylt-Aufdruck, die auf einem kleinen Bord standen. »Diese Küche hier erinnert mich an Ihre Teeküche«, sagte sie.

Davids verlegenes Lächeln wurde noch eine Spur befangener. »Mich wundert es wirklich, dass Sie mich nicht längst meinen Problemen überlassen haben.«

Alisia unterbrach ihn, ehe wieder die Frage in den Raum gestellt wurde, warum sie ihm eigentlich helfen wollte. »Ich fand das Frühstück in Ihrem Studio lustig.«

David sah sie zweifelnd an. Dann drehte er sich dem Wasserkocher zu, in dem es zu brodeln begann, und starrte ihn an, bis das Wasser kochte, sodass er die Teetassen füllen konnte.

Alisia ging, während der Tee ziehen sollte, in den Raum zurück, der Wohn- und Schlafzimmer gleichzeitig war. David folgte ihr und klappte hastig das Schrankbett zusammen, ohne das Bettzeug mit Gurten zu befestigen, wie es eigentlich vorgesehen war. Leas Koffer schob er mit den Füßen an die Wand.

»Wenn meine Oma wüsste«, versuchte er zu scherzen, »dass *La Cappuccina* hier Tee trinken will! Sie würde sich schrecklich aufregen, weil ich vorher nicht Staub gesaugt und das Bad geputzt habe. Aber anschließend würde sie vor ihren Freundinnen damit angeben.«

Alisia antwortete nicht, sie hatte gar nicht wahrgenommen, was David sagte. Denn in diesem Augenblick sah sie etwas. Ein gerahmtes Zeitschriftenbild an der Wand. Ihre Mutter Kari mit einem hellhäutigen Baby, dahinter Mike Heiser, der sich redlich Mühe gab, vor Glück zu strahlen.

Sie fuhr zu David herum. »Wieso hängt dieses Bild hier?«

David grinste und zeigte auf das Baby. »Das bin ich.«

»Nein«, flüsterte Alisia. »Das bin ich.«

*

Die Wohnung der alten Wiemanns füllte sich mit Emotionen, Erinnerungen und Erkenntnissen. Mittlerweile hatte David drei Sektflaschen ins Tiefkühlfach des alten Kühlschranks gelegt, der anstandslos funktionierte, sodass der Sekt im Nu kalt war. Und es handelte sich sogar um eine exklusive Marke, sodass David mit einem guten Gefühl den Korken knallen ließ. Einer Frau wie Alisia konnte man schließlich keinen Sekt vom Discounter anbieten! Obwohl … in diesem Moment fiel ihm erneut auf, was ihm schon bei ihrem Besuch in seinem Tonstudio klar geworden war: Sie war keine Frau, die auf Luxus aus war. Erstaunlich bodenständig war sie ihm sogar vorgekommen. Trotz ihres außergewöhnlichen Aussehens, ihrer teuren Designerkleidung, ihrer verwöhnten Katze. All das passte zwar zu ihr, zu dieser großen bezaubernden Frau mit der cappuccinofarbenen Haut und den raspelkurzen Haaren und dieser Schönheit, die man nie vergessen konnte. Aber da gab es auch etwas im Hintergrund ihrer Ausstrahlung, was ganz anders war. Eine Schlichtheit, die man nicht sah, nur fühlen und heraushören konnte, eine Normalität, die sie gelegentlich zu verteidigen schien, weil niemand sie ihr zubilligte.

Ein kurzes Schweigen entstand, nachdem David den Sekt eingegossen hatte. Als hätten sie es verabredet, wanderten ihre Augen gemeinsam zu dem gerahmten Foto, das an der Wand hing.

»Nein, das sind Sie nicht«, hatte David erstaunt geantwortet. »Das bin ich.«

Alisia hatte auf die Bildunterschrift gewiesen, von der nur die oberen Spitzen der Buchstaben zu erkennen waren. Davids Großvater hatte sie abgeschnitten, aber Alisia kannte sie auswendig. »Mike und Kari Heiser mit ihrer neugeborenen Tochter Alisia.«

Daraufhin hatten sie beide gelacht. Sowohl David als auch Alisia kannten die Geschichte, wie dieses Foto entstanden war. Kari Rensing hatte Mike Heiser eine Scheinehe angeboten, weil ihm eine Fernsehserie angeboten worden war, die er als Homosexueller nicht bekommen hätte. Damals waren die Fernsehsender noch sehr intolerant, das Publikum, für das die Sender arbeiteten, spießig und kleinbürgerlich. Mike war Kari dankbar gewesen, dass er mit dieser Ehe beweisen konnte, heterosexuell zu sein. Und als sich herausstellte, dass Kari schwanger war, kannte seine Freude keine Grenzen. Allerdings nur bis zu dem Augenblick, in dem das Baby auf der Welt war und sich herausstellte, dass es das Kind eines Schwarzen sein musste.

»Meine Mutter hatte mich soeben zur Welt gebracht«, ergänzte David lachend, »und so wurde ich statt Ihnen den Fotografen vorgeführt.«

Auch Alisia lachte. Ja, diese Geschichte kannte sie, obwohl in ihrem Elternhaus nicht häufig darüber gesprochen wurde. Ihr

Vater mochte es nicht, für ihn war diese Erinnerung nie eine vergnügliche Story gewesen.

»Gut, dass diese Zeit vorbei ist«, sagte Alisia. »Mike hat zwar die Fernsehserie damals nicht bekommen, aber wenigstens muss er nicht mehr verbergen, dass er homosexuell ist.«

»Unsere Mütter hatten sich in diesem Entbindungsheim angefreundet«, sagte David. »Mama hat häufig von Ihrer Mutter gesprochen. Schade, dass ihre Freundschaft nicht gehalten hat.« Er lachte Alisia an. »Dann hätten wir uns schon früher kennengelernt.« Nachdenklich runzelte er die Stirn. »Aber dann gab es ja jede Menge Stress.«

»Sie meinen die Zeit, bis Mike bereit war, die Ehe mit meiner Mutter annullieren zu lassen?«

»Wenn ich mich recht erinnere …« David legte seine Stirn in Falten. »Meine Mutter hat von einer Entführung geredet … aber es waren immer nur Andeutungen. Sie hatte wohl versprochen, darüber zu schweigen.«

»Entführung?« Alisia starrte David an. »Wer ist entführt worden? Ich?«

David wurde unsicher. »Sie wissen nichts davon? Hoffentlich habe ich nichts Falsches gesagt. Meine Mutter hat sich ja immer nur sehr vage ausgedrückt. Irgendwie war sie sogar involviert, das hat sie mal voller Stolz erwähnt. Oder zumindest war sie … informiert. So oder so – was für ein wunderbarer Zufall, dass das Leben uns trotzdem noch zusammengebracht hat!«

Und dann entstand mit einem Mal etwas zwischen ihnen, was David sich zunächst nicht erklären konnte. Etwas Unausgesprochenes war es, andererseits auch etwas Verbindendes, eine Gemeinsamkeit, die keiner von ihnen beim Namen nennen konnte.

»Wir kennen uns also schon unser ganzes Leben«, stellte David mit leiser Stimme fest.

Alisia nickte, als brächte sie kein Wort heraus. Und sie sah ihn an, als wartete sie auf eine Frage und als überlegte sie schon, was sie antworten sollte. Hastig griff sie nach den Seiten, die Gina aus dem Papiercontainer gefischt hatte. »Das ist jetzt wichtiger als das Foto.«

Ein Vertrag zwischen Golo Berglund und einem Mann namens Roland Wolke. Darin war festgelegt worden, dass Roland Wolke ein Lied einsingen würde, auf dem Plattencover sollte jedoch das Bild und der Name von Cornelius Löber zu sehen sein. Roland Wolke war mit einem sehr überschaubaren Betrag abgefunden worden und hatte darüber hinaus keine Ansprüche.

»Cornelius Löber singt also keinen einzigen Ton«, stellte Alisia am Ende fest, völlig entgeistert.

David war immer noch fassungslos, wenn auch längst nicht so erstaunt wie Alisia. »Offenbar hat Golo der Melodie doch nicht vertraut. Er wollte auf Nummer sicher gehen. Mit einem bekannten Namen wie Cornelius Löber verkauft man fast jeden Song.«

»Und wieso vernichtet er den Vertrag, den er mit Roland Wolke geschlossen hat? So was kann man doch nicht wegwerfen und glauben, dass sich niemand daran erinnert! Roland Wolke wird auch eine Ausfertigung des Vertrages haben.«

»Haben Sie gelesen, welche Konventionalstrafe er zahlen muss, wenn er über diesen Vertrag spricht?«

Alisia hatte es gelesen. Es war eine Summe, die sich nur jemand leisten konnte, der ein kleines Vermögen auf der Hinterhand hatte. »Warum hatte Delia Angst, dass der Vertrag bei ihr gefunden wird?«

Delias Name stach wie scharfes Messer in ihr Gespräch. David hatte mittlerweile von Alisia erfahren, dass sie in Mikes Haus ein Telefongespräch belauscht hatte, in dem Delia ihrem Bruder gesagt hatte, »es« müsse vernichtet werden. Offenbar hatte Delia diesen Vertrag gemeint, nicht das Notenblatt, das David rehabilitiert hätte.

David sah nicht auf, der Name blieb zwischen ihnen stehen wie eine Lüge oder eine Irreführung. »Vermutlich war Golo in Sorge, dass ich ihn anzeige. Dann wäre es vielleicht zu einer Hausdurchsuchung gekommen, und dieser Vertrag wäre gefunden worden.«

»Eine Hausdurchsuchung auch bei Delia?« Alisia konnte es nicht glauben.

David zuckte mit den Schultern. »Sie wollten auf Nummer sicher gehen.«

Etwas war in den letzten beiden Stunden zwischen ihnen entstanden, was David nicht beim Namen nennen konnte. Die Bewunderung für sie fiel von ihm ab und machte einem Gefühl Platz, das zu keinem Kompliment gepasst hätte, das nichts mit Äußerlichkeiten zu tun hatte. Aus seiner Bewunderung war eine Anerkennung geworden, die auch nichts mit ihrer Schönheit zu tun hatte. Und die Gedanken, die zu Delia geflogen waren, lösten sich im selben Moment auf wie Nebel, der von der Sonne durchdrungen wurde.

Und dann stellte er die Frage tatsächlich. Er sah, wie sich ihr Gesicht verschloss, wie die Wärme, die sich zwischen ihnen gebildet hatte, verflog, als wäre ein Fenster geöffnet worden, das eiskalte Luft hereinließ. »Warum tun Sie das alles für mich?«

Alisia stand auf und ging zum Fenster, drehte ihm den Rücken zu und schien ihm weismachen zu wollen, dass es dort draußen, in der Finsternis, etwas gab, was sie betrachten wollte. David erhob sich ebenfalls und stellte sich hinter sie. Er war genauso groß wie sie, hätte seine Wange an ihre legen könnte, seine Lippen hätten ihr Ohr getroffen, wenn er sich ihr genähert hätte. Er fragte sich, ob er sie umarmen könnte, weil er das Gefühl hatte, dass sie eine Umarmung gebrauchen konnte, aber er wagte es nicht. Sie würde womöglich denken, dass er selbst diese körperliche Nähe haben wollte, und nicht einsehen können, dass es ihm darum ging, ihr etwas zu geben. Sie schien etwas zu brauchen. Aber was?

Sie drehte sich brüsk um, und plötzlich standen sie Auge in Auge gegenüber. »Was soll diese Frage?« Sie herrschte ihn an, als wäre er unverschämt gewesen.

David begann zu stottern. »Es ist nur …«

»Stört es Sie? Mische ich mich in etwas ein, das mich nichts angeht?«

»Nein, natürlich nicht! Ich bin Ihnen sehr dankbar …«

»Das müssen Sie nicht. Angeblich war Ihr Selbstmord doch nur eine Kurzschlusshandlung. Weil Sie betrunken waren. Nicht weil Sie lebensmüde waren. Ich habe Ihnen also nicht das Leben gerettet. Sie wären schnell wieder an die Wasseroberfläche gekommen.«

»Ich dachte jetzt an … an das andere. Dass Sie mir helfen wollen, damit ich beweisen kann, dass ich den Song geschrieben habe, dass ›Du bist wie ein Lied‹ mir gehört.«

»Es geht um Gerechtigkeit«, entgegnete sie kühl. »Ist es so erstaunlich, wenn jemand versucht, der Gerechtigkeit zum Sieg zu verhelfen?« Ihre dunklen Augen standen wie zwei Kostbarkeiten vor ihm, zwei schwarze Edelsteine, voller Anteilnahme, wenn Alisia ihm jetzt auch weismachen wollte, dass es um etwas so Sachliches wie Gerechtigkeit ging. Er glaubte ihr nicht. Zum ersten Mal ließ er die Möglichkeit zu, dass er sie bis zu diesem Augenblick nicht durchschaut hatte.

»Ja«, entgegnete er. »Ich finde das erstaunlich.«

Diese Antwort verblüffte sie. Und nun wagte er es doch, sie zu berühren. Beide Hände legte er auf ihre Arme, aber weiter wagte er sich nicht vor. Wäre sie nicht *La Cappuccina* gewesen, hätte er versucht, sie zu küssen. Aber so … er traute sich einfach nicht.

Sie jedoch schien mehr erwartet zu haben. »Denken Sie an Delia?«

David erschrak. Er hatte überhaupt nicht an Delia gedacht. »Nein.«

»Sie lieben Delia aber immer noch.«

Das war keine Frage, sondern eine Feststellung. Als wollte sie ihm sagen, dass sie unter anderen Umständen gerne von ihm geküsst würde, dass aber seine Gefühle für Delia eine Annäherung von vornherein verboten.

»Sie hat mich betrogen. Erst habe ich es ja nicht glauben können, aber es kann gar nicht anders sein. Sie hat mir die Noten gestohlen und ihrem Bruder gegeben. Vielleicht bekommt sie sogar etwas von dem Gewinn ab.«

Noch immer hatten sie sich nicht bewegt, nach wie vor standen sie dicht voreinander, David noch immer die Hände auf ihren Armen und seinen Blick in ihren Augen.

»Sie haben es vom ersten Moment an gewusst.«

Alisia nickte. »Vielleicht sollte ich Ihnen jetzt alles erzählen.«

»Alles?« Seine Augen weiteten sich. »Ich weiß noch nicht alles?«

»Nein.«

*

Ein Schlüssel drehte sich im Schloss, kurz darauf erschien Lea im Zimmer. David stand noch immer am Fenster, Alisia hatte sich blitzschnell in den Sessel fallen lassen, in dem sie vorher gesessen hatte. »Es gibt Sekt? Das ist gut.« Lea zog ihre Jacke aus und warf sie über eine Sessellehne. Dann stutzte sie, nahm das Schweigen ihres Bruders wahr, aus dem sich kein Wort lösen wollte, und dann in Alisias Gesicht. »Störe ich?«

»Hattest du ein gutes Gespräch mit Mike?«, fragte Alisia zurück.

Lea strahlte. »Ich werde Haus-Model bei ihm. Natürlich bleibst du das Gesicht von Heiser-Moden, aber wir dürfen schon nächste Woche zusammen über den Laufsteg gehen.«

Alisia freute sich für sie. Und sie bewunderte Mikes Mut, zwei vom Typ her sehr gegensätzliche Frauen seine Mode präsentieren zu lassen. Vermutlich hatte Franco da seinen Einfluss geltend machen können. Lea holte ein Sektglas aus dem Schrank, und Alisia goss ihr ein, während David sich zögernd setzte.

Alisia hob ihr Glas, prostete Lea zu. »Herzlichen Glückwunsch. Ich bin froh, dass Mike sich für dich entschieden hat.«

Das war sie wirklich. Zum ersten Mal hatte sie das Gefühl, in Lea eine Freundin finden zu können.

»Du kommst gerade recht«, sagte David in diesem Augenblick. »Alisia hat etwas zu erzählen. Vielleicht ist es ja auch für dich wichtig.«

Alisia sah Lea eindringlich an. »Danach kannst du David hoffentlich glauben …«

Sie versuchte, zügig und sachlich zu berichten, um Lea nicht zu sehr aufzuwühlen. Aber es gelang ihr nicht. Lea schrie leise auf, als sie erfuhr, wie Alisia ihren Bruder in der Badewanne gefunden hatte, ließ sich aber schnell beruhigen, als David ihr erklärte, dass er nie die Absicht gehabt hatte, sich umzubringen. Nein, lebensmüde war er nicht. »Nur betrunken, schrecklich betrunken.« Er sah nun sehr verlegen auf seine Fußspitzen. »Ehrlich gesagt, ich weiß gar nicht mehr so richtig, wie ich in die Badewanne gekommen bin.«

»Du Idiot!«, sagte Lea zornig.

Dann saßen beide, David und Lea, wie erstarrt da, als sie hörten, was Alisia zufällig belauscht hatte. Das Gespräch zwischen Delia und Golo.

»Wir haben gewusst, dass es ihn vernichten wird«, zitierte Alisia, die diesen Satz nie vergessen würde. »Da kann nur von der Melodie die Rede gewesen sein.«

Lea lehnte sich aufatmend zurück und schloss kurz die Augen. Dann stand sie auf und umarmte David. »Mensch, David! Ich dachte wirklich …«

Ihr kamen die Tränen, und David drückte sie fest an sich. »Papa kann ja auch sehr überzeugend sein.«

Lea hob ihren Kopf, sodass sie ihn ansehen konnte. »Ich habe dir von Anfang an gesagt, dass Delia eine Schlange ist.«

Davon wollte David nichts hören. Er schob Lea von sich und Alisia entging nicht die Trauer, die in seinen Augen stand. Sein Verstand schien zu begreifen, was Delia ihm angetan hatte, sein Herz suchte noch immer nach Rechtfertigungen für sie. Ehe Alisia wusste, wie sie mit dem Schmerz dieser Erkenntnis umgehen sollte, sagte Lea: »Warum tust du das für meinen Bruder, Alisia?«

Auch sie! Sogar Lea stellte diese Frage, die Alisia nicht beantworten wollte. Die sie sich selbst nicht einmal stellen wollte. »Wieso ist das eigentlich so verwunderlich, dass ein Mensch einem anderen helfen will?«, fragte sie zurück, und es klang ein wenig aggressiv. »Sind wir schon so weit, dass man sich für Hilfsbereitschaft rechtfertigen muss? Dann mache ich mir Sorgen um unsere Gesellschaft.«

Lea erschrak, während David so aussah, als hätte er Alisias Worte gar nicht gehört. »Nein, natürlich nicht«, gab Lea zurück. »Ich dachte nur … aber ich verstehe.« Sie zog die Unterlippe zwischen ihre Zähne und schwieg einen Moment, während Alisia ein Stoßgebet gen Himmel schickte, dass sie nicht wirklich verstehen möge. »Sicherlich war es ein Schock für dich, David leblos in der Wanne zu finden. Du konntest ja nicht ahnen …« Nun presste sie die Lippen aufeinander, als wollte sie dafür sorgen, dass sich ihr Lippenstift gleichmäßig verteilte. »Du bist das Bild nicht wieder losgeworden, richtig? Und du hast dir Sorgen gemacht, dass David einen weiteren Selbstmordversuch unternimmt?« Sie wartete Alisias Reaktion nicht ab. »Das ist verständlich. Solange du glauben musstest, dass David bei nächster Gelegenheit erneut versucht, Selbstmord zu begehen, hast du dir Sorgen um ihn gemacht.« Lea sah Alisia mit hochgezogenen Brauen an. »Aber dann?«

Alisia wollte diese Frage nicht beantworten. »Wir sollten jetzt überlegen«, sagte sie stattdessen, »was wir mit diesem Vertrag machen. Wenn wir ihn an die große Glocke hängen, ist Golo Berglund am Ende. Wetten?«

Aber Lea verzog zweifelnd das Gesicht. »Warum eigentlich? Ist das strafbar? Nein. Es gibt doch auch Ghostwriter.«

»Und Cornelius Löber?«, entgegnete Alisia. »Seine Fans müssen sich doch betrogen fühlen. Nein, nein, das wird einen Skandal geben, der sich gewaschen hat. Vorausgesetzt, wir machen alles richtig.«

Doch David wollte davon nichts hören. »Es geht mir nicht darum, Golo fertigzumachen. Ich will nur mein Lied zurück.« Er warf Lea einen Blick zu. »Und ich will, dass unser Vater mir glaubt.«

Lea schüttelte den Kopf. »Das Lied ist auf dem Markt, David. Und es wird nicht von Papa gesungen. Selbst wenn wir Golo nachweisen, dass er dir die Melodie gestohlen hat, wird der Superhit von Samy Angermann trotzdem in der Schublade bleiben.«

»Aber wenn Golo Berglund angezeigt wird«, sagte Alisia, »wenn es zu einem Prozess kommt, wenn Samy Angermann mit seinem Sohn als Kläger auftritt ...«

»... dann wird der Gerichtssaal voller Reporter sein«, fuhr Lea fort und sah ihren Bruder alarmiert an. »Du wirst rehabilitiert. Und alle Welt erfährt davon, was man dir angetan hat. Die Einnahmen aus dem Verkauf des Liedes werden dir gehören. Vielleicht reicht es sogar, wenn du dem Richter deine Aufnahme mit Papa vorspielst. Sie ist gemacht worden, bevor Golo mit der Cornelius-Löber-Aufnahme auf den Markt kam.«

»Das lässt sich nicht beweisen«, entgegnete David lahm. »Wir brauchen etwas Hieb- und Stichfestes. Die Noten, die ich damals geschrieben habe, mit meiner Handschrift. Das Blatt, das ich Delia gewidmet und ihr geschenkt habe, ebenfalls mit meiner Handschrift. Sie wären ein Beweis. Das Datum steht drauf ...«

»Unsinn«, sagte Lea. »Ein Beweis ist das nicht. Höchstens ein Indiz. Wenn Golo behauptet, du hättest auf sein Notenblatt später die Widmung für Delia geschrieben, steht Aussage gegen Aussage.«

David nickte. Anscheinend hatte er sich diese Gedanken auch schon gemacht. »Aber Papa könnte ich damit überzeugen. Glaubst du nicht auch? Ich habe ihm die Noten gezeigt, lange bevor Golo mit dem Lied herauskam.« Sein Gesicht wurde nun so traurig, dass Alisia am liebsten zu ihm gegangen und ihn tröstend in ihre Arme gezogen hätte. »Aber er wird wohl nicht für mich aussagen.«

Lea verlor plötzlich alle Hoffnungen. »Die Notenblätter wird Golo auch vernichtet haben. Wenn der Vertrag mit Roland Wolke schon in der Papiertonne gelandet ist, dann deine Notenblätter erst recht.«

»Wir müssen es versuchen«, warf Alisia ein. »Wo wird er die Noten aufbewahrt haben? In Delias Zimmer sind sie ja nicht.«

»Im Studio«, gab David zurück, ohne lange nachzudenken. »So was bewahrt er natürlich in seinem Studio auf.«

»Direkt unter Ted Herold, das hat Delia gesagt.«

David sah sie überrascht an. »Golo Berglund hat ein Festival mit Ted-Herold-Imitatoren geplant. Also sind die Noten wirklich in seinem Studio.«

»Dann müssen wird es durchsuchen«, beschloss Alisia.

David lachte. »Die Ausstattung eines Musikstudios ist sehr teuer. Golo Berglund hat dafür gesorgt, dass Türen und Fenster nicht so leicht aufzubrechen sind.«

Auf Alisias Gesicht bildete sich ein Lächeln. »Ich habe eine Idee. Vorher müsste ich allerdings mit Delia sprechen …«

44

April 2020, Sylt

Linda sass da wie erstarrt. Chris hatte die Tür des Ateliers hinter sich zugeworfen, mit einem wütenden Tritt, und war durch den Garten ins Vorderhaus gestapft. Aber dort war er nicht geblieben. Schon kurz darauf hatte sie seine Schritte auf der Straße gehört, nachdem die Haustür ebenfalls ins Schloss gefallen war. Er war gegangen. Das hatte er noch nie getan. Bisher hatte er, wenn sie sich gestritten hatten, so lange mit ihr diskutiert, bis sie sich in die Arme gefallen waren oder ihre Gefühle zumindest an einen Punkt navigiert hatten, der Frieden zu nennen war. Nun hatte er sie vor einer weißen Leinwand sitzen lassen und war gegangen. Das Schlagen der Ateliertür und dann der Haustür hatte so endgültig geklungen, als wollte er nicht zurückkehren. Das war natürlich Unsinn, selbstverständlich würde er beim Frühstück wieder da sein. Trotzdem fand Linda, dass seine Schritte geklungen hatten, als wollte er sich weit von ihr entfernen. Mit einem Mal hielt sie es für möglich, dass er sie am nächsten Tag fragen könnte, ob sie den Champagnerkübel, die Designerlampen und das Sofa in ihre eigene Wohnung bringen lassen wolle, da sie diese Dinge bezahlt hatte, oder ob sie ihm alles überlassen wolle, was eigentlich ihr gehörte. Damit würde Linda dann einsehen müssen, dass sie die Tage und Nächte nicht mehr mit ihm zusammen, sondern in ihrer eigenen Wohnung verbringen musste. Nicht nur dann, wenn ihr danach war, wenn sie ein paar Tage Abstand brauchte und mal eine Weile für sich sein wollte, sondern immer. Immer!

Was für ein schreckliches Wort. Wäre es möglich, dass Chris sie verließ? Durch Lindas Körper zog die Angst wie ein Schmerz, für den es keine Betäubung gab. Ein Leben ohne Chris? Nein, das war nicht zu ertragen. Warum nicht? Andere Frauen lebten auch allein, hatten nie eine Partnerschaft gefunden, waren verlassen worden oder verwitwet, hatten sich aus eigenem Antrieb getrennt. Doch sie brauchte über diese Frage nicht lange nachzudenken. Es würde unerträglich sein, weil sie dann so einsam sein würde, dass ihr Leben sinnlos wäre. Es würde nichts bleiben, wenn ihre Liebe zu Chris zu Ende gegangen war. Ihr Leben, das war ihre Beziehung mit Chris. Sie dachte an Arne, an die Zeit, in der sie geglaubt hatten, sich zu lieben, an ihre kurze Ehe, und erinnerte sich daran, wie leicht sie sich damit abgefunden hatte, dass er nicht mehr lebte. Die Nachricht, dass er dem Schiffsunglück zum Opfer gefallen war, hatte sie bestürzt, doch nie verzweifeln lassen. Aber damals hatte sie einen Ort gehabt, an dem sie das fand, was Arne ihr sowieso nicht hatte geben können: bei Chris. Und jetzt? Jetzt gab es keinen Ort, an dem jemand auf sie wartete, jetzt gab es nur noch Leere. Und damit war sie wieder bei dem Kern ihres Streits, ihrer heftigen Diskussionen angekommen, die sich seit Tagen und Wochen durch ihre Liebe fraßen wie Rost durch ein Edelmetall. Diese Leere, dieses Nichts, dieses Nichtstun, dieser Überdruss, dieser Müßiggang.

Linda schluchzte auf. Sie starrte die weiße Leinwand an, der Chris heute eigentlich eine erste Grundierung hatte verpassen wollen. Waren diese leeren weißen Leinwände wirklich so viel bedeutsamer, so viel mehr wert als ihre eigene weiße Leinwand in ihrem Inneren? Nur weil Chris aus der großen quadratischen Fläche auf der Staffelei etwas machte, was später bewundert und gut bezahlt wurde? Ja, ihr war klar, dass diese Frage leicht zu beantworten war. Die weiße Leinwand war nur bedeutsam, weil sie nicht leer blieb. Chris machte daraus ein Kunstwerk, in ihr dagegen veränderte sich nichts. Ein Haus, das leer blieb, verfiel irgendwann und war nichts mehr wert, auch wenn es einmal sehr schön gewesen war, repräsentativ und jeder gern darin gewohnt hätte. Irgendwann gab es die ersten Schäden, der Marktwert sank, und am Ende wollte es niemand mehr haben. Linda begriff mit einem Schlag, dass sie eigentlich glücklich sein musste, dass Chris in all den Jahren Tag für Tag zu ihr kam, in ihr leeres Haus, das ihm nichts zu bieten hatte, in dem es noch gemütlich sein konnte, weil der alte Kamin funktionierte, in dem es ansonsten aber alles andere als komfortabel war. Uninteressant! Immer das Gleiche! Was tat man mit einem Haus, wenn es kalt und zugig wurde und der Wind durch alle Ritzen pfiff? Man reparierte es und deckte es neu ein. Oder … man ließ es verfallen und machte einen großen Bogen darum, weil sich dort irgendwann die Ratten einnisteten.

Chris hatte das Haus reparieren wollen, hatte versucht, Linda aufzurütteln, ihr zu helfen, wieder zu der Frau zu werden, die sie gewesen war. Nein, das war nicht möglich, aber er wollte ihr helfen, aus dem, was sie früher gewesen war, etwas Neues zu machen. Die schöne, attraktive, verführerische Frau konnte sie nicht wieder sein, diese Zeit war vorbei, aber immer noch konnte sie eine Frau sein, die eine Menge zu bieten hatte. Linda sah zum ersten Mal ein, dass sie nichts, aber auch gar nichts mehr zu bieten hatte. Mit ihr konnte Chris nicht über Politik reden, die interessierte sie nicht, auch nicht über andere gesellschaftliche Probleme, die gingen sie nichts an, solange sie genug Geld hatte, um gut zu leben, nicht um Aktuelles, denn Linda hatte sich selten informiert. Zwar war sie noch gut aussehend, aber mit dieser Feststellung kam neuerdings immer der Zusatz »für ihr Alter« daher. Gut aussehen für ihr Alter, mehr hatte sie mittlerweile nicht zu bieten, Chris hatte recht. Verdammt! Warum hatte sie nicht bemerkt, was mit ihrer weißen Leinwand, ihrem Verstand, ihren Gefühlen, ihrer Kreativität geschehen war? Nichts!

Weinend vor Wut griff sie nach einer der Farbtuben, die Chris zurechtgelegt hatte, und spritzte ein grelles Rot auf die weiße Leinwand, unter den oberen Rand, sodass das Rot Gelegenheit bekam auszulaufen, sich abwärts zu bewegen und dabei seine Farbe zu verändern, die Form sowieso. Von einem grellen zu einem bleichen Rot wurde es, schön in der einen und der anderen Weise. Das Gleiche machte sie mit dem Blau, das sie fand. In der Mitte der Leinwand mischte es sich mit dem Rot, wurde zu einer neuen intensiven Farbe. Auch die Form wurde anders, das Blau ließ sich von einem dicken roten Tropfen aufhalten, in eine andere Richtung lenken und machte Anstalten, dort zu versickern, wo Linda dünne gelbe Spritzer platzierte. Sie sprühte ein helles Grün über alle Farbschattierungen, sprenkelte es mit weißen Farbflocken, ließ Schnee entstehen und sorgte dafür, dass eine orangefarbene Sonne dem Bild die Kälte nahm.

Sie schrie bei jeder Farbe, die sie der Leinwand aufzwang. Laut beim Rot, kreischend beim Grün, lachend beim Gelb und grölte, wenn sie merkte, dass sich schöne Formen und ganz neue Farben ergaben. Noch mehr Rot oben rechts. Ein neues Gelb oben links. Sattes Grün wie eine Weide nach einem Regenguss am unteren Rand. Dann machte sie sich über Chris' Pinselsortiment her und griff nach seiner Palette. Die sickernde Farbe hielt sie nun durch aufgeplusterte Tupfen auf, verband sie mit wirren Linien und drehte ihren Lauf um, indem sie aus dem entmutigenden Abwärts ein ganz neues optimistisches Aufwärts machte. Sie merkte nicht, dass ihr Bild einen Charakter bekam, dass sie in der Lage war, etwas auszudrücken, was den Betrachter überzeugen konnte. Sie spürte nur, dass die Wut von ihr abfiel, dass die Trauer, die daraus geworden war, sich entlud und dass sich ihre eigene weiße Leinwand füllte, indem sie Chris' Farben verschwendete und auf seine weiße Leinwand einwirkte. Endlich einmal.

Sie wütete mit den Farben, sie tobte mit den Formen, sie schrie ihre Gefühle auf die Leinwand, sie brüllte, wenn sie sah, was sich veränderte, und wurde schließlich, als sie sich völlig verausgabt hatte, immer leiser. Ihre Bewegungen wurden schwach, der Pinsel tupfte nur gelegentlich einen Regentropfen auf, eine Schneeflocke, eine heruntergefallene Blüte und flatterndes Herbstlaub.

Sie ließ sich auf das Sofa sinken, wie schon Tausende Male zuvor. Aber diesmal müde, entkräftet, nicht gelangweilt. Sie starrte die ehemals weiße Leinwand an, die nun ihre ganze Wut aufgenommen hatte. Ein großes Quadrat voller Wut.

Linda stand noch einmal auf, nahm einen schwarzen Stift zur Hand und schrieb rechts unten über einen Wirbel von weißen Punkten: »Wut«. Dann setzte sie sich wieder, diesmal ganz aufrecht, starrte auf das, was sie geschaffen hatte, ließ ihre eigene Wut auf sich wirken und spürte plötzlich eine Erschöpfung, die sie lange nicht empfunden hatte. Es war raus! Ihre Wut hatte ein Ziel gefunden, die leere weiße Fläche in ihr hatte sich gefüllt. Mit dem, was sie auf das Bild transponiert hatte, war in ihr etwas Neues entstanden.

Linda schloss die Augen und lehnte sich zurück. Die Erschöpfung wurde übermächtig, diese Müdigkeit war ein ganz unbekanntes Gefühl. Sie war nicht im Kopf entstanden, nicht nach zu viel Champagner, zu viel Sex, zu viel Party, zu wenig Schlaf, sie hatte ihren Kern im Zentrum ihres Körpers, dort, wo der Wille zum Überleben saß.

45

April 2020, Sylt

Romy stellte den Fernseher aus und streckte sich. Sie war müde, aber doch nicht müde genug, um schon schlafen zu gehen. Sie griff nach ihrem Handy, das auf dem Tisch lag, und wählte noch einmal die Telefonnummer von Mark Philips. Wieder ging der Ruf ins Leere, wieder nahm niemand ab, und die Mailbox sprang auch nicht an. Sie musste sich wohl damit abfinden, auch diesmal betrogen worden zu sein. Sie stöhnte auf. Dass sie aber auch immer wieder auf Männer hereinfiel, die ihr etwas vormachten! Romy nannte sich eine Frau mit Erfahrung, sie behauptete zu wissen, wie Männer ticken, sie kannte sich aus, sie konnte jeden um den Finger wickeln … aber wenn es nicht um Männer, sondern um Liebe ging, war sie wohl doch nur Durchschnitt. Schlimmer! Von der wahren Liebe hatte sie überhaupt keine Ahnung. Eine schmerzhafte Erkenntnis. Sogar Nicole hatte mit einem Mal einen Verehrer, und wie es aussah, sogar einen, der sie heiraten wollte. Das Motiv, das dahintersteckte, mochte nicht das sein, das Romy gefallen hätte, aber immerhin. Brit, ihre Schulfreundin, hatte ihre große Liebe gefunden – gleich zweimal sogar –, Kari war mit Hajo glücklich geworden, Linda schon viele Jahre mit Chris Reineit zusammen. Auch Alisia brauchte nur mit dem Finger zu schnippen, und Franco Statti wäre der glücklichste Mann auf der Welt. Dass sie ihn nicht wollte, dass sie sich in einen anderen Mann verguckt hatte, der wiederum sie nicht wollte, war eine andere Sache.

Als es an der Wohnungstür klingelte, erschrak sie. Um diese Uhrzeit bekam sie nie Besuch. Wer mochte das sein? Sie ging zum Fenster und sah hinaus. Vor der Tür stand ein Auto im absoluten Halteverbot, ein dunkler Mercedes. Weit von Alisias Wagen entfernt, den Romy am Straßenrand abgestellt hatte. Ehe ihr jemand einfiel, dem er gehören konnte, klingelte es erneut. Kurz darauf trat eine Person von der Eingangstür weg und blickte zu ihrem Fenster hoch. Alisia!

Romy riss das Fenster auf und rief nach unten: »Warte! Ich öffne dir!«

Kurz darauf stand Alisia in ihrer Wohnung. »Sorry, ich weiß, es ist spät. Aber ich sah noch Licht bei dir, da dachte ich …«

Romy ließ sie nicht zu Ende sprechen. »Kein Problem!« Sie bugsierte Alisia in einen Sessel und lief in die Küche, um eine Flasche Prosecco aus dem Kühlschrank zu nehmen. »Gibt's Neuigkeiten? Oder willst du dein Auto abholen? Aber wie kommst du mit zwei Wagen zurück nach Kampen?«

Alisia winkte ab. »Das hat Zeit. Ich muss dir dringend etwas erzählen!«

Im Nu wurde Romy über alles informiert. Über den Vertrag, den Golo Berglund mit Roland Wolke geschlossen hatte, darüber, dass Cornelius Löber keine einzige Note des Sommerhits selbst gesungen, sondern nur seinen Namen hergegeben hatte, über die Noten, die den Beweis erbringen sollten, die aber noch immer nicht aufgetaucht waren. Und dann erfuhr Romy von dem Plan, den Alisia ausgeheckt hatte, um an diese Noten zu kommen. »Gehe ich recht in der Annahme, dass ich dir dabei helfen soll?«

Alisia grinste. »Du bist doch die Einzige, die sich so was traut.«

Aber ehe sie erklärte, wie sie vorgehen wollte, kam sie mit einer Frage, die Romy in Bedrängnis brachte. »Wieso habe ich nie erfahren, dass ich nach meiner Geburt entführt wurde? David Wiemann hat es mir erzählt. Weißt du mehr darüber?«

Romy brachte nichts als ein Nicken zustande. Mein Gott, diese Entführung! Sie hatte sie, wie alle, die damals davon betroffen gewesen waren, so gut verdrängt, dass sie das schreckliche Geschehen beinahe vergessen hatte. Alisia hatte es nie erfahren sollen. Wie hätte sie mit Mike Heiser arbeiten können, wenn sie davon gewusst hätte? Und was hätte es für sie bedeutet, wenn sie erfahren hätte, dass ein Verwandter sie entführt hatte? Ihr Großcousin Dennis? Als alles gut gegangen war, als die kleine Alisia wieder bei ihren Eltern war, hatten sie beschlossen, über diese schrecklichen Tage zu schweigen und Alisia nicht mit dieser grausamen Erinnerung zu belasten. Aber nun schien die Wahrheit herauszumüssen. Trotzdem zuckte Romy zunächst mit den Achseln, als wüsste sie nichts Genaues. »Wie soll David Wiemann davon erfahren haben?«, fragte sie dann.

»Er war das Baby, das nach meiner Geburt in alle Kameras gehalten wurde, weil Mike Heiser nicht erklären konnte, dass er Vater eines schwarzen Kindes geworden war.«

Romy war verblüfft, starrte Alisia mit offenem Mund an. Wiemann! Sie erinnerte sich, dass seine Mutter Indra geheißen hatte. Indra ... Wiemann! Welchen Vornamen ihr Baby damals erhalten hatte, das hatte Romy vergessen. »David Wiemann ist der Sohn von Samy Angermann?« Romy blieb die Sprache weg. Und dann redete sie lange, sehr lange über den Zufall, dass Alisia David Wiemann begegnet war, und über seine blutjunge Mutter, die nicht verraten hatte, wer der Vater ihres Sohnes war. Romy hatte zu den wenigen gehört, die wussten, wer der Vater von Indra Wiemanns Kind war. »Du meine Güte! Bei dem Namen Wiemann ist bei mir der Groschen nicht gefallen und ...«

Alisia unterbrach sie bald. »Ja, ich weiß, dass Samy Angermann in Sorge war. Es konnte seiner Karriere schaden, wenn herauskam, dass er eine Fünfzehnjährige geschwängert hatte. Aber darum geht es mir nicht. Was hat es mit dieser Entführung auf sich? Warum weiß ich nichts davon?«

Romy begriff, dass sie mit der Wahrheit herausmusste. »Deine Mutter wollte nicht, dass du es erfährst«, druckste sie herum. »Du wurdest tatsächlich entführt, als du ein Baby warst. Der Cousin deiner Mutter, Dennis, hing da irgendwie mit drin.«

»Und deswegen will meine Mutter nicht, dass ich davon erfahre?«

»Ja. Und auch weil Mike Heiser damals … also, er war nicht bereit, das Lösegeld zu bezahlen. Oder vielmehr … er hat es bezahlt, sogar viel mehr, als der Entführer anfänglich verlangte. Aber dann hat sich herausgestellt, dass er das Geld nicht für deine Freilassung gezahlt hat, sondern …« Romy brachte es nicht fertig, den Satz zu Ende zu führen.

»Wofür dann?« Als Romy nicht antwortete, weiteten sich Alisias Augen. »Dafür, dass ich von der Bildfläche verschwinde?«

»Er wusste nicht, wie er der Öffentlichkeit erklären sollte, dass seine Frau ein Kind mit dunkler Haut zur Welt gebracht hatte. Irgendwann hätte jemand deine Mutter mit einem schwarzen Baby gesehen, das war ja auf Dauer nicht geheim zu halten. Du weißt doch, Mike wollte damals unbedingt eine Fernsehshow haben …«

Alisia griff nach dem Proseccoglas, leerte es mit einem Zug und stellte es hart auf den Tisch zurück. »Er wollte mich loswerden?«

Romy nippte nur an ihrem Glas. »Deine Mutter wollte nicht, dass du das jemals erfährst. Sie wollte so schnell wie möglich die Annullierung der Scheinehe und deinen Vater heiraten. Mike hatte die Möglichkeit, diese Sache zu verzögern, aber am Ende hat er zugestimmt.«

»Dafür hat sie ihm versprochen, über die Entführung zu schweigen?«

»Natürlich auch deinetwegen. Als du noch sehr jung warst, wollte sie es dir nicht antun. Wie soll ein Kind damit fertigwerden, dass es Menschen gibt, die für den Tod eines anderen bezahlen? Und dann … wie solltest du mit Mike zusammenarbeiten?«

Alisia ging ein Licht auf. »Bin ich etwa das Gesicht von Heiser-Moden geworden, weil meine Mutter Mike unter Druck gesetzt hat?«

»Das wäre gar nicht nötig gewesen«, antwortete Romy hastig. »So, wie du aussiehst, hättest du auf jeden Fall Karriere gemacht. Auch ohne Mike.«

Alisia griff nach der Flasche und goss sich ein weiteres Glas ein. »Und als Mike mir kündigen wollte, weil ich zu alt geworden war, hat sie ihn erneut unter Druck gesetzt? Mama war bei Mike, und anschließend hat er seine Meinung geändert. Mit einem Mal sollte ich doch weiter für ihn laufen.«

Romy wurde immer nervöser. »Es war damals eine schreckliche Zeit. Die Angst um dich hat Kari fast verrückt gemacht. Zum Glück ist Nicole damals über ihren Schatten gesprungen. Sie hatte herausbekommen, wo die Entführer dich versteckt hielten.«

Alisia starrte sie ungläubig an. »Wie das?«

Wieder dauerte es eine Weile, bis Romy bereit war, weiterzusprechen. »Nicht nur Nicoles Bruder hing da mit drin, sondern auch sein Freund André. In den war Nicole damals verliebt.«

»Hat Dennis' Tod etwas mit meiner Entführung zu tun?« fragte Alisia tonlos.

»Als die Sache aus dem Ruder lief, ist er abgehauen. Er wollte sich absetzen, hat ein Auto geklaut, und dann ...« Sie machte eine hilflose Geste.

Alisia konnte nur noch flüstern. »Ohne mich würde er also noch leben?«

»Wenn er nicht auf diese dämliche Idee mit der Entführung gekommen wäre, dann könnte er noch leben. Wenn er nicht spielsüchtig geworden wäre und dringend Geld gebraucht hätte, dann könnte er noch leben.« Romy wurde jetzt heftig. Die Angst, die sie damals ausgestanden hatte und die doch nur ein Teil der Angst gewesen war, die Alisias Eltern hatten aushalten müssen, nahm wieder von ihr Besitz. Der Zorn auf diese jungen Kerle, die nur Geld im Kopf hatten, denen es gleichgültig gewesen war, was sie Alisias Eltern antaten, loderte erneut in ihr. Wie schrecklich diese Tage gewesen waren, wurde ihr nun wieder so richtig deutlich gemacht. Sie hatte Mühe, einigermaßen ruhig weiterzusprechen. »Dennis und André hatten dich in einem Abrisshaus in Bremen versteckt. Nicole hat uns hingeführt.«

»Uns?«

»Deinen Vater und mich. Zu dritt haben wir dich da rausgeholt. Danach hatte Mike keine Macht mehr über dich.«

Alisia wollte sich ein weiteres Glas einschenken, aber Romy hielt sie zurück. »Du musst noch fahren.«

Alisia schüttelte den Kopf. »Ich kann in meiner eigenen Wohnung schlafen.«

»Willst du mitten in der Nacht zu Fuß nach Wenningstedt?«

»Ich nehme mir ein Taxi.«

»Und warum nicht bis Kampen?«

»Weil ich heute Nacht allein sein will.« Alisia sah Romy fragend an. »Du hast hoffentlich genug Prosecco im Haus?«

»Reichlich.«

»Gut. Dann erzählst du mir jetzt alles noch einmal. Und zwar in epischer Breite und chronologischer Reihenfolge.«

Im selben Augenblick ging Alisias Handy. Sie zog es aus der Tasche und warf einen Blick aufs Display. »Franco«, sagte sie und steckte das Handy zurück, ohne das Gespräch anzunehmen.

Romy wurde unruhig. »Er wird sich Sorgen machen. Sag ihm, wo du bist.«

Aber Alisia schüttelte den Kopf. »Ich bin ein freier Mensch.«

»Du bist mit seinem Auto unterwegs.«

»Du meinst, er will nur wissen, dass seinem Mercedes nichts zugestoßen ist?«

»Natürlich nicht. Aber …«

»Fang an. Ich wusste doch, wenn es eine Entführung gegeben hat, hattest du deine Finger im Spiel. Ein entführtes Baby retten, das ist genau dein Ding.«

46

April 2020, Sylt

Als Chris Reineit nach Hause kam, stand über Sylt eine tiefschwarze Nacht. Der Mond hatte sich in den Wolken versteckt, kein Stern war zu sehen. Ohne Licht war sie, diese Nacht, aber voller Geräusche. Das Rollen der Brandung war in der Ferne zu hören, das Rütteln des Windes an den Bäumen, Dachtraufen und Fensterläden. Papierfetzen wehten Chris entgegen, und eine leere Getränkedose rollte vor seine Füße, als er vor seinem Haus stehen blieb. Hinter keinem Fenster war ein Licht zu erkennen. Linda war also in ihre eigene Wohnung gegangen.

»Schade«, murmelte er. Er hätte sich gerne mit ihr versöhnt. Die Stunden in den Admiralsstuben hatten ihm geholfen, seine Lage klarer zu erkennen. Ein Geschäftsreisender, mit dem er an der Bar ins Gespräch gekommen war, hatte ihm auf den Kopf zugesagt, dass er Linda verlieren würde, wenn er sie nun, nach so vielen Jahren, unbedingt ändern wolle. Das könne nicht funktionieren. Anschließend hatte Chris noch mit dem Barkeeper ein wenig philosophiert und nach mehreren Martinis eingesehen, dass er Linda noch immer liebte, dass er sich ein Leben ohne sie nicht vorstellen konnte. Wie sollte er arbeiten ohne Lindas Gegenwart? Sie musste bei ihm sein, wenn er ein Gemälde entwarf, wenn er sich für die Farben entschied, wenn er die erste Skizze anfertigte. Sie musste da sein, damit er mit ihr reden konnte, selbst dann, wenn sie ihm nicht antwortete, sondern alles, was er sagte, zu Selbstgesprächen degradierte und weiter in ihrer Illustrierten blätterte.

Er versuchte, den Schlüssel ins Schloss zu stecken, stellte aber bald fest, dass er es nicht schaffte. So ein großer Schlüssel und so ein kleines Schlüsselloch! Das konnte doch nicht funktionieren! Was hatten sich die Schlüssel- und Schlosshersteller bloß dabei gedacht? Aber er musste in sein Bett, musste sich ausschlafen und dann am Morgen zu Linda in ihre Wohnung gehen und sich mit ihr aussprechen, sie um Verzeihung bitten, einen Neuanfang mit ihr wagen.

Er gab auf und ging leicht schwankend ums Haus herum in den Garten zu seinem Atelier. Vielleicht gelang es ihm, dieses Schloss zu bewältigen. Dann würde er dort schlafen, das weiche Sofa war bestens dafür geeignet. Wie oft war er dort mit Linda eingeschlafen, nachdem sie sich ausgiebig geliebt hatten!

Dass ein schwaches Licht hinter dem großen Fenster schimmerte, bemerkte er erst, als er auch hier vergeblich versucht hatte, den Schlüssel ins Schloss zu bekommen. Und dann kam ihm die geniale Idee, einfach auszuprobieren, ob die Tür überhaupt abgeschlossen war. Er drückte die Klinke herunter und lachte leise. Tatsächlich, das Atelier war offen. Linda hatte vergessen abzuschließen. Unmöglich eigentlich, schließlich barg sein Atelier alles Wichtige, was er besaß, seine Bilder, seine kreativen Schätze, sein gesamtes Werk!

Die Tür fiel hinter ihm ins Schloss, und Chris blieb wie angewurzelt stehen. Die Martinis sickerten aus seinem Körper, ihre Wirkung löste sich aus seinem Kopf, er war schlagartig stocknüchtern, als er das Gemälde sah, das auf seiner Staffelei stand. Ein Bild von schmerzlicher Intensität, eine Farbexplosion, die den Betrachter ansprang und sich ihm gleichzeitig entzog, die nach Hilfe schrie und im selben Moment zeigte, wie unabhängig jede Farbe, jede Form war. Ein Bild von unglaublicher Ausstrahlungs- und Anziehungskraft. Er wäre stolz, wenn er der Urheber dieses Werkes wäre.

Eine Weile stand er vor Lindas schlafender Gestalt. Sie hatte sich auf dem Sofa zusammengekauert und war auch bei seinem Eintreten nicht aufgewacht. Linda atmete tief und gleichmäßig, sie sah aus, als wäre sie sehr erschöpft. So wie jetzt schlief sie gewöhnlich nur nach einer ausgiebigen Liebesnacht. Chris fiel ein, dass es solche Nächte schon lange nicht mehr gegeben hatte, schüttelte diesen Gedanken aber schnell wieder ab. Das Gemälde, das war wie eine solche Liebesnacht. Wenn er morgens dann die Kaffeemaschine anstellte, hatte er sich oft so müde und gleichzeitig hellwach gefühlt wie jetzt.

Er griff nach seiner Palette und einem Pinsel, beugte sich zurück, vergewisserte sich der Wirkung und ging dann daran, aus »Wut« etwas zu machen, was der Wut eine Hoffnung gab. Ein wenig mildes Sonnenlicht hinter den grellen roten Blitzen, ein sanftes Orange an den Umrissen des schreienden Grüns, die eine oder andere Verbindung von roten, blauen und lila Gefühlen.

Er arbeitete eine Stunde hoch konzentriert, selbstvergessen, wie in Ekstase, so wahnhaft, wie er schon lange nicht mehr an einem Gemälde gearbeitet hatte. Seine allerersten Bilder waren unter diesem Gefühl entstanden, das spürte er jetzt wieder. Und gleichzeitig sah er ein, dass aus dem damaligen unwiderstehlichen Drang, sich auszudrücken, ein kommerzieller Zwang geworden war. Auch seine Kreativität hatte sich also verändert, so wie Lindas Anziehungskraft. Beides war älter geworden. Und Chris begriff, wie leicht es geschah, dass aus dem Lauf der Zeit eine Richtung wurde, die ins Leere lief. Seine Kunst war auf dem besten Wege, diese Richtung einzuschlagen. Lindas Bild hatte es ihm gezeigt.

Chris setzte sich zu Linda aufs Sofa, starrte das Bild so lange an, bis seine Lider zu flattern begannen, dann legte er sich zu ihr und nahm sie in seine Arme. Die Decke, die auf der Rückenlehne des Sofas lag, zog er über sie beide, drängte sich an Lindas Körper, der ihm so vertraut war, atmete ihren Duft ein, den er so gut kannte und so sehr liebte, und genoss es, von einer dünnen Haarsträhne im Rhythmus ihres Atems liebkost zu werden …

Als er nach wenigen Stunden neben der immer noch schlafenden Linda aufwachte, fühlte er sich erstaunlich frisch. Leise erhob er sich, suchte sein Handy aus seiner Jackentasche und wählte die Nummer seines Galeristen …

47

April 2020, Sylt

Nicole konnte nicht einschlafen. Ein Gefühl hielt sie wach, ein ganz neues Gefühl, das Gefühl, als Frau beachtet, vielleicht sogar begehrt zu werden. Es machte sie nicht glücklich, aber es erzeugte dennoch etwas in ihr, was zu einem Glück werden könnte. War es das, worüber früher ihre Klassenkameradinnen gekichert und getuschelt hatten? Das, was sie damals mit André erlebt hatte? Nein, diese böse Erinnerung schob sie gleich wieder zur Seite. André hatte sie nicht begehrt, er hatte nur mit ihr geschlafen, war nicht einmal in sie verliebt gewesen. Aber war das Lutz Jacobson? Er schien ihretwegen nach Sylt gekommen zu sein, daran ließ er keinen Zweifel. Aber was hatte das mit Liebe zu tun?

Ihre Gedanken ließen sich nicht anhalten. Lutz passte zu ihr, viel besser als André. Oder irrte sie sich? Es war nicht zu übersehen, selbst für Nicole nicht, dass Lutz' Gefühle auf etwas anderes gerichtet waren als auf Liebe. Er brauchte eine Frau, die ihm den Alltag abnahm. Mit Nicole bekam er darüber hinaus sogar die Chance, irgendwann nicht mehr Pächter, sondern Eigentümer der Schreinerei zu werden. Und ihr Vater würde dann dafür gesorgt haben, dass die Schreinerei in der Familie blieb. Nicole hatte diese beiden Wünsche vom ersten Augenblick an durchschaut. Nun wusste sie auch, weshalb ihre Mutter nicht mit nach Sylt gekommen war. Sie billigte nicht, was ihr Mann plante. Und Lutz war Nicole nach Sylt gefolgt, weil es hier auf der Insel niemanden gab, der ihn schief von der Seite ansah und später den Nachbarn zutuschelte, dass der Pächter der *Schreinerei Wunder* wahrlich keine Zeit vergeudete. Noch im Trauerjahr!

Nicole stand auf, ging zum Fenster und sah hinaus. Zwischen zwei Häusern konnte sie bis zum Meer, bis zum Horizont sehen. Er war tiefschwarz, vom dunklen Wasser kaum zu unterscheiden. Lutz hatte ein Zimmer auf diesem Flur bekommen. Er schlief mit seiner Tochter ein paar Betten weiter. Oder war auch er wach? Dachte er an sie? An eine Zukunft mit ihr? Gina schien Nicole mit einem Mal zu mögen. In Riekenbüren hatte sie versucht, über Nicole hinwegzusehen, sie zu missachten, ihr zu zeigen, dass sie keine Frau akzeptieren würde, die den Platz ihrer Mutter einnehmen wollte. Hier auf Sylt war das anders. Hier war Nicole nicht die Rivalin ihrer Mutter, sondern eine Verwandte von *La Cappuccina*. Dass es Gina gelungen war, zu Alisia in den Wagen zu springen, mit ihr in Mike Heisers Villa zu fahren und dort sogar ein weiteres Model kennenzulernen, hatte sie in eine Art Rausch versetzt. Sie war auf einer Wolke zurückgekommen, schwebend, geradezu schwerelos. Und sie hatte von Nicole alles wissen wollen, was diese über *La Cappuccina* wusste. Viel war es nicht gewesen, Nicole hatte wenig Kontakt zu ihrer Tante und den Verwandten auf Sylt gehabt. Natürlich hätte sie Gina erzählen können, wie sie dabei geholfen hatte, die neugeborene Alisia aus den Händen ihrer Entführer zu befreien, aber diese Versuchung hatte sie niedergekämpft. Nein, es war verabredet, dass niemand davon erfahren sollte, der damals nicht beteiligt gewesen war. Am allerwenigsten Alisia selbst. Mike Heiser hatte es zur Bedingung gemacht, als von ihm verlangt wurde, die Ehe mit Kari annullieren zu lassen. Dann erst war er bereit gewesen, alles in die Wege zu leiten und dafür zu sorgen, dass die Trennung geräuschlos über die Bühne ging.

Gina hatte natürlich auch nach Lea Angermann gefragt. Dass Nicole sie nicht kannte und nichts von ihr wusste, hatte Gina enttäuscht, aber sie hatte es verzeihen können. Dass sie durch Nicole

La Cappuccina ein Stück nähergekommen war, hatte sie schon in einen Begeisterungstaumel versetzt. Aber Nicole machte sich nichts vor. Wenn sie wieder in Riekenbüren waren, würde Gina sich nicht anders verhalten als vorher. Vermutlich wäre Nicole dann wieder nur ein Fremdkörper in ihrer Familie, eine Frau, die nicht zu ihnen gehörte, eine Frau, die sich zwischen sie drängte. Würde sie jemals das Vertrauen oder sogar die Liebe dieser Kinder erringen können?

Nicole wandte sich vom Fenster ab und legte sich wieder ins Bett. Aber an Schlaf war noch immer nicht zu denken. Während sie zur Decke starrte, gingen Bilder durch ihren Kopf. Sie stand am Herd, um den Tisch herum saßen drei Kinder, die aufs Essen warteten. Die kleine Jana sagte, dass es so gut röche, dass Nicole immer so lecker koche. Dann sah Nicole sich von einem Kinderzimmer zum anderen gehen, jedem Kind eine gute Nacht wünschen, der Kleinen eine Geschichte vorlesen. Und dann das Bild eines Sonntags in Riekenbüren. Alle würden lange schlafen, Nicole würde als Erste aufstehen und das Frühstück zubereiten. Lutz würde zufrieden in die Küche kommen und den Kaffeeduft erschnuppern. Und später würden sie spazieren gehen. Andere Paare würden ihnen entgegenkommen, die stehen blieben, um mit ihnen zu plaudern. Leute, die für eine alleinstehende Frau wie Nicole nicht stehen blieben. Mit ihr hatten die Ehepaare, und erst recht die Eltern unter ihnen, keine gemeinsamen Gesprächsthemen. Aber nun würde Nicole mitreden können. Sicherlich würden sie auch eingeladen, von Nachbarn oder Geschäftsfreunden. Man würde über Kindererziehung reden, über geplante Urlaube, über die Zukunft …

Ihr Vater hatte dafür gesorgt, dass Lutz sich Zeit für Nicole nehmen konnte. Sie hatte gesehen, dass er seinem Pächter einen Wink gegeben hatte, als sich die Runde, die im Café *König Augustin* gesessen hatte, auflöste. Lutz hatte vorgeschlagen, einen Strandspaziergang zu machen, und sie hatte eingewilligt. Kurz, nur ganz kurz war sie versucht gewesen abzulehnen, um Lutz und ihrem Vater zu zeigen, dass sie ihre Pläne durchschaute, dass sie sich nicht von ihnen manipulieren lassen wollte. Aber dann war der Gedanke, mit einem Mann am Ufersaum entlang zu spazieren, doch zu verlockend gewesen. Bisher hatte sie immer zu den Frauen gehört, die alleine aufs Meer blickten, und die Paare beneidet, die gemeinsam den Sonnenuntergang genossen.

Lutz war nervös gewesen, das hatte sie gespürt, und es hatte sie gerührt. Seine Hände waren ein paarmal zu ihr hingezuckt, bis er sich endlich traute, ihren Arm zu berühren. Und schließlich hatte er ihre Hand genommen, und sie waren wie ein junges Paar weitergeschlendert. Schön war es gewesen. Ja, sehr schön. Aber dann hatte er von der Schreinerei zu sprechen begonnen, von seinen Plänen, die sich nur verwirklichen ließen, wenn er kein Pächter mehr war, sondern sich Eigentümer nennen durfte. Natürlich hatte er das nicht so konkret gesagt, aber Nicole hatte es trotzdem verstanden. Danach war der Kuss, den er ihr aufgedrängt hatte, schal gewesen. Es war sowieso nur eine kurze Berührung seiner Lippen gewesen, raue Lippen, aufgesprungene Lippen, nichts, was ein Gefühl hätte transportieren können. Aber Lutz hatte ihr wohl zeigen wollen, dass er etwas für sie empfand. Er schien es sich vorgenommen zu haben. Und dann war seine Hand über ihren Rücken gewandert, bis zu ihrer Taille. Und Nicole war eingefallen, wie schlank, geradezu zierlich seine Frau gewesen war. Schon war es mit ihrem Selbstbewusstsein vorbei gewesen. Nein, es konnte nicht sein, dass Lutz Jacobson sich in sie verliebt hatte.

Nicole drehte sich auf die Seite und schloss die Augen. Schöne Bilder waren es trotzdem, als sie vor ihrem geistigen Auge sah, wie Lutz sich zu ihr hinabbeugte, um sie zu küssen. Aber dann schoben sich andere Bilder darüber, die ihr Büro zeigten, ihren

Arbeitsplatz, an dem sie sich wohlfühlte, an dem sie viel Anerkennung erfuhr. Sie hatte es weit gebracht, trotz ihrer Legasthenie, wenn auch mit Brits und Hajos Hilfe. Wollte sie das wirklich aufgeben? Sie wälzte sich auf die andere Seite und seufzte tief auf. Dann verschwammen die Bilder allmählich, und sie schlief ein …

48

April 2020, Sylt

Karis Hände zitterten, als sie ihren Wagen startete. Hajo hatte sie zurückhalten wollen, hatte sie gebeten zu warten, damit er selbst die Suche in die Hand nehmen konnte. Aber er war später aufgestanden als seine Frau, war noch nicht angezogen, als der Anruf gekommen war, und hatte Kari nicht halten können. Sie wollte sich auf der Stelle Klarheit verschaffen und keine Minute vertrödeln.

»Du kannst mit der Polizei telefonieren«, hatte sie über die Schulter zurückgerufen. »Frag, ob es letzte Nacht auf der Insel einen Unfall gegeben hat …«

Dann hatte sie sich Alisias Wohnungsschlüssel geschnappt und war losgebraust. Wie gut, dass sie häufig Alisias Blumen oder ihre Katze versorgte, wenn ihre Tochter beruflich unterwegs war, so würde sie ihre Wohnung aufschließen und sich Gewissheit verschaffen können. Francos Stimme hatte derart besorgt geklungen, dass Kari sofort von seiner Angst angesteckt worden war.

Der Morgen war noch kühl und grau, Kari bereute, keine Jacke übergezogen zu haben. Sie trug nur ihre weiße Bluse, die sie, wenn sie ins Café ging, mit einer farbigen Weste oder einem leichten Blazer ergänzte. Fröstelnd zog sie die Schultern hoch und drehte die Heizung ihres Wagens auf. Dann trat sie aufs Gas. Die Straßen waren noch leer, nur ein paar Serviceleister waren schon unterwegs und die unvermeidlichen Jogger, die jeden Urlaubstag früh begannen.

Kari fuhr Richtung Norderplatz, bog in die Norderstraße ein, die in Wenningstedt zur Westerlandstraße wurde. An ihrem Ende ging es links in die Berthin-Bleeg-Straße, in der Alisia wohnte, in der Nähe von Chris Reineit, der ein paar Häuser weiter sein Atelier betrieb. Alisias Auto war nirgendwo zu sehen, aber Franco hatte ja auch gesagt, sie sei mit seinem Wagen unterwegs. Warum sie nicht ihr eigenes Auto genommen hatte, wusste er nicht. Kari schaute sich gründlich um, aber den Mercedes, der Franco Statti gehörte, sah sie auch nicht. Aus ihrer Sorge wurde eine quälende Angst. Anscheinend war Alisia wirklich etwas zugestoßen. Womöglich hatte sie den schwermotorigen Wagen überschätzt, war zu schnell gefahren, war aus einer Kurve getragen worden …

Karis Hände zitterten so sehr, dass sie mehrmals versuchen musste, den Schlüssel ins Schlüsselloch zu stecken, bis es ihr endlich gelang. Sie rechnete damit, in eine leere Wohnung zu kommen, und nahm sich vor, dann sofort die Polizei zu verständigen. Vielleicht würde ihr Cleopatra hungrig entgegenkommen, das wäre dann ein weiterer Beweis dafür, dass Alisia etwas zugestoßen war.

Doch als sie die Wohnungstür aufschloss, spürte sie sofort, dass sie sich umsonst Sorgen gemacht hatte. Alisias Geruch empfing sie, ihr Parfüm, das sie immer trug, die Schlafzimmertür war geöffnet, denn Alisia schlief nicht gern bei geschlossener Tür, das Licht, das aus dem Schlafzimmer kam, war schwach, denn die Gardinen waren vorgezogen, und Cleopatra kam majestätisch in den Flur und reckte sich genüsslich, was sie niemals tat, wenn sie allein gelassen worden war. Dann gebärdete sie sich immer, als stünde sie kurz vor dem Hungertod und brauche sofort jemanden, der mit ihr in die Küche ging und ihr eine Dose Katzenfutter öffnete.

Kari steckte den Kopf ins Schlafzimmer und seufzte tief auf. Alisia lag auf der Seite und zog unwillig die Decke über ihr Gesicht, als sie merkte, dass sie nicht allein war.

»Lass mich, ich bin müde.«

Kari setzte sich auf ihre Bettkante und stellte fest, dass Alisia sich nicht abgeschminkt hatte. Eine Todsünde für ein Model und etwas, was Alisia sich sonst niemals erlaubte. Dann bemerkte sie, dass ihre Tochter in ihrer Unterwäsche schlafen gegangen war und ihre übrigen Klamotten auf dem Fußboden lagen, als hätte sie es nicht geschafft, sich auszukleiden und ihren Pyjama anzuziehen.

»Hast du getrunken?« Als Alisia ihr nicht antwortete, ging Kari in die Küche und stellte den Kaffeeautomaten an.

Tatsächlich holte der Duft des Kaffees ihre Tochter aus dem Bett. »Das ist genau das, was ich jetzt brauche.« Sie gähnte, reckte sich und strich sich müde über die Augen. »Was machst du hier schon so früh? Ich wollte bis mittags schlafen.«

Als Alisia hörte, dass Franco Statti sich Sorgen gemacht und ihre Mutter alarmiert hatte, machte sie kehrt und ging ins Bad. Nachdenklich blieb Kari neben dem Kaffeeautomaten zurück. Als sie hörte, dass die Dusche zu rauschen begann, rief sie Hajo an, damit er wusste, dass Alisia wohlauf war. »Kannst du im Café nach dem Rechten sehen? Ich komme, sobald ich weiß, was mit Alisia los ist.«

Hajos Stimme klang mahnend. »Du denkst daran, dass deine Tochter eine erwachsene Frau ist? Alisia muss ihrer Mutter nicht erklären, wo, wie und mit wem sie sich die Nacht um die Ohren geschlagen hat.«

»Ja, ja.« Kari beendete das Gespräch zügig, weil sie nicht die Absicht hatte, auf Hajos Mahnungen einzugehen. Als sie die Schritte von Alisia hörte, die vom Bad ins Schlafzimmer gingen, und die Tür ihres Kleiderschrankes knarrte, holte sie ein paar Toastscheiben hervor und suchte im Kühlschrank nach Schinken und Käse.

Als Alisia in die Küche kam, sah sie besser aus. Noch immer nicht ausgeruht und keineswegs so, wie eine Frau aussah, die reichlich

Schönheitsschlaf genossen hatte, aber immerhin war sie ansprechbar. Und sie war sogar bereit, der Empfehlung ihrer Mutter zu folgen und Franco anzurufen, damit auch er nicht mehr vor Sorge verging.

Kari lauschte auf ihre Erklärungen, die sich nicht besonders stichhaltig anhörten. Sie war bei der Freundin ihrer Großmutter versackt. Kari schüttelte den Kopf. Bei Romy Wimmer? Was hatte Alisia mit der zu schaffen? Schon am Vortag hatte Kari sich darüber gewundert, dass Romy in Alisias Begleitung gewesen war. Ihr Auto habe sie Romy geliehen, damit diese am Nachmittag mit Gina von Kampen nach Westerland hatte fahren können, und Francos Auto stand vor Romys Haustür, weil Alisia so viel Prosecco getrunken hatte, dass es unverantwortlich gewesen wäre, das Auto für den Nachhauseweg zu nehmen. »Ich bin im Taxi zurückgefahren«, erklärte sie und verteidigte sich, als Franco ihr offenbar den Vorwurf machte, dass sie ihn im Ungewissen gelassen hatte. »Ich war so betrunken, dass ich mir darüber keine Gedanken machen konnte.« Damit beendete Alisia das Gespräch, und Kari war erschüttert, dass sie nicht einmal daran dachte, sich bei Franco zu entschuldigen. So ein netter Mann, der sie offenbar sehr liebte! Warum nur war Alisia so unhöflich zu ihm?

Kari wartete nur so lange, bis Alisia den ersten Schluck Kaffee getrunken und alles Essbare mit vor Ekel verzogenem Gesicht zurückgewiesen hatte. »Nur Kaffee! Mehr bringe ich nicht runter.«

Kari wappnete sich bereits gegen die Vorhaltungen, warum sie glaubte, dass ihre erwachsene Tochter jemanden brauchte, der dafür sorgte, dass sie pünktlich ins Bett kam. Aber zum Erstaunen ihrer Mutter kam nichts dergleichen von Alisia. Im Gegenteil! »Gut, dass du da bist. Ich habe einige Fragen an dich.«

Beruhigend wirkte dieser Satz jedoch nicht auf Kari. Misstrauisch sah sie ihre Tochter an. »Fragen? Was hast du letzte Nacht mit Romy Wimmer geredet?«

»Sie hat mir von meiner Entführung erzählt«, antwortete Alisia. »Und ich wüsste gerne, warum du kürzlich bei Mike warst. Diesmal aber bitte die Wahrheit!«

Kari spürte Wut in sich aufsteigen. »Dass Romy ihre Klappe nicht halten kann! Wir hatten damals vereinbart, dass nicht darüber geredet wird. Mike wollte das so, und ich wollte das auch.«

Alisia verteidigte Romy. »Sie hätte nichts verraten, wenn ich es ihr nicht auf den Kopf zugesagt hätte.« Und dann berichtete sie davon, dass sie David Wiemann besucht hatte. Karis Frage, wer das sei, wischte sie mit einer Handbewegung weg. »Du hast doch von dem Musikproduzenten gehört, der Nicole ins Auto gefahren ist? Das war er.«

»Wiemann«, überlegte Kari. »David Wiemann …« Dann fiel es ihr ein. »Indras Sohn!«

Alisia nickte. »Er wusste von meiner Entführung. Nicht viel, aber seine Mutter hatte ein paar Andeutungen gemacht. Ich finde es erbärmlich, dass so viele davon wissen, nur ich nicht. Dabei ging es doch um mich.« Karis Versuche, ihr Schweigen zu erklären, unterband Alisia. »Ich will jetzt wissen, ob du Mike unter Druck gesetzt hast, als du bei ihm warst. Hast du ihm gesagt, er müsse mich weiter für Heiser-Moden laufen lassen? Und hast du ihm gedroht, dass du seine Rolle in dem Entführungsfall an die große Glocke hängen wirst, wenn er dabei bleibt, mir zu kündigen?«

Kari wand sich. »Ich fand es unfair, dass er …«

»Hast du? Oder hast du nicht?«, unterbrach Alisia sie.

»Ja, aber …«

Alisia sprang auf, was sie sofort bereute, das war nicht zu übersehen. Sie schwankte und ließ sich vorsichtig wieder auf dem Stuhl nieder. »Ich bin über dreißig, Mama. Weiß Gott kein kleines Kind mehr. Es ist mein gutes Recht, über mein Leben selbst zu bestimmen. Ist dir mal der Gedanke gekommen, dass ich gar nicht für Mike laufen will, wenn er dazu gezwungen wird, mich weiter zu beschäftigen?«

»Ich habe es doch nur gut gemeint«, rief Kari.

»Gut gemeint ist selten gut gemacht«, antwortete Alisia.

»Es war mir immer wichtig, dass du dich frei entscheiden kannst! Wir haben deine Karriere immer unterstützt.«

»Frei entscheiden?« Alisia betrachtete ihre Mutter kopfschüttelnd. »Was ist das für eine freie Entscheidung, wenn du Mike zwingst, mir nicht zu kündigen?«

»Du sollst dich nicht verpflichtet fühlen, für die Cafés oder für das Hotel zu arbeiten. Ich habe als junges Mädchen darunter gelitten, dass meine Eltern das von mir erwarteten.«

»Und wenn ich es will?«

Kari rang die Hände. »Du hast deine Karriere, Cappuccinchen! Die ist wichtiger.«

»Wer sagt das?«

Kari wurde unsicher. »Das … das ist doch klar.«

»Und Constantin? Bist du schon mal auf die Idee gekommen, dass er unter demselben Druck steht, den deine Eltern auf dich ausgeübt haben?«

»Constantin?« Kari wollte lachen, brachte es aber nicht fertig. »Es stand doch immer fest, dass er die Geschäfte weiterführt.«

»Das drückst du falsch aus, Mama. Für dich stand immer fest, dass Constantin das *König Augustin* übernimmt. Hast du ihn jemals gefragt, ob er das wirklich will?«

»Aber …« Kari blieb der Mund offen stehen.

»Und hast du mich jemals gefragt, ob ich wirklich Model bleiben will? Auch wenn ich in ein Alter komme, das für ein Model tödlich ist?«

»Heutzutage gibt es auch Models jenseits der fünfzig.« Kari bemerkte nervös, dass Alisia die Augen verdrehte. Was war nur los mit ihr?

»Nur damit du's weißt, Mama.« Alisia sprach jetzt sehr langsam und akzentuiert. »Ich werde Mike bei nächster Gelegenheit sagen, dass ich seine Kündigung annehme. Ich will nicht mehr für Heiser-Moden laufen. Erst recht nicht, wenn meine Mutter mit unmittelbarem Zwang dafür sorgt, dass Mike Heiser mir nicht kündigen kann. Das lässt mein Selbstwertgefühl nicht zu. Wie komme ich mir denn vor, wenn Mike Heiser mich weiter auf den Laufsteg schickt, obwohl er mich zu alt findet? Nur weil meine Mutter ihm die Pistole auf die Brust gesetzt hat?« Nun versuchte sie noch einmal aufzustehen, und diesmal gelang es ihr gut. »Und wenn ich erfahre, dass du irgendwelchen Presseleuten davon erzählst, dass Mike mich nach meiner Geburt loswerden wollte, dann …«

»Das war so grenzenlos egoistisch von ihm!«, rief Kari.

»Ja, das war es. Egoistisch und unverantwortlich. Kriminell. Unverzeihlich! Trotzdem will ich nicht, dass es an die Öffentlichkeit kommt. Hast du das verstanden?«

49

April 2020, Sylt

Linda erwachte von ihren Rückenschmerzen. Sie verzog das Gesicht, als sie versuchte, in eine bequemere Position zu kommen, streckte sich schließlich auf dem Rücken aus und verschränkte die Arme unter dem Kopf. Schrecklich, dieses Sofa! Vor Jahren war sie häufig hier eingeschlafen, mit Chris an ihrer Seite, und am Morgen ausgeruht erwacht. Jetzt aber brauchte sie einfach ihr Boxspringbett, wenn sie sich ausgeschlafen fühlen wollte.

Sie öffnete die Augen nicht, als sie Geräusche hörte. Chris? Langsam, ganz allmählich, sickerte die Erinnerung in ihr Bewusstsein. Der vergangene Abend war schrecklich gewesen. Sie hatte geglaubt, dass Chris sich von ihr trennen wollte. Endgültig! Er war aus dem Haus gelaufen und hatte sie allein zurückgelassen. Und dann … Linda erschrak, als ihr einfiel, wie sie ihre Wut an Chris' weißer Leinwand ausgelassen hatte. Lieber Himmel, was würde er sagen, wenn er sah, was sie getan hatte? Leinwand und Farben verschwendet! Sie drehte sich wieder auf die Seite und wühlte ihr Gesicht ins Kissen. Nur nichts sehen! Nur nicht gesehen werden! Sie hörte leise Schritte, die sich entfernten, dann eine Tür und erneut die Schritte, diesmal lauter. Chris war also zurückgekommen. Wartete er darauf, dass sie aufwachte, um ihr seine Entscheidung mitzuteilen? Es hat keinen Sinn mehr mit uns, Linda, wir müssen uns trennen …

Sie merkte, dass ihr die Tränen in die Augen stiegen, und ihr wurde klar, dass sie aufhören musste, sich zu verstecken. Sie öffnete die Augen, blinzelte in das helle Morgenlicht, das durchs Fenster fiel, und sah einen Schatten, der sich auf dem Boden bewegte. Chris' Schatten. Vorsichtig richtete sie sich auf und blickte sich um. Chris drehte ihr den Rücken zu, er sortierte seine Farben und Pinsel. Offenbar hatte er sie gereinigt, woran sie selbst nicht gedacht hatte. Dabei wusste sie doch, dass ein Maler niemals mit der Arbeit aufhörte, ohne seine Pinsel zu reinigen. Gleich würde Chris ihr Vorhaltungen machen, ganz sicher.

Linda setzte sich auf, damit sie die Leinwand sehen konnte. Entgeistert starrte sie auf das riesige Bild, das Chris an eine Stelle gerückt hatte, an der der Lichteinfall besonders günstig war. Ein sprechendes Bild, ein lebendiges, ein emotionales Gemälde, ein verwirrendes Kunstwerk. Das hatte sie in der vergangenen Nacht erschaffen? Diese Kleckse, die Spritzer, die sickernden Farben, ja, daran konnte sie sich erinnern. Aber nicht an die zarten Tupfer, die schleierdünnen Schnüre, die die Gefühle miteinander verbanden, die Geraden, die Girlanden, die Bögen und Kreise, die die Wut zur Trauer führte und aus Verzweiflung Erleichterung machte.

Chris drehte sich zu ihr um und lächelte. Ja, er lächelte tatsächlich. »Guten Morgen. Du solltest aufstehen, wir bekommen gleich Besuch.«

Linda starrte ihn an, als könnte sie an seine Nachgiebigkeit nicht glauben, als erwartete sie etwas, was dieses Entgegenkommen wieder zunichtemachen würde.

Aber sein Lächeln blieb, sogar noch, als er auf sie zukam und sich zu ihr aufs Sofa setzte. »Warum hast du mir bisher nie gezeigt, wie kreativ du sein kannst?«

»Ich? Kreativ?«

Chris warf dem Wutbild einen Blick zu, und sein Lächeln vertiefte sich noch. »Mein Galerist wird gleich kommen. Er ist sehr gespannt auf das Bild.«

Lindas Augen wanderten zwischen dem Gemälde, das angeblich

aus ihrer eigenen Gestaltungskraft entstanden war, und Chris hin und her. Dort ihre Gefühle, die sich auf der Leinwand entladen hatten, neben ihr der Mann, dem sie gegolten hatten. Dann schloss sie die Augen, als müsste sie sich auf ihr Inneres konzentrieren. In ihr schien alles leer zu sein. Nein, nicht leer, sondern friedlich, weil die Wut sie verlassen hatte. Sie war verraucht, hinausgeschrien, das Vakuum, das in ihr entstanden war, ließ Platz für etwas anderes, etwas Neues …

*

»Wir müssen miteinander reden«, hatte er am Telefon gesagt. »Am besten in meinem Atelier. Da sind wir ungestört.«

Und Alisia hatte sofort zugestimmt. Sie war froh, ein paar Stunden abgelenkt zu werden. Die letzten Tage waren nicht vergangen, sie waren versickert. Jeder Morgen hatte mit Hoffnung begonnen, aber bis zum Abend war nichts von ihr übrig geblieben. Manchmal hatte David angerufen, aber nie hatte er vorgeschlagen, sich zu treffen. Als er hörte, dass Delia ein paar Tage Urlaub hatte, dass ihr Plan sich deshalb verzögerte, hatte er es hingenommen und schien sich mehr dafür zu interessieren, wo Delia ihre freien Tage verbringen mochte. Alisia dagegen machte sich Sorgen, dass sie nicht zurückkommen würde. Mike ging es schlechter, er hatte die letzten Tage im Bett verbracht. Auf den Gesichtern seiner Pflegerinnen stand Sorge, auf denen seiner Mitarbeiter ebenfalls. Franco war mittlerweile auf alles gefasst. Was, wenn Mike starb und Delia nur noch kommen würde, um ihre Sachen zu holen? Um über Mikes Zustand auf dem Laufenden zu bleiben, hielt sich Alisia viel häufiger in Francos Wohnung auf, als sie eigentlich wollte. Cleopatra allerdings genoss inzwischen ihre Ausflüge in den Garten, wurde mehr und mehr zur Freigängerin und lehnte sogar gelegentlich ihr Dosenfutter ab, weil sie offenbar in der freien Natur etwas gefressen hatte, was sie früher naserümpfend abgelehnt hätte.

Nach der Nacht, in der Alisia und Romy über das Leben im Allgemeinen diskutiert, über Alisias Leben im Besonderen philosophiert und über Romys Vergangenheit gelacht hatten, war die Beziehung zwischen Franco und Alisia fragil geworden. Sie musste vorsichtig behandelt werden, sie war zerbrechlich. Franco schien es deutlich zu spüren. Als sie am nächsten Morgen nach Kampen gefahren war, um ihm sein Auto zu bringen, wollte er nichts hören, was ihre Beziehung belasten konnte, wollte sich nur versöhnen, wollte sich erklären lassen, was geschehen war, sich versichern lassen, dass es nie wieder vorkommen würde, und sich vergewissern, dass die vergangene Nacht nichts verändert hatte. Franco überschüttete sie mit seiner Liebe und tat alles, damit sie nicht glaubte, er wolle ihre Freiheit beschneiden. Seine Erwartungen entsprachen immer genau dem, was sie zu geben bereit war.

Schon zwei Stunden nach ihrer Rückkehr hatte sie zum ersten Mal abwehrend die Hände gehoben. Es wurde ihr zu viel, zu viel Liebe, zu viel Bewunderung, zu viel Leidenschaft, zu viel Beifall. Die Gefühle, die sie bei Franco erwarteten, machten ihr Angst. Sie waren zu opulent, von allem zu viel, alles zu mächtig. Sie kam sich vor wie jemand, der gut gegessen hatte und kurz darauf schon wieder genötigt werden sollte, ein Festmahl zu sich zu nehmen.

»Gut, ich komme«, hatte sie zu Constantin gesagt, war ins Auto gestiegen und nach Wenningstedt gefahren. Sie widerstand dem Pflichtgefühl, Franco eine WhatsApp-Nachricht zu schicken. Er hatte angekündigt, den ganzen Tag arbeiten zu müssen, weil er einige der Termine, die Mike abgemacht hatte, nun selbst übernehmen musste, denn Mike war an diesem Tag nicht aufgestanden. Franco würde sie nicht vermissen. Und wenn doch, würde er wieder einmal die Gelegenheit bekommen, seine Toleranz zu feiern. Tatsächlich bemühte er gelegentlich dieses große Wort, wenn er betonte, dass Alisia selbstverständlich kommen und gehen könne, wann sie wolle, ohne ihn ausdrücklich darüber zu informieren. Und selbstredend war es für ihn auch in Ordnung, wenn sie ihre eigene Wohnung erst einmal behielt. Jedenfalls bis auf Weiteres …

Sie dachte über ihre Beziehung zu Constantin nach, während sie zu ihm fuhr. Sie war nicht schlecht, aber auch nie besonders innig gewesen. Für ein negatives geschwisterliches Verhältnis war zwischen ihnen zu viel Gleichgültigkeit gewesen. Sie waren immer freundlich miteinander umgegangen, und wenn Alisia gefragt worden wäre, hätte sie ohne Zögern erklärt, dass sie ihren Bruder liebte. Ja, das bestätigte sie sich während der Fahrt zu ihm, sie liebte ihn. Weil er ihr Bruder war, deshalb. Nicht, weil sie ihn besonders schätzte, weil sie sich mit ihm verbunden fühlte oder sie seine Persönlichkeit so sehr mochte. Nein, sie liebte ihn, weil er ihr Bruder, eines ihrer engsten Familienmitglieder war. Aber jetzt fühlte es sich anders an, an ihren Bruder zu denken. Sie fuhr zum ersten Mal zu ihm, weil er sie gerufen hatte. Es ging nur um ihn und um sie, seine Schwester. Und mit einem Mal ahnte Alisia, dass es doch mehr zwischen ihnen gab, dass er ihr wichtig war, dass sie nur vergessen hatten, dieses Bedeutsame zu pflegen. Sie freute sich auf ihn, sie war glücklich, dass er sie gerufen hatte, egal, was er ihr sagen wollte.

Sie ging ums Haus herum, ohne bei ihren Großeltern zu klingeln. Die Tür zu Constantins Atelier stand einen Spalt offen. Von drinnen kamen Geräusche heraus, leises Klappern von Gerätschaften, das Schaben einer Feile, das Klopfen eines Hammers.

Alisia betrat das kleine Holzhaus, und ihr wurde klar, dass sie Constantin bisher höchstens zwei- oder dreimal hier besucht hatte. Sie wusste, wie wichtig ihm dieser Rückzugsort war, und deswegen war sie ein paarmal hier gewesen, um ihm zu zeigen, dass sie Interesse an dem hatte, was ihm wichtig war. Aber es war eine Entscheidung gewesen, die im Kopf entstanden war, nicht im Herzen.

Eine intellektuelle Entscheidung, keine emotionale. Jetzt nahm sie zum ersten Mal den Geruch des Holzes wahr und verstand, dass es für Constantin ein Duft war, der ihm viel bedeutete. Er drehte ihr den Rücken zu, hatte ihr Eintreten nicht bemerkt, und sie sah, mit welcher Leidenschaft er sich der Holzleiste widmete, die er bearbeitete.

Sie trat hinter ihn und berührte ihn an der Schulter. Constantin schrak zusammen und fuhr zu ihr herum. »Ich habe dich gar nicht reinkommen hören.«

Sie lächelten sich an, die formelle Herzlichkeit, mit der sie sich bisher begegnet waren, wurde in diesem Augenblick zu einer echten Herzenswärme. Alisia schoss durch den Kopf, dass sie seit ihrer Kindheit viel zu wenig allein gewesen waren. Sie waren immer nur im Kreis der Familie zusammen gewesen, mit ihren Eltern, mit ihren Großeltern. Nie hatten sie sich getroffen, um mal in einer Kneipe zusammen etwas zu trinken, miteinander zu plaudern, über Probleme zu reden. Die Tatsache, dass fünf Jahre sie trennten, war kein Grund.

»Schön, dass du gekommen bist«, sagte Constantin.

»Es hörte sich an, als wäre es dir wichtig«, entgegnete Alisia.

Er nickte und führte sie zu zwei Stühlen, die in einer Ecke standen. Als sie sich gesetzt hatte, ging er zu einem kleinen Kaffeeautomaten und stellte ihn an. »Espresso oder Cappuccino?«

»Kann das Ding auch einen Latte produzieren?«

»Klar.«

Constantin stellte Alisia das große Glas mit dem Latte macchiato hin und goss sich selbst ein Glas Mineralwasser ein. »Onkel Hasso hat mich heute Morgen angerufen.«

Alisia war erstaunt. »Omas Bruder? Ich wusste nicht, dass ihr Kontakt habt.«

»Hatten wir bisher auch nicht. Aber als er hier war, hat er bei Oma und Opa geschlafen, das weißt du ja.«

»Ein komischer Besuch war das. Jahrelang kommt er nie nach Sylt, und dann mit einem Mal, ohne sich anzukündigen und ohne seine Frau. Dafür mit seinem Pächter und dessen Tochter.« Sie schüttelte verwundert den Kopf.

Constantin ging nicht weiter darauf ein. »Onkel Hasso hat sich mein Atelier angesehen. Und die Möbelstücke, die ich bisher gemacht habe. Er hat mir Tipps gegeben, und er fand meine Entwürfe sehr gut.«

Alisia freute sich. »Diese Arbeit macht dir richtig Spaß?«

Constantin nickte. »Danke, dass du nicht von meinem Hobby sprichst. Es ist für mich nämlich viel mehr als ein Hobby.«

»Und warum hat Onkel Hasso dich nun heute Morgen angerufen?«

»Es gibt Probleme in Riekenbüren. Onkel Hasso hat eine schwere Virusgrippe. Und Lutz Jacobson hatte einen Herzanfall und musste ins Krankenhaus. Onkel Hasso will Nicole anrufen, damit sie ihren Urlaub auf Sylt abbricht und nach Riekenbüren kommt. Sie soll sich um Jacobsons Kinder kümmern.«

Alisia runzelte die Stirn. »Nicole ist sowieso schon einen Tag später nach Sylt gekommen, weil sie Lutz Jacobson geholfen hat. Sie braucht auch mal Urlaub.«

»Finde ich auch«, entgegnete Constantin. »Aber das ist nicht unsere Sache, das muss Nicole entscheiden. Jedenfalls hat Onkel Hasso mich gebeten, ebenfalls für eine Weile nach Riekenbüren zu kommen und mich um die Schreinerei zu kümmern. Er glaubt, dass ich das kann. Und ich …« Er sah eine Weile auf seine Hände, dann blickte er auf. »Ich würde das gerne tun.«

»Dann fahr nach Riekenbüren. Oder hast du Angst, dass Mama und Papa dir keinen Urlaub geben?«

Sie hatte den Nagel auf den Kopf getroffen. »Papa hätte vielleicht Verständnis für mich. Aber Mama?«

»Ich könnte dich vertreten.«

Constantin strahlte. »Würdest du das wirklich tun? Hast du keine Termine?«

Alisia griff nach Constantins Händen und hielt sie fest. »Ich verrate dir jetzt mal was: Ich höre auf mit dem Modeln.«

Constantin blieb der Mund offen stehen. »Und was willst du stattdessen machen?«

»Ich würde gerne im *König Augustin* arbeiten. Könntest du dir vorstellen, dass wir uns die Geschäftsführung teilen?«

»Aber was ist mit Franco Statti? Ich habe gehört, dass er dich in die Geschäftsführung von Heiser-Moden holen will.«

»Das ist noch nicht spruchreif.«

»Und dass er dich heiraten will?«

»Das ist ebenfalls noch nicht spruchreif.«

Constantin druckste ein wenig herum, bis er sich entschloss, seiner Schwester auch den Rest der Wahrheit zu sagen. »Ich habe ein Mädchen kennengelernt. Hier auf Sylt. Sie hat hier Urlaub gemacht. Und stell dir vor, sie kommt aus Riekenbüren.«

Alisia lachte laut heraus. »Was für ein verrückter Zufall.«

»Oma kennt sogar ihre Familie. *Sanitär-Wolke*. Sie sagt, der Laden wäre etwa so alt wie die *Schreinerei Wunder*. Aber beide Firmen werden wohl demnächst verkauft werden müssen. Sabrina sagt, für ihren Vater wäre das schlimm. *Sanitär-Wolke* wird seit Generationen von der Familie Wolke geführt. Aber Sabrinas Bruder will nicht weitermachen. Und Sabrina soll nicht, weil sie ein Mädchen ist und weil ihr Vater findet, dass diese Branche nur was für Männer ist.«

»Was für ein Schwachsinn«, entfuhr es Alisia.

»In Riekenbüren geht es noch so zu wie vor hundert Jahren. Onkel Hasso ist auch todunglücklich, dass er die Schreinerei verpachten musste, nachdem sein Sohn tödlich verunglückt ist.«

In Alisia wurde es eiskalt. Dennis Heflik! Der Großcousin, der spielsüchtig war, der Geld brauchte und auf die Idee gekommen war, die neugeborene Tochter seiner Cousine zu entführen. Auf der Flucht hatte er sein Leben verloren. Sie blickte auf und sah in Constantins verunsichertes Gesicht. Er spürte, dass etwas in ihr arbeitete, wollte sich aber jetzt auf sein Problem, auf seine Wünsche konzentrieren. Von der Vergangenheit, von der sie inzwischen endlich alles erfahren hatte, konnte sie Constantin später immer noch erzählen.

»Sabrinas Bruder ist Sänger geworden«, sagte Constantin. »Leider kein besonders erfolgreicher. Den Namen Roland Wolke kennt bis jetzt kein Mensch. Aber Sabrina ist zuversichtlich, dass er irgendwann berühmt wird.«

»Roland Wolke?« Alisia war wie elektrisiert. »Den Namen habe ich schon mal gehört …«

Und jetzt entstand zwischen ihnen zum ersten Mal etwas, was es nur zwischen Geschwistern und sehr guten Freunden gibt. Das Zutuscheln eines Geheimnisses, die Gewissheit, dass es vom anderen gutgeheißen wird, die Sicherheit, dass der andere verschwiegen damit umgehen wird. Ihre Köpfe waren ganz dicht beieinander, als Alisia ihrem Bruder erzählte, woher sie den Namen Roland Wolke kannte …

Am Ende waren sie sich so nahe wie nie zuvor. Constantin versprach hoch und heilig, über das zu schweigen, was er soeben gehört hatte, und er bekam Alisias Versprechen, ihn im *König Augustin* zu vertreten, damit er nach Riekenbüren fahren und Sabrina wiedersehen konnte und damit er mehrere Tage hintereinander in einer Schreinerwerkstatt stehen und dafür sorgen konnte, dass das Unternehmen *Wunder* weiterlief.

In der Tür von Constantins Atelier umarmten sie sich fest, dann beschlossen sie, ihre Großeltern über ihre Pläne zu informieren. Constantin hielt das für einen schlauen Schachzug, denn er war zuversichtlich, dass die beiden ihn unterstützen würden, wenn seine Eltern ihre Zustimmung verweigern wollten.

Sie gingen auf den Terrasseneingang zu, blieben aber kurz vorher wie angewurzelt stehen. »Was ist denn da los?«, fragte Alisia ungläubig.

Constantin lachte leise. »Ich glaub's nicht. Die beiden Alten knutschen, als gäbe es kein Morgen.«

Brit und Arne standen in inniger Umarmung mitten im Wohnzimmer, auf dem Tisch eine Flasche Champagner, daneben eine flackernde Kerze und ein quadratisches Kästchen von der Größe eines Hefewürfels.

Als die beiden sich voneinander lösten, bemerkten sie immer noch nicht, dass sie beobachtet wurden. Sie hatten nur Augen füreinander, drängten sich immer wieder aneinander, lösten sich, sahen sich an, lachten, strahlten und wischten sich schließlich beide Tränen der Rührung von den Wangen.

In diesem Augenblick entdeckten sie ihre beiden Enkel, die mit offenen Mündern dastanden und sie beobachteten. Arne war der Erste, der reagierte. Er kam zur Terrassentür und riss sie auf. »Kommt rein, ihr beiden! Ihr könnt uns zur Verlobung gratulieren!«

50

April 2020, Sylt

Kari strahlte ihren Mann an. »Du ahnst nicht, wer mich gerade angerufen hat!«

Nein, Hajo ahnte es nicht. Er versuchte auch nicht, es durch intensives Raten herauszufinden. In der ihm eigenen ruhigen Art wartete er darauf, dass Kari mit der Neuigkeit herausplatzen würde. Lange konnte es nicht dauern.

»Indra!«

Hajo stutzte. Der Name kam ihm bekannt vor, aber spontan fand er zu diesem Namen kein Gesicht, das passte.

Sie standen in der Küche hinter dem Tresen des Cafés *König Augustin*. Kari hatte gerade die Spülmaschine ausgeräumt, weil keine ihrer Kellnerinnen die Zeit dafür gefunden hatte, und Hajo war aus dem Hotel herübergekommen, weil er einem Stammgast versprochen hatte, ihm Friesentorte aufs Zimmer bringen zu lassen.

Seine Miene erhellte sich. »War das nicht das junge Mädchen, das mit dir zusammen im Entbindungsheim war?«

»Genau!« Kari strahlte. »Ihren Sohn haben wir damals der Presse vorgeführt. Und weißt du, wer das ist?«

Nun war Hajos Neugier tatsächlich geweckt worden. »Wer?«

»David Wiemann! Dieser Musikproduzent, der Nicole die Beule ans Auto gefahren hat. Ich habe ihn leider nur ganz kurz gesehen. Es war so viel zu tun, als er hier aufgekreuzt ist.«

Hajo dagegen konnte sich genau erinnern. »Er hat Nicole das Geld für die Reparatur gebracht. Ein netter Typ.«

»Seine Schwester ist auch Model. Sie kennt Alisia gut und hat den Kontakt zwischen Indra und mir hergestellt. Ist das nicht schön? Indra wird mich besuchen. Gleich morgen! Ihre Eltern haben eine Wohnung auf Sylt. Ich freue mich so auf das Treffen mit ihr.« Sie griff sich an die Brust, als wäre sie zu schnell gelaufen. »Was war das damals für eine verrückte Zeit!« Sie hob sich auf die Zehenspitzen und drückte Hajo einen Kuss auf den Mund. »Wie gut, dass wir uns gefunden haben. Wenn die Umwege zu unserer Liebe auch ganz schön holprig waren …«

Sie fuhren auseinander, als eine Kellnerin die kleine Küche betrat. »Da ist jemand, der Sie sprechen will. Ihre Verwandte …«

Nicole hatte sich gerade an einem Tisch niedergelassen und Kaffee bestellt. Sie wirkte nervös und nicht besonders glücklich. »Mein Vater hat gerade angerufen …«

Kari und Hajo setzten sich zu ihr und hörten, dass Hasso krank geworden und Lutz Jacobson ins Krankenhaus eingeliefert worden war. »Mama hat mit dem Campingplatz gut zu tun, zurzeit besonders, weil zwei Putzfrauen ausgefallen sind.«

Kari ahnte, worauf das hinauslief. »Du sollst jetzt deinen Urlaub abbrechen?«

»Die drei Kinder von Jacobson sind unversorgt.«

Kari erinnerte sich gut an Gina, die auf sie einen äußerst selbständigen Eindruck gemacht hatte. »Ist sie die Älteste?«

Nicole schüttelte den Kopf. »Sie hat noch einen älteren Bruder.«

»Kommen die drei nicht für eine Weile allein klar?«

»Die Jüngste ist erst zwölf.«

»Sie sind ja nicht allein. Halina ist in der Nähe, auch wenn sie auf dem Campingplatz arbeitet, die Kinder können sich immer an sie wenden. Und so eine Grippe dauert ja keine zwei Monate.«

»Aber Halina könnte sich angesteckt haben. Wenn sie auch ausfällt …«

Kari beugte sich zu Nicole und griff nach ihrer Hand. »Lass dich nicht ausnutzen. Warum immer du?«

»Ich bin ungebunden, habe keine Familie …« Nicole hob unglücklich die Schultern.

»… und bist immer bereit, dich für andere aufzuopfern«, vollendete Kari ihren Satz. Sie fixierte Nicole zwei, drei Sekunden. »Oder liegt dir was an Lutz Jacobson?«

Wieder zuckte Nicole mit den Schultern, schien etwas antworten zu wollen, schwieg dann aber …

51

April 2020, Sylt

Die Gefühle, die sie jetzt beflügelten, waren ganz neu. Sie hatten Ähnlichkeit mit dem Glück, das sie empfunden hatte, als sie das erste Mal auf der Fashion Week laufen durfte, als Heidi Klum sie in einem Interview Deutschlands Topmodel nannte und Mike Heiser sie zum Gesicht von Heiser-Moden machte. Aber nun merkte sie, dass sich berufliches und privates Glück grundlegend unterschied. Erfolg und Liebe erzeugten andersartige Gefühle. Gleichzeitig wurde ihr klar, dass das Glück, das in einer furiosen Verliebtheit entstand, gar kein wirkliches Glück war, sondern nur ein Rausch, der bald wieder verschwand. Das jedenfalls war bisher ihre Erfahrung gewesen. Eine Liebe, die den Rausch überstand, hatte sie noch nie erlebt.

Jetzt aber empfand sie ganz anders als auf einem der großen Laufstege oder nach einer Nacht mit einem Mann, von dem sie glaubte, er könne ihre große Liebe sein. Nein, jetzt wurde sie von der Gewissheit mitgerissen, etwas Stabiles gefunden zu haben, was ein Leben lang halten konnte. Die Liebe zu ihrem Bruder, sein Vertrauen, ihre Hilfe, das Verständnis, das sie füreinander hatten, die Einsicht, wie gut sie sich kannten und dass Blut dicker war als Wasser. Aus ihrer freundlichen, unverbindlichen Bruder-Schwester-Beziehung war in einer einzigen Stunde Geschwisterliebe geworden. Nein, Alisia korrigierte sich, als sie den Kreisverkehr vor Feinkost Meyer durchfuhr und Richtung Kampen abbog. Ihre Gefühle für ihren Bruder und seine für sie waren nicht neu.

Sie hatten sie nur gerade neu für sich entdeckt. Bisher waren sie zu sorglos damit umgegangen, nun hatten sie beide begriffen, wie kostbar es war, dieselben Eltern zu haben und auf eine gemeinsame Kindheit zurückzublicken.

Sie nahm das Gas weg, weil es bald links abgehen würde auf Mike Heisers Grundstück. Ein Gedanke schoss durch ihren Kopf. Es war noch nie vorgekommen, dass sie sich in einen Mann verliebt hatte, der ihre Gefühle nicht erwiderte. Bisher war es immer so gewesen, dass ein Mann sich geschmeichelt fühlte, wenn *La Cappuccina* sich in ihn verguckte. In diesem Fall hinterfragte er seine Gefühle nicht, er sah nur, dass er sich in ihrem Äußeren, in der Aufmerksamkeit, die sie überall erregte, und in ihrer Prominenz würde sonnen können. David Wiemann war der Erste, bei dem von Anfang an alles anders gewesen war. Offenbar war er ein Mann, der tiefe Gefühle entwickeln konnte. Nur leider trafen sie nicht Alisia, sondern Delia Berglund. Und wie es aussah, litt er noch immer unter Liebeskummer und hatte keinen Blick für die Frau, die ihm zu seinem Recht verhelfen wollte. Und offenbar war ihm immer noch nicht klar, warum sie das alles für ihn tat. Sie war nur irgendeine Frau für ihn, die ihm aus irgendwelchen Gründen helfen wollte. Was er für sie war, fragte er sich anscheinend nicht. Und sie? Nein, das wollte sie sich selbst nicht fragen.

Sie stellte ihren Wagen vor dem Eingangsportal ab. Gerade als sie ausstieg, sah sie Delia Berglund über den Rasen zum Hintereingang von Mikes Wohnung gehen. Endlich! Ihr Kurzurlaub war beendet! Alisia sprang über eine Rabatte, die die Auffahrt vom Rasen abgrenzte, und lief auf Delia zu. Diese blieb überrascht stehen, als sie Alisia sah, lächelte dann aber freundlich. »Hallo! Ich wollte Sie gleich suchen gehen.«

Alisia war überrascht. »Tatsächlich?«

»Ja, ich habe mit meinem Bruder gesprochen. Golo findet die Idee, mit Ihrem Namen einen Titel herauszubringen, sehr gut.«

»Und mit meiner Stimme«, erinnerte Alisia.

Aber Delia winkte ab. »Das kriegt er hin. Die Stimme von Cornelius Löber hat er auch stark bearbeitet.«

Alisia sah Delia nicht an, damit ihr Blick nicht verriet, was sie wusste: dass Cornelius Löber keinen einzigen Ton gesungen hatte.

»Löber ist noch nie so populär gewesen wie zurzeit. Niemand redet darüber, dass er seine Hauptrolle verloren hat. Problematisch ist nur, dass die Fans auf eine Tournee warten.« Delia winkte ab. »Aber da sein Repertoire nur aus ›Du bist wie ein Lied‹ besteht, ist es dafür sowieso zu früh. Und später muss Golo sich eben was einfallen lassen.«

»Er wird noch weitere Songs mit ihm aufnehmen?«, fragte Alisia.

»Natürlich! Löber ist auf einer absoluten Erfolgswelle. Auf der wird er reiten, bis ihm die nächste Hauptrolle angeboten wird.« Delia maß Alisia mit einem Blick, der ihr nicht gefiel. »Und Sie werden die tollsten Angebote bekommen, wenn Sie auf dem Laufsteg nicht nur laufen, sondern auch singen.«

Alisia wollte einwenden, dass sie mit dem Modeln aufhören würde, hielt es aber für besser, nicht zu viel zu verraten. Sonst würde Golo Berglund am Ende sein Interesse verlieren.

»Haben Sie bald Zeit, nach Hamburg zu fahren? Zu Probeaufnahmen?«

»Klar!«

»Gut, ich frage meinen Bruder, wann es ihm passt.« Sie machte ein paar Schritte auf Mikes Wohnung zu. »Ich muss zu Herrn Heiser. Es geht ihm nicht gut.« Sie eilte los und drehte sich nach ein paar Schritten noch einmal um. »Ich melde mich.«

Sie hatte gerade die Tür hinter sich geschlossen, da klingelte Alisias Handy. Während sie auf die Tür zuging, hinter der die Treppe zu Francos Wohnung hinaufführte, nahm sie das Gespräch an.

»Hier ist David.«

Es war Alisia unmöglich, mit ihm zu reden und gleichzeitig die

Treppe hochzusteigen. Sie war sicher, dass sie die Stufen hinaufstolpern und am Ende bäuchlings auf dem Treppenpodest landen würde.

»Das trifft sich gut. Ich habe gerade mit Delia gesprochen.«

Seine Stimme veränderte sich nicht. »Und? Was sagt sie?«

»Es wird klappen. Ich werde nach Hamburg zu Probeaufnahmen fahren.«

Es blieb ein, zwei Sekunden still in der Leitung. Hoffentlich fragte er nicht erneut, warum sie das für ihn tat. Aber zum Glück sagte er nur: »Lea und ich fahren mit.«

»Lea auch?«

»Ja, sie will mich jetzt unterstützen.«

»Das freut mich.«

»Ich muss mir leider eine Unterkunft suchen. Meine Mutter hat sich angemeldet. Hier in der Wohnung meiner Großeltern ist aber nur Platz für zwei. Außerdem möchte ich ihr nicht begegnen.«

»Das wird schwierig wegen der Osterferien. Die meisten Hotels und Ferienwohnungen sind ausgebucht.«

»Das habe ich schon gemerkt.«

»Ich kann im *König Augustin* nachfragen. Eine Verwandte von mir muss frühzeitig abreisen. Nicole! Sie kennen sie ja. Sie hatte ein Einzelzimmer, das dürfte jetzt frei sein.«

52

Mai 2020, Sylt

Kari hätte Indra beinahe nicht erkannt. Sie hatte aus dem Café Kuchen in die Wohnung kommen lassen, den Tisch besonders hübsch gedeckt, Kaffee gekocht, in eine Thermoskanne umgefüllt und dann ungeduldig auf Indras Erscheinen gewartet. Währenddessen waren die Erinnerungen durch ihren Kopf gezogen wie ein Schützenzug an der Dorfgemeinschaft vorbei, mit viel Trara und Trommelwirbeln. Indra, die Fünfzehnjährige mit der emotionalen Kraft einer erwachsenen Frau. Indra, die immer fröhlich war und voller Optimismus in die Zukunft schaute. Indra, die Samy Angermann über alles liebte und nichts tat, was seiner Karriere schaden konnte. Indra, die ihren Eltern die Stirn bot und ihr Kind lieber in einem Entbindungsheim zur Welt brachte, als von ihnen abhängig zu sein und sich von ihnen ihre Beziehung zu Samy kaputtmachen zu lassen. Indra, die noch so jung, aber schon so reif war. Und natürlich dachte Kari auch daran, wie Indra ihr geholfen hatte. Dieses Energiebündel, kraftstrotzend, entschlossen und immer guten Mutes.

Doch davon war nicht viel übrig geblieben. Eine Frau kam die Treppe herauf, die müde und leidenschaftslos wirkte, älter aussah, als sie war, und vergeblich versuchte, ihr Äußeres mit teurer Kleidung zu optimieren. Kari dachte an Frau Wiemann zurück, die damals im Entbindungsheim aufgetaucht war, und entdeckte Ähnlichkeiten zwischen der damals viel älteren Frau und ihrer Tochter, die für Indra nicht schmeichelhaft waren.

Als sie allerdings zusammen am Tisch saßen und begannen, in ihren Erinnerungen zu kramen, war alles wieder so wie vor Jahren, als sie beide jung gewesen waren und nicht wussten, wie es mit ihnen und ihren Babys weitergehen würde. Indra mit ihrem Kind von Samy Angermann, der zwanzig Jahre älter und ein bekannter Sänger war, Kari mit dem Kind, von dem sie zunächst nicht wusste, wer sein Vater war.

Kari wollte wissen, wie es Indra danach ergangen war. Und sie erzählte, dass sie Samy geheiratet hatte, sobald sie volljährig geworden war, dass von Davids Existenz trotzdem so wenig wie möglich an die Öffentlichkeit gekommen war. Nach wie vor war es ihrem Mann sehr wichtig, dass niemand erfuhr, wie alt Indra gewesen war, als sie seinen Sohn bekam. »So hat David auch nie den Namen Angermann bekommen, er musste weiterhin Wiemann heißen«, erklärte Indra mit einem verkniffenen Zug um den Mund. »Lea dagegen heißt Angermann. Mit ihr lässt Samy sich auch gerne fotografieren. Schon deshalb, weil sie so hübsch und erfolgreich ist.«

Kari hatte das Bedürfnis, zur Verteidigerin von David Wiemann zu werden. Obwohl sie ihn nur kurz gesehen hatte, behauptete sie, er sei doch ein sehr attraktiver Typ. »Und als Musikproduzent vermutlich erfolgreich?«

Das verneinte Indra traurig. Keiner der von David produzierten Titel habe es bisher in die Charts geschafft. Immer wieder habe David versucht, Samy einen Song auf den Leib zu schreiben, aber sein Vater war nie zufrieden gewesen mit dem, was sein Sohn für ihn komponiert und getextet hatte. »Bis David mit diesem tollen Song kam! ›Du bist wie ein Lied‹.«

Kari stutzte. »Den kenne ich. Der wird ja überall rauf- und runtergespielt. Das Lied singt Samy Angermann?«

»Eben nicht. Es hat sich herausgestellt, dass David es einem Kollegen gestohlen hat.« In Indras Augen erschienen Tränen.

»Samy will nichts mehr mit David zu tun haben. Er ist so enttäuscht von seinem Sohn.« Sie gab sich große Mühe, nicht zu weinen. »Die Aufnahmen mit Samy waren fertig, er war davon überzeugt, dass er mit diesem Song ein großartiges Comeback schaffen wird. Und ich habe so sehr gehofft, dass Samy endlich auf David stolz sein kann und bereit ist, aller Welt seinen Sohn zu zeigen. Und einfach zu lachen, wenn die Leute zu rechnen anfangen und merken, dass ich erst fünfzehn war, als David geboren wurde.« Nun verschleierte sich ihre Miene und verbarg eine Menge Resignation. »Vielleicht ist es ganz gut, dass ich älter aussehe, als ich bin.«

Kari wollte mit Höflichkeit reagieren, ihr zusichern, dass sie sich irre, brachte es aber nicht fertig. Und Indra sprach auch schon weiter, als rechnete sie nicht damit. »Aber nun … ich verstehe David ja auch nicht.« Sie hatte sich gefangen und erzählte Kari in allen Einzelheiten, wie Samy reagiert hatte, als er »Du bist wie ein Lied« im Radio gehört hatte und begreifen musste, dass der Titel, von dem er sich so viel erhofft hatte, von einem anderen gesungen wurde. »David hat geschworen, dass es sich anders verhält, dass dieser andere Musikproduzent es war, der das Lied gestohlen hat. Aber Samy glaubt ihm nicht. Und sogar Lea hat zunächst auf der Seite ihres Vaters gestanden.«

»Zunächst?« Kari horchte auf. »Hat sich daran etwas geändert?«

Indra nickte und sah auf ihre Hände, die sie im Schoß knetete. »Sie ist zurzeit auf Sylt, zusammen mit David. Sie hat viel mit ihm geredet. Gestern sagte sie mir am Telefon, dass sie ihre Meinung geändert hat. Sie ist nun davon überzeugt, dass das Lied wirklich von David ist. Dass nicht er es gestohlen hat, sondern dass es ihm weggenommen wurde.«

»Du musst auch mit David reden«, entfuhr es Kari.

Aber Indra schüttelte den Kopf. »Er will nicht. Er ist sehr enttäuscht, dass auch ich ihm nicht geglaubt habe. Mir scheint, ich habe immer viel zu viel auf Samys Seite gestanden, immer seine Meinung übernommen, immer alles getan, was er für richtig hielt.«

»Man müsste etwas finden«, sagte Kari nachdenklich, »womit sich beweisen lässt, dass dein Sohn der Urheber des Liedes ist.«

»*Wenn* er es wirklich ist.« Indra betonte das erste Wort ihres Satzes. »Samys Manager hatte schon dafür gesorgt, dass er in eine Talkshow eingeladen wird, um sein Comeback zu unterstützen. Aber er wurde wieder ausgeladen und durch Cornelius Löber ersetzt. Ausgerechnet Cornelius Löber …«

Kari horchte auf. »Samy kennt ihn?«

Nun konnte Indra die Tränen nicht mehr zurückhalten. »Ein Schlag ins Gesicht«, schluchzte sie. »Samy glaubt, dass mir der Name nichts sagt, außer dass er der Hauptdarsteller von *Heimweh nach Madrid* ist. Aber ich weiß schon lange Bescheid.«

Kari goss ihre Kaffeetassen wieder voll und legte Indra ein weiteres Stück Kuchen auf den Teller. »Nun musst du mir aber alles erzählen.«

Eine Stunde später wusste sie, warum Indra ihr Glück nicht gefunden hatte. Aber sie wusste auch, warum sie es nie woanders gesucht hatte. Indra hatte resigniert. Wegen ihrer Eltern, für ihre Kinder, und auch für Samy hatte sie sich nie aufgelehnt. Vor allem hatte sie ihren Eltern beweisen wollen, dass sie als Fünfzehnjährige alles richtig gemacht hatte. Obwohl die Wiemanns nicht daran hatten glauben wollen …

53

2. Mai 2020, Sylt

David war früh aufgestanden. Sein Schlaf war schwer und traumlos gewesen, er fühlte sich ausgeschlafen und tatkräftig. Nach dem guten Frühstück im *König Augustin* entschloss er sich, eine Strandwanderung zu machen. Das Wetter war schön, gerade so, wie man es sich Anfang Mai wünschte. Die Luft war mild, der leichte Wind fuhr nur gelegentlich mit kurzen kalten Böen hinein, die Sonne würde bald herauskommen. Noch war sie nicht mehr als ein heller Schein hinter den Wolken. David ging am *Miramar* die Treppe zur Strandpromenade hinunter und wandte sich gen Norden. Zunächst lief er auf den Holzplanken, als sie zu Ende gingen, wechselte er an die Wasserkante. Die Brandung war flach, er konnte dort wandern, wo der Sand feucht und fest war, ohne ständig darauf achten zu müssen, dass er keine nassen Füße bekam, weil eine Welle weiter auslief, als zu erwarten gewesen war. Er brauchte den Blick nicht auf seine Füße zu richten, er konnte zum Horizont sehen, in den Himmel und so weit voraus wie möglich.

David spürte zum ersten Mal seit langer Zeit wieder Ruhe in sich. Seit er »Du bist wie ein Lied« im Autoradio gehört hatte, gesungen von einer fremden Stimme, hatte er keine Ruhe mehr gefunden. In ihm war zu viel Verzweiflung und auch Verbitterung gewesen. Dazu die Hilflosigkeit, weil er zum Nichtstun verdammt worden war, sich offenbar damit abzufinden hatte, dass er betrogen worden war, ohne etwas dagegen tun zu können. Das hatte sich nun geändert. Eine schöne Frau hatte ihm den Glauben an die Gerechtigkeit zurückgegeben. Seit Alisia in sein Badezimmer eingedrungen war, seit sie sich seiner angenommen hatte, seit sie ihm gezeigt hatte, dass eine Fremde einem Fremden helfen konnte, hatte sich vieles verändert. Der Schmerz um seine zerronnene Liebe tat nicht mehr so weh, die Trauer um den verlorenen Vater ließ sich jetzt ertragen, die Einsicht, dass er seine Anerkennung endgültig verwirkt hatte und nie wieder zurückerlangen konnte, wurde zur Resignation, die den akuten Schmerz ein wenig betäubte. Dass seine Mutter ihm nicht helfen würde, war eine zu alte Erfahrung, sie konnte keine frische Wunde mehr schlagen. Und der Schrei nach Gerechtigkeit, die ohnmächtige Wut, um einen großen Erfolg gebracht worden zu sein, hatte einem neuen Gefühl Platz gemacht. Für dieses Gefühl hatte er noch keinen Namen, aber er wusste genau, wo es saß. Mitten in seinem Herzen, da, wo es keine negativen Gefühle mehr gab, keine Hoffnungslosigkeit, keine Entmutigung, wo alles, was er empfand, einen ganz besonderen Schimmer hatte: cappuccinofarben.

Dass mit einem Mal Mikes Anwesen in Sicht kam, überraschte ihn. Er war viel weiter gelaufen, als er gedacht hatte. Über eine Stunde war er schon unterwegs. Nun verlangsamte er sein Tempo und blieb schließlich stehen, als er den Weg erkennen konnte, der in Mikes Garten führte. Er wusste von Delia, dass es dort irgendwo ein kleines verstecktes Tor gab, das meist verschlossen war. Delia wusste, wo der Schlüssel hing, und hatte ihn oft benutzt, um von dort zum Strand zu kommen.

David wandte dem Meer den Rücken zu und starrte die Dünen hinauf, auf den Heckenrosenwall, der Mikes Grundstück abschloss. Der Designer hätte sein Anwesen gerne deutlicher abgeschirmt, mit hohen Sträuchern und Bäumen, aber das hatte das Ortsstatut von Kampen nicht zugelassen.

David näherte sich vorsichtig dem Weg, der in Mike Heisers Grundstück führte, ohne zu wissen, warum er es tat. Weil Delia dort irgendwo war? Weil sie in diesem Haus ihr Zimmer hatte? Weil sie dort arbeitete? Hoffte er, sie zu sehen? Ja, das war es wohl. Aber David merkte, dass es keine Sehnsucht war, die ihn hierherführte. Es war nur der weiterhin an ihm nagende Wunsch, von ihr zu hören, was sie getan hatte. Es war natürlich Unsinn zu erwarten, dass sie ausgerechnet in diesem Moment die Pforte benutzen würde, um sich eine Auszeit an der Wasserkante zu gönnen. Dennoch wurde David wie von einem Magneten angezogen.

Es gab einen Punkt, an dem man den Garten übersehen konnte, eine winzige Lücke zwischen zwei Büschen. David wusste, wie es in Mike Heisers Garten aussah. Sein Vater hatte einmal von dem Designer eine Einladung zu einer Party bekommen, die er an David weitergereicht hatte. Samy Angermanns Sohn war genauso willkommen gewesen. In diesen Kreisen wurde er auch der Sohn des bekannten Schlagerstars genannt. Und da unter diesen Leuten viele waren, die etwas vor der breiten Öffentlichkeit zu verbergen hatten, fand niemand etwas dabei, dass die Schlagerfans nichts von einem erwachsenen Sohn wussten. David hatte damals nur kurz erklärt, dass es ihm wichtig sei, sein eigenes Ding zu machen und dass er nicht von der Popularität seines Vaters profitieren wolle, von da an war darüber nicht mehr geredet worden. Die nächsten Einladungen waren dann sogar nicht nur an Samy, sondern auch gleich an seinen Sohn gegangen. Samy Angermann hatte sie nicht angenommen, David war immer gern gekommen.

Er blieb stehen und bog zwei dünne Zweige auseinander, um noch besser sehen zu können. Irgendwas war anders in Mike Heisers Garten. Bisher hatte es dort immer nur herrschaftliche Ruhe gegeben, meist war der Garten menschenleer. Seit Mike Heiser krank war, saß niemand mehr auf der Terrasse. Früher, als der Designer noch mit seinem Lebensgefährten in diesem Haus lebte und Feste feierte, war die Markise oft ausgefahren worden, auf dem Terrassentisch hatten Gläser gestanden oder Zeitschriften gelegen. Das war schon lange nicht mehr der Fall. Zwar sorgte die Haushälterin dafür, dass die Sitzkissen und die Auflagen für die Liegen makellos waren, aber der Terrasse fehlte es schon lange an Leben. Der ganze Garten war leblos geworden, seit Mike Heiser krank war.

Jetzt jedoch herrschte eine merkwürdige Betriebsamkeit. Merkwürdig deshalb, weil sie so lautlos war. Man spürte die Menschen, die herumhuschten, eher als sie zu sehen. Eine klappende Tür, eine Gardine, die sich bewegte, Schritte im Gras, auf der Terrasse, sehr schnell, aber leise, als bemühten sich alle, so wenig Geräusche wie möglich zu erzeugen. Etwas Angespanntes lag in der Luft. David zog sich leise und unauffällig zurück. Er konnte nicht sagen, was es war, das ihn zurückweichen ließ, aber in diesem Haus schien etwas zu geschehen, was so privat war, dass es sich von selbst verbot, dort einzudringen.

Er ging zum Strand zurück, in Gedanken versunken, in dem Gefühl eingesponnen, das ihn nicht verlassen wollte, auch als er sich vom Anwesen Mike Heisers entfernte. Die Gestalt, die sich von der Wasserkante löste und ihm entgegenkam, erkannte er erst bei näherem Hinsehen. Delia! Sie hatte den Blick auf ihre Füße gerichtet, sonst wäre sie ihm vermutlich ausgewichen. Aber als sie aufsah und David erkannte, war es zu spät. Sie konnte nicht mehr abschwenken, dann hätte es wie eine Flucht ausgesehen.

»Was machst du hier?«, fragte sie.

David starrte sie an. Ihr hübsches Gesicht, die großen Augen, den herzförmigen Mund, dem die Grübchen fehlten, die sich nur zeigten, wenn sie lächelte. Aber Delia schaute ihn finster an, als fühlte sie sich von ihm belästigt.

»Was willst du?«

David zuckte nur mit den Schultern. »Ich mache einen Spaziergang. Und da sah ich zufällig …« Er sprach nicht weiter, erkannte sofort, dass sie ihm nicht glaubte.

»Warum bist du auf Sylt?«

»Du weißt doch, dass meine Großeltern hier eine Wohnung haben.«

Aber Delia wischte seine Antwort ärgerlich aus der Luft. »Warum nimmst du nicht einfach zur Kenntnis, dass es vorbei ist?« Ihre Stimme klang aggressiv, als sagte sie ihm etwas, was sie ihm schon tausendmal vorgehalten hatte.

David blieb ganz ruhig. »Weil ich finde, dass ich eine Erklärung verdient habe«, antwortete er. »Aber du hast nie abgenommen, wenn ich dich anrief.«

»Weil es keine Erklärung gibt. Ich liebe dich nicht mehr, das ist alles.«

David schluckte. Ja, das hatte er gewusst, trotzdem war es nicht leicht, es zu hören. »Es geht nicht nur darum, es geht auch um mein Lied.«

»Damit habe ich nichts zu tun.« Delia versuchte, über seine Schulter zu blicken, als suchte sie eine Möglichkeit, an ihm vorbei zu dem Tor zu kommen, das sie von David getrennt hätte.

»Ich hatte es dir gewidmet. Du hast es von mir geschenkt bekommen. Zum Geburtstag.«

Delia sah ihn nicht an. »Kann sein, dass Golo es zufällig bei mir gesehen hat …«

»Er hat es dir weggenommen? Und du hast es nicht gemerkt? Dir ist gar nicht aufgefallen, dass es nicht mehr da war?«

Sie wurde jetzt ärgerlich. »Lass mich in Ruhe, David. Golo ist mein Bruder, ich werde ihn sicherlich nicht ans Messer liefern.«

»Aber mich? Mich lieferst du ans Messer?«

Sie machte einen Schritt auf ihn zu, wollte ihn zur Seite schieben, als ein Ruf aus dem Garten alles veränderte. »Schnell!«, schrie jemand.

David drehte sich um, und Delia nutzte die Gelegenheit, an ihm vorbeizuhuschen und in den Garten zu laufen.

»Gut, dass du da bist«, rief jemand, und im Nu war Delia verschwunden.

David sah ihr nicht nach. Er machte kehrt und ging zur Wasserkante zurück. Die Sonne brach gerade durch die Wolken. Es war, als bräche eine ganze neue Hoffnung hervor. Es tat gut, diese Hoffnung auf der Haut zu spüren, ihre Wärme, ihren Trost. Und es tat gut zu begreifen, dass er einem Irrtum erlegen war. Jahrelang! Jetzt, mit einem Mal, in diesem Augenblick, sah er es ein. Warum diese plötzliche Erkenntnis? Auch das wusste er schlagartig. Es lag an der Frau, die voller Empathie war, voller Hilfsbereitschaft, voller Wärme …

54

Mai 2020, Sylt

Alisia atmete tief ein und aus und ging auf den Balkon. Ihr war zumute, als wäre sie im allerletzten Augenblick einer schweren Entscheidung entronnen, einer, der sie sich noch nicht gewachsen fühlte. Die Nacht mit Franco war schön gewesen. Zu schön, dieser Eindruck hatte sich nicht von ihr lösen wollen. Der Champagner, die Kerzen, die Zeit, die er sich nahm, die Zärtlichkeit, die sie sonst sehr genoss, die sie aber mit einem Mal mit Argwohn erfüllte. Es war von allem zu viel gewesen. Zu viel Liebe, zu viel Schmeichelei, zu viel Sex, zu viel Behaglichkeit, zu viel Luxus. Alisia war von Angst angefallen worden, und Franco schien zu merken, dass er eine Scheu erzeugt hatte, die keine Grundlage für das bot, was er plante. Die Angst vor einem Heiratsantrag hatte letztlich dafür gesorgt, dass sie ständig auf der Hut gewesen war und jedes besonders tiefe Gefühl, das sich ankündigte, in einen Scherz tunkte, in eine Albernheit oder einen besonderen Wunsch. Am Morgen jedoch hatte sie sich noch immer nicht in Sicherheit wiegen können. Direkt nach dem Aufwachen hatten sie sich geliebt, waren gemeinsam unter die Dusche gegangen, hatten sich gegenseitig abgetrocknet. Und erneut war die Angst vor diesem Zuviel in Alisia entstanden. Zu viel Harmonie, der sie sich nur mit Mühe hatte entziehen können.

Beim Frühstücken schien es dann so weit zu sein. Franco hatte ihr das Messer aus der Hand genommen, hatte sie bedeutungsvoll angesehen und ihr gestanden, dass er der glücklichste Mann der

Welt sei, weil er die Nacht mit ihr hatte verbringen und die erste Stunde des Tages mit ihr hatte genießen dürfen. Und dann hatte er in seine Hosentasche gegriffen … aber genau in diesem Augenblick hatte sein Handy geklingelt. Und Alisia hatte darauf bestanden, dass er das Gespräch annahm. Wie sich kurz darauf herausstellte, war es auch nötig gewesen. Die Haushälterin war am Apparat gewesen. Franco solle sofort zu Mike kommen, es sei dringend …

Alisia blickte aufs Meer, zum Horizont, auf den Strand, ohne wirklich etwas zu sehen. Nun wurde sie mit einem Mal auf zwei Menschen aufmerksam, die sie beide kannte. David und Delia! Sie standen dicht voreinander und redeten, ohne dass Alisia erkennen konnte, ob es ein ruhiges oder hitzköpfiges Gespräch war, ein freundliches oder eins, das aus Vorhaltungen bestand. Sie wollte es auch nicht wissen. Abrupt drehte sie sich um und starrte eine Weile in die Scheibe der Balkontür, wo sich die beiden noch undeutlich spiegelten. War David gekommen, um Delia zu zwingen, mit ihm zu reden? Das entsprach nicht ihrer Verabredung. Zuerst brauchten sie den Beweis oder ein Indiz, so war es abgemacht, dann erst … Ja, was dann? Was dieser Beweis für Davids Liebe zu Delia bedeutete, wusste Alisia nicht. Das hing womöglich davon ab, ob sich auch beweisen ließ, wie Golo an die Noten gekommen war. Ob Delia sie ihrem Bruder überlassen hatte oder ob Golo Berglund sie sich genommen hatte, ohne dass Delia es wusste.

Alisia ging ins Wohnzimmer zurück. Sie würde Lea anrufen und sie fragen, was davon zu halten war, dass David sich mit Delia getroffen hatte. Es tat ihr gut, in Lea eine Verbündete gefunden zu haben, vielleicht sogar eine Freundin.

Aber Lea meldete sich nicht, nur ihre Mailbox sprang an. Alisia legte ihr Handy weg, griff aber gleich wieder danach, als es zu läuten begann. Im Display erschien der Name ihres Bruders. »Constantin? Langweilst du dich in Riekenbüren?«

Constantin lachte. »Nicht wirklich. Hier gibt's verdammt viel zu tun. Und schließlich ist da ja auch noch Sabrina.«

»Pass auf, dass sie nicht das Gefühl hat, die Schreinerei sei dir wichtiger.«

Constantin versprach es.

»Wie geht's Onkel Hasso?«

»Der liegt flach.«

»Und Lutz Jacobson?«

»Ein oder zwei Wochen wird er wohl noch im Krankenhaus bleiben müssen.«

»Kommt Nicole klar?«

Constantin zögerte mit einer Antwort. »Ganz ehrlich? Ich weiß nicht, warum sie hier ist. Gerade habe ich erfahren, dass die Krankenkasse eine Haushaltshilfe gestellt hätte, wenn Nicole nicht gekommen wäre. Warum muss sie auf ihren Urlaub verzichten?«

Diese Frage konnte Alisia nicht beantworten. »Sie wäre sicherlich auch lieber hiergeblieben.«

Constantin gab ein Geräusch von sich, das sich nicht so anhörte, als wollte er seiner Schwester zustimmen. »Ich glaube, die hat jetzt schon von Familie die Nase voll. Von Kindern, Wäschebergen und vom Eintopfkochen auch. Tante Halina ist stinksauer, dass sie hier die Hausfrau vertreten soll. Wäre Onkel Hasso nicht so krank, hätte er schon ordentlich was zu hören bekommen. Anscheinend hat sich unser Onkel zusammen mit dem Pächter den Plan ausgedacht, wie die *Schreinerei Wunder* doch noch im Familienbesitz bleiben kann.«

»Indem Nicole den Pächter heiratet?«

»Bingo.«

»Ich hoffe, Tante Halina lässt das nicht zu.«

»Wenn sie es verhindern kann, wird sie es tun, da kannst du sicher sein.«

Alisia war beruhigt. »Wie läuft's mit Sabrina?«

»Deswegen rufe ich an. Also, nicht wegen Sabrina, sondern wegen ihres Bruders. Der ist auch nach Riekenbüren gekommen.«

»Roland Wolke.«

»Genau. Soll ich ihm mal auf den Zahn fühlen?«

»Bleibt er länger?«

»Fürs Erste.«

»Dann warte. Morgen fahre ich nach Hamburg, in das Tonstudio von Golo Berglund. Demnächst wird deine Schwester ein Schlagerstar sein.«

»Das willst du wirklich durchziehen?«

»Ich will nur Zugang zu seinem Studio haben. Wenn ich die Noten gefunden habe, die beweisen, dass Golo Berglund ein Dieb ist, dann können wir Roland Wolke auch ermutigen, sich gegen den Vertrag aufzulehnen. Vielleicht kann er danach seinen Namen an die große Glocke hängen, ohne befürchten zu müssen, dass er Konventionalstrafe zahlen muss. Dann wird er der Star und nicht Cornelius Löber.«

»Das wäre toll. Der kriegt täglich mehrere Anfälle, wenn er sein Lied hört und sich vorstellt, sein Name stünde auf dem Plattencover.«

Als Alisia das Handy zurücklegte, hatte sie David und Delia für einen Moment vergessen. Das Glück, mit ihrem Bruder ein neues vertrauensvolles Verhältnis zu haben, füllte sie ganz und gar aus. Dann trat sie erneut auf den Balkon. David und Delia waren nicht mehr zu sehen. Weit hinten sah sie eine Gestalt an der Wasserkante, die vielleicht David war. Aber sicher war sie nicht.

Sie zog eine leichte Jacke über und suchte nach ihrem Autoschlüssel. Sie hatte Constantin versprochen, ihn im *König Augustin* zu vertreten. Also würde sie jetzt zu ihren Eltern fahren und sich einweisen lassen. Ihr Vater hatte gestrahlt, als er hörte, was sie plante, ihre Mutter jedoch hatte sich noch nicht damit abgefunden, dass ihr Sohn, der Nachfolger des *König Augustin*, für eine Weile in Riekenbüren die *Schreinerei Wunder* leiten wollte.

»Was für ein Unsinn«, hatte sie gestöhnt. »Constantin ist kein Schreiner, und du bist keine Geschäftsfrau. Warum muss er in Riekenbüren in der Werkstatt stehen und meine Tochter hier im Büro sitzen?«

Alisia hatte darauf verzichtet, diese Frage zu beantworten. Aber sie hatte ihrer Mutter verraten, dass sie am nächsten Tag nach Hamburg fahren wolle, um Probeaufnahmen in einem Tonstudio zu machen. Kari Keller war begeistert gewesen. Eine neue Karriere für *La Cappuccina!* Dafür durfte Alisia einen ganzen Tag im Büro des *König Augustin* sitzen und sich das Buchhaltungsprogramm erklären lassen.

55

Mai 2020, Sylt

Linda stand an der Tür von Chris' Atelier und sah aus, als wollte sie Haltung annehmen, als könnte man damit rechnen, dass sie die Hände an die Hosennaht legte. Kerzengerade stand sie da, mit einem feierlichen Gesichtsausdruck, erfüllt von einem Hochgefühl, das sie gar nicht mehr kannte. Es fiel ihr ein, dass es so was in jungen Jahren gegeben hatte, wenn sie einen Mann erfolgreich umgarnt hatte, wenn ihr Kleid auf einer Party das schönste gewesen war oder damals, als sie die Hochzeit mit Arne Augustin organisierte. Die Zufriedenheit, als aus Chris Reineit endlich ein anerkannter und sogar berühmter Maler geworden war, hatte sich auch ähnlich angefühlt. Aber diesmal hatte das, was sie empfand, nichts mit einem Mann zu tun, es handelte sich um ihren eigenen Erfolg, der nicht von der Liebe eines Mannes abgeleitet worden war. Ihr Gemälde, ihr Wutbild, wurde von den Mitarbeitern der Galerie sehr vorsichtig verpackt und dann an ihr vorbeigetragen. Für diesen Anlass hatte sie sich in elegantes Schwarz gehüllt. Schwarze Jeans, schwarze Jacke mit Strassapplikationen, ein schwarzes Seidenshirt. Nur in ihren aufgetürmten Haaren gab es eine knallrote Spange, die dem Schwarz das Strenge nahm und dem soliden Outfit das Konventionelle. Genau richtig für einen großen Augenblick!

Chris stellte sich an ihre Seite. »Der Galerist sagt, er hätte schon einen Interessenten.«

Linda griff nach seiner Hand. »Glaubst du, ich könnte noch einmal etwas malen?«

Chris grinste. »Wir werden sehen, ob du dafür unbedingt diese schreckliche Wut brauchst. Dann würde es natürlich schwierig. Aber du könntest es ja auch mit einer soliden Ausbildung versuchen. Vielleicht brauchst du dann die Wut gar nicht mehr.«

Linda hängte sich an seinen Hals. »Danke, Chris.« Sie küsste ihn leidenschaftlich. »Morgen gehe ich an der Galerie vorbei und schaue nach, ob das Bild wirklich dort hängt. Wenn ich eine große Sonnenbrille aufsetze und mir einen riesigen Hut in die Stirn ziehe, wird mich niemand erkennen.«

Chris lachte. »Ich weiß, wie du dich fühlst. Als sich das erste Mal ein Galerist für ein Bild von mir interessiert hat, ging es mir ähnlich. Nur dass ich für dieses Bild vorher hundert andere malen musste, bis ich endlich so weit war. Du dagegen hast auf Anhieb einen Volltreffer gelandet.« Er zog Linda in seine Arme. »Gut, dass du anders malst als ich. So werden wir uns keine Konkurrenz machen.«

Eine Autotür klappte vor dem Vorderhaus, kurz darauf waren Schritte zu hören, die über den Gartenweg auf die Tür des Ateliers zukamen.

Linda riss erstaunt die Augen auf. »Arne?«

Er kam lächelnd auf sie zu, begrüßte sie und auch Chris, und aus seinem Lächeln wurde ein freches Grinsen. »Warum schaut ihr mich an, als könnte ich eure Farbtöpfe ausleeren oder die Leinwände zerkratzen?«

Linda fing sich schnell wieder. »Komm rein!« Sie machte einen Schritt zur Seite und ließ Arne eintreten. Chris blieb in der geöffneten Tür stehen, als traute er der Sache noch nicht.

Arne sah sich um. »Ich bin gekommen, um dein Gemälde zu bewundern.«

Linda lächelte geschmeichelt. »Das hat sich ja schnell herumgesprochen. Aber leider … das Bild ist schon auf dem Weg in die Galerie.«

»Schade.« Arne betrachtete seine Ex-Frau anerkennend. »Ich hatte keine Ahnung, dass du Talent zum Malen besitzt.«

»Ich auch nicht«, gab Chris zurück, der sich nun näher herantraute.

»Ich ja selbst nicht«, sagte Linda.

Sie nahmen in der kleinen Sitzecke Platz, Linda ging zur Kaffeemaschine, aber Arne wollte sich mit einem Schluck Mineralwasser begnügen. »Ich möchte dir nur zu deinem Erfolg gratulieren, Linda«, sagte er. »Und außerdem … du sollst eine der Ersten sein, die erfährt, dass ich wieder heiraten werde.«

Linda lächelte wissend. »Das wird aber auch Zeit.«

Arne bestätigte es. »Erst dachten Brit und ich, dass uns eine Ehe nicht glücklicher macht, dass wir genauso gut unverheiratet zusammenleben können. Dann war natürlich auch mein Name ein Hindernis. Aber mittlerweile bin ich ja längst nicht mehr Florian Aldenhof, sondern wieder Arne Augustin. Und da finde ich, dass ich nun Nägel mit Köpfen machen sollte. Obwohl wir aus dem heiratsfähigen Alter längst raus sind.«

Nun ließ Chris es sich nicht nehmen, eine Flasche Champagner zu öffnen. Währenddessen wandte sich Arne an Linda. »Es ist damals viel schiefgelaufen zwischen uns. Ich würde mich freuen, wenn wir darunter einen Schlussstrich ziehen könnten.«

Linda hob ihr Glas. »Ich muss mich für vieles entschuldigen …«

Aber Arne ließ sie nicht zu Ende sprechen. »Lass uns einfach neu anfangen und alles Zurückliegende vergessen.« Sie stießen an und tranken einen Schluck. »Und dann hoffe ich, ergänzte Arne, »dass ihr die Einladung zu unserer Hochzeit annehmen werdet.«

Als Arne wieder gegangen war, stand Linda eine Weile nachdenklich im Raum. »Ob er auch gekommen wäre, wenn ich das Bild nicht gemalt hätte?«

Chris kam zu ihr und zog sie in seine Arme. »Vielleicht nicht. Kann sein, dass dich viele Menschen in den letzten Jahren übersehen haben, obwohl du vor ihrer Nase gelebt hast. Du hattest dein Profil verloren. Du warst zu einem Menschen geworden, der schnell vergessen wurde. Jetzt hast du wieder etwas zu bieten. Du hast etwas geschaffen, etwas erreicht, was Außerordentliches hinbekommen.« Er löste sich von Linda, sah sie lange an, mit einem Blick, den sie noch nie an ihm gesehen hatte, der sie wieder intensiv betrachtete und nicht mehr über sie hinwegging, der Neues an ihr entdeckte, was ihm früher entgangen war, der etwas sah, was es vorher nicht gegeben oder was ihn lange nicht mehr interessiert hatte.

Dann ging er vor ihr auf die Knie. »Willst du meine Frau werden, Linda?«

56

Mai 2020, Riekenbüren

»Ist das was Veganes?« Tim sah Nicole an, als hätte sie ihm gehäckseltes Unkraut vorgesetzt.

»Das ist Gemüsesuppe«, antwortete Nicole.

»Und wo sind die Würste?«

»Man muss nicht jeden Tag Fleisch essen.«

»Also bist du wirklich Veganerin?«

»Nein, ich meine nur …«

»Das esse ich nicht«, sagte Jana und schob den Teller zur Seite.

»Ich auch nicht«, schloss sich Gina an, die immer froh war, wenn sie ein Essen verweigern konnte, ohne für magersüchtig gehalten zu werden.

Nicole musste die Tränen bekämpfen, die in ihr aufstiegen. »Dann eben nicht.« Sie war voll von guten Vorsätzen nach Riekenbüren gekommen, sicher, dass die Kinder glücklich sein würden, sie zu sehen, von ihr umsorgt zu werden, sich auf sie verlassen zu können. »Vielleicht fahre ich wieder nach Sylt. Wenn mein Zimmer im *König Augustin* noch frei ist …«

Es war ein Schuss ins Blaue. Der Versuch, ein nettes Wort zu erzwingen, etwas zu hören, was ihr zeigte, dass die Kinder sie mochten. Irgendwie musste es doch möglich sein, mal ein bisschen Dankbarkeit zu ernten.

»Und wir?«, fragte Tim entgeistert.

»Ihr sucht euch einfach eine andere, an deren Essen ihr rummeckern könnt.«

»Aber du hast Papa versprochen …«

»Nein, ich habe nichts versprochen. Als er mich gebeten hat, mich um euch und um den Haushalt zu kümmern, habe ich meinen Urlaub abgebrochen, weil ich dachte, ihr braucht mich. Aber ihr braucht nur jemanden, an dem ihr herumnörgeln könnt.«

Sie stand auf, öffnete die Tür und zwang sich, Janas Tränen nicht zur Kenntnis zu nehmen. Die Worte der Kleinen bannten sie jedoch auf den Fleck. »Aber Papa hat gesagt, du wirst unsere neue Mutter. Später. Wenn Mama lange genug tot ist.«

Nicole drehte sich zu den Kindern um. »Ach so! Wenn ich eine Haushälterin wäre, würdet ihr euch höflich benehmen? Aber wenn ich eure Mutter werden soll, könnt ihr mit mir umspringen, wie ihr wollt?«

Alle drei sahen nun betreten auf ihre Hände. Nur Jana murmelte: »Mama war nie so schnell pimpelig.«

Nicole hatte das Wort noch nie gehört, brauchte aber nicht nach der Bedeutung zu fragen. Die ergab sich von selbst. »Tut mir leid, aber ich werde nicht eure neue Mutter.«

Sie schloss die Küchentür und atmete tief durch. Sie brauchte jetzt erst mal ein bisschen Zeit für sich selbst. Und Zeit, sich zu überlegen, wie sie mit diesen drei Kindern umgehen sollte. Eigentlich waren es nette Kinder, aber jetzt waren es vor allem ängstliche Kinder. Sie hatten ihre Mutter verloren und waren voller Sorge, dass ihnen auch der Vater genommen werden könnte. Prompt rührte sich in Nicole wieder das schlechte Gewissen, während sie über den Hof zum Altenteil ihrer Eltern ging. Die Kinder würden heute ihre Schularbeiten ohne ihre Unterstützung machen müssen. Vielleicht hatte sie gegen Abend ihren Ärger so weit im Griff, dass sie den dreien Abendbrot machen konnte.

Bevor sie die Tür ihrer Eltern öffnete, blieb sie stehen und genoss, was sie seit ihrer Kindheit kannte und liebte. Das Hämmern und Sägen aus der Werkstatt, das scharfe Geräusch des Hobels, die Stimmen der Arbeiter, den Duft des Holzes und der Sägespäne, der manchmal vom Geruch frisch aufgetragener Lacke vertrieben wurde. Was für ein Glück, dass Constantin gekommen war, um hier die Leitung zu übernehmen, sodass der Betrieb weiterlaufen konnte. Die *Schreinerei Wunder* hatte gute Angestellte gehabt, aber einer war in Rente gegangen, ein anderer hatte einen Unfall gehabt und würde monatelang ausfallen, einer war überraschend gestorben. Ein weiterer hatte gerade seine Gesellenprüfung gemacht und war erst vor vier Wochen eingestellt worden. Zwei junge Schreiner waren Berufsanfänger, ein weiterer hatte gar keine Ausbildung zum Schreiner gemacht, sondern sich autodidaktisch Kenntnisse angeeignet. Er war von Lutz Jacobson eingestellt worden, weil ein Ungelernter immerhin den Gesellen zur Hand gehen konnte. Ohne jemanden, der die Leitung übernahm und die Arbeiten koordinierte, der darauf achtete, dass sorgfältig gearbeitet wurde und die Lieferzeiten eingehalten werden konnten, wären die jetzigen Angestellten nicht in der Lage gewesen, die Aufträge auszuführen, die erledigt werden mussten. Constantin war zwar kein gelernter Tischler, aber er liebte dieses Handwerk, hatte es zu seiner Leidenschaft gemacht und wusste dazu viel von Betriebswirtschaft und Mitarbeiterführung. Er hatte die Arbeiter fest im Griff und viel für ihre Motivation getan. Dass der Vertreter des Chefs das Tischlerhandwerk liebte, hatte allen gezeigt, wie gut es war, in der *Schreinerei Wunder* arbeiten zu dürfen.

Ihr Vater hatte zum ersten Mal seit zwei Wochen das Bett verlassen und saß nun in der Küche, im Bademantel, ungekämmt, ungewaschen, mit einem Teeglas vor sich. »Da bist du ja endlich!«

Nicoles Vorsatz, sich zu beruhigen, brach im selben Moment in sich zusammen. »Ich kann mich nicht vierteilen. Ich habe nebenan für drei Kinder Gemüsesuppe gekocht. Davor habe ich die Wäsche gebügelt, die ich gestern gewaschen habe.«

»Ja, ja, schon gut«, brummte Hasso. »Es macht dir doch Spaß, oder?«

Nicole setzte sich zu ihm. »Nein, Papa, es macht mir überhaupt keinen Spaß. Die Kinder mögen eigentlich nett sein, zurzeit sind sie es aber nicht. Sie behandeln mich wie eine lästige Stiefmutter, die den Platz ihrer geliebten Mutter einnehmen will.«

»Das wird schon.«

Im selben Moment kam Halina herein. »Habe ich gerade das Wort Stiefmutter gehört?« Dass weder Hasso noch Nicole darauf etwas entgegneten, war ihr Antwort genug. »Nicole, ich war dagegen, dass du deinen Urlaub abbrichst.«

»Ich weiß.«

»Natürlich braucht Lutz Hilfe. Aber die Gemeindeschwester wäre gekommen, wenn er sie gebeten hätte, die Schwiegertochter von Fritz hatte sich angeboten, die Krankenkasse hätte eine Haushälterin geschickt. Aber Lutz wollte ja nur dich.« Sie warf ihrem Mann einen bösen Blick zu. »Dein Vater auch. Und warum?«

Hasso nahm seine Teetasse und verließ wortlos die Küche. Halina warf ihm einen verächtlichen Blick nach und setzte sich zu Nicole. »Ich sage nichts, wenn du mir jetzt erklärst, dass du dich in Lutz Jacobson verliebt hast. Aber ich werde dich anbrüllen, wenn du ihn heiratest, weil du meinst, du wirst glücklicher, wenn du eine Familie hast. Und deinen Vater werde ich auf die Kreissäge setzen, wenn er von dir verlangt, den Pächter zu heiraten, damit die Schreinerei in der Familie bleibt.«

»Ist ja gut.« Nicole winkte müde ab.

Halina atmete tief durch und lehnte sich zurück. »Du weißt, ich liebe deinen Vater, aber zurzeit macht er mich wahnsinnig. Immer nur die Schreinerei! Seit er sich zur Ruhe gesetzt hat, ist es schlimmer statt besser geworden. Nicht einmal sein Vater war derart verbohrt.«

»Der hatte ja auch einen Nachfolger.«

Das hätte Nicole besser nicht gesagt. Ihre Mutter fuhr auf sie herab wie ein Habicht auf eine Maus. »Ich kann dieses Wort nicht mehr hören!« Sie sprach es mit herabgezogenen Mundwinkeln aus: »Nachfolger! Bei *Sanitär-Wolke* wird auch ständig von dem Nachfolger geredet. Dort gibt es einen, aber der weigert sich, die Firma weiterzuführen. Das ist für den alten Wolke genauso schlimm, als wäre sein Roland gestorben. Den Namen eines Sohnes, der Sänger werden will, würde er am liebsten totschweigen. Und dann der Bauernhof nebenan! Der alte Jonkers musste auch einsehen, dass er keinen Nachfolger hat. Sein Schwiegersohn ist Beamter, der hat mit Landwirtschaft nichts am Hut. Und Marga will sich die Hände nicht schmutzig machen. Der Hof ist verkauft, da arbeiten jetzt Fremde. Und dein Vater stellt sich jeden Tag an den Zaun und redet abends von der guten alten Zeit, als die Jonkers noch den Hof bewirtschafteten.« Wütend schlug Halina mit der Faust auf den Tisch, gleichzeitig kamen ihr die Tränen. »Dennis lebt nicht mehr. Wir sollten daran arbeiten, seinen Tod endlich zu überwinden. Er ist schon so lange tot. Aber seit Hasso ständig von einem Nachfolger redet, ist alles wieder so frisch wie vor zwanzig Jahren. Er muss sich endlich damit abfinden, dass er keinen Nachfolger mehr hat. Stattdessen haben wir einen Pächter, der Betrieb läuft weiter.« Sie ließ die Schultern herabfallen und sah Nicole verzweifelt an. »Dumm nur, dass dieser Pächter gerne Hassos Nachfolger werden würde. Du bist unsere Alleinerbin, wenn er dich heiratet, gehört dir die Schreinerei und damit auch ihm.« Wieder wurde ihre Stimme lauter. »Aber ich lasse nicht zu, dass meine Tochter verschachert wird, damit zwei Männer kriegen, was sie wollen.«

57

Mai 2020, Sylt

Über Mike Heisers Anwesen lag die Trauer wie eine schwere Decke, unter der sich alles duckte. Still war es darunter, alle Bewegungen schienen verlangsamt. So jedenfalls wirkte es auf den ersten Blick. Hinter den verschlossenen Türen, in den Büros, in der Werkstatt gab es jedoch viel Unruhe. Sogar noch mehr als sonst. Franco hatte Beratungsgespräche mit den Mitarbeitern einberufen, hatte Lieferanten und Kunden eingeladen, die über die neue Situation bei Heiser-Moden unterrichtet werden mussten. Mike Heiser war gestorben. Er hatte keine Angehörigen, die sich um die Beisetzung kümmern konnten, auch das musste Franco organisieren. Er hatte alle Hände voll zu tun. Wenn er sich in seiner Wohnung blicken ließ, dann nur, um sich bei Alisia dafür zu entschuldigen, dass er keine Zeit für sie hatte, und um dann eilig wieder zu verschwinden. Franco nahm sich nicht einmal die Zeit zu trauern. Er hatte sich gut mit Mike verstanden, nicht umsonst hatte Mike ihn zum Nachfolger gemacht, aber nun wollten alle nur Entscheidungen von ihm, und das so schnell wie möglich. Der Betrieb musste weitergehen. Franco durfte sich keine Trauer erlauben. Die würde erst später kommen.

Ihre eigenen Gefühle waren ambivalent. Lange hatte sie mit Mike Heiser zusammengearbeitet, sehr gut sogar, wenngleich sie sich aber persönlich nie nahegekommen waren. Neben ihrer Zusammenarbeit hatte es nichts gegeben, selten ein privates Wort, was umso merkwürdiger war, da sie ja eine gemeinsame Vergangenheit hatten. Aber vermutlich war es gerade das gewesen. Mikes Reserviertheit ihr gegenüber hing vermutlich gerade damit zusammen, so merkwürdig das auch erschien. So sehr Alisia sich auch bemühte, für sie war ein weitläufiger Bekannter gestorben, kein Mensch, der etwas in ihrem Inneren berührt hatte. Das war bei Franco ganz anders.

Alisia beschloss, nicht darüber zu reden, was sie an diesem Tag vorhatte. Ein Zettel auf der Küchenanrichte »Bin in Westerland« würde reichen. Cleopatra bekam diverse Leckerchen und viele Streicheleinheiten, dann stolzierte sie zufrieden ins Schlafzimmer und richtete es sich dort gemütlich in dem großen Doppelbett ein.

Alisia ging ins Bad, schminkte sich die Lippen und beschloss, es dabei bewenden zu lassen. Sie knüpfte sich ein buntes Tuch um den Hals, in dem die Farbe ihres Lippenstiftes vorkam, und zog eine Jeansjacke über ihren hellen Overall. Dann machte sie sich auf.

Der Schlagbaum versperrte ihr die Ausfahrt. Daneben standen zwei der Security-Leute, die seit Langem für Mike Heiser arbeiteten, davor mehrere Reporter, die versuchten, die Schranke zu überwinden. Der Tod des Modedesigners schien sich schnell herumgesprochen zu haben.

Alisia hielt einige Meter hinter den Sicherheitsleuten und wartete, damit ihr die Schranke geöffnet wurde. In ihrem unauffälligen Auto wurde sie zunächst nicht zur Kenntnis genommen, dann aber warf einer der Reporter einen Blick auf die Fahrerin des dunklen Golfs. Alisia hörte, dass in der Journalistenmeute der Name *La Cappuccina* fiel. Sie wurde unruhig. Die Wachleute sollten endlich dafür sorgen, dass sie freie Fahrt bekam!

Leider öffnete sich der Schlagbaum erst, als schon einige der Reporter zu ihren Autos gelaufen waren, um ihr zu folgen. Alisia fuhr viel schneller, als es gut und erlaubt war, um sie abzuhängen. Aber es gelang ihr nicht. Als sie in Westerland gezwungen wurde, das Tempo zu verringern, klebten sie ihr immer noch an der Stoßstange.

Sie bog auf den Parkplatz des Hotels *König Augustin ein,* verriegelte das Auto und versuchte, die drei Reporter zu übersehen, die zunächst in ihren Wagen sitzen blieben, sie aber genau beobachteten.

Sie zog ihr Handy hervor und wählte Davids Nummer. »Haben Sie gut geschlafen im *König Augustin*?«

Davids Stimme klang weich und warm. »Sehr gut. Ich glaube, ich habe von Ihnen geträumt.«

Alisia lachte leise. »Ich wollte eigentlich mit Ihnen einen Strandspaziergang machen. Dabei hätten wir gut festlegen können, wie wir vorgehen wollen …«

»Aber?«

»Wir würden keine Ruhe haben.«

»Ich kann's mir schon denken. Mike Heiser ist gestorben. Es kam gerade in den Nachrichten.«

Alisia seufzte. »Ein paar Reporter kleben an mir, die anscheinend glauben, dass sie von mir nähere Informationen bekommen. Widerlich! Ich weiß noch gar nicht, was Mikes Tod für mich bedeutet, und schon soll ich Statements abgeben.«

»Dann müssen Sie zu mir ins Zimmer kommen. An der Rezeption werden sie mit solchen Leuten fertig.«

»Also gut. Bis gleich.«

Hajo hielt sich zum Glück in der Lobby auf. Alisia ging schnurstracks auf ihn zu, ohne die Reporter zu beachten, die ihr folgten und sie fotografierten.

»Papa, kannst du dafür sorgen, dass die mich in Ruhe lassen?«

Hajo übersah die Situation mit einem Blick. Vielleicht hätte er seine Tochter gern gefragt, welchen Hotelgast sie besuchen wolle, aber er hielt sie nicht auf, sondern stellte sich den Journalisten in den Weg. »Hier wird nicht fotografiert«, sagte er mit klarer Stimme.

»Raus! Sonst hole ich die Polizei. Sie sind im Begriff, Hausfriedensbruch zu begehen.«

Alisia drückte auf die Eins, stieg in der ersten Etage aus und nahm den anderen Aufzug, der sie in die dritte Etage bringen sollte. Solche Tricks waren ihr mittlerweile vertraut. Lästige Reporter konnten in der Lobby erkennen, wo der Aufzug hielt und rannten dann gelegentlich die Treppen hoch, um ihr Opfer doch noch zu erwischen. Als sie in der dritten Etage ausstieg, blieb alles ruhig, der Trick schien also auch dieses Mal funktioniert zu haben.

David Wiemann stand in der offenen Tür und erwartete sie. Sie drängte sich ins Zimmer und sorgte dafür, dass die Tür umgehend geschlossen wurde. »Gott sei Dank! Die habe ich abgehängt. Mein Vater zankt sich mit ihnen herum.«

David schenkte ihr ein Mineralwasser ein und rückte ihr einen der beiden kleinen Sessel zurecht, die am Fenster standen. »Kam Mike Heisers Tod plötzlich?«

»Gewissermaßen.« Alisia zog ihre Jeansjacke aus und band das Halstuch ab. »Er war schon lange krank, wir wussten, dass er nicht mehr lange leben konnte. Aber nun ... in diesem Augenblick hatte niemand mit seinem Tod gerechnet.« Sie warf David einen scharfen Blick zu. »Delia Berglunds Arbeit ist damit beendet.«

Er sah sie nicht an, während er nickte und schulterzuckend vorgab, dass es ihn nicht interessierte, wo Delia in Zukunft arbeiten würde.

»Ich bin gar nicht mehr dazu gekommen, bei ihm zu kündigen. Als ich mich bei ihm anmelden wollte, war er gerade gestorben. Ich war wirklich schockiert. Obwohl ich wusste, wie krank er war, kam die Nachricht völlig unerwartet.« Sie sah nachdenklich an die Wand, ehe sie fortfuhr: »Wir standen uns nicht nahe, trotz der langen Zusammenarbeit. Dennoch ist es so, als würde vom eigenen Leben ein Zipfelchen abgeschnitten, wenn jemand stirbt, den man lange kannte.«

David nickte verständnisvoll. »Aber … ändert das etwas? Sie können auch bei seinem Nachfolger kündigen.«

»Franco weiß sowieso, dass ich mit dem Modeln aufhören will. Lea wird das Gesicht von Heiser-Moden.«

»Das wird sie freuen.« Davids Lächeln vertiefte sich. »Sie werden mehr und mehr zum Schutzengel für unsere Familie.« Er beugte sich vor und griff nach ihren Händen. »Was werden Sie machen, wenn Sie nicht mehr modeln?«

Alisias Antwort kam ohne Überlegen. »Ich möchte gerne in der Geschäftsführung vom *König Augustin* mitarbeiten. Ich werde mit meinem Bruder reden. Er ist zurzeit in Riekenbüren und hilft dort dem Bruder meiner Oma.«

»Sie verstehen sich gut mit Ihrem Bruder?«

»Sehr gut.« Alisias Lächeln vertiefte sich. »Wir hatten nie Probleme miteinander, waren aber auch nie wie Pech und Schwefel. Doch jetzt … mit einem Mal verstehen wir uns super, vertrauen uns, erzählen uns Geheimnisse … Ich genieße es sehr.«

»Ich habe mich mit Lea auch immer gut verstanden. Als sie nicht mir, sondern unserem Vater geglaubt hat, war ich sehr verletzt. Aber jetzt ist ja alles wieder gut.« Der Druck seiner Hände nahm zu. »Auch das haben wir Ihnen zu verdanken.«

Sie betrachtete seine Augen, grau mit kleinen grünen Sprenkeln, versank in seinem Blick, der mit einem Mal so viel ausdrückte, stellte fest, dass sich viel geändert hatte, dass seine Augen den Flor der Trauer verloren hatten, dass sie nun offen und neugierig waren. Dass es aber immer noch Augen waren, die sehr viel Gefühl ausdrücken konnten, jetzt jedoch ein Gefühl, das nichts mit der Vergangenheit zu tun hatte. David war hier, bei ihr. Sie war kein Ort für ihn, an den er sich in seiner Not gerettet hatte, sie war der Ort, den er gesucht hatte. Mit einem Mal war sie ganz sicher. Sie hatte ihn zu sich geholt, er hatte bereitwillig losgelassen, was er lange, viel zu lange verzweifelt festgehalten hatte.

»Alisia«, flüsterte er, ließ ihre Hände los und umfing damit ihr Gesicht. »Alisia, du bist eine wunderbare Frau.«

Sie erhoben sich beide gleichzeitig, als wären ihre Absichten bereits eins, und Alisia stellte fest, dass sie beinahe gleich groß waren. Ihre Körper passten zueinander, ergänzten sich perfekt, ihre Brust stieß an seine, ihre Lippen fanden sich mühelos, ihr Flüstern flüsterte direkt in den Mund des anderen, ihre Hände verschlangen sich, ohne sich suchen zu müssen. Ihre Beine gaben gleichzeitig nach, sie sanken gemeinsam aufs Bett, ohne dass einer den anderen hinabziehen musste. Dann ließ David sich Zeit. Alisia genoss es, dass er sich damit begnügte, sie zu küssen, ihr Gesicht zu liebkosen, sie zu betrachten, in ihre Augen zu lächeln.

»Was ist das mit uns beiden?«, fragte er leise.

»Wie nennt man so was?«, fragte Alisia neckisch zurück und grinste ihn an, froh, dass er den Augenblick auskostete.

»Etwas Ernstes.«

Diese Antwort verblüffte sie. Etwas Ernstes? Davor fürchtete sich jeder Mann. Keiner wollte zu früh in eine Beziehung gezerrt werden, sich zu schnell verpflichten, schon etwas geben, ohne zu wissen, was es sein konnte. Und David Wiemann sprach schon davon, dass aus ihnen etwas Ernstes werden konnte! Oder sollte eine neue Liebe ihm helfen, Delia zu vergessen? Wollte er etwas Ernstes durch etwas anderes Ernstes ersetzen? Etwas Zweites, das in der Lage war, das Erste aus seinem Leben zu verbannen?

Alisia wollte nichts Zweites sein, sie wollte Klarheit. »Was ist mit Delia? Bin ich hier, damit du sie vergessen kannst?«

David lächelte, als hätte er diese Frage erwartet, als wunderte er sich nur, dass Alisia den Mut hatte, sie auszusprechen. »Ich verstehe dich. Tatsächlich hat sie mir eine Menge bedeutet, aber mir ist inzwischen klar geworden, wie sehr ich mich in ihr getäuscht habe. Heute bin ich mir sicher, dass sie es war, die Golo meine Noten gegeben hat. Ihr Bruder steht ihr sehr nah, garantiert näher als ich. Und ich habe gesehen, wie kalt sie sein kann. Hätte ich dich nicht kennengelernt, würde ich mir womöglich heute noch vormachen, dass ich ihr etwas bedeute.« Er streichelte ihr Gesicht, dann wurden seine Hände dreister. »Zunächst konnte ich gar nicht glauben, dass eine Frau wie du so ist, wie du bist.«

Alisia musste über diesen verwirrenden Satz lachen. »Wie darf ich das verstehen?«

»Du bist eine der schönsten Frauen, die ich kenne. Also keine Frau, in die man sich verlieben sollte. Eine Frau, die einen abblitzen lassen wird, ist doch klar. Eine Frau, die nur an sich denkt. Eine Frau, die nur auf ihre Schönheit konzentriert ist, die oberflächlich ist …« Er seufzte tief auf und küsste sie erneut. »Aber das stimmt alles nicht. Du bist alles andere als oberflächlich oder gar egoistisch«, ergänzte er dann. »Du bist eine Frau, die man einfach lieben muss. Und ich kann nur hoffen, dass du mich nicht abblitzen lässt …«

58

Mai 2020, Riekenbüren

Sabrina wartete schon auf ihn, als in der *Schreinerei Wunder* die Maschinen abgestellt wurden. Als Constantin aus der Werkstatt trat, fiel sie ihm um den Hals. Er umfing sie glücklich, hielt sie fest und schloss die Augen, während er den Duft ihrer langen Haare einatmete. Als er sie wieder öffnete, sah er über Sabrinas Schultern einen jungen Mann näher kommen. Er lächelte und streckte Constantin, als dieser Sabrina endlich freigab, die Hand hin. »Ich bin Roland.«

Sabrina drehte sich lachend zu ihm um. »Du solltest doch im *Dorfkrug* auf uns warten.«

»Ich war zu neugierig, um zu warten.«

Zwischen Roland und Sabrina Wolke bestand eine starke Familienähnlichkeit. Beide waren mittelgroß, Roland überragte seine Schwester nur um wenige Zentimeter, beide waren blond, mit blasser Hautfarbe. Und die großen hellgrauen Augen, die Constantin bei Sabrina bewunderte, besaß auch Roland. Ebenso wie Sabrinas Lachen, ihre Fröhlichkeit und ihr freundliches Wesen.

»Nur singen kann er besser«, erklärte Sabrina, als sie sich im *Dorfkrug* einen Tisch ausgesucht hatten.

Constantin lachte, wurde dann aber bald wieder ernst und konzentrierte sich auf seine Mission. »Meine Schwester hat gesagt, ich soll mal mit dir reden.«

»*La Cappuccina*?« Roland machte große Augen.

»Sie läuft für Mike Heiser, das wisst ihr vermutlich.«

»Der ist gerade gestorben«, warf Sabrina ein.

»Eine seiner Pflegerinnen ist Delia Berglund, die Schwester von Golo Berglund. Und meine Schwester ist mit Franco Statti zusammen, dem Geschäftsführer von Heiser-Moden.«

Sabrina stieß ihren Bruder mit dem Ellbogen an. »Golo Berglund ist doch der Musikproduzent, für den du manchmal arbeitest.«

Constantin wusste, dass er sich mit dem, was nun folgte, auf dünnes Eis begab. Er musste sich darauf verlassen, dass Roland Wolke so diskret war, wie er hoffte. Aber er hatte es mit Alisia abgesprochen, sie wollten es riskieren. Constantin vertraute Sabrina, er würde auch ihrem Bruder vertrauen können. Erst recht, wenn Roland Wolke merkte, wie ernst es Constantin mit seiner Schwester war. Sabrina hatte jedenfalls alle Bedenken zerstreut. »Wenn Roland mir etwas verspricht, dann hält er es.«

Und jetzt versprach Roland Wolke hoch und heilig, dass er nichts von den Plänen verraten würde, die Alisia so bald wie möglich in die Tat umsetzen wollte ... »Aber die Konventionalstrafe ist nicht von Pappe«, überlegte er. »Wenn ich die zahlen muss, bin ich ruiniert. Für den Rest meines Lebens.«

»Er hat den Vertrag nicht umsonst seiner Schwester gegeben, damit sie ihn verwahrt«, erinnerte Constantin. »Anscheinend hat er damit gerechnet, dass David Strafanzeige stellt. Dann wäre es möglich gewesen, dass die Polizei sein Studio durchsucht.«

»Es macht doch keinen Sinn, eine Ausfertigung des Vertrages zu vernichten, wenn ich meine noch in Händen halte.«

»Er war sicher, dass du den Mund hältst. Zwei Millionen Konventionalstrafe willst du natürlich nicht riskieren.«

»Da hast du wohl recht.«

»Man sollte den Vertrag juristisch überprüfen lassen«, meinte Constantin. »Vielleicht ist er ungültig, weil er gegen die guten Sitten verstößt.« Aber er sah nicht so aus, als glaubte er fest daran. »Du hast unterschrieben, und du wusstest, worauf du dich einlässt.«

»Verdammt!«, stöhnte Roland und trank einen großen Schluck Bier. »Er hat mir lächerliche achttausend dafür gezahlt, dass ich das Lied singe. Ich konnte die Kohle dringend gebrauchen und dachte, es ist ein gutes Geschäft. Aber jetzt? Cornelius Löber kassiert, was eigentlich mir zusteht. Und der kassiert heftig.«

»Und Golo Berglund kassiert das, was eigentlich David Wiemann gehört«, ergänzte Constantin düster. »Dessen Verlust ist noch größer.«

Das sah Roland ein. »Aber was kann ich dann tun?«

Constantin erklärte Roland, dass seine Schwester einen weiteren Versuch machen wollte, an den Nachweis zu kommen, dass David Wiemann der Urheber von »Du bist wie ein Lied« war. »Sollte das Gericht dann noch nicht davon überzeugt sein, dass Golo Berglund ein Betrüger ist, hätten wir noch einen Trumpf in der Hand. Die Tatsache, dass Cornelius Löber der große Shootingstar geworden ist, obwohl er keinen einzigen Ton singt. Wenn du Glück hast, wird das für dich der Anfang einer neuen Karriere. Dann wird jeder deinen Namen kennen.«

Diese Aussicht gefiel Roland Wolke. Nach einer weiteren Runde Bier waren sie sich einig. Golo Berglund war ein Betrüger, und Betrügern musste man das Handwerk legen!

59

Mai 2020, Sylt

David war eingeschlafen, erschöpft und glücklich. Auch Alisia hatte ihre Gedanken wegwehen lassen, übers Meer der Erlebnisse, zum Horizont ihrer Gefühle. Aber als sie über den Horizont hinaus in den Schlaf gleiten wollten, hielt sie sie zurück. Sie musste noch etwas erledigen, sie konnte sich noch nicht vollkommen entspannen, sich ihrem Glück noch nicht ganz und gar hingeben.

Als David sich räkelte und sie lächelnd anblinzelte, sagte sie leise: »Ich möchte noch nicht gehen.«

Er erschrak. »Das sollst du auch nicht. Bitte, bleib heute Nacht bei mir.«

»Dann muss ich telefonieren. Franco muss Bescheid wissen, sonst sucht er mich.«

Sie wusste, dass dieser Satz wie eine Bö war, die die Romantik aus dem wunderbaren Augenblick pustete. Aber David verstand sofort und nickte tapfer.

Doch bevor sie zu ihrem Smartphone greifen konnte, hielt er sie zurück. »Wohnst du bei ihm? Seid ihr ein Paar?«

Alisia erklärte ihm, dass es Francos Wunsch sei, dass sie ihre Wohnung in Wenningstedt aufgab und ganz zu ihm zog. »Ich vermute, er würde uns auch als festes Paar bezeichnen, wenn du ihn fragen würdest.«

»Aber das seid ihr nicht?« In Davids Stimme klang so viel Angst und Hoffnung gleichzeitig, dass Alisia schnell antwortete: »Nein, das sind wir nicht.«

»Aber wenn du bei ihm bist … wenn du bei ihm übernachtest … dann schläfst du in seinem Bett?«

»Natürlich.«

»Obwohl du ihn nicht liebst?«

Alisia zögerte. »Ich war in ihn verliebt. Aber die große Liebe war er nie für mich. Tatsächlich habe ich darüber nachgedacht, mich für ihn zu entscheiden, aber … es wäre eine Vernunftsentscheidung gewesen.« Sie lächelte David zärtlich an. »Bisher wusste ich eben nicht, wie sich wahre Liebe anfühlt.«

Es blieb eine Weile still, David streichelte ihre Hand, sein Blick ging zur Decke, er schien nachzudenken. War sie zu deutlich gewesen? Durfte man so früh, schon in der ersten Nacht, von wahrer Liebe sprechen? Alisia war mit einem Mal voller Angst.

Aber da fragte David: »Ist es schwer für dich, an die große, die wahre, die echte Liebe zu glauben?«

Wieder zögerte Alisia, dann bekannte sie: »Ja, ich fand es nie leicht, auf die Gefühle eines Mannes zu vertrauen. Viele sehen doch immer nur das Äußere. Das, womit ich Erfolg habe. Manche Männer wollen mich vielleicht lieben, sehen aber doch immer nur *La Cappuccina* in mir, nicht die Frau, die ich bin, nicht den Menschen. Bei Franco war ich immer sicher, dass er mich meint.«

»Dann tut er mir leid«, sagte David leise.

Für diesen Satz liebte Alisia ihn ganz besonders. David war kein Mann, der eifersüchtig reagierte, er war einfühlsam und konnte sich in einen anderen hineinversetzen.

Alisia hatte eigentlich nicht von Delia sprechen wollen, aber nun wagte sie es doch. »Und du? Was ist mit Delia? Du hast sie sehr geliebt.«

David stützte sich auf und beugte sich über sie. Prüfend betrachtete er ihr Gesicht. »Hast du Angst, dass du nur Ersatz bist? Dass ich mich in deine Schönheit verguckt habe, um Delia zu vergessen?«

Alisia wagte nicht zu nicken, aber ihre Augen schienen David zu zeigen, dass sie an diese Möglichkeit immerhin gedacht hatte.

Davids Gesicht wurde nun sehr ernst. »Wenn ich dich nicht kennengelernt hätte, würde ich womöglich noch immer glauben, dass ich sie liebe. Aber durch dich habe ich begriffen, was wirkliche Liebe ist. Delia hat Liebe verlangt, aber keine gegeben. Was sie Liebe nannte, war in Wirklichkeit nur Sex. Und dass sie mich nicht geliebt hat, ist sowieso klar. Sonst hätte sie mich nicht derart betrügen können. Aber vielleicht hat das Schicksal es auch besonders gut mit mir gemeint. Dadurch habe ich begriffen, wie sie wirklich ist.« Er legte sich wieder auf den Rücken und starrte erneut zur Decke. »Kein Mensch, den man lieben kann.« Er legte sich wieder auf die Seite und küsste Alisias Ohr, saugte sich an ihren Ohrläppchen fest und ließ seine Zunge über ihren Hals zu ihren Schultern gleiten. »Woran merkt man, dass es echte Liebe ist?«, fragte er leise. »Weißt du es?«

Alisia wusste es, wollte es aber nicht sagen. Sie wollte es von David hören, wollte nicht Gefahr laufen, dass er sie nur bestätigte. »Sag du es mir.«

»Ich wusste es in dem Augenblick ganz sicher«, begann er langsam, »als du mir im Café die Noten zugesteckt hast.«

»Was wusstest du da? Dass du mich liebst? Oder dass ich dich liebe.«

»Mir wurde klar, dass du mich liebst. Und gleichzeitig wurde mir klar, wie wunderbar ich es fand, von dir geliebt zu werden. Vor der Papiertonne auf Mike Heisers Grundstück habe ich dann gemerkt, dass auch ich dich liebe. Da war eine Sekunde, in der du mich angesehen hast, in der dein Blick voller Liebe war, voller Begeisterungsfähigkeit, so voller ›jetzt oder gar nicht‹ und ›entweder oder‹, dass ich einfach hingerissen war. In diesem Moment wusste ich, dass ich dich liebe. Vor allem habe ich in diesem Moment erkannt, was Liebe wirklich bedeutet. Und dass ich mich vorher verdammt lange geirrt hatte, weil ich unbedingt geliebt werden wollte.« Er stand auf und sah lächelnd auf sie hinab. Dann zog er sich hastig an. »Ich gehe jetzt runter und bestelle uns was zu essen. Du rufst in der Zeit Franco an. Okay? Und sei nett zu ihm, er hat es verdient.«

Franco war nicht zu erreichen, er hatte zu tun. Sämtliche Geschäftsfreunde von Mike wurden bei ihm vorstellig, um mit ihm zu beraten und festzulegen, wie die Geschäftsbeziehung zu Heiser-Moden nach Mikes Tod aussehen sollte. Alisia schämte sich für die Erleichterung, die sie verspürte. Sie bekam Aufschub, sie konnte noch eine Weile ganz unbeschwert mit David glücklich sein. Die Haushälterin war gerne bereit, Franco auszurichten, dass Alisia diesen Abend mit Romy Wimmer verbringen und in ihrer eigenen Wohnung übernachten wolle. »Morgen fahre ich dann nach Hamburg, aber darüber weiß Signore Statti längst Bescheid«, schloss sie.

Sie streckte sich auf dem Rücken aus und schloss die Augen. War sie glücklich? Ja, sie war es. Glücklicher hatte sie sich niemals gefühlt und konnte sich nicht vorstellen, jemals glücklicher zu sein. Sie dachte an den Moment, in dem sie David zum ersten Mal gesehen hatte, und wusste jetzt, dass es Liebe auf den ersten Blick gewesen war. Als er die Augen aufgeschlagen und sie angesehen hatte, war sie rettungslos verloren gewesen.

David kam zurück, mit einer großen Tüte, aus der es verführerisch duftete. »Ich war im Café und habe mir alle Sandwiches einpacken lassen, die noch da waren.«

»Barfuß?« Alisia starrte auf seine Füße.

David sah an sich herab, als hätte er es nicht bemerkt. »Es ist ja nicht kalt draußen.«

Er legte sich wieder zu ihr und baute die Sandwichplatte auf ihren Oberschenkeln auf. Als Alisia eine Olive auf die Brust fiel und dann unter der Bettdecke verschwand, bestand David darauf, sie mit den Lippen wieder hervorzuholen. Kichernd ließ sie es sich gefallen und sah zu, wie David diese Olive besonders genussvoll verspeiste.

»Hast du keine Probleme mit meiner Hautfarbe?«, fragte sie. So spontan, wie ihr die Frage in den Sinn gekommen war.

Er sah sie an, als glaubte er, nicht richtig gehört zu haben. »*La Cappuccina* hat die schönste Hautfarbe der Welt.«

»Es macht dir nichts aus, dass ich schwarz bin?«

»Du bist cappuccinofarben«, korrigierte er lächelnd. »Außerdem könntest du rot, gelb oder blau-grün kariert sein – ich würde dich trotzdem lieben.«

»Ehrlich?«

»Großes Indianerehrenwort.«

Sie genossen beide die Stille, die sich nun zwischen ihnen ausbreitete. Alisia hatte einmal eine Kollegin sagen hören, dass sie nur mit einem Menschen zusammen sein könne, mit dem das Schweigen keine Last sei. Sie hatte es damals gut verstehen können und bekam nun den Beweis. Mit David konnte sie nicht nur gut reden, sondern auch gut schweigen. Es gab keinerlei Verlegenheit zwischen ihnen, während sie aßen und jeder den eigenen Gedanken nachhing. Und dann stellten sie fest, dass es die gleichen Gedanken gewesen waren.

David war der Erste, der sie aussprach. »Hoffentlich geht morgen alles gut.«

»Klar!« Alisia gab sich zuversichtlicher, als sie sich fühlte. »Hauptsache, wir werden nicht erwischt. Noch besser wäre es natürlich, wir hätten auch Erfolg.«

David sah skeptisch aus. »Ich kann es mir nicht vorstellen. Selbst wenn es Romy Wimmer gelingt, heimlich eine Tür oder ein Fenster zu öffnen …«

»Sie ist übrigens total begeistert, dass sie meine Managerin spielen darf«, warf Alisia ein. »Das ist der richtige Job für sie.«

David lachte. »Es ist gut, dass du nicht alleine bei Golo sein wirst. Aber er wird sein Studio gründlich abschließen. Vielleicht hat er sogar eine Alarmanlage.«

»Dann können wir es natürlich nicht riskieren«, gab Alisia zu.

»Wir dürfen nicht die Polizei auf den Plan rufen.«

»Wir müssen per Smartphone in Kontakt bleiben. Golo hat gesagt, nach den Probeaufnahmen lädt er mich mit meiner Managerin zum Essen ein, dann werden wir alles Weitere besprechen.« Alisia lachte albern. »Meine Mutter ist schon total begeistert, dass ich demnächst auch als Popstar auftreten werde.«

»Vielleicht gelingt es Romy Wimmer ja, irgendwas herauszufinden. Der traue ich alles zu.«

Alisia wurde nachdenklich. »Direkt unter Ted Herold«, wiederholte sie, was Golo zu seiner Schwester gesagt hatte. »Das ist doch ein Hinweis, der uns helfen muss.«

60

Mai 2020

Romy und Alisia sahen dem einfahrenden Zug entgegen.

»Schau dich nicht um«, sagte Alisia leise. »Lea und David stehen am anderen Ende des Bahnsteigs. Sie steigen in den letzten Waggon, wir in den ersten.«

Aber dann war sie es, die es nicht schaffte einzusteigen, ohne einen Blick zurückzuwerfen. Im letzten Augenblick, so wie David. Beide standen sie auf der zweiten Stufe des Waggons und konnten sich über die Köpfe der Nachdrängenden ansehen. Alisia spürte, wie ihre Kraft, die am Morgen geschwächelt hatte, wieder heranwuchs.

Hinter sich hörte sie jemanden »*La Cappuccina!*« rufen und stieg schnell die dritte Stufe hoch, ohne sich umzusehen. Hoffentlich wurde sie während der Fahrt nicht belästigt und ständig um Autogramme gebeten. Vorsichtshalber hatte sie sich sehr schlicht gekleidet, Bluejeans, graues Shirt und schwarze Jacke, im Gegensatz zu Romy, die der Meinung war, dass ein schrilles Abenteuer auch schrille Kleidung erforderte. Grau war keine Farbe für einen gewagten Vorstoß, für so etwas brauchte Romy Pink und Giftgrün. Sollte Alisia es also geschafft haben, dass man über sie hinwegsah, würde Romy dafür alle Blicke auf sich ziehen. Und damit auch auf Alisia.

Romy hatte ihrem Alter den Kampf angesagt. »Über siebzig – was heißt das schon?«, hatte sie auf die Frage geantwortet, die Alisia gar nicht gestellt, die aber wohl in ihren Augen gestanden hatte.

»Meine Figur ist noch top, nach wie vor Größe 38! Warum also soll ich in Sack und Asche gehen?«

Alisia beeilte sich zu versichern, dass niemand etwas Derartiges von ihr verlangte und dass ihr die enge Hose und die grellbunte Tunika ausgezeichnet standen. Das entsprach sogar der Wahrheit. Romy gehörte zu den Frauen, die nach wie vor authentisch wirkten, auch wenn sie über irgendeine Modetorheit ihr Alter vergaßen oder vergessen wollten. Dennoch hätte Alisia ihr, wenn sie gefragt worden wäre, geraten, es mit einem dezenteren Outfit zu versuchen. Romy war anzusehen, dass es ihr darauf ankam, jünger auszusehen, als sie war, und das machte einen Teil ihrer Attraktivität, die sie zweifellos noch immer besaß, wieder zunichte. Alisia war sogar davon überzeugt, dass Romy inzwischen Erfahrungen mit Botox gemacht hatte, und sie stellte fest, dass ihre Oma ihr besser gefiel, die zwar älter aussah als Romy, aber dafür wirkte, als wäre sie damit zufrieden. Romy dagegen schien immer zu zweifeln und auf der Jagd nach etwas zu sein, was sie selbst nicht beim Namen nennen konnte.

Tatsächlich erschienen, nachdem sie sich auf ihren reservierten Plätzen eingerichtet hatten, ein paar Mädchen neben Alisias Sitz und baten um ein Autogramm, aber im Großen und Ganzen blieben sie unbehelligt, da der Zug zum Glück nur schwach besetzt war.

»Hast du mit Golo Berglund telefoniert?«, fragte Romy, als der Zug durchs Watt fuhr.

Alisia nickte. »Er sagt, er wolle es zu seinem Markenzeichen machen, Prominente singen zu lassen, die auf einem anderen Gebiet bekannt geworden sind.«

»Kannst du eigentlich singen?«, fragte Romy.

»Wie eine kaputte Lokomotive.«

»Oje. Dann wird Berglund für dich wohl auch so jemanden wie Roland Wolke engagieren müssen.«

»Kann sein. Er sagt, seine Schwester hätte eine sehr schöne Stimme.«

»Delia Berglund?«

Alisia sah zum Fenster hinaus, um Romys Bedenken nicht sehen zu müssen. »Ich hoffe, dass es gar nicht so weit kommt. Wenn wir heute den Beweis finden, wird es morgen die Musikproduktion Golo Berglund nicht mehr geben.«

Romy war zufrieden. »Hat Constantin mit Roland Wolke geredet?«

»Der würde eine Aussage machen, wenn sie was bringt. Und wenn er nicht befürchten muss, die zwei Millionen Konventionalstrafe zahlen zu müssen. Aber ich kann mir nicht vorstellen, dass wir damit etwas erreichen. Roland Wolke ist ja nicht arglistig getäuscht worden oder so. Er wusste, worauf er sich einließ. Wir müssen erst noch einen Juristen engagieren, der sich die Sache ansieht.«

Der Zug fuhr in Niebüll ein. Während Passanten ein- und ausstiegen, fuhr auf einem anderen Gleis ein Autozug in Richtung Verladestation. Als sich der Personenzug wieder in Bewegung setzte, konnten sie die Wagen beobachten, die vom Autozug fuhren.

Plötzlich ruckte Alisias Kopf vor. »Schau mal!« Sie zeigte auf einen vorbeirollenden Wagen. »Meine Mutter! Und neben ihr saß ...« Sie runzelte die Stirn und starrte dem Auto hinterher. »Wer war das?«

»Ich glaube, das war Indra Wiemann.« Romy zuckte mit den Schultern. »Vielleicht finden die beiden ja zu ihrer alten Freundschaft zurück. Wäre doch nett.«

Sie erzählte von der Zeit, in der sie noch die Knut-Augustin-Stiftung geleitet hatte und eines Tages Herr und Frau Wiemann, die Eltern von Indra, in ihrem Büro standen. »Die wollten unbedingt wissen, wer ihrer Tochter ein Kind angedreht hatte.«

Aber Alisia hörte gar nicht richtig zu. »Mama hat mir nichts davon gesagt, dass sie sich heute freinimmt. Das verstehe ich nicht. Papa ist in Riekenbüren, Constantin ebenfalls, und ich bin auch nicht da. Das *König Augustin* ohne Geschäftsleitung! Das kommt selten vor, und nur, wenn es gar nicht anders geht.«

Romy grinste. »Hätte deine Mutter dich denn erreichen können? Wusste sie, dass du im Hotelzimmer von David Wiemann übernachtet hast?«

»Auf dem Handy kann sie mich überall erreichen.«

»Ach ja, stimmt.«

Alisia sah Romy stirnrunzelnd an. »Woher weißt du überhaupt ...«

Romy lachte. »Ich hatte keine Ahnung. Aber jetzt weiß ich es.« Sie senkte ihre Stimme. »Du bist in David Wiemann verliebt?«

Alisia antwortete nicht, sie nickte nur.

»Und Franco Statti?«

Alisia zuckte mit den Schultern.

»Du musst ihm die Wahrheit sagen.«

»Natürlich. Aber gerade hat er schrecklich viel zu tun. Er braucht alle Zeit und Kraft, um Mikes Nachfolge anzutreten.«

»Du darfst ihn nicht an der Nase herumführen«, mahnte Romy. »Das hat er nicht verdient.«

Alisia machte eine abwehrende Handbewegung, die Romy beruhigen sollte. Dann schauten die beiden aus dem Fenster, und Romy erzählte weiter von der Zeit, in der Kari und Indra im Entbindungsheim auf die Geburt ihrer Babys gewartet hatten, in der Hajo im *Haus für gefallene Mädchen* gewohnt hatte, um Kari im Auge behalten zu können, in der Mike bei den Wiemanns in den Verdacht geraten war, der Vater von Indras Baby zu sein ...

Alisia ließ sie reden, aber was Romy sagte, rauschte an ihren Ohren vorbei. Ihre Mutter und Indra Wiemann! Was hatten die beiden vor? Was war ihrer Mutter so wichtig, dass sie das *König*

Augustin, das Café und das Hotel in den Händen der Angestellten zurückließ? Kein Mitglied der Familie Keller war an diesem Tag auf Sylt, um zur Stelle zu sein, wenn eine wichtige Entscheidung getroffen werden musste. Das war bisher nur vorgekommen, als sie zur Beerdigung ihrer Großeltern nach Riekenbüren fahren mussten …

61

Mai 2020, Riekenbüren

Hajo hatte darauf verzichtet, sich in Riekenbüren anzumelden. Er hatte ein Gespräch mit dem Geschäftsführer des Hotels *Haus für gefallene Mädchen* in Achim anberaumt, wo er in regelmäßigen Abständen nach dem Rechten sah. Man wusste nie, wie lange solche Gespräche dauerten. Wenn es Probleme gab, wenn Personalfragen geklärt werden mussten, wenn Umbaumaßnahmen anstanden, dann konnte es sehr lange dauern. Aber Hajo wollte erstens nicht, dass man sich in Riekenbüren viel Arbeit machte, um auf seinen Besuch vorbereitet zu sein, und wollte erst recht nicht, dass er sein Kommen am Ende absagen musste, weil nicht genug Zeit für den Abstecher nach Riekenbüren war. Nun war er froh, dass er es schaffte. Es war Kari sehr wichtig gewesen, dass er einen Besuch bei ihrer Verwandtschaft machte. Auch deswegen, weil Constantin nun schon eine Weile in der Schreinerei arbeitete und beide wissen wollten, wie er dort zurechtkam. Natürlich wollte Hajo auch nach Nicole schauen. Dass sie ihren Urlaub hatte abbrechen müssen, gefiel ihm nach wie vor nicht. Er wollte einfach vor Ort sehen, wie es ihr ging.

Er sah es schon auf den ersten Blick. Nicole war unglücklich. Als Hajo erschien, fiel sie ihm wortlos in die Arme und begann zu weinen. Mitten in der Werkstatt, unter den Augen der Schreiner, die neugierig herüberstarrten, die Maschinen zwar laufen ließen, aber ihre Arbeit unterbrachen. Hajo war zunächst in die Werkstatt gegangen, weil er seinen Sohn dort vermutete, und hatte zu seiner

Überraschung Nicole angetroffen. Sanft schob er sie von sich und zog ein frisches Taschentuch aus der Innentasche seiner Jacke, damit sie sich die Nase putzen konnte. »Läuft's nicht gut in der Familie des Pächters?«

In diesem Augenblick trat Constantin aus dem kleinen Büro am Ende der Werkstatt. Lächelnd kam er auf seinen Vater zu und umarmte ihn. Dann warf er Nicole einen mitleidigen Blick zu, die ein paar Meter zurückgewichen war, als wäre es ihr jetzt peinlich, dass sie bei Hajo Trost gesucht hatte.

Nun kam auch Hasso herein, blass, gebeugt, hustend und stöhnend. Er war längst noch nicht genesen, hatte sich vielleicht sogar aus dem Bett gequält, als er gehört hatte, dass Hajo eingetroffen war. Er begrüßte ihn mit ein paar Schlägen auf die Schulter, dann ging er ihnen voran, heraus aus der Werkstatt, über den Hof, bis zum Altenteil, das nur von hinten zu betreten war. Dass Constantin zurückblieb, bemerkte nur Hajo.

Er ließ die anderen vorgehen, wandte sich in der Tür um, betrachtete seinen Sohn, ohne dass dieser es merkte, und folgte ihm mit den Augen, als Constantin von einem Mitarbeiter zum anderen ging, für jeden ein freundliches Wort hatte, sich etwas erklären ließ oder eine Anregung gab. Die Stimmung in der Werkstatt war gut, das war für Hajo deutlich spürbar. Jeder arbeitete gerne, und Hajo war stolz darauf, dass das seinem Sohn zu verdanken war. Constantin hatte diese Motivation in die Schreinerei getragen, das war offensichtlich. Hajo war sicher, dass er sich nicht irrte. Constantin zeigte, wie gut ihm die Arbeit gefiel, und das übertrug sich auf die Mitarbeiter. Hajo atmete tief ein und aus, und sein stolzes Hochgefühl fiel in sich zusammen, als er daran dachte, dass Lutz Jacobson bald aus dem Krankenhaus entlassen wurde und es Hasso schon wieder etwas besser ging. Bald würde Constantins Hilfe hier entbehrlich sein.

»Halina ist schon früh auf den Campingplatz gegangen«, hörte er Hasso sagen, als er schwerfällig auf die Tür des Altenteils zuging. »Da ist zurzeit die Hölle los.«

Nicole sah sich nervös um. »Ich muss mal eben nach Jana schauen«, sagte sie. »Sie ist allein. Gina ist schon in der Schule, Jana hat erst zur dritten Stunde. Sie muss wissen, wo ich bin, falls sie was braucht. Und ich muss darauf achten, dass sie ihr Turnzeug nicht vergisst.«

»Was ist mit Tim?«, fragte Hasso. »Kann der nicht auf seine kleine Schwester aufpassen? Den habe ich doch gerade noch am Teich gesehen.« Erklärend ergänzte er in Hajos Richtung: »Ich musste mal ein bisschen frische Luft schnappen.«

Nicole brach erneut in Tränen aus. »Er müsste eigentlich in der Schule sein. Aber er meint, er hat keinen Bock, und ich hätte ihm gar nichts zu sagen.«

»Das ist das Alter«, sagte Hasso, als er die Haustür öffnete und seine Gäste eintreten ließ. »Früher hat Brit gern am Teich gesessen und heimlich den Lippenstift unserer Mutter ausprobiert. Und ich habe mich dort heimlich mit Halina getroffen. Was meine Kinder dort getrieben haben, will ich gar nicht wissen. Tim hat sich jedenfalls dorthin zurückgezogen, um zu kiffen. So viel steht fest.«

»Was?«, schrie Nicole auf. »Er schwänzt die Schule und jetzt auch noch … Drogen?«

Hajo hielt sie zurück, als sie wieder aus dem Haus laufen wollte, über den Hof, über den Steg, der über den schmalen Bach führte, über die Weide bis zu dem Teich. »Bleib hier. Das bringt doch nichts.«

»Aber ich bin für ihn verantwortlich.«

Hajo drängte sie trotzdem in die Küche und wurde dabei von Hasso unterstützt. »Du kannst es nicht allen recht machen, Nicole.«

»Aber …« Nicole brach ab, machte sich ans Kaffeekochen, kaum dass sie die Küche betreten hatten, und schniefte dabei, als hätte sie Hajos Taschentuch verloren. »Ich weiß gar nicht, was ich tun soll. Lutz' Herzanfall, die Kinder …«

Als sie erneut zu weinen begann, nahm er ihre Hand und zwang sie, sich hinzusetzen, statt Tassen auf den Tisch zu stellen und nach Gebäck zu suchen. »Nicole, bitte überleg dir, ob du das hier wirklich willst. Frag dich bitte genau, warum du hier bist, und sei bitte ehrlich, wenn du dir selbst eine Antwort gibst.«

Dass Halina leise ins Haus gekommen war, bemerkte niemand. Erst als sie in der Küchentür erschien, sah Nicole auf. Beim Anblick ihrer Mutter stürzten erneut die Tränen aus ihren Augen. »Ich bin so unglücklich, Mama.«

Halina wäre gern zu Nicole gegangen, um sie zu umarmen, aber die hatte sich ausgerechnet den mittleren Platz auf der Eckbank ausgesucht, so wurde der mütterliche Trost auf der einen Seite von Hajo, auf der anderen von Hasso blockiert. »Warum bist du unglücklich? Weil dir alles über den Kopf wächst? Weil du mit den Kindern nicht zurechtkommst? Weil dir keiner dankt, was du tust?«

Nicole hob den Kopf und sah Halina an, als hätte sie kein Wort verstanden. »Hast du Tim gesehen?«

»Ist er nicht in der Schule?«

»Er schwänzt. Und Papa sagt, er kifft am Teich.« Sie versuchte aufzustehen, ließ sich aber gleich wieder zurücksinken, weil das Unterfangen zu kräftezehrend gewesen wäre. »Ich muss nach Jana sehen.«

»Die ist gerade zur Schule gefahren.«

»Hat sie ihr Turnzeug dabei?«

»Keine Ahnung. Sie ist groß genug, um selbst darauf zu achten.«

»Nein, sie braucht jemanden, der ihr hilft. Das hat ihre Mutter auch getan.«

Halina warf Hajo einen Blick zu, der voller Verzweiflung war. »Verdammt, Nicole! Soll das nun immer so weitergehen? Du opferst deine gesamte Freizeit für die Kinder von Lutz Jacobson und lässt dich dafür von ihnen dumm anmachen? Wie soll es weitergehen, wenn dein Urlaub vorbei ist? Wenn Lutz Jacobson dann noch nicht wieder gesund ist? Du denkst hoffentlich nicht daran, deinen Job zu kündigen, damit du dich von ungezogenen Teenagern fertigmachen lassen kannst.«

»Aber Lutz …«

»Was ist mit Lutz?«

Hasso und Hajo starrten Halina an, die mit einem Mal derart wütend wurde, dass ihr Mann sich so weit wie möglich zurücklehnte, als hätte er Angst, etwas von ihrer Wut abzubekommen, und auch Hajo vorsichtshalber schwieg, um Halinas Zorn nicht noch weiter anzufachen. »Ich habe dich schon mal gefragt: Liebst du ihn? Und vor allem: Liebt er dich? Oder springt hier nur der Floh herum, den dein Vater ihm ins Ohr gesetzt hat?« Sie warf ihrem Mann einen wütenden Blick zu. »Heirate meine Tochter, dann bist du demnächst nicht der Pächter der *Schreinerei Wunder*, sondern ihr Besitzer? Und gleichzeitig hast du auch jemanden, der zu Hause die Drecksarbeit macht? Oder willst du etwa behaupten, es macht dir Spaß, nebenan den Haushalt zu führen? Und das Gemecker der Kinder zu ertragen, wenn du es ihnen mal wieder nicht recht gemacht hast?«

Nicole warf sich weinend vornüber auf den Tisch, haarscharf am Zuckerstreuer vorbei, aber direkt auf einen Kerzenstummel in einem schmiedeeisernen Ständer. Als sie aufblickte, lief ihr das Blut aus einer Platzwunde, sodass nun niemand mehr genau wusste, warum sie weinte, ob aus Verzweiflung oder aus Schmerz.

62

Mai 2020

Lea und David redeten nicht viel während der Zugfahrt. Lea blätterte im aktuellen Heiser-Katalog, um sich auf ihre Zeit als Heiser-Model einzustimmen, David starrte aus dem Fenster, mit den Gedanken bei Alisia und der vergangenen Nacht. Es war wunderbar gewesen, neben Alisia aufzuwachen, ihre Haut zu spüren, als sie sich schlafwarm an ihn schmiegte, sie küssen, sie lieben zu dürfen. Warum nur war da immer noch so viel Unsicherheit in ihm? Die Frage, warum sich eine Frau wie Alisia in ihn verliebt haben sollte, ließ ihn einfach nicht los. Er war doch nur ein erfolgloser Musikproduzent und sie ein sehr bekanntes Model, bildschön, von vielen Männern begehrt. Sie sollte sich ausgerechnet in ihn verguckt haben?

Lea legte plötzlich den Katalog zur Seite, so nachdrücklich, als hätte sie sich während der letzten Minuten nicht mit Mike Heisers Mode, sondern mit ihren Gedanken beschäftigt. Sie blickte sich um, vergewisserte sich, dass niemand in Hörweite saß, und fragte ihren Bruder geradeheraus: »Bist du jetzt eigentlich mit Alisia zusammen?«

David sah sie erschrocken an. »Wie kommst du darauf?«

Lea grinste. »Ich bin doch nicht blind. Sie ist in dich verknallt, das sieht jeder. Und du auch, das ist ebenfalls nicht zu übersehen. Glaubt ihr beide wirklich, das könntet ihr verbergen?«

Nun lachte David ebenfalls. »Warum auch? Wir sind beide freie Menschen.«

»Also stimmt es? Ihr seid zusammen?«

David zögerte trotzdem. »Ich kann es noch nicht glauben. Eine Frau wie Alisia …«

Lea sah mit einem Mal so aus, als hätte sich eine schlimme Befürchtung bewahrheitet. »Du hast auch gemerkt, dass Delia in Niebüll zugestiegen ist? Bist du deswegen plötzlich unsicher geworden?«

»Was?« David sah seine Schwester entsetzt an. »Nein!«

»Du hast sie nicht gesehen?«

»Nein!«

»Nur gut, dass wir nicht mit Alisia zusammensitzen. Diese Vorsichtsmaßnahme war also nicht übertrieben.«

»Du meinst … Delia ist meinetwegen hier? Kann sie wissen, was wir vorhaben? Und will sie es verhindern?« David schloss kurz die Augen. Er musste sich auf das konzentrieren, was in seinem Inneren vorging, und es wegschieben, verdrängen, notfalls totschweigen, was ihn noch immer quälte, wenn er Delias Namen hörte. »Nein, unmöglich!«

»Vielleicht hast du recht. Sie will nichts mehr von dir, und sie kennt unsere Pläne nicht.« Lea zuckte mit den Schultern.

David atmete tief ein und aus und konzentrierte sich darauf, ruhig zu bleiben. »Es ist vorbei«, sagte er, »sie kann mir nicht mehr gefährlich werden.«

Ihm wurde klar, dass es nicht mehr um Delia selbst ging, sondern nur noch um die Erinnerung an sie. Sie war wie ein Misserfolg, wie ein Lied, das niemand hatte kaufen wollen, wie eine Melodie, die so schlecht arrangiert worden war, dass niemand sie hören wollte. Das war es, was ihn daran hinderte, die Zeit mit Delia zu vergessen und ihr den Rücken zuzukehren. Dass sie ihn nicht mehr liebte, war eine Sache, dass sie ihn so schwer betrogen hatte, eine ganz andere.

Als er diese Gedanken abgeschlossen hatte, zog eine wohlige

Wärme durch seinen Körper. Alisia! Konnte es wirklich sein, dass sie ihn liebte, dass er mehr für sie war als ein Abenteuer? Diese attraktive Frau, dieser gutherzige, sanftmütige Mensch, diese nicht nur äußerlich, sondern auch innerlich schöne Frau sollte in ihn, David Wiemann, verknallt sein, wie Lea es nannte? Eigentlich unvorstellbar. Was, wenn es doch nicht mehr war als eine Laune, eine Liebelei, reine Begierde? Immerhin war Alisia mit Franco Statti liiert, ihr winkte ein schönes Leben mit dem Mike-Heiser-Nachfolger. Und nach Delia war David eigentlich zu der Überzeugung gelangt, dass es die wahre Liebe nicht gab. Je länger er darüber nachdachte, desto klarer wurde es ihm: Alisia konnte ihn nicht wirklich lieben. Sie war eine Frau, die er für eine Nacht erobert hatte. Vermutlich würde er noch als Greis im Schaukelstuhl stolz darauf sein, dass ihm das gelungen war. Vielleicht würde er sogar einmal einem Enkel davon erzählen und ihm Fotos von *La Cappuccina* zeigen.

Er merkte, dass Lea ihn besorgt beobachtete. Sie schien zu ahnen, dass er sich mit schweren Gedanken herumschlug. »Mama hat der Besuch bei Kari Keller übrigens sehr gutgetan«, brachte sie David auf andere Gedanken. »Alisias Mutter hat ihr anscheinend den Kopf gewaschen. Mama scheint nun doch glauben zu können, dass du betrogen worden bist. Und sie hat sich vorgenommen, demnächst mit Papa darüber zu reden.«

»Zu spät«, erwiderte David voller Bitterkeit.

»Warum?«, fragte Lea. »Wenn wir erst Beweise haben …«

»Unserem Vater glaubt sie alles«, unterbrach David sie, »mir glaubt sie nur, wenn ich Beweise vorlege.«

Wieder schien Lea das Thema wechseln zu wollen. Ihre Stimme wurde jetzt so leise, dass David Mühe hatte, sie zu verstehen. »Da gibt es noch etwas, wovon wir beide nichts wissen. Als ich gestern nach Hause kam, telefonierte sie gerade mit Papa. Sie hat mich zunächst nicht gehört. Aber sie hat ihn gefragt, ob er sie eigentlich für dumm verkaufen wolle. Sie wüsste genau, was es mit Cornelius Löber auf sich habe. Und er solle sich mal überlegen, was diese Sache mit seinem Sohn zu tun habe. Mit dir.«

David sah sie entgeistert an. »Was meinte sie damit?«

»Keine Ahnung. Als sie mich hörte, hat sie das Gespräch sofort beendet. Und als ich sie fragte, hatte ich mich angeblich verhört. Aber ich habe genau mitgekriegt, dass sie von Cornelius Löber sprach. So, als würde sie ihn kennen.«

»Kannst du dir das vorstellen? Woher sollte sie ihn kennen? Und wenn, warum verheimlicht sie es?«

Lea zögerte, ehe sie antwortete: »Vor allem scheint Papa diesen Cornelius Löber zu kennen. Und auch er verheimlicht es. Oder hat es zumindest bis vor Kurzem getan.«

Die beiden sahen sich lange an, einer versuchte, in den Augen des anderen zu lesen. David war der Erste, der aufgab. »Das verstehe ich nicht.

63

Mai 2020

Während der Überfahrt auf dem Bahndamm war es still im Auto geworden. Als sie in der Steinmannstraße losgefahren waren, hatte es ein wenig Albernheit gegeben, nicht besonders gut geglückt, aber dennoch waren sie sich für eine Weile vorgekommen wie zwei junge Mädchen, die etwas planten, was die Eltern verboten hatten. Doch die Weite des Wattenmeeres, seine Ernsthaftigkeit und seine Strenge hatten schnell dafür gesorgt, dass sie nicht mehr kicherten, nur noch wenig sprachen und am Ende, kurz bevor der Zug aufs Festland rollte, sogar eine Weile schwiegen. Jede starrte aus dem Fenster, als hielte sie Ausschau nach Austernfischern, Sanderlingen oder Rotschenkeln, aber in Wirklichkeit ließen sie sich beide in das weit geöffnete Bild des Wattenmeeres hineinziehen, hatten nichts als die Horizontlinie im Blick, zu der das Watt die schönste Brücke bildete, die man sich denken konnte.

Indra sprach als Erste wieder, als Niebüll in Sicht kam. »Hast du dir schon überlegt, wie wir die Sache angehen sollen?« Sie sah ängstlich aus, obwohl sie sich an diesem Tag zurechtgemacht hatte wie eine junge Frau, die aufs Ganze gehen wollte. Ponyfransen in die Stirn gezupft, knallenge Jeans, eine dekolletierte Bluse, die über dem Bauch geknotet war, dazu goldene Sandaletten, deren Strassschmuck bei jedem Schritt klimperte, knallrot geschminkte Lippen und ein Kranz künstlicher Wimpern, der ihren Blick intensivierte.

Kari dagegen hatte auf Unauffälligkeit gesetzt, als wollte sie dafür sorgen, dass es später eine möglichst ungenaue Personenbeschreibung von ihr geben würde. Ihre Kleidung hatte gedeckte Farben, und auf Make-up hatte sie gänzlich verzichtet. »Wir müssen abwarten, wie er reagiert. Vielleicht ist ja mit ihm zu reden.« Sie versuchte zu lächeln, aber es misslang ihr. »Wenn nicht, kannst du dir wenigstens sagen, dass du es versucht hast.«

»Hoffentlich kann David mir verzeihen«, sagte Indra leise.

»Hat dein Mann endlich eingesehen, dass er schuld an der Misere ist? Ich bin davon überzeugt, ohne Cornelius Löber wäre das alles nicht passiert.«

Wieder wurde es still im Auto, diesmal waren es Indras schwere Gedanken, die das Schweigen provozierten, das Kari nicht unterbrechen wollte.

Schließlich sagte Indra: »Du hattest recht, Kari. Es war richtig, Samy zu gestehen, dass ich alles weiß. Ich hatte Angst davor, aber jetzt glaube ich, dass er mich endlich ernst nimmt. Es würde mich nicht wundern, wenn er heute noch nach Sylt kommt.« Sie lachte leise, einerseits ängstlich, andererseits triumphierend. »Wenn er mich nicht vorfindet, wird er sich wundern. Sonst bin ich ja immer da. Samy kennt das gar nicht anders. Lea weiß nicht, wo ich bin, sie selbst ist heute auch unterwegs. Samy wird vor verschlossener Tür stehen.«

»Hoffentlich findet er ein Hotel«, meinte Kari. »Sylt ist voll zurzeit.«

Daraufhin stellte sich wieder der Übermut ein. Der Gedanke an einen über die Insel irrenden Samy Angermann, der seinen Koffer von Hotel zu Hotel schleppte und überall abgewiesen wurde, erzeugte bei Kari und Indra eine Art hysterischer Heiterkeit. So lange, bis Kari sagte: »In einem der sündhaft teuren Luxushotels wird er schon was finden. Die sind nie voll belegt.«

64

Mai 2020, Hamburg

Sie hatten sich mit dem Taxi zu Golo Berglunds Musikstudio fahren lassen. Alisia sah sich vorsichtig um, ehe sie auf die Eingangstür zugingen. David und Lea hatten ihr Versprechen gehalten, sie waren nicht zu sehen. Doch über WhatsApp würde eine schnelle Verständigung möglich sein.

»Warum mussten sie eigentlich mitkommen?« Das hatte Romy schon einmal gefragt. Ihr schien die Anwesenheit von David Wiemann und Lea Angermann eher lästig zu sein.«

»Sicher ist sicher«, antwortete Alisia. »Du hast vielleicht die Chance, dich umzusehen. Aber was, wenn du keine Gelegenheit hast, das Notenblatt an dich zu nehmen? Du siehst es, du findest es, oder du ahnst, wo es sein könnte, schaffst es aber nicht, es einzustecken. Dann können David und Lea später einsteigen und es holen.«

»Vorausgesetzt, wir kriegen es hin, irgendwo ein Fenster oder eine Tür offen zu lassen.«

»Es kann auch sein, dass du keine Gelegenheit haben wirst, dich in Golo Berglunds Büro umzusehen. Dann müssen wir uns komplett auf David und Lea verlassen. Wenn es uns gelungen ist, für die beiden ein Schlupfloch zu öffnen, haben sie wenigstens Zeit zu suchen. Golo hat uns zum Essen eingeladen, er wird nicht plötzlich in seinem Musikstudio erscheinen und die beiden erwischen. Sie können sich Zeit lassen und alles durchsuchen.«

Man sah auf den ersten Blick, dass Golo Berglund erfolgreicher war als David Wiemann. Sein Studio war größer und moderner, die Umgebung gepflegter. Es lag ebenfalls in einem Gewerbegebiet, aber die umliegenden Firmen gehörten zu großen Konzernen, gut gehende Filialen mit teuren Wagenparks und ansprechenden Bürogebäuden. Es herrschte reges Treiben, überall fuhren Autos ab oder kamen an, Personenwagen, Lieferwagen, Lkws. Hinter ihnen waren noch zwei Taxis zum Stehen gekommen, deren Fahrgäste eilig ausstiegen, ihre Laptoptaschen schulterten und zügig auf ein Firmengebäude zugingen.

Ein weiteres Taxi fuhr vor, als sie gerade die Klingel betätigen wollten. Delia Berglund stieg aus und winkte ihnen fröhlich zu. »Da hätten wir ja glatt gemeinsam fahren können!«

»Verdammt«, flüsterte Romy. »Was macht die hier?«

»Wir dürfen uns nicht aus der Ruhe bringen lassen«, raunte Alisia zurück.

»Weiß sie, dass du gar keine Managerin hast? Kennt die mich?«

Aber Alisia war sorglos. »Sie hat keine Ahnung.«

Sie wartete, bis Delia herangekommen war, begrüßte sie, stellte Romy vor als »Frau Wimmer, meine Managerin« und drückte dann erst den Klingelknopf. Während sie warteten, begann sie einen Small Talk mit Delia über Mike, seinen Tod und darüber, dass Delia sich nun eine neue Stelle suchen müsse. Delia zeigte kein großes Bedauern, vermutlich war sie schon zu oft mit dem Tod in Berührung gekommen. Sie sagte nur: »Es ging ganz schnell, er hat nicht gelitten.«

Als Golo Berglund persönlich die Tür öffnete, hatten Alisia und Romy gerade erfahren, dass Delia schon den nächsten Job in Niebüll hatte und in das Studio ihres Bruders gekommen war, um Alisia zu unterstützen. »Golo meinte, wenn nötig, könnte er unsere Stimmen zusammenführen zu einer kräftigen, unverwechselbaren Originalstimme.«

»Oder Sie singen«, meinte Alisia keck, »und ich lasse mich nur fürs Cover fotografieren. Darauf verstehe ich mich.«

Aber Delia antwortete nicht mehr, denn in diesem Augenblick öffnete Golo Berglund die Tür.

Alisia erkannte ihn sofort. Er war mittelgroß und schlank wie Delia, hatte ein schmales Gesicht und große graue Augen mit derart dichten schwarzen Wimpern, dass ihn manche Frau darum beneiden würde. Er war schlicht gekleidet, graue Jeans, weißes Hemd, darüber eine marineblaue Strickjacke. Alisia war ein weiteres Mal heilfroh, dass er sie in dem Hotel nicht zur Kenntnis genommen hatte und nicht ahnen konnte, dass sie ihn und seine Schwester belauscht hatte.

Er begrüßte sie, wie Alisia immer empfangen wurde, wenn sie einen Besuch bei Menschen machte, denen es um ihre Schönheit ging. Modenschauveranstalter, Modedesigner, Zeitungsreporter … sie alle kamen entweder mit ausgebreiteten Armen auf sie zu oder schlichen ihr gebückt entgegen, machten sich noch kleiner, als sie waren. Mit einem kräftigen Händedruck und einem neutralen Lächeln wurde *La Cappuccina* selten begrüßt. Auch Golo Berglund umarmte sie, wenn auch nur mit gebührlichem Abstand. Er redete unaufhörlich auf sie ein, machte ihr Komplimente und wies sie gleichzeitig in ein Büro, dessen Tür er besonders schwungvoll öffnete. »Ich habe einen Überraschungsgast für Sie.«

Der Mann, der dort in einem bequemen Sessel saß, erhob sich langsam. Es war offensichtlich, er wusste, dass er sich nicht vorzustellen brauchte. Ihn kannte in Deutschland fast jeder.

»Oh, Herr Löber!« Alisia war überrascht, während Romy plötzlich unter fliegender Hitze zu leiden schien. Sie lief puterrot an, Schweiß sammelte sich auf ihrer Stirn, und sie schien nicht zu wissen, ob man einen Fernsehstar wie jeden stinknormalen Menschen behandeln durfte, oder ob er es gewöhnt war, dass man sich ihm zu Füßen warf. »Wie nett.« Alisia, die mindestens ebenso populär war wie Cornelius Löber, hatte natürlich weniger Probleme mit seiner Bekanntschaft.

Cornelius Löber quoll förmlich über vor Charme. »Ich wollte Sie immer schon mal kennenlernen, Frau Keller. Und als mein Freund Golo sagte, dass Sie heute zu ihm kommen, habe ich so lange gebettelt und gefleht, bis er mich auch eingeladen hat.«

Alisia lächelte, als glaubte sie ihm. Was für ein eitler Gockel. »Schön, Sie kennenzulernen.«

»Wir könnten uns schon länger kennen, wenn Sie damals die Gastrolle in *Heimweh nach Madrid* angenommen hätten. Sie erinnern sich?«

Alisia sah Romy Wimmer an. »Haben wir die abgesagt?«

Romy starrte Alisia an, als hätte sie Hebräisch mit ihr gesprochen, dann fing sie sich und stolperte kopfüber in die Rolle, die sie hier spielen sollte. »Ja, ja, das passte damals nicht in deinen Terminkalender«, behauptete sie kühl.

»Außerdem kann ich nicht schauspielern«, sagte Alisia.

»Aber singen?«, fragte Cornelius.

»Auf keinen Fall besser als Sie«, antwortete Alisia. »Wie haben Sie das hingekriegt? Können Sie mir Tipps geben? Ich meine ... als Schauspieler hat man eine Sprechausbildung, aber keine Gesangsausbildung. Oder sind Sie ein Naturtalent?«

Cornelius Löber neigte sich an ihr Ohr, als wollte er ihr etwas zutuscheln, was sonst keiner hören durfte. »Ganz unter uns ... Golo hat ein bisschen getrickst.«

Alisia sah den Musikproduzenten mit großen Unschuldsaugen an. »Ehrlich? Machen Sie das bei mir auch?«

»Wenn es sein muss«, antwortete Golo Berglund lächelnd. Er griff hinter sich und holte ein Notenblatt hervor. Alisia erkannte, obwohl sie keine Noten lesen konnte, das Blatt wieder, das Romy in Delias Zimmer gefunden hatte. Anscheinend eine Kopie. »Diese Melodie hatte noch keinen Text«, sagte Golo. »Ich habe zwei Nachtschichten eingelegt, um einen Text zu schreiben, der zu Ihnen passt.«

»Wie nett von Ihnen«, hauchte Alisia und sah Golo Berglund dankbar an.

Er schien zu erwarten, dass sie eine Meinung zu seiner Melodie hatte und sah sie erwartungsvoll an, nachdem sie eine Weile auf die Noten gestarrt hatte. Dann ging ihm ein Licht auf. »Sie können keine Noten lesen?«

Alisia schüttelte den Kopf. »Leider nicht.«

Golo wandte sich an seine Schwester. »Sing du es ihr vor, Delia.«

Sie griff nach dem Notenblatt, stand auf und atmete tief durch. Dann begann sie mit einer sehr schönen Altstimme zu singen. »Wer mich liebt, liebt meine langen Beine, meine schwarzen Augen und meinen roten Mund. Wer mich liebt, liebt meine braune Haut, wie Cappuccino sieht sie aus und schmeckt auch so …«

Donnerwetter! Golo Berglund hatte ihr dieses Lied wirklich auf den Leib geschrieben – auch wenn der Text mehr als befremdlich war. Alisia hatte ihre liebe Mühe, gute Miene zum für sie bösen Spiel zu machen. Gut, dass sie nicht wirklich daran dachte, zum Schlagerstar zu werden.

Golo Berglund stand auf und wies zur Tür. »Gehen wir ins Studio und versuchen es.«

Alisia wandte sich an Romy. »Du hast noch mit der Terminplanung zu tun, oder?«

»Ja, ich bleibe hier«, antwortete Romy und sah Golo fragend an. »Ich darf Ihren Schreibtisch benutzen?«

»Selbstverständlich.«

Alisia warf einen Blick zurück und zwinkerte Romy zu. Wenn ihre selbst ernannte Managerin dort eine Weile allein und ungestört blieb, würde sie vielleicht erfolgreich sein. Das Büro lag günstig. Ein etwa zehn Meter langer Gang führte von dort ins Musikstudio.

Wer herauskam, würde von Romy gehört werden. Dann hatte sie auf jeden Fall Zeit genug, ihre Suche zu unterbrechen und sich wieder an Golos Schreibtisch zu setzen. Beste Voraussetzungen also!

65

Mai 2020, Riekenbüren

Nicole hatte gerade Spaghetti gekocht und war dabei, die Tomatensoße zu verfeinern, als das Telefon ging.

Lutz war am anderen Ende. Er hatte soeben mit Hasso telefoniert und von ihm zu hören bekommen, dass sein Vertreter, der von Sylt gekommen war, seine Sache gut machte. Nun wollte er sich noch bestätigen lassen, dass auch in seinem Haushalt alles reibungslos lief.

»Ich habe gerade Spaghetti mit Tomatensoße gekocht.« Sie merkte selbst, wie müde ihre Stimme klang, aber Lutz fiel es nicht auf.

»Prima! Die mögen alle drei gern.«

Nicole dachte nur kurz daran, Lutz zu verraten, dass sein Sohn an diesem Tag die Schule schwänzte. Nein, sein Herz würde solche Informationen vielleicht noch nicht vertragen. Dass sie Tim eine Stunde lang vergeblich gesucht und ihn auch am Teich nicht gefunden hatte, verschwieg sie natürlich ebenfalls, erst recht teilte sie ihre Sorge, dass Tim im Besitz von Rauschgift war, nicht mit Lutz. Wer konnte schon wissen, ob er dafür bereits gesund genug war?

»Morgen werde ich entlassen«, sagte Lutz gerade. »Aber in der Werkstatt arbeiten kann ich noch nicht. Der Arzt meint, zwei Wochen soll ich noch auf Sparflamme leben.«

»Dann werde ich bei Kari anrufen und fragen, ob mein Zimmer im *König Augustin* noch frei ist. Eine Woche Urlaub habe ich noch.«

Lutz schien jedoch andere Pläne zu haben. »Wenn ich noch nicht arbeiten darf, kann ich natürlich auch nicht den Haushalt und die Kinder versorgen.«

Sie zögerte. »Also gut, dann bleibe ich.«

Lutz atmete hörbar auf. »Gott sei Dank. Kannst du mich auch morgen aus dem Krankenhaus abholen? Ich weiß nicht, ob mir die Krankenkasse ein Taxi bezahlt.«

»Natürlich.«

»Danke, Nicole. Ich bin froh, dass ich dich habe.«

Nicole lauschte diesen Worten nach. Glaubte er wirklich, dass sie bereits zu ihm gehörte?

»Einen Moment, Nicole …«

Sie hörte, dass jemand ins Zimmer kam und mit Lutz sprach. Bald darauf gab es heftiges Geknister im Hörer, als Lutz das Telefon wieder zur Hand nahm. »Stell dir vor, die Schwester hat gerade gesagt, dass ich sofort entlassen werden kann. Die brauchen anscheinend mein Zimmer. Ich habe gesagt, dass ich in der nächsten Stunde abgeholt werde. Ist doch okay, oder?«

»Ja, in Ordnung«, antwortete Nicole und legte auf. Sie richtete den Salat an, den sie zu den Nudeln servieren wollte, damit die Kinder mit Vitaminen versorgt waren, und suchte nach ihrem Autoschlüssel. Sie wollte gerade eine Nachricht schreiben, damit die Kinder wussten, warum niemand im Haus war, da erschien Gina bereits in der Tür. »Bio habe ich mir gespart.«

»Du bist früher gegangen?« Nicole war entsetzt.

Darauf antwortete Gina nicht.

»Du kannst doch nicht kommen und gehen, wie und wann du willst.«

»Ist die Schule ein Gefängnis, oder was?«

»Es gibt Regeln …«

»Ich will Model werden, dafür brauche ich nichts über Fotosynthese zu wissen.« Sie warf einen langen Blick zu der großen Glasschüssel. »Salat? Igitt.«

Die Spaghetti erhielten zum Glück einen freundlichen Blick. Dass ihr Vater bereits heute wieder das Krankenhaus verlassen durfte, kommentierte Gina nicht. Gleichgültig zog sie ihr Handy aus der Gesäßtasche ihrer Jeans, in die es erstaunlicherweise gepasst hatte, und verzog sich damit ins Wohnzimmer.

Nicole verließ das Haus, startete ihr Auto und fuhr los. Kinder in Ginas Alter waren nun mal so. Tim musste den Verlust seiner Mutter verkraften, da war es auch kein Wunder, dass er sich in einen Rausch flüchtete. Und Jana? Dass sie sich am vergangenen Abend in ihrem Zimmer eingeschlossen hatte, hatte Nicole mit Sorge erfüllt. Aber sie war nicht dahintergekommen, ob die Kleine dort allein um ihre Mutter geweint hatte, oder, wie Tim behauptete, ungestört am Daumen lutschen und Süßigkeiten naschen wollte. Nicole gestand sich ein, während sie aus Riekenbüren herausfuhr, dass sie sich vollkommen überfordert fühlte. Ob es Ria Jacobson auch so gegangen war? Wie kamen Mütter von pubertierenden Kindern zurecht? Nicole glaubte, eine einfache Antwort zu haben: Sie liebten sie, und damit hielten sie alles aus. Nicole kannte die drei Kinder noch nicht gut genug, um sie zu lieben, aber sie wusste, dass sie sie würde lieben können. Nur … würde sie jemals die Gelegenheit dazu erhalten? Und wollte sie das überhaupt? Ihr heimlicher Wunsch nach einer eigenen Familie war längst verblasst, das musste sie sich jetzt eingestehen. Und Lutz Jacobson? Bedeutete er ihr wirklich etwas? Nicole versuchte, ehrlich zu sein, und merkte, dass es vor allem Pflichtgefühl war, was sie in Riekenbüren, bei seiner Familie, in seiner Wohnung hielt.

Lutz wartete schon in der Empfangshalle auf sie. Er sah noch sehr blass aus und überließ Nicole gerne seine Reisetasche. Als er sich neben sie ins Auto setzte, legte er eine Hand auf ihren rechten Oberschenkel. Nicole mochte das nicht. Prompt wurde ihr dann bewusst, wie dick ihre Schenkel waren. Aber Lutz schien ihr Unbehagen nicht zu spüren.

»Wie läuft's in der Schreinerei?«, fragte er, als Nicole losgefahren war. »Stimmt es, was dein Vater sagt?«

»Dass Constantin gut zurechtkommt? Ja, das stimmt.«

»Ein schwarzer Schreiner in Riekenbüren. Ein Wunder, dass er noch nicht aus dem Dorf gejagt worden ist.«

Nicole war so empört, dass sie Mühe hatte, ihre Gefühle in Worte zu kleiden. »Wie kannst du … so was sagen? Constantin ist …«

»Schwarz. Oder nicht?«

Er winkte ab, als könnte er sich denken, wie Nicole ihren Verwandten verteidigen wollte, und als hätte er keine Lust, es sich anzuhören. Nicole gab auf. Lutz war krank, da ging es nicht an, dass sie mit ihm stritt. Wenn er wenigstens seine Hand von ihrem Oberschenkel nähme!

Aber er ließ die Hand dort und gab an jeder Straßenecke einen Hinweis, welche Richtung sie einschlagen musste. Und das, obwohl Nicole ein Navigationsgerät besaß und sich darüber hinaus besser zwischen Bremen und Riekenbüren auskannte als Lutz, der noch nicht lange hier wohnte. Doch sie ließ es geschehen, bog nach links ab, wenn Lutz sie nach rechts lotsen wollte, und hörte einfach nicht auf seine Hinweise.

Schließlich nahm er die Hand von ihrem Schenkel. »Wenn du nicht auf mich hören willst …«

Lutz stieg aus, als Nicole den Wagen vor der *Schreinerei Wunder* geparkt hatte, und ging mit steifen Knien ins Haus. Dort warf er nur einen kurzen Blick in die Küche, die leer war, und trat von der Diele in einen Vorraum der Werkstatt. Nicole folgte ihm und sah Hajo und Constantin in der Tür des kleinen Büros stehen.

»Zeiten sind das!«, hörte sie ihn murmeln. »Zwei Schwarze in einer guten deutschen Schreinerei. Und dann noch zwei, die sich wie Chefs aufführen.«

Constantin schien seinem Vater etwas zu erklären, redete mit großen Gesten, wies auf das eine oder andere Werkstück, an dem gearbeitet wurde, und sein Vater hörte ihm aufmerksam zu.

Als sie Lutz bemerkten, begrüßten sie ihn freundlich. »Geht's Ihnen besser?«, fragte Constantin.

Lutz winkte nur ab, er wollte hören, wie sich die Arbeit in der Schreinerei entwickelte. Während Constantin Bericht erstattete, griff Hajo nach Nicoles Arm und zog sie aus der Werkstatt. »Wie geht's dir?«

Nicole griff zu dem Pflaster auf ihrer Stirn, das Lutz gar nicht aufgefallen war. »Geht so.«

Hajo schüttelte den Kopf. »Wie wär's, wenn wir einen kleinen Spaziergang machen?«

»Aber die Kinder …«

Hajo ließ sie nicht zu Ende sprechen. »Die kommen schon klar.«

»Und Lutz?«

»Er ist erwachsen und immerhin gesund genug, dass er aus dem Krankenhaus entlassen wurde. Er wird es schaffen, sich ohne deine Hilfe zu seinem Sofa zu schleppen.«

Sie gingen Richtung Campingplatz, liefen aber nicht auf die Schranke zu, sondern nahmen den Weg am Zaun des Platzes entlang bis zu einem Wanderweg, der durch die Felder und Wiesen bis nach Achim führte.

»Wolltest du immer eine Familie haben?«, fragte Hajo.

Nicole nickte unglücklich. »Hat sich leider nicht ergeben.«

»Und heiraten? War dir das wichtig?«

»Hat sich auch nicht ergeben.«

»Ich mache mir Sorgen um dich, Nicole. Ich fürchte, dass Lutz Jacobson nicht das für dich empfindet, was du verdienst.« Hajo blieb stehen und betrachtete sie eingehend. »Ich muss immer an die Nicole denken, die damals dafür gesorgt hat, dass Alisia aus den Händen ihres Entführers gerettet wurde. Du hast es wirklich verdient, geliebt zu werden. Du bist ein so liebenswerter Mensch, Nicole. Ich könnte es nicht ertragen, dass du unglücklich wirst, weil man dir etwas vormacht.«

Nicole hob den Blick nicht, sondern starrte auf ihre Füße. Hajos Worte berührten sie tief. Sie war liebenswert! Das hatte ihr bisher noch nie jemand gesagt. Sie hätte Hajo gerne gesagt, wie glücklich es sie machte, dass er so über sie dachte, aber sie schaffte es nicht. Vielleicht deswegen, weil sie es nicht gewöhnt war, Komplimente zu bekommen.

Auch als sie zurückgingen, blickte sie unverwandt zu Boden. Sie sah nicht das bunte Treiben hinter dem Zaun des Campingplatzes, sah nicht in den Himmel, folgte dem Zug der Wolken nicht und ließ die Sonne nicht auf ihr Gesicht scheinen. Schweigend ging sie neben Hajo zurück, der ebenso schwieg. Hajos Worte wirkten noch immer in ihr nach. Sie war liebenswert! Hajo ertrug es nicht, dass sie unglücklich wurde! Und Hajo fürchtete, dass man ihr etwas vormachte. Lutz? Machte er ihr etwas vor? Er hatte noch nicht von seinen Gefühlen gesprochen, hatte auch noch nicht angedeutet, dass er sich eine Zukunft mit ihr vorstellen konnte, aber zu den Kindern hatte er gesagt, sie würde ihre neue Mutter. Wie dachte er sich das? Wollte er sie einstellen als Haushaltshilfe? Und heiraten, damit er eine Haushaltshilfe hatte, die nichts kostete? Oder … fand er sie vielleicht auch liebenswert?

Nicole blieb stehen und sah Hajo mit großen Augen an. »Danke, Hajo.«

Er fragte nicht, wofür sie sich bedankte, er nickte nur, und gemeinsam gingen sie weiter. Als sie den Hof der Werkstatt erreichten, stand Lutz dort und sah sich ungläubig um.

»Da bist du ja«, rief er, als er Nicole bemerkte. »Ich habe mich gefragt, wo du steckst.«

Während Nicole auf ihn zuging, änderte sich sein Blick. Er

richtete sich jetzt hauptsächlich auf Hajo und wurde misstrauisch. »Was haben Sie mit Nicole zu bereden?«

Hajo sah ihn überrascht an. »Wir haben einen Spaziergang gemacht und uns ein bisschen unterhalten.«

Lutz' Stimme wurde schneidend. »Worüber? Was haben Sie mit Nicole zu reden?«

Hajo runzelte die Stirn. »Ich verstehe nicht …«

»Komm, Nicole«, sagte Lutz stattdessen und wollte nach ihrem Arm greifen. »Die Kinder brauchen dich. Und ich auch.«

Nicole merkte, dass Hajo ihr einen Blick zuwarf. Er schien darauf zu warten, dass sie Lutz Paroli bot. Aber sie schaffte es nicht.

Hajo merkte es schnell. »Können Sie sich nicht selbst um Ihre Kinder kümmern? Nicole braucht mal ein bisschen Pause. Sie hat eigentlich Urlaub. Und jetzt sind Sie ja wieder da …«

»Ich bin krank«, fuhr Lutz ihn an. »Entlassen wurde ich nur, weil die im Krankenhaus mein Bett brauchten. Und weil ich gesagt habe, dass ich zu Hause versorgt werde.«

»Hätten Sie das nicht vorher mit Nicole absprechen müssen?«, fragte Hajo sehr ruhig und höflich.

»Was geht Sie das eigentlich an?«, fragte Lutz, alles andere als ruhig und höflich.

»Hör auf, Lutz«, flehte Nicole. »Rede nicht so mit Hajo.«

»Mit so einem rede ich, wie ich will. Und mit seinem Sohn auch. Vor allem werde ich jetzt mal mit Hasso sprechen. Ein schwarzer Schreiner in Riekenbüren! Das muss sofort geändert werden.« Lutz drehte sich um und ging ins Haus. »Kommst du, Nicole?«, fragte er über die Schulter zurück.

Nicole sah Hajos Blick, sah die Aufforderung darin, das Mutmachen – und schrie: »Nein!« Und als Lutz nicht reagierte, noch einmal: »Nein!«

Nun drehte Lutz sich um und sah sie erstaunt an. »Ist was?«

»O ja, es ist was!« Nun brüllte Nicole sogar. Sie konnte sich nicht erinnern, einen Menschen jemals angebrüllt zu haben. Aber sie war auch noch nie Zeuge einer solchen Herabsetzung geworden. »Wage es nicht, noch einmal schlecht über Hajo und Constantin zu reden. Hast du das verstanden?«

Lutz kam zurück, mit vorgebeugtem Oberkörper, als wollte er ihren Gesichtsausdruck genau studieren. »Was redest du da?«

»Verstehst du kein Deutsch?«, brüllte Nicole zurück.

Lutz richtete sich jetzt auf und wich ein, zwei Schritte zurück. Tatsächlich schien er mit einem Mal unsicher geworden zu sein. »Komm mit mir rein. Dann reden wir in Ruhe darüber. Du hast das total falsch verstanden.«

»Was ist daran falsch zu verstehen, wenn du behauptest, dass ein Schwarzer in Riekenbüren keinen Platz hat?« Sie warf Hajo einen Blick zu, als wollte sie sich von ihm Kraft holen. Und tatsächlich stärkte er sie, als sie die Anerkennung in seinem Blick sah. »Und ich komme nicht mit dir rein. Wenn du Hunger hast – auf dem Herd steht etwas, was du dir und den Kindern aufwärmen kannst.«

66

Mai 2020, Hamburg

Romy hatte scheinheilig Papier und Stifte vor sich ausgebreitet. Beides hatte sie eingesteckt, damit sie sich notfalls schwer beschäftigt geben konnte. Ihr Smartphone legte sie daneben, um es ans Ohr zu nehmen und wichtige Gespräche zu führen, die zu der Managerin eines Topmodels passten. Eine Weile blieb sie still sitzen und lauschte. Natürlich war der Raum, in dem die Musik aufgenommen wurde, schallisoliert, aber sie hörte, wenn sie selbst kein Geräusch verursachte, trotzdem, was dort vor sich ging. Sie schüttelte sich, als sie Alisias Stimme hörte, die es schaffte, immer haarscharf am Ton vorbei zu singen, dann machte sie sich so leise wie möglich daran, Golo Berglunds Schreibtisch zu durchsuchen. »Direkt unter Ted Herold«, das hatte Alisia ihr eingebläut. Ein Hinweis, der die Suche hoffentlich leichter machte.

Romy entschloss sich zu einem zügigen ersten Durchgang. Sich einen Überblick verschaffen, damit wollte sie anfangen. Einzelne Papiere konnte sie später durchgehen.

Den Schreibtisch hakte sie schnell ab. Dort bewahrte Golo Berglund nichts auf, was interessant für sie war. Also der Aktenschrank und die Oberschränke über der Glasvitrine, in der Golo besonders erfolgreiche CDs und diverse Auszeichnungen ausgestellt hatte. Romy erhob sich leise, der Stuhl knarrte vernehmlich, das musste sie sich merken. Aber der Aktenschrank war leicht und leise zu öffnen. In den oberen Reihen standen Aktenordner in unterschiedlichen Farben. Steuerunterlagen, Verträge, Pressearbeit,

Versicherungen … Die waren für Romy ohne Bedeutung. In den unteren Reihen gab es keine Ordnung mehr. Golo Berglund schien die Angewohnheit zu haben, dort abzulegen, was einerseits nicht weggeworfen werden sollte, aber andererseits nicht so wichtig war, dass es in Ordnern abgelegt wurde. Schnellhefter waren aufeinandergelegt worden, meist ohne Beschriftung, viele Papiere lagen einfach übereinander. Romy sah unzählige Schlagertexte, die sie nie gesungen gehört hatte. Anscheinend handelte es ich um Einsendungen von Leuten, die sich zum Schlagertexter berufen fühlten. Mit einem fliegenden Daumen blätterte sie sämtliche aufeinandergestapelten Papiere auf, aber nirgendwo ein Notenblatt und nichts, was auf Ted Herold hinwies.

Sorgenvoll betrachtete sie den kleinen Safe, der im Aktenschrank eingebaut war. Was dort verwahrt wurde, blieb unerreichbar für sie. Wenn Golo Berglund das Notenblatt sehr wichtig war, hatte er es womöglich dort hineingelegt. Dann würden sie unverrichteter Dinge zurückkehren müssen. Aber es blieben ja noch die zwei Oberschränke. Sie waren beinahe geräuschlos zu öffnen. In ihnen bewahrte Golo keine Papiere, keine Korrespondenzen auf, hier waren Erinnerungsstücke aufeinander gestapelt, ungeordnet, ohne irgendeine Systematik.

Romy stieß schnell auf einen Stapel von Plakaten, alte Plakate von Konzerten, die viele Jahre zurücklagen. Sie nahm das obere herunter und spürte die Hitze, die durch ihren Körper fuhr. Ted Herold! Sie hatte es gefunden! Ein Dutzend Plakate von einem Auftritt mit seiner Band 2013 in Herne, dann eine Reihe von leeren Plattenhüllen, alle viele Jahre alt, einst für Langspielplatten produziert. »Hula-Rock«, »Wahre Liebe wird nicht älter«, »Ready Teddy«. Dann wieder Plakate »Ted Herold auf Tour«, »Ted Herold singt beim European Elvis Festival«, Ted Herold tritt auf in Essen, in Duderstadt … Am Ende hatte Romy alles durchgesehen, was mit Ted Herold zu tun hatte, war aber nicht schlauer als vorher.

Golo Berglund hatte offenbar die Absicht gehabt, Ted Herold ein Comeback zu bescheren, und der Tod des Sängers war ihm dazwischengekommen.

»Direkt unter Ted Herold«. Romy sagte es sich immer wieder vor.

Plötzlich wurde ihr klar, dass sie vor lauter Aufregung vergessen hatte, auf verräterische Geräusche zu achten. Ihr war, als hätte sie auf dem Gang Schritte gehört. Schleunigst schloss sie die Schranktür wieder, griff nach ihrem Handy und hielt es ans Ohr, als sich die Tür öffnete. Ein Mitarbeiter von Golo, den sie bisher nicht gesehen hatte! Er sah sie fragend an, und Romy sprach ins Telefon, ohne dass eine Verbindung zustande gekommen war: »Moment, bin gleich wieder da …«

Sie lachte den jungen Mann an. »Ich bin die Managerin von *La Cappuccina*. Sie macht Probeaufnahmen.«

»Ach ja!« Der junge Mann verstand und verschwand augenblicklich wieder. »Ich bin übrigens Otto«, rief er über die Schulter zurück.

Romy lauschte auf seine Schritte. Er ging nicht ins Studio, sondern in irgendeinen anderen Raum. Eine Tür schlug zu, danach hörte sie nichts mehr. Wieder öffnete sie den Oberschrank und holte den ganzen Stapel der Teddy-Herold-Plattenhüllen und -Plakate heraus. Eins nach dem anderen legte sie zurück und schaute unter jedes, aber nirgendwo fand sich das Notenblatt, das sie suchte.

Die Plattenhülle jedoch, die zuunterst lag, war dicker als die anderen. Romy sah genauer hin. Und tatsächlich! Dort fand sie es, auf die Rückseite geklebt. Fein säuberlich geschriebene Noten, einige mit winzigen gemalten Blüten verziert, in verschnörkelten Buchstaben der Liedtext »Du bist wie ein Lied …« und oben und unten die Glückwünsche von David an seine Delia, mit dem Datum ihres Geburtstages, ein Tag, der vor dem Tag lag, an dem das

Lied von Golo Berglund auf den Markt geworfen worden war. »Dir gewidmet, der Frau, die ich liebe …« Das durfte Alisia nicht sehen. Sie brauchte es auch nicht zu sehen, beschloss Romy. Das war doch kein Beweis. Jedenfalls keiner, der einen Richter überzeugte. Seinem Vater allerdings würde David damit vielleicht beweisen können, wie die Wahrheit aussah. Und nach allem, was sie von Alisia gehört hatte, war ihm das ja am wichtigsten. Also musste dieses Notenblatt gesichert werden.

Romy überlegte gerade, ob diese Plattenhülle mit der brisanten Unterseite in ihrer Tasche Platz haben würde, oder ob es besser war, das Notenblatt zu lösen und ohne die Plattenhülle einzustecken … da hörte sie die Tür, die ins Studio führte, und eilige Schritte kamen den Gang herunter. Ohne lange nachzudenken, warf Romy die Plattenhülle zurück, schloss den Schrank geräuschlos, hätte sich beinahe auf den Stuhl geworfen, aber ihr fiel ein, wie laut er knarrte. Also blieb sie stehen, beschäftigte sich mit ihrem Handy und sah auf, als Golo Berglund hereinkam.

»Wie läuft's?«, fragte sie.

»Ich brauche Kaffee.« Diese Antwort war aussagekräftig, fand Romy. Offenbar war Golo Berglund mit den Nerven am Ende. Er ging zum Kaffeeautomaten, stellte ihn an und sagte zu Romy: »Kommen Sie mit. Ich möchte Ihre Meinung hören.«

Das gefiel Romy gar nicht, sie hätte lieber das Corpus delicti gesichert. Aber natürlich musste sie Golo Berglund folgen.

Auf zwei kleinen Hockern saßen Delia und Cornelius. Sie mit verächtlichem Gesichtsausdruck, er mit einer Miene voller Bewunderung. Alisia würde noch so viele schräge Töne produzieren können, Cornelius würde sie weiterhin anbeten. Hinter der Glasscheibe stand Alisia vor einem riesigen Mikrofon, schuldbewusst, demütig, kleinlaut. »Sorry«, hörte Romy sie sagen. »Besser kann ich es nicht.«

Golo schaffte es schon wieder, Optimismus zu versprühen. »Ich habe Kaffee aufgesetzt, das wird uns helfen. Nun noch einmal! Ich will, dass Ihre Managerin ihre Meinung dazu abgibt.«

Alisia nickte unglücklich, stellte sich sehr dicht vor das Mikrofon und wartete auf Golos Zeichen. Dann begann sie, und Romy musste sich zwingen, sich nicht die Ohren zuzuhalten. Was für ein Katzenjammer! Sie warf Golo einen Blick zu, der ausdrückte, was sie dachte, und er verstand sie und sorgte dafür, dass alles, was jetzt gesagt wurde, im Aufnahmeraum nicht zu hören war.

Er wandte sich an seine Schwester und sah sie herausfordernd an. »Du machst es, Delia. Okay?«

Romy gab vor, nicht zu verstehen. »Was meinen Sie?«

Golo stand auf und verließ das Studio, während Delia dort blieb und Alisia weiter mit großen Augen anstarrte. Romy folgte Golo ins Büro. Dort blieb er stehen und drehte sich zu ihr um. »Hören Sie … ich mache das nicht zum ersten Mal. Das funktioniert wunderbar.«

»Was?« Romy sah ihn mit großen Augen an.

»Delia wird den Song singen, aber niemand wird es erfahren.«

Romy wich einen Schritt zurück und gab sich empört. »Was? Das ist aber nicht korrekt.«

»Kommt es Ihnen wirklich darauf an?« Golo grinste. »Ich dachte, es ginge Ihnen darum, für *La Cappuccina* etwas Neues zu finden, ehe niemand mehr ihren Namen kennt. Wir wissen doch alle, dass sie über dreißig ist.«

Romy schluckte. Beinahe hätte sie sich ereifert, aber gerade noch rechtzeitig fiel ihr ein, dass sie nicht hier war, um Alisia wirklich zu einem Plattenvertrag zu verhelfen. Sie wollten etwas ganz anderes. Und wenn sie das aus dem Studio herausgeschmuggelt hatten, würde Alisia sowieso zu Golo Berglund gehen und ihm voller Bedauern mitteilen, dass sie es sich anders überlegt habe, dass sie nun doch kein Schlagerstar werden wolle.

»Also gut. Wenn Alisia damit einverstanden ist … mir soll es recht sein.« Und dann behauptete sie tollkühn: »Ich habe schon ein paar Veranstalter am Haken, die ganz wild darauf sind, demnächst *La Cappuccina* nicht nur auf dem Catwalk laufen, sondern sie gleichzeitig auch singen zu lassen. Das wird ein voller Erfolg. So was macht man ja sowieso im Playback.«

»Dann sind wir uns also einig.« Golo Berglund ging zur Tür. »Ich werde mit *La Cappuccina* reden. Mal sehen, vielleicht könnten wir ihre Stimme unterlegen.« Er verzog das Gesicht. »Aber leicht wird das nicht. Sie trifft einfach keinen Ton.«

Romy lachte. »Diese Idee müssen Sie ihr unterbreiten. Ich fürchte nämlich, dass sie sich für eine begnadete Sängerin hält.«

Golo lachte noch lauter. »Dann also bis später. Mal sehen, wie lange ich brauche, bis sie die Wahrheit akzeptiert.«

Romy lachte mit ihm, aber nur so lange, bis die Tür des Studios wieder zufiel. Dann stand sie auf und öffnete erneut die Tür des Oberschrankes. Sie musste versuchen, das Notenblatt von der Rückseite der Plattenhülle zu lösen. Dann könnte sie es zusammenfalten und in ihrer Handtasche verstecken. Hätte sie nur eine größere mitgenommen! Himmel, diese LP's hatten ja wirklich ein schrecklich unhandliches Format! Aber natürlich durfte sie gleich nicht mit Golo Berglund in ein Restaurant gehen und eine Handtasche bei sich tragen, aus der diese Plattenhülle herausschaute. Sie machte nur einen kurzen Versuch, das Blatt zu lösen, und ließ es dann. Sie war zu nervös, am Ende würde das wichtige Notenblatt noch zerreißen. Die Gefahr, überrascht zu werden, war zu groß. Sie würde David und Lea Bescheid geben, ihnen würde es vielleicht gelingen, während Romy und Alisia mit Golo Berglund, seiner Schwester und Cornelius Löber essen gingen. Dazu hatte der Musikproduzent eingeladen und einen Tisch im *Carar* reservieren lassen.

Romy erhob sich und huschte auf den Gang. Sie musste jetzt versuchen, ein Schlupfloch zu finden und zu öffnen, damit David und Lea freie Fahrt hatten. Vorsichtig tastete sie sich den Gang entlang, weit von der Tür zum Studio entfernt. Sie sah in eine winzige Küche, die kein Fenster hatte, und in einen Abstellraum, an dessen anderem Ende eine Tür war, die ins Freie führen konnte. Vorsichtig tastete sie sich in den Raum, als plötzlich hinter ihr eine barsche Stimme ertönte: »Suchen Sie was?« Otto, der sie kurz vorher in Golos Büro angesprochen hatte, stand hinter ihr und sah sie misstrauisch an.

»Die Toilette«, stotterte Romy.

»Glauben Sie allen Ernstes, dass so unsere Toiletten aussehen?«, lachte er und winkte ihr, damit sie ihm folgte. »Besonders toll sind die Toiletten in keinem Musikstudio, da gebe ich Ihnen recht. Aber immerhin haben wir eine Putzfrau, so sind unsere wenigstens sauber.«

Während er sprach, hatte er mit ihr einen Aufenthaltsraum durchschritten, in dem die Garderobe untergebracht war, in dem schmutzige Schuhe standen und Regenkleidung auf großen Haken hing, wo kleine Koffer und große Rucksäcke auf der Erde standen und es sogar einen winzigen Schminktisch gab. Er zeigte zu einer Tür, auf der »WC« prangte. »Da, bitte! Links das für Jungs, rechts das für Mädels.«

Romy bedankte sich überschwänglich und zwängte sich durch die Tür, die nicht ganz aufging, weil dahinter irgendetwas stand, was sie blockierte. Ein ausgedienter Lautsprecher, wie sie kurz darauf feststellte. Sie sah sich um, ehe sie sich für die rechte Kabine entschied. Jede hatte ein Fenster, nicht besonders groß und ziemlich hoch, aber wenn es auf der anderen Seite etwas gab, auf das David und Lea klettern konnten, würde es gehen. Romy schloss sich ein, klapperte geräuschvoll mit dem Toilettendeckel und stieg dann vorsichtig auf die Brille. Als sie merkte, dass die Scharniere des Fensters quietschten, betätigte sie schnell die Spülung, um das verräterische Geräusch zu übertönen. Dann schob sie das Fenster wieder heran, sodass auf den ersten Blick nicht zu erkennen war, dass es geöffnet war. Nur die Stellung des Fenstergriffs verriet es. Aber wer achtete schon auf so was? Genauso verfuhr sie vorsichtshalber auch mit dem Fenster in der anderen Toilettenkabine. Doppelt hielt besser!

Als sie zurückkehrte, war von Otto nichts mehr zu sehen. Im Büro zog Romy ihr Handy aus der Tasche und begann, sowohl an David als auch an Lea eine WhatsApp-Nachricht zu schreiben. Golos Mitarbeiter kam prompt ins Büro, ohne dass sie ihn kommen gehört hatte, und suchte in dem Aktenschrank herum. Romy hätte beinahe erleichtert aufgestöhnt. Dieser Mann bewegte sich verdammt lautlos auf seinen Gummisohlen. Sie durfte jetzt keinen Fehler begehen, der ihn misstrauisch machte. Eine Managerin, die auf ihrem Smartphone herumtippte, war zum Glück alles andere als verdächtig.

Beide Toilettenfenster sind offen – Rückseite des Hauses. Büro, rechter Oberschrank, unteres Fach. Schallplattenhülle »Rock'n Roll for President«. LG Romy. J

67

Mai 2020, Hamburg

David und Lea saßen in einer Kneipe in der Nähe des Musikstudios, jeder hatte ein Bier vor sich stehen. Außer ihnen hielten sich dort Angestellte und Arbeiter aus den umliegenden Firmen auf, die Feierabend hatten, aber die Heimkehr hinauszögerten. Die meisten von ihnen waren Männer, nur an einem Ecktisch saßen zwei Frauen mit ihren Kollegen zusammen, von denen einer Geburtstag hatte. Sie kümmerten sich nicht um das Model, das hereingekommen war, während alle anderen sich so postierten, dass sie Lea im Blick behielten.

Davids Smartphone brummte und kurz darauf auch Leas. Sie lasen die Nachricht, die Romy geschickt hatte, und sahen sich an.

»Sie hat es tatsächlich gefunden«, sagte David leise, beinahe ehrfürchtig. »Mit der Frau kannst du wirklich Pferde stehlen.«

»Aber anscheinend kann sie es nicht herausholen«, ergänzte Lea. »Dann ist es ja gut, dass wir mitgekommen sind.«

David sah auf die Uhr. »Eine Stunde sollten wir noch warten. Oder? Wir können nicht zu spät kommen. Höchstens zu früh.«

Lea nickte. »Ich hoffe, es lässt sich leicht erkennen, ob das Studio leer ist oder ob noch jemand dort arbeitet.«

»Du meinst, Golo könnte Angestellte haben?« David dachte kurz nach. »Ja, einen Mitarbeiter hat er, das weiß ich. Ein Tontechniker, der meist länger arbeitet als Golo. Der macht aus dem, was sein Chef tagsüber produziert, am Abend etwas, was sich am Ende gut anhört.«

»Der könnte viel zu tun haben«, meinte Lea, »wenn er aus dem, was Alisia gesungen hat, etwas Gutes machen will.«

Also beschlossen sie, sich erst mal eine Frikadelle mit viel Senf und Krautsalat zu bestellen, und ließen es sich schmecken.

»Wenn Franco Statti wüsste, was ich hier esse«, sagte Lea grinsend, »würde er sein Angebot zurückziehen.«

David lachte. »An einem einzigen Abend wirst du dir schon nicht die Figur versauen.«

Darauf vertraute auch Lea. »Außerdem werde ich bei dem, was uns bevorsteht, vermutlich auf der Stelle ein Kilo verlieren. Abenteuer zehren.«

*

Zur gleichen Zeit standen Indra und Kari auf der Autobahn und warteten auf den ADAC. Ein platter Reifen hinderte sie am Weiterfahren.

»Verdammt«, fluchte Kari. »Wir werden es nicht mehr rechtzeitig schaffen.«

Indra winkte müde ab. »Das war sowieso eine Schnapsidee. Wir wussten ja nicht mal, ob wir ihn antreffen.«

Der Lärm der Autobahn, das rhythmische Rauschen des Verkehrs machte eine Verständigung schwer. Sie mussten sehr laut sprechen.

»Wir hätten uns anmelden sollen.«

Aber Kari wehrte ab. »Wir waren übereingekommen, dass es effektiver ist, ihn zu überfallen.«

»Jetzt können wir jedenfalls genauso gut zurückfahren«, schrie Indra gegen den Lärm an.

»Wieso?« Kari wollte noch nicht aufgeben. »Wer sagt, dass er nicht bis spätabends in seinem Studio sitzt?«

Darauf antwortete Indra nicht. Ihr war jeglicher Mut abhandengekommen, der Übermut sowieso. Kari wurde klar, wie groß für

Indra die Überwindung gewesen sein musste, es bis hierher zu schaffen. Das war nur möglich gewesen, weil ihr eine Freundin Kraft gegeben und sie mitgezogen hatte, und weil sie endlich hatte glauben können, dass es richtig war, einmal aufzubegehren. Bisher hatte sie sich immer sagen müssen, dass alles richtig war, so wie es war, dass sie keinen Grund zu klagen hatte. Es ging ihr gut, sie hatte bekommen, was sie unbedingt gewollt hatte, sie war mit Samy Angermann verheiratet, den sie nach wie vor liebte, und hatte zwei Kinder, auf die sie stolz war. Danach kam die Aufzählung jedoch ins Stocken. Samy Angermann hatte in ihrer Ehe immer die erste Geige gespielt, er wusste, was zu tun war, Indra fragte ihn, was getan werden musste. Nun aber war etwas ans Licht gekommen, und der Heiligenschein, den Indra ihm vor langer Zeit aufgesetzt hatte, war verrutscht.

»Nicht aufgeben«, mahnte Kari, als ein gelbes Auto den Blinker setzte und sich aus dem Verkehrsstrom löste. »Auf die Sache mit Cornelius Löber nicht zu reagieren, wäre ein großer Fehler.«

Indra nickte schweigend, aber Kari sah deutlich, dass sie sich mit der Frage befasste, wie sie aus dem leichtfertig geplanten Vergeltungsschlag wieder die Duldsamkeit einer liebe- und verständnisvollen Ehefrau machen konnte. Darin kannte Indra sich aus, in dieser Rolle fühlte sie sich stark. Sie hatte längst den Mut verloren, ihrem hochverehrten Ehemann mit Vorwürfen zu kommen und ihm vielleicht sogar vorzuhalten, dass er schuld an Davids Problemen war und auf keinen Fall das Recht hatte, seinem Sohn mit Vorwürfen zu kommen.

Von den beiden gelben Engeln war einer weiblich, eine etwa dreißigjährige Frau, groß, kräftig, mit gepiercter Nase und Unterlippe, die anpackte, während ihr männlicher Kollege sich zunächst darauf beschränkte, Kari und Indra zu erklären, wie sie in den Schlamassel gekommen waren. Bis der gut Fünfzigjährige mit dem vorgewölbten Bauch damit fertig war, hatte der weibliche Engel schon den Wagenheber angesetzt. Dann aber arbeiteten die beiden Hand in Hand, und als das Reserverad festsaß, erklärte der männliche Engel noch schnell, wie froh die Frauen heutzutage sein könnten, dass man ihnen die Chance gab, beim ADAC ihr Geld zu verdienen. Er selbst habe großzügig an der Einstellung seiner Kollegin mitgewirkt.

Kari stieg ins Auto, bevor das letzte Wort gesprochen war, während Indra es nicht fertigbrachte, den Redefluss zu unterbrechen. Erst als der weibliche Engel rief: »Los! Weiter!«, hatte es mit dem Geplapper des männlichen Engels ein Ende, der gerade dazu ansetzte, den Feminismus aus seiner sehr speziellen Sicht zu erläutern.

Kari gab vorsichtig Gas. Das Schlingern des Wagens, das sie kurz vorher sehr erschreckt hatte, saß ihr noch in den Knochen. Aber bald gewann sie ihre Sicherheit zurück. Als der Hamburger Hafen in Sicht kam, fuhr sie längst wieder Höchstgeschwindigkeit. Mittlerweile wurde es dunkel, von der Rushhour war nichts mehr zu spüren, der dichte Feierabendverkehr hatte sich gelegt.

»Wir werden erst spät heimkommen«, sagte Indra ängstlich. »Die Reifenpanne hat uns mehr als zwei Stunden gekostet.«

Aber Kari war entschlossen, sich nicht von ihrer Zaghaftigkeit anstecken zu lassen. »Dann übernachten wir eben in Niebüll.«

»Ich habe nichts dabei«, antwortete Indra erschrocken. »Kein Waschzeug, nichts zum Wechseln …«

Kari lachte ihre Einwände weg. »Haben wir uns, als wir jung waren, von solchen Problemen aufhalten lassen?«

Indra dachte nach, als könnte sie sich nicht daran erinnern, wie es war, jung zu sein. Dann endlich lächelte sie. »Nein, haben wir nicht. Ich muss nur daran denken, was ich alles auf mich genommen habe, um mich mit Samy treffen zu können …«

68

Mai 2020, Hamburg

Alisia kam nicht umhin, Delia Berglund zu bewundern. Ihre Gesangstimme war sehr schön, nicht so hell wie ihre Sprechstimme, sondern dunkel und mit einem akustischen Schleier überzogen, der vor allem den tieferen Tönen etwas Geheimnisvolles gab.

»Sie groovt«, hatte Golo Berglund es genannt. »Das passt zu Ihnen.« Damit hatte er Alisia angesehen und auf ihre Hautfarbe angespielt. Nur mit Mühe hatte sie ein Augenrollen unterdrücken können.

Alisia ging zu Romy ins Büro wie eine Schülerin, die eine Prüfung hinter sich gebracht hatte, aber jetzt schon wusste, dass sie durchgefallen war. Sie merkte selbst, dass sie ihre Rolle gut spielte, sie war zufrieden mit sich. »War wohl doch keine gute Idee«, sagte sie zu Romy. »Ich dachte, ich könnte das.«

»Machen Sie sich nichts draus«, tröstete Cornelius Löber. »Mir ging es genauso.« Er erhielt einen warnenden Blick, als wollte Golo Berglund verhindern, dass er Roland Wolke erwähnte.

»Ich lasse die Verträge ausfertigen, danach legen wir richtig los«, sagte der Produzent schnell. Er wandte sich an Cornelius Löber. »Am besten, du fährst mit Delia schon mal los. Ich rede mit *La Cappuccina* und ihrer Managerin noch kurz über den Vertrag, dann kommen wir nach.«

Alisia wartete nur so lange, bis sich die Tür hinter den beiden geschlossen hatte. »Was, wenn das jemand rausbekommt? Ich mache mich ja unmöglich, wenn ich zugeben muss, dass eine andere mir ihre Stimme gegeben hat. Das ist ja … Betrug.«

»Nein, ist es nicht«, erklärte Golo hastig. »Das ist vollkommen legal.«

»Okay«, gab Alisia zu. »Vielleicht nicht im juristischen Sinne. Aber diejenigen, die diese Platte kaufen, werden irgendwie doch betrogen.«

»Deswegen ja die Verträge. Delia ist zwar meine Schwester, aber sie müsste trotzdem eine saftige Konventionalstrafe zahlen, wenn sie was verrät.« Er lächelte Alisia so intensiv an, bis sie sein Lächeln erwiderte. »Ich will genauso wenig, dass die Öffentlichkeit dahinterkommt. Ich würde mich ja unmöglich machen.«

Romy mischte sich ein, wohl, um zu zeigen, dass sie eine aufmerksame Managerin war. »Wenn Sie in dem Vertrag mit Ihrer Schwester eine Konventionalstrafe festlegen, sollte das auch in dem Vertrag geschehen, den wir mit Ihnen abschließen.«

»Meinetwegen«, brummte Golo. »Obwohl es sehr unwahrscheinlich ist, dass ich etwas ausplaudere. Ich würde mir ja selbst schaden.«

Alisia sah Romy mit einem fragenden Blick an, sie gab mit den Augen die Antwort. Alisia griff nach ihrer Handtasche und ihrer Jacke, während Golo ins Studio ging, um sein Jackett zu holen. Während er zurückkehrte, verstaute er sein Handy und sein Portemonnaie in den Innentaschen.

»Ist Otto noch im Haus?« Er schaute in alle Räume. »Offenbar nicht. Dann kann ich ja abschließen.«

*

Romy tat so, als überprüfte sie den Inhalt ihrer Tasche, dann verließ sie als Letzte das Büro und löschte das Licht. Langsam folgte sie Golo und Alisia den Gang hinab Richtung Tür. Romy wartete, bis alle aus der Tür getreten waren, ehe sie rief: »Himmel, ich habe mein Handy vergessen. Sorry! Bin sofort wieder da!«

Sie rannte ins Büro zurück, riss heftig, aber dennoch lautlos die Tür des Oberschranks auf und holte die Plattenhülle mit dem untergeklebten Notenblatt heraus. Sie schob sie sich unter die Jacke und presste den linken Arm darauf, damit sie nicht herunterrutschte. An der Tür wartete Golo mit dem Schlüssel in der Hand darauf, dass sie herauskam. Aber Romy drückte Alisia ihre Tasche in die Hand und wandte sich zurück. »Ich muss noch mal eben … Sorry, ich habe eine Blasenentzündung …«

Ohne auf eine Reaktion zu warten, eilte sie zurück, durchquerte den Waschraum, lief in die rechte Toilettenkabine und schloss geräuschvoll hinter sich ab. Dann öffnete sie leise das Fenster und stellte die Plattenhülle so auf, dass sie von dem angelehnten Fenster gehalten wurde. Sie überprüfte vorsichtig, ob die Sache sicher war, dann betätigte sie die Spülung und lief zurück. Golo Berglund sah ihr genervt entgegen, sagte aber nichts. Sorgfältig schloss er die Tür seines Studios ab und winkte dem Taxi, dessen Fahrer suchend die Straße entlangfuhr.

Golo setzte sich nach vorn, während Alisia und Romy auf den Rücksitzen Platz nahmen. Romy holte eilig ihr Smartphone heraus und begann, eine WhatsApp-Nachricht zu schreiben, von Alisia aufmerksam beobachtet. »Hinten im aufgestellten Toilettenfenster!«

69

Es war schon dunkel, als die Verladestation in Sicht kam. Noch nicht stockfinster, der Himmel war noch nicht schwarz, sondern dunkelgrau, die Landschaft zeigte sich noch, die Geschäfte in den Ortschaften, die sie durchfuhren, waren noch beleuchtet. Nicole hatte die rechte Schläfe an das Polster der Kopfstütze gelegt und schlief. Hajo war froh darum. In den ersten beiden Stunden der Fahrt hatte er ausgiebig mit ihr gesprochen, hatte sie in ihrem Entschluss bestärkt, hatte ihr gut zugeredet, sie getröstet, aber keinen Augenblick den Eindruck gehabt, etwas zu erreichen. Nun war sie sehr erschöpft. Er würde mit Kari darüber reden müssen, wie man Nicole die letzten Urlaubstage besonders angenehm machen konnte. Sie hatte es verdient.

Hajo dachte an Lutz Jacobson, der zu hoch gepokert hatte, der sich so sicher gewesen war, dass Nicole auf seine Avancen eingehen würde. Dass er sich nun sogar als Rassist entpuppt hatte! Hajo konnte es immer noch nicht recht fassen. Und er war erleichtert, dass Nicole ihn auch durchschaut hatte. Lutz gehörte zu denen, die zwar wussten, dass vor dem Gesetz alle Menschen gleich waren, die sich aber dennoch überlegen fühlten, wenn sie einem Schwarzen gegenüberstanden. Das würde wohl ewig so bleiben.

Er trat auf die Bremse, als von rechts ein Traktor in die Straße einbog, Nicole seufzte, richtete ihren Oberkörper auf, sackte aber wieder in sich zusammen, als die Fahrt weiterging. Hajo dachte nun an seinen Sohn. Er würde mit Kari viel zu besprechen haben. Constantin schien glücklich in Riekenbüren zu sein, mit den Aufgaben in der Schreinerei und mit dem Mädchen, in das er verliebt war. Aber noch wagte er nicht, sich dazu zu bekennen. Hajo hatte den Eindruck, dass er als Vater es eher erkannt hatte als der Sohn selbst. Aber eine Zusammenarbeit mit Lutz Jacobson, der sich verächtlich über alle äußerte, die keine weiße Haut hatten? Das erschien Hajo undenkbar.

Als sie vor der Schranke der Verladestation anhielten, wachte Nicole auf. »Wir sind schon da?« Sie setzte sich aufrecht hin, strich ihr dünnes Haar glatt und atmete tief durch. So, als hätte sie etwas vor sich, was ihre ganze Kraft erforderte. »Mir geht's gut«, stellte sie dann so unvermittelt fest, dass Hajo lächeln musste. »Mir geht's wirklich gut.« Es schien Nicole zu verwundern, dass sie sich besser fühlte als vorher. Sie hatte ihre Entscheidung getroffen, das schien ihr jetzt das Wichtigste zu sein. Sie hatte erkannt, dass es Lutz nicht um sie gegangen war, sondern nur um ihre Hilfe. Lutz Jacobson hatte nur daran gedacht, was er mit Nicole erreichen und von ihr bekommen konnte.

»Mein Job macht mir Spaß«, sagte sie, als wäre sie noch nicht ganz sicher, als müsste sie sich selbst erst noch bestätigen, die richtige Entscheidung getroffen zu haben. »Obwohl ich Legasthenikerin bin, habe ich eine leitende Stellung. In einem Büro!« Nun war sie mit einem Mal stolz, die Sehnsucht nach einem Platz in der Mitte einer großen Familie war bewältigt und die nach einem Mann an ihrer Seite auch. Nicole hatte zurückgefunden in das Leben, in dem sie bisher zufrieden gewesen war. Hajo war sicher, dass sie von nun an nicht mehr davon träumen würde, etwas anderes zu bekommen, was dann doch nicht zu erreichen war. Er fragte sich kurz, ob er das bedauern müsse, kam dann aber zu der Ansicht, dass Nicole zufrieden war, jetzt noch zufriedener als vorher.

»Und mit Leuten wie Lutz will ich nichts mehr zu tun haben! Ich werde mit meinem Vater reden, wie lange der Pachtvertrag geht. Ich will nicht, dass so ein Rassist in der Schreinerei arbeitet.«

Während der Fahrt über den Hindenburgdamm schwiegen sie und betrachteten das Watt, das trotz der aufziehenden Dunkelheit noch zu erkennen war, weil das Mondlicht auf dem flachen Wasser glitzerte. Als sie vom Autozug rollten, sagte Hajo: »Kari wird sich wundern, dass ich heute Abend schon zurückkomme. Ich hatte meine Rückkehr erst für morgen angekündigt.«

Doch als er in seine Wohnung kam, fand er Kari nicht vor. Er fragte im Café bei einer Kellnerin nach und erfuhr, dass Kari den ganzen Tag nicht im Haus gewesen war. »Sie ist heute Morgen weggefahren, wollte aber am Abend zurück sein.«

Hajo wählte Karis Nummer, doch sie meldete sich nicht. Der Ruf ging raus, aber sie nahm das Gespräch nicht an. Ihr Auto stand nicht an seinem Platz. Wo mochte sie sein? Er zeigte Nicole das Gästezimmer und ging ins Hotel *König Augustin*, in dem man an diesem Tag ebenfalls ohne einen Entscheidungsträger aus der Familie Keller hatte auskommen müssen. Ein Anruf bei Alisia brachte auch nichts. Ihr Handy schien ausgestellt zu sein, Hajo landete unverzüglich auf der Mailbox. Ein Anruf bei seinen Schwiegereltern brachte ihn ebenfalls nicht weiter, die beiden wussten von nichts und hatten sowieso nur ihre Hochzeitsplanungen im Kopf.

Ratlos ging Hajo zurück in die Wohnung und sah sich überall um, ob Kari einen Zettel für ihn hinterlassen hatte. Aber er fand nichts. Er versuchte, sich mit guten Gründen zu beruhigen. Sie hatte ihm keine Nachricht geschrieben, weil sie ihn heute noch nicht zurückerwartete. Vermutlich war sie mit einer Freundin zusammen, vielleicht mit Indra. Verstehen konnte er es zwar nicht, dass sie ausgerechnet an einem Tag, an dem er selbst und auch die Kinder nicht zur Verfügung standen, das *König Augustin* allein gelassen hatte, aber eine andere Erklärung fand er nicht.

70

Romy zog immer wieder ihr Smartphone hervor, um die Nachricht zu lesen, die Lea geschickt hatte. Als erwartete sie, dass sie eine Stunde später etwas anderes lesen könnte als vorher. »Ich verstehe das nicht.«

Sie waren in ein Erste-Klasse-Abteil eingestiegen, Alisia hatte sich für Selfies zur Verfügung stellen müssen und war dankbar gewesen, als der Schaffner ein paar Autogrammjäger hinausschickte, die nur Tickets für die zweite Wagenklasse hatten. Ihr Lächeln gefror schlagartig, als sie endlich in Ruhe gelassen wurde. »Wie kann das sein? Sie hätten es doch finden müssen!«

Das Essen im *Carar* war angenehm verlaufen. Es hatte allen geschmeckt. Cornelius Löber hatte mit Alisia geflirtet und ihr unermüdlich Avancen gemacht, obwohl sie kaum darauf reagierte. Golo Berglund hatte jede Gelegenheit genutzt, ihr Arrangement zu loben, und bei jedem Glas, das er hob, trank er auf den bevorstehenden Erfolg. »Die tolle Stimme meiner Schwester und die Schönheit von *La Cappuccina!* Ich bin ein Glückspilz!«

Mehrmals war ein Zirpen in Romys Handtasche zu hören gewesen, das den Eingang einer WhatsApp-Nachricht anzeigte. Jedes Mal hatten Romy und Alisia sich dann einen Blick zugeworfen. Das mussten Nachrichten von David und Lea sein. Sie hatten die Plattenhülle von Ted Herold und das darunter geklebte Notenblatt gefunden.

Als sich der Abend seinem Ende zuneigte, hatte Romy in ihrem Smartphone nach einem geeigneten Zug geschaut, der sie nach Sylt zurückbringen würde, und war kurz darauf zur

Toilette gegangen. Alisia wusste, dass sie nun eine WhatsApp-Nachricht an David und Lea schicken würde, damit sie denselben Zug nahmen wie sie. Dumm nur, dass auch Delia sich anschließen wollte. So hatte Romy also auch eine Warnung an die beiden geschickt, damit David und Lea es auf dem Rückweg so hielten wie auf der Hinfahrt. Sie mussten getrennt reisen, Golos Schwester im Auge behalten und erst zueinander stoßen, wenn sie den Zug verlassen hatte. Da sie in Niebüll zugestiegen war, ging Alisia davon aus, dass sie auch dort wieder aussteigen würde. Erst danach würden sie darüber reden können, was passiert war.

Zunächst hatte sich Delia zu ihnen setzen wollen, warf aber, während sie ihr Gepäck verstaute, einen Blick aus dem Fenster und sah einen Bekannten. »Den versuche ich seit Tagen anzurufen«, sagte sie. »Diese Gelegenheit darf ich nicht verpassen.« Sie nahm den Koffer wieder an sich und hastete weiter. »Wir sehen uns.«

Alisia blickte ihr erleichtert nach. Hoffentlich kam Delia nicht zurück. Von Hamburg bis Niebüll in ihr Gesicht zu sehen, auf ihre Stimme zu lauschen, höfliche Konversation zu machen und so zu tun, als wäre Delia eine x-beliebige junge Frau, mit der man die Zeit fröhlich plaudernd verbringen konnte, wäre über Alisias Kräfte gegangen.

Sie wartete, bis Delia nicht mehr zu sehen war, dann sagte sie leise zu Romy: »Die Plattenhülle muss heruntergefallen sein.«

Aber Romy schüttelte immer wieder den Kopf. »Es ist nicht stürmisch. Wenn das wirklich passiert wäre, hätten sie die Hülle auf dem Boden finden müssen. Draußen oder drinnen.«

Sie überlegten hin und her, fanden aber keine Lösung, nicht einmal einen weiteren Verdacht. Es war wie verhext. Die Plattenhülle war weg. Und mit ihr der Beweis, der darunter befestigt war.

»Alles umsonst!« Alisia kamen die Tränen. »Wir haben ja damit rechnen müssen, dass wir nichts finden. Aber nun hast du das Blatt gefunden … und trotzdem …« Sie schniefte sehr undamenhaft.

»Trotzdem stehen wir wieder mit leeren Händen da.« Romy zog Papiertaschentücher aus ihrer Handtasche, von denen sie eins Alisia reichte und das andere selbst benutzte.

Von da an herrschte Schweigen zwischen ihnen. Es war alles gesagt worden, sie hätten nur immer wieder dieselbe Frage stellen können, auf die keine von ihnen eine Antwort wusste. Warum? Und wie hatte das geschehen können? Wie war es möglich, dass David und Lea die Plattenhülle nicht gefunden hatten?

Alisia starrte aus dem Fenster, ohne etwas zu sehen. So gerne hätte sie mit David am Ende dieses Tages ihren Erfolg gefeiert. Wie schön wäre es gewesen, wenn er wieder Hoffnung hätte schöpfen können! Wie wunderbar wäre das Gefühl gewesen, ihn unterstützt zu haben, ihm zu seinem Recht verholfen zu haben, der Öffentlichkeit den wahren Urheber von *Du bist wie ein Lied* zu offenbaren und Samy Angermann klarzumachen, dass sein Sohn kein Dieb war. Auf den kam es nun vor allem an. Wenn Samy Angermann einsah, dass sein Sohn der Produzent des erfolgreichen Liedes war, dann würde auch die Öffentlichkeit aufhorchen. Jedenfalls dann, wenn er sich endlich hinter David stellte und ihn überall seinen Sohn nannte. Ein Mann wie Samy Angermann wurde angehört, seine Stimme hatte Gewicht. Und wie gerne hätte sie in einer Gerichtsverhandlung ausgesagt, was sie wusste, was sie in dem Hotel gehört hatte. Und sie hätte es in jedem Interview, in jeder Talkshow wiederholt, bis Golo Berglund klein beigegeben hätte. Alisia hatte sogar schon darauf vertraut, dass dann aus der bis jetzt flüchtigen Verliebtheit eine große, eine wahre Liebe geworden wäre, eine Liebe, die für immer bestehen bleiben würde. Ach, David.

Sie sah erschrocken auf, weil sie mit einem Mal nicht wusste, ob sie seinen Namen nur gedacht oder ausgesprochen hatte. Aber Romy reagierte nicht, sie starrte ebenso verzweifelt aus dem Fenster wie sie, den Kopf voller schwerer Gedanken. Die Abenteuerlust, die Romy zehn bis zwanzig Jahre jünger gemacht hatte, war nun in dem Misserfolg untergegangen. Romy sah wieder aus wie über siebzig, wie eine Frau, die sich viel zu jugendlich gekleidet hatte. Die arme Romy! Alisia griff nach ihrer Hand und drückte sie. Sie war Romy dennoch dankbar. Sie hatte sich trotz des Altersunterschiedes als echte Freundin erwiesen. Das würde Alisia ihr nie vergessen.

Als Niebüll in Sicht kam, machten sich mehrere Umsitzende zum Aussteigen bereit. Alisia und Romy saßen mittlerweile kerzengerade da, die Nasen an der Fensterscheibe, die Augen unverwandt auf die Personen gerichtet, die ausstiegen. Sie mussten sicher sein, dass Delia den Zug verließ, damit sie endlich mit David und Lea Kontakt aufnehmen konnten, um zu erfahren, was geschehen war.

Sie suchten den Bahnsteig ab, ihre Blicke hasteten über die Köpfe der Aussteigenden hinweg, blieben an den Gesichtern der Einsteigenden hängen und hetzten denen hinterher, die schon auf dem Weg ins Bahnhofsgebäude waren.

»Da!«, sagte Romy und sah im selben Moment so aus, als hätte sie ihren Hinweis gern heruntergeschluckt.

Aber es war schon zu spät. In diesem Augenblick sah es auch Alisia. Delia, neben einem Pfeiler in der Nähe des Aufzugs, den Koffer zu ihren Füßen, als wäre er ihr aus der Hand gefallen, in den Armen eines Mannes, der sie hielt, als könnte sie alleine nicht stehen, als hätte eine Schwäche sie übermannt, als wäre sie nicht mehr Herr ihres Körpers …

Der Zug ruckte an und setzte sich langsam in Bewegung. Alisia sprang auf und lief auf die andere Seite des Zuges, ans gegenüberliegende Fenster, wo niemand saß, um etwas ganz anderes zu sehen. Sie drehte sich erst wieder um, als der Zug den Bahnhof Niebüll verlassen hatte. Der Mann, in dessen Armen sie Delia Berglund gesehen hatte, war David Wiemann gewesen.

71

Mai 2020, Riekenbüren

Hasso hatte ihm ausdrücklich gesagt, er könne jederzeit das Altenteil betreten, ohne zu klopfen oder zu klingeln. Die Haustür war tagsüber nie abgeschlossen, das war schon immer so gewesen, schließlich vertrauten die Riekenbürener einander. Und außerdem hatte Hasso in den letzten Tagen krank im Bett gelegen und war froh gewesen, wenn er sich nicht erheben musste, weil jemand zu Besuch kam. Seine Frau hatte ja auf dem Campingplatz alle Hände voll zu tun, dort herrschte nach wie vor Personalnot. Halina konnte sich nicht freinehmen, nur weil ihr Mann erkrankt war.

Constantin hatte kaum die Eingangstür geöffnet, als er hörte, dass Hasso nicht allein war. Schon wollte er sich wieder zurückziehen, da merkte er, dass von ihm und seinem Vater gesprochen wurde. Nein, nicht ihre Namen wurden genannt, es wurde von »dem Schwarzen« geredet und dessen Sohn.

»Deine schwarze Verwandtschaft«, brüllte Lutz Jacobson. »Merkst du nicht, dass die alle was von dir wollen? Schmarotzer! Machen sich hier breit und wollten einem anständigen Schreinermeister die Firma wegnehmen!«

Hassos Stimme blieb ruhig. »Mach dich nicht lächerlich, Lutz. Hajo ist kein Schmarotzer, sondern ein angesehener Geschäftsmann, der es bestimmt nicht auf meinen Betrieb abgesehen hat. Und sein Sohn ist nach Riekenbüren gekommen, um mir zu helfen. Dafür bin ich ihm sehr dankbar.«

»Der pflanzt den Leuten ganz neue Ideen in den Kopf. Das

merkst du ja gar nicht. Von wegen Nachhaltigkeit und so. Heimische Hölzer statt Tropenhölzern. Der richtet die Schreinerei zugrunde. Dieser …« Hasso richtete sich auf, starrte Lutz an, als rechnete er mit dem Schlimmsten, aber Lutz konnte sich im letzten Moment beherrschen. Was er beinahe gesagt hätte, schluckte er hinunter. Stattdessen knurrte er: »Nur gut, dass ich bald wieder auf dem Posten bin.«

Noch immer ließ sich Hasso nicht aus der Ruhe bringen. »Ich weiß, dass Constantin das Handwerk nicht gelernt hat. Er ist kein Schreiner, sondern der Erbe vom *König Augustin.* Holz ist sein Hobby. Und mir gefällt das.«

Constantin sagte sich nach wie vor, dass er hier nichts zu suchen hatte, dass er in ein Gespräch eindrang, das ihn nichts anging, dass er etwas belauschte, was nicht für ihn gedacht war, aber er war unfähig, sich jetzt zurückzuziehen. Im Gegenteil. Er machte sogar ein, zwei Schritte auf die Küchentür zu, die nur angelehnt war.

»Es liegt doch auf der Hand«, kreischte Lutz, »warum der Schwarze sich hier breitmacht. Dem ist das *König Augustin* nicht genug, der will auch noch deine Schreinerei.«

Nun hob sich Hassos Stimme leicht. Constantin merkte, dass er seinen Pächter vermutlich längst mit lauten Worten in die Schranken gewiesen hätte, wenn er nicht noch von der Grippe geschwächt gewesen wäre. »Du solltest vorsichtig sein, Lutz. Was du sagst, ist einfach lächerlich. So was hat Constantin nicht nötig. Und was ist überhaupt mit dir? Warum scharwenzelst du um Nicole herum? Geht es dir wirklich um meine Tochter oder nicht auch vor allem um die Schreinerei?«

»Ich bin kein Schwarzer, der sich hier ins gemachte Nest setzen will.«

»Nein, du bist ein Weißer. Das ist aber auch der einzige Unterschied.«

Constantin hörte ein Geräusch hinter sich und drehte sich um. Halina stand hinter ihm in der geöffneten Tür, mit weit aufgerissenen Augen und rot angelaufenem Gesicht. Sie schüttelte kurz den Kopf, als Constantin ansetzen wollte, sich zu entschuldigen, weil er hier eingedrungen war und lauschte. Sie legte den Finger an ihre Lippen, offenbar wollte auch sie sich kein Wort entgehen lassen, das in der Küche gesprochen wurde.

»Wie kannst du so etwas sagen!«, tobte Lutz Jacobsen. »Du sagst, es gibt keinen Unterschied zwischen mir und diesen Afrikanern? Diesem Ne…«

»Vorsicht, Lutz!« Hasso erhob warnend die Stimme. »Du redest von Verwandten.«

»Angeheiratet.«

»Das ist völlig egal. Karis Mann wird in diesem Hause nicht beleidigt und nicht diskriminiert. Und dasselbe gilt für Constantin. Hast du das verstanden?«

Ein Stuhl scharrte über den Küchenfußboden, Lutz schien aufgesprungen zu sein. »Du hast ja keine Ahnung! Du weißt nicht, was in deinem eigenen Haus abgeht. Nicole ist mit dem Vater von diesem Constantin …«

»Du meinst Hajo Keller?«

»Mit dem ist sie spazieren gegangen.« Er wiederholte das Wort Speichel sprühend: »Spazieren!« und dehnte das I so weit wie möglich. »Man habe was miteinander zu besprechen gehabt, sagt mir dieser … dieser schwarze Mann. Mit meiner Nicole!«

»Meine Tochter ist nicht deine Nicole.«

»Das wird sie wohl auch nicht mehr. Dieser Kerl hat ihr das Hirn vernebelt. Plötzlich bin ich ihr nicht mehr gut genug.«

Hassos Stimme wurde schwächer. Man merkte, dass er kräftemäßig dieser Diskussion noch nicht gewachsen war. »Nicole entscheidet selbst, was gut für sie ist. Und ich sehe es jetzt ganz deutlich: Du bist es nicht.«

»Nicole hat mich im Stich gelassen«, brüllte Lutz nun los. »Mich und die Kinder! Dabei hätte sie dankbar sein müssen, dass sich überhaupt jemand für interessiert. Für dieses hässliche Entlein!«

Constantin wurde mit einem Mal zur Seite gestoßen, Halina hatte genug gehört. Sie ging mit zwei, drei großen Schritten an ihm vorbei und stieß die Küchentür auf. Schlagartig wurde es still in der Küche. Constantin konnte weder Hasso noch Lutz Jacobson sehen, ahnte aber, wie erschrocken die beiden jetzt aussahen.

»Raus!«, sagte Halina mit leiser, aber schneidender Stimme. »Du verschwindest sofort. Aus meiner Küche, aus unserem Haus. Pack deine Sachen, und such dir woanders eine Frau, die dir den Haushalt macht und deine Kinder versorgt. Nicht hier! Nicht meine Tochter!«

Lutz schien es die Sprache verschlagen zu haben, er antwortete jedenfalls nicht. Und Hasso gab nur ein zufriedenes Brummen von sich, als Halina mit völlig veränderter Stimme zu ihm sagte: »Endlich hast du es eingesehen, Hasso. Unsere Nicole braucht keinen Mann zum Glücklichsein. Und unsere Schreinerei braucht nicht unbedingt einen Nachfolger, der zur Familie gehört.«

Die Tür wurde aufgerissen, Lutz erschien in der Diele mit hochrotem Gesicht und wutverzerrter Miene.

»Zum Glück hatten wir ja eine Probezeit vereinbart«, rief Halina ihm nach. »Unser Vertrag wird sich ruckzuck beenden lassen. Du wirst schon etwas anderes finden.«

Lutz Jacobson stieß Constantin zur Seite, riss die Haustür auf und verschwand. Constantin machte einen Schritt auf die halb geöffnete Küchentür zu und schob sie auf. Hasso und Halina saßen nebeneinander auf der Eckbank und sahen ihm entgegen.

72

Schon bald nachdem der Zug Niebüll verlassen hatte, erschien Lea in heller Aufregung neben ihren Sitzen. »David ist weg.«

Alisia nickte nur, Romy sagte: »Wir haben es gesehen.«

Lea setzte sich zu ihnen und legte ein Handy und eine Geldbörse auf das kleine ausklappbare Tischchen unter dem Fenster. »Das hat er zurückgelassen.«

Alisias Stimme war tonlos, schleppte sich von einem Wort zum anderen. »Delia und er sind zusammen ausgestiegen.«

Lea starrte Alisia an, als wollte sie ihr widersprechen, aber sie brachte es nicht fertig. Zornig griff sie nach dem Smartphone ihres Bruders und versuchte, es zu entsperren. »Er hatte eine WhatsApp bekommen«, erklärte sie. Der erste Versuch misslang, vor dem zweiten überlegte sie eine Weile, dann ging ein Grinsen über ihr Gesicht. »Mein Geburtstag. Bingo!«

Sie las die Nachricht, die David bekommen hatte, dann steckte sie das Handy in ihre Handtasche. Als sie merkte, dass sie sowohl von Romy als auch von Alisia fragend angesehen wurde, nickte sie. »Delia muss ihn gesehen haben. Sie hat ihn in den Speisewagen bestellt. Und dieser Idiot geht tatsächlich zu ihr.« Sie klappte seine Geldbörse auf, betrachtete die vielen Karten, die dort einsortiert waren, und öffnete das Geldfach. »Wie kann er aussteigen und sein Portemonnaie und sein Handy zurücklassen?«

Alisia war so müde und niedergeschlagen, dass sie nicht nach einer Antwort suchte. Sie wollte nur auf Sylt ankommen, dort aussteigen, sich in ihr Bett legen und ihre Wunden lecken. Am besten zusammen mit Cleopatra.

Romys Gedanken waren woanders, nicht bei David und Delia,

nicht bei Alisias Liebeskummer. »Wie kann es sein, dass ihr die Plattenhülle nicht gefunden habt?«

Lea erklärte lang und breit, wo sie gesucht, wie sie das geöffnete Fenster vorgefunden und sich überall vergewissert hatten. »David ist durch das Toilettenfenster eingestiegen, weil wir dachten, sie könnte nach innen gefallen sein.«

Alisia sah auf ihre Fußspitzen. »Bist du ganz sicher, dass David die Hülle nicht gefunden hat? Könnte es sein, dass er sie eingesteckt hat, ohne dass du es bemerkt hast?«

Lea schaute sie verwirrt an. »Warum? Er wollte nichts lieber als den Beweis, dass er der Urheber von ›Du bist wie ein Lied‹ ist.«

»Kann es sein, dass Delia sich schon vorher wieder bei ihm gemeldet und sich eingeschmeichelt hat?«, fragte Alisia. »Konnte er hoffen, dass sie zu ihm zurückkommt? War ihm ihre Liebe wichtiger als das Lied? Hat er darauf verzichtet, um wieder mit Delia zusammen zu sein?«

Lea starrte Alisia mit offenem Mund an. »Er war mal vernarrt in sie, das stimmt. Aber mittlerweile hatte er doch erkannt, dass sie ein falsches Luder ist. Sie hat ihm sein wichtigstes Lied gestohlen. Sie hat ihm die Chance seines Lebens genommen! Das hatte er doch erkannt …« Sie brach ab und legte dann mit einer müden Geste das Gesicht in ihre Hände. »Wenn er das wirklich getan hat, ist er nicht mehr mein Bruder«, hörte Alisia sie flüstern.

Die Fahrt über den Hindenburgdamm verlief schweigend. Eine Frau mittleren Alters erkannte Alisia und auch Lea und hätte gerne ein Gespräch mit den beiden begonnen, konnte aber keinen Erfolg verzeichnen. So beließ sie es dabei, um ein Autogramm zu bitten, und ging einigermaßen zufrieden zu ihrem Platz zurück. Das Wasser stand hoch, das Meer war ruhig. Der Mond warf ein Glitzern auf die winzigen, spielerischen Wellen. Ein Bild des Friedens. Nirgendwo Aufruhr, kein Brausen, kein Fauchen, die Welt da draußen war ruhig.

Erst als der Zug in den Bahnhof Westerland einfuhr, sagte Lea: »Ich werde mit David reden.«

»Wie willst du ihn erreichen?«, fragte Romy. »Er hat kein Handy bei sich und kein Geld, um ein Zugticket zu kaufen.«

»Ich habe Delias Nummer«, antwortete Lea und setzte unsicher hinzu: »Irgendwo.«

Romy packte ihre Sachen zusammen. »Jedenfalls haben wir uns völlig vergeblich den Arsch aufgerissen.« Sie sah erst Lea, dann Alisia an und schien auf eine unwillige Reaktion oder eine empörte Zurechtweisung zu warten. Aber es kam nichts. Alisia war viel zu beschäftigt mit ihren Gedanken, um mitzubekommen, was Romy gesagt hatte, und Lea fand den Ausdruck, den Romy gewählt hatte, anscheinend in diesem Fall angebracht. Romy sah dennoch zufrieden aus. »Aber als Rentnerin darf man ja nicht wählerisch sein«, ergänzte sie, erntete aber auch darauf keine Entgegnung.

Vor den grünen Statuen der *Reisenden Riesen im Wind* blieben sie stehen und sahen sich an. »Was nun?«, fragte Romy, die damit zeigte, dass sie am liebsten irgendwo eingekehrt wäre, wo es viel Prosecco gab. Sie blickte Alisia fragend an, aber sie sah schnell ein, dass sie mit ihr nicht rechnen konnte.

»Also nach Kampen?«, fragte Romy. »Oder ist Cleopatra in deiner Wohnung in Wenningstedt?«

Alisia winkte ein Taxi herbei. »Ja, Kampen. Ich bin hundemüde.« Sie sah Lea und Romy an. »Und ihr?«

Lea rümpfte die Nase. »Auf mich warten womöglich meine Eltern. Oder vielmehr … auf David. Ich habe echt keine Lust, denen zu erzählen, wo wir heute waren und warum David nicht mit mir zurückgekommen ist.«

Das reichte Romy als Aussage. »Dann gehen wir beide jetzt an die Bar vom Hotel Stadt Hamburg.«

Sie griff nach Leas Arm, die beiden winkten Alisia zu, als sie im Taxi an ihnen vorbeifuhr. Alisia wurde unsicher. Sollte sie den

Fahrer bitten anzuhalten, um sich den beiden anzuschließen? Aber sie hatte zu lange gezögert. Das Taxi bog bereits rechts ab, und Alisia sah ein, dass sie für Romy und Lea nur ein Stimmungskiller gewesen wäre. Sie hatte zu viel verloren an diesem Tag. Erst die Chance, David zu helfen, und dann David selbst. Jetzt half nur noch Cleopatras weiches Fell und ihr beruhigendes Schnurren und ihr eigenes Bett. Sie würde sich jetzt ihre Katze und sich gleich danach erneut ein Taxi holen, das sie nach Wenningstedt brachte.

Sie ließ sich vor dem Schlagbaum absetzen, den einer der Security-Männer für Alisia öffnete. Mit gesenktem Kopf ging sie aufs Haus zu, ohne einen Blick für die beleuchtete Fassade zu haben, für das einladende Portal, die Strahler, die einzelne Blumen aus den Beeten hervorholten. Sie warf auch keinen Blick zu den Fenstern der ersten Etage, fragte sich nicht, ob Franco sich dort aufhielt, ob er womöglich auf sie wartete. Zumindest hatte er sie nicht angerufen. Er wusste von ihren Probeaufnahmen bei Golo Berglund und hatte sie offenbar nicht stören wollen. Vor allem hatte er ihr nicht zeigen wollen, dass er von ihr erwartete, sich zu melden und ihre Rückkehr anzukündigen. Möglicherweise würde er kein Verständnis dafür haben, dass sie ein Taxi genommen hatte. Aber tatsächlich hatte Alisia überhaupt nicht daran gedacht, Franco anzurufen und ihn zu bitten, sie vom Bahnhof abzuholen. Vermutlich würde er auch kein Verständnis dafür haben, dass sie die Nacht in ihrer eigenen Wohnung verbringen wollte. Aber das musste ihr jetzt egal sein.

Der Gedanke an Cleopatra sorgte dafür, dass sie nicht zögerte. Umzukehren und vor Francos Vorwürfen wegzulaufen war keine Option. Aber sie spürte gleich, dass die Stimmung hinter Francos Wohnungstür gut war. Dämmeriges Licht, leise Musik, der Duft von gebackenen Auberginen. Als sie ins Wohnzimmer trat, sah sie, dass Franco Kerzen angezündet hatte. Ein Eiskübel mit einer Flasche Champagner stand auf dem niedrigen Tisch vor dem Sofa, feierliche Stimmung lag in der Luft. Eine breite, ausladende Erwartung, aber auch ein paar Spritzer Vorfreude.

Alisia stand noch da und schaute sich an, was Franco vorbereitet hatte, da erschien er in der Schlafzimmertür. Offenbar hatte er sich gerade umgezogen. Er trug eine dunkle Jeans, ein hellgraues Hemd, darüber eine legere Weste und sah einfach umwerfend aus.

»Alisia! Da bist du ja!« Mit ausgebreiteten Armen kam er auf sie zu. »Endlich! Wie waren die Probeaufnahmen?«

Alisia antwortete nicht, zeigte nur auf den Champagner und die Kerzen. »Habe ich was vergessen? Deinen Geburtstag?«

Er küsste ihre Stirn und lief in die Küche. »Ich habe da etwas vorbereitet …«

Sie folgte ihm und sah zu, wie er italienische Antipasti aus dem Kühlschrank holte und einen Blick in den Backofen warf, um den Zustand der Auberginen zu überwachen. Was sollte sie tun? Cleopatra holen und Franco klarmachen, dass sie diese Nacht nicht bei ihm bleiben würde? Dann dachte sie an ihre Wohnung, daran, dass sie dort allein sein würde, allein mit Cleopatra, und wusste mit einem Mal, dass sie vermutlich in ihrem Bett liegen und ihrer Katze das Fell vollheulen würde. Hier war es so schön, so warm, so gemütlich, hier wurde sie erwartet und mit Freuden begrüßt …

Franco kam ins Wohnzimmer zurück, holte die Champagnerflasche aus dem Kühler und öffnete sie. Das sanfte Ploppen war ein Geräusch, das jede scharfkantige Katastrophe weicher zeichnete.

»Die Probeaufnahmen waren schlimm«, sagte Alisia, weil sie den Drang verspürte, aus dieser verschwommenen, unklaren Situation etwas Greifbares zu machen. Sie musste David vergessen. Jedenfalls für ein paar Stunden. Vielleicht würde sie morgen klarer erkennen, wie die Zukunft aussah.

Aber Franco antwortete nicht, reichte ihr nur das Champagnerglas und prostete ihr zu. »Möchtest du dich vor dem Essen noch frisch machen?«

Alisia nahm einen Schluck und stellte das Glas weg. »Ich brauche eine halbe Stunde. Höchstens.«

Sie ging ins Schlafzimmer, schloss die Tür und blieb dort stehen, mit geschlossenen Augen. Franco! Er hatte es nicht verdient, dass sie sich zu ihm setzte, aber ein anderer Mann ihre Gedanken ausfüllte. David! Nein, ihn musste sie vergessen. Und das ging am besten hier, in Francos Wohnung. Aber tat sie Franco unrecht? Musste sie ihm sagen, dass ihr Herz einem anderen gehörte? Aber warum? Nein, sie musste David vergessen, so war es am leichtesten. Er hatte ihr nie gehört und würde ihr niemals gehören. Es hatte keinen Sinn, auch nur einen weiteren Gedanken an ihn zu verschwenden. Das Richtige zu tun, hieß nicht immer, seinem Herzen zu folgen. Manchmal war es auch richtig, dem nachzugehen, was der Verstand vorgab.

Sie warf ihre Jacke aufs Bett, ohne zu merken, dass dort Cleopatra lag, die sehr ungehalten reagierte, als ihr die Jacke auf den Kopf fiel. Hoch erhobenen Hauptes spazierte sie um das Bett herum und flüchtete sich darunter, als ihr Frauchen sie greifen und ans Herz drücken wollte. Nein! Erst lange allein lassen, dann eine Jacke auf den Kopf werfen und anschließend schmusen? Nicht mit Cleopatra!

Alisia seufzte und ging ins Bad. Sie sah erschöpft aus, abgekämpft, müde, mit fettglänzender Haut und Ringen unter den Augen. Sie entschloss sich zu einer lauwarmen Dusche, benutzte danach eine duftende Körperlotion und verzichtete auf Parfüm. Dann puderte sie ihren Teint, legte Lippenrouge auf und ging ins Schlafzimmer, wo sie sich ein helles Sommerkleid aus dem Schrank suchte. Kniekurz, ärmellos, mit tiefem Ausschnitt. Als sie ihre Goldsandaletten schloss, fühlte sie sich besser, in der Lage, alles für ein paar Stunden zu vergessen, was an diesem Tag schiefgelaufen war.

Als sie ins Wohnzimmer zurückkehrte, stand Franco noch immer neben dem Tisch und wartete auf sie. Darauf lag etwas, was es dort vorher nicht gegeben hatte. Ein Schmuckkästchen, mit schwarzem Samt bezogen, in Größe und Form schrecklich eindeutig. Schrecklich? Alisia starrte Franco an, sah seine dunklen Augen, den weichen Blick, die Liebe darin und wusste, dass sie jetzt glücklich sein sollte, sein musste. Franco war ein wunderbarer Mann, er liebte sie, und sie … ja, sie liebte ihn auch. Nicht so wie … Nein, diesen Namen wollte sie nicht einmal mehr in Gedanken an sich heranlassen. Vorbei! So eine spontane Liebe wäre wahrscheinlich sowieso nicht richtig gewesen, überstürzt, hitzköpfig, unüberlegt. Franco bot ihr Beständigkeit, sie wusste, wie gut sie harmonierten, die Zukunft an seiner Seite würde unbeschwert sein.

Er griff nach dem Kästchen und klappte es auf. Ein wunderschöner Ring kam zum Vorschein, sehr schlicht, wie Alisia es liebte, mit einem funkelnden Diamanten.

Franco zupfte an seiner Bügelfalte, als wollte er in die Knie gehen, aber Alisia hielt ihn zurück. »Bitte nicht hinknien.« Das war einfach zu viel, das wäre bei David richtig gewesen, aber bei Franco kitschig. Mein Gott, nun hatte sie doch seinen Namen in ihre Gedanken gelassen.

»Willst du meine Frau werden, Alisia?«

Sie sah ihm in die Augen, spürte einen nadelfeinen Stich in der Herzgegend, der sie zu warnen schien, und antwortete mit klarer Stimme: »Ja.«

73

Mai 2020, Sylt

DAVID REAGIERTE NICHT auf den fragenden Blick des Rezeptionisten. Auf keinen Fall wollte er etwas dazu sagen, dass er die Nacht nicht im Hotel verbracht hatte. Er ließ sich den Schlüssel aushändigen und betrat den Aufzug, um zu seinem Zimmer hochzufahren. Dort griff er nach dem Telefon, weil er unbedingt so schnell wie möglich seine Schwester anrufen wollte. Doch sein rechter Zeigefinger schwebte unsicher über der Tastatur. Lea hatte seit Jahren dieselbe Handynummer, dennoch schaffte er es jetzt nicht, sie aus dem Gedächtnis zu wählen. Er hatte ja alle Nummern in seinem Handy gespeichert. So war es ihm jetzt unmöglich, seine Schwester anzurufen. Er machte zwei, drei Versuche, landete aber jedes Mal bei einem Fremden. Und Alisia? Ihre Nummer hatte er erst recht nicht im Kopf. Auch sie befand sich in dem Speicher seines Smartphones, ebenso wie die Handynummer seiner Mutter und seines Vaters. »Verdammt!«

Er würde zu Lea fahren müssen, in die Wohnung der Großeltern. Aber dort würde er womöglich auch seine Mutter antreffen, vielleicht sogar seinen Vater. Doch es half nichts, er musste zu seiner Schwester. Lea würde sein Smartphone im Zug an sich genommen haben, sein Portemonnaie hoffentlich auch, und wartete darauf, dass er beides abholte.

David ging ins Bad, putzte sich die Zähne, duschte und suchte sich frische Garderobe heraus. Damit ging es ihm schon besser. Am Ende eines langen Tages in der Kleidung schlafen zu gehen, die man viele Stunden getragen hatte, und am nächsten Morgen keine Möglichkeit zu haben, wenigstens die Unterwäsche zu wechseln, das war wirklich unangenehm.

Er fuhr wieder ins Erdgeschoss und trat an die Rezeption, um dort seinen Schlüssel bis zu seiner Rückkehr am Nachmittag abzugeben. In diesem Moment kam Hajo Keller aus seinem Büro. Er begrüßte David sehr zuvorkommend, dann wandte er sich an den Rezeptionisten. »Ich muss mal kurz nach nebenan. Sie erreichen mich in der Wohnung, wenn was ist. Wir haben was zu feiern. Meine Tochter hat sich gestern Abend verlobt.«

Der Rezeptionist gratulierte, und Hajo ging aus dem Hotel. Dass David ihm mit brennenden Augen folgte, bemerkte er nicht. Achtlos legte er den Schlüssel auf die Theke und wandte sich dem Ausgang zu, ohne auf den Gruß des Rezeptionisten zu reagieren. Alisia hatte sich verlobt? Die Frau, die er liebte! Die Frau, mit der er die schönste Nacht seines Lebens verbracht hatte. Er war doch so sicher gewesen, dass Alisia Franco Statti nicht genug liebte für diesen Schritt. Ein netter Mann, sympathisch und charakterfest, aber doch kein Mann, den Alisia heiraten würde. Und nun hatte sie sich plötzlich anders entschlossen! Warum? Warum nahm ihm das Schicksal alles? Erst das Lied, dann die Frau, die er liebte, die er wirklich liebte, nicht die, der er verfallen gewesen war. Und dann hatte ihm das Schicksal noch dazwischengefunkt, als es so schien, als wäre der Beweis gefunden, dass *Du bist wie ein Lied* ihm gehörte. Warum?

Er stieg ins Auto und musste sich über die Augen wischen, um klar sehen zu können. Die Tränen verschleierten seinen Blick. Oder war er selbst schuld an allem? Er nahm den Fuß vom Gas und stellte den Motor wieder ab. Wozu überhaupt das Auto nehmen? Er konnte genauso gut zu Fuß gehen. Entschlossen stieg er wieder aus und ging am *Miramar* vorbei zum Strandübergang. Solange er sich noch im Einzugsbereich der Promenade mit der

Musikmuschel befand, hielt er den Blick gesenkt. Erst als ihm nicht mehr so viele Menschen begegneten, hob er den Kopf und blickte aufs Meer. Ein ruhiger Tag, kaum Wellen, nur eine schwache Brandung. Die Möwen schwebten über der Idylle, als genössen auch sie die Ruhe, eine besonders große in Davids Nähe bewies jedoch, dass sie alles fest im Blick hatte. Sie stieß auf eine Frau hinab, die genüsslich an ihrer Eiswaffel lutschte, und riss sie ihr aus der Hand. Die Frau schrie, alle anderen, die den Vorfall beobachtet hatten, lachten, bis auch die Frau mit einstimmte.

David wechselte zur Wasserkante und ging bis zum Strandübergang Lornsenstraße. Dort überquerte er den Parkplatz und war im Nu an dem Haus angelangt, in dem die Ferienwohnung seiner Großeltern lag. Er blickte zum Balkon hoch, aber dort war niemand zu sehen. Die Vorhänge waren jedoch geöffnet und die Balkontür auch. Es war also jemand zu Hause.

Er schellte und musste nicht lange warten. Der Türöffner surrte nur einen Augenblick später. Lea stand in der geöffneten Tür, in einem Jogginganzug, mit zotteligen Haaren, ohne Make-up. Das kam bei ihr selten vor. Überhaupt sah sie nicht besonders glücklich und zufrieden aus. Sie brummte einen Gruß, drehte sich um und ging in die Wohnung zurück. Im Wohnzimmer erwartete sie David, breitbeinig in der Mitte des Raums, die Arme vor der Brust verschränkt. »Du hast mir eine Menge zu erklären.«

»Hattest du schon einen Kaffee?«

Lea schüttelte den Kopf und ging an ihm vorbei in die Küche. David folgte ihr, goss Wasser in die Kaffeemaschine, während Lea das Kaffeepulver in den Filter löffelte. Als die Maschine die ersten glucksenden Geräusche von sich gab, sagte sie: »Also, raus mit der Sprache!«

David fragte zurück: »Wo sind Mama und Papa?«

»Im *Arosa* in List. Da ist Papa abgestiegen. Sie werden später kommen.« Lea griff nach seinem Arm, weil sie wohl den Eindruck hatte, dass er sich mit Fluchtgedanken trug. »Du bleibst hier. Es gibt eine Menge zu besprechen.«

»Woher weißt du das?«

»Gestern Abend habe ich unsere Eltern hier angetroffen. Sie haben auf dich gewartet.« Leas Gesichtszüge verhärteten sich, sie sah ihren Bruder wütend an. »Aber du musstest ja hinter Delia herlaufen. Was hast du dir dabei gedacht?«

»Ich wollte es nicht. Es war nur so …«

Lea unterbrach ihn. »Sie hat dir eine WhatsApp geschickt. Und du bist sofort wie ein braves Hündchen losgerannt in den Speisewagen. Hast du Männchen gemacht?« Lea stieß ein böses Lachen aus. »Woher wusste sie überhaupt, dass du im Zug bist?«

»Sie sagte, sie hätte mich beim Einsteigen gesehen.«

»Bisher hat sie immer abgeblockt, hat dich jedes Mal auflaufen lassen, wenn du mit ihr reden wolltest. Und warum war sie gestern mit einem Mal bereit für ein Gespräch?«

»Sie hatte eingesehen, dass sie mir eine Erklärung schuldig ist.«

»Ausgerechnet heute?«

»Warum nicht heute? Ich bitte sie schon lange darum.«

»Und wie lautet die Erklärung?«

David begann zu drucksen. »Sie … liebt mich nicht mehr, sie will mich nicht mehr. Aber … sie sagt, sie weiß nicht, wie die Noten in Golos Hände gekommen sind.«

»Sie lügt!« Lea stellte sich dicht vor ihn hin. »Warum bist du ausgestiegen? Warum hast du sie nicht gehen lassen?«

»Sie hatte ihr Handy vergessen. Ich habe es ihr bringen wollen. Sie war gerade dabei auszusteigen. Ich habe sie gerufen, sie hat sich umgedreht, wurde angerempelt und ist unglücklich gestürzt. Ich bin ihr nach, um ihr aufzuhelfen. Sie konnte zunächst gar nicht auftreten. Ich habe sie gehalten, bis sie den Schock überwunden hatte. Und dann … fuhr der Zug auch schon los.«

Leas Augen waren wie schmale Schlitze. »Kannst du dir vorstellen, wie das gewirkt hat? Du mit Delia in den Armen?«

David wurde blass. »Du meinst … auf Alisia? Sie hat es gesehen?«

Lea riss die Kaffeekanne so heftig unter dem Filter hervor, dass ein guter Schluck aus der Tülle schwappte. »Du bist ein solcher Idiot, David Wiemann!«

Er sagte nichts darauf, sah nur wortlos zu, wie Lea zwei Kaffeebecher aus dem Schrank holte und ihnen eingoss. Erst während er Zucker in seinen Kaffee rührte, sagte er: »Sie hat sich gestern Abend noch verlobt. Direkt nach ihrer Rückkehr.«

74

Mai 2020, Riekenbüren

Als Constantin den beiden gegenübersaß, wuchs seine Stärke. Er sah ihnen an, dass sie jemanden brauchten, der eine Entscheidung traf, dass Hasso sowieso unfähig war, aktiv zu werden, und Halina, die normalerweise tatkräftig war, in diesem Fall auch nicht weiterwusste. Constantin dagegen wusste genau, was er wollte, wurde aber zum Glück von der Entscheidung, die allmählich in ihm herangewachsen war, noch nicht unter Druck gesetzt. Es war ein Wunsch, der ihn hergetrieben hatte, ein großer Wunsch, aber keiner, von dem sein Glück abhing. Das konnte er auch woanders finden, und diese Erkenntnis tat ihm gut.

»Ich muss mit euch reden.«

Halina schob ihm einen Stuhl hin, als wäre sie erleichtert über diesen Satz, Hasso blickte ihn an, als ginge es ihm ähnlich. Constantin spürte, wie willkommen er war. Ein Mensch, der mit ihnen reden wollte, das war genau das, was die beiden jetzt brauchten. Jemand, der das Schicksal der Hefliks und das der *Schreinerei Wunder* in eine Richtung schob, die weiterhin eingehalten werden konnte, das war ihr Wunsch, den sie sich noch gar nicht bewusst gemacht hatten. Aber nun war dieser Wunsch in der Gestalt Constantins in der Küche erschienen und mit ihm seine Erfüllung. Die Hoffnung, die nun auf Constantin ruhte, machte ihm ein wenig Angst, aber sie rührte ihn auch und gab ihm eine Menge Kraft. Und die sorgte dafür, dass er nicht lange um den heißen Brei herumreden musste, sondern stark genug war, um gleich zum Kern der Angelegenheit vorzudringen.

»Ich würde die Schreinerei gern weiterführen. Was haltet ihr davon?«

Als Hasso zu weinen begann, erschrak Constantin nur kurz. Und Halina beließ es dabei, ihrem Mann ein Taschentuch in die Hand zu drücken. Constantin begriff schlagartig, dass er keine neue Idee in diese Küche getragen hatte, dass sie hier längst bewegt, wenn auch nicht ausgesprochen worden war.

Halina sah ihren Mann scharf an. »Es geht nicht darum, dass die Schreinerei in der Familie bleibt.«

Hasso hob den Kopf und nickte folgsam. »Nein, nur darum, dass sie von einem Mann weitergeführt wird, der etwas davon versteht.«

Constantin sah verblüfft von einem zum anderen. Er gehörte zur Familie, und er verstand, genau genommen, gar nichts vom Schreinerhandwerk. Warum war es Halina so wichtig, dass diese Tatsachen verdreht wurden?

Verunsichert ergänzte er: »Ich dachte, dass man das Image der Schreinerei verändern könnte. Nicht mehr Massenware, sondern nachhaltige Produktionen. Nicht mehr Möbel von der Stange, sondern individuelle Einzelstücke …«

Er merkte, dass Hasso ihm gar nicht richtig zuhörte. Und auch Halina schien es gleichgültig zu sein, wie er sich die Zukunft der *Schreinerei Wunder* im Detail ausmalte. Endlich deckten sich die Ziele der beiden wieder, wenn auch aus unterschiedlichen Gründen. Auch wenn er es nicht laut aussprechen wollte, war Hasso natürlich froh, dass die Schreinerei in der Familie blieb, in der Hand des Enkels seiner Schwester, und Halina war genauso froh, dass Nicole damit wieder eine Frau war, die ihr Schicksal selbstständig lenken konnte, ohne von einem Mann abhängig zu sein.

Nach einem doppelten Espresso waren sie in der Lage, sich mit

Einzelheiten zu beschäftigen. Hasso fiel ein, dass Constantin eigentlich dazu ausersehen war, das *König Augustin* weiterzuführen. Man sah ihm an, wie erschrocken er war, als ihm klar wurde, dass die Erfüllung seines größten Wunsches für Kari und Hajo einen schweren Verlust bedeuten würde.

Aber Constantin war optimistisch. »Alisia wird sich einarbeiten. Ich habe mit ihr telefoniert. Sie ist einverstanden.«

Halina beugte sich vor, als traute sie ihren Ohren nicht. »Alisia? Aber … sie hat doch ihre Karriere.«

»Sie will nicht mehr modeln. In ein paar Jahren wäre es damit sowieso vorbei, selbst wenn sie noch wollte.«

»Aber, hieß es nicht mal, sie würde trotzdem für Heiser-Moden arbeiten? Als Geschäftsführerin, an der Seite dieses Nachfolgers von Mike Heiser? Wie hieß er noch gleich?«

»Franco Statti.«

»Richtig. Und der hat jetzt die Nachfolge angetreten. Dass Mike Heiser tot ist, stand in allen Zeitungen.«

»Alisia hat sich gestern mit Franco Statti verlobt.«

Halina sah aus, als wollte sie Sekt aus dem Vorrat holen. Doch ihre Hochstimmung fiel schnell wieder in sich zusammen. »Aber dann wird sie doch …«

»Nein, sie möchte nicht neben Franco Statti für Heiser-Moden arbeiten, sondern …«

Halina ließ ihn nicht aussprechen. »… nicht von einem Mann abhängig sein, sondern selbstständig fürs *König Augustin* arbeiten.« Sie dachte an Nicole und konnte Alisia zu ihrer Entscheidung nur beglückwünschen.

Hasso sah von seiner Frau zu Constantin und wieder zurück. Ihm schien nichts von dem klar zu sein, was Halina und Constantin so selbstverständlich fanden. »Alisia ist einverstanden?«, fragte er ungläubig.

Constantin nickte. »Wir müssen es nur noch unseren Eltern

verklickern. Aber sie werden schon zustimmen.« Er lachte. »Was bleibt ihnen auch anderes übrig?«

Halinas Gesicht bekam mit einem Mal einen ganz anderen Ausdruck, es begann unter einer Idee zu leuchten, die in der Tiefe ihrer Gefühle entstand und im selben Augenblick nach außen drang. »Sabrina?« Mehr mochte sie nicht aussprechen. Alles andere war ihr zu gewagt.

Constantin verstand sie trotzdem. »Ja, Sabrina würde gern den Campingplatz übernehmen. Ihre Eltern finden sich bereits damit ab, dass sie sich jemanden fürs Büro suchen müssen. *Sanitär-Wolke* wird ja ohne Nachfolger bleiben.«

Auf Hasso schien dieses Gespräch wie ein Grippe-Medikament zu wirken. »Wer weiß! Vielleicht verliebt sich Roland in eine Installateurin! Man sieht es ja bei uns: Unverhofft kommt oft.«

75

Mai 2020, Sylt

Mit Indra und Samy Angermann wurde es kalt in der Einzimmerwohnung, die nun überfüllt war und damit eigentlich für Überhitzung hätte sorgen können. Aber David spürte nichts als diese Kühle, als er seine Eltern im Raum stehen sah. Die Herzlichkeit, die es früher gegeben hatte, war weg. Seit »Du bist wie ein Lied« überall zu hören war, gab es diese Kälte. Oder ging sie von ihm selbst aus? David wusste es nicht. Dass sein Vater ihm nicht glaubte, hatte alles kaputtgemacht. Und dass seine Mutter sich nicht auf seine Seite gestellt hatte, ebenfalls.

Von ihr ließ er sich, wenn auch widerstrebend, in die Arme ziehen, beim Vater war ihm schon der Handschlag zu viel. Er merkte, dass er es nicht schaffte, seinem Vater zu verzeihen. Die Vermittlungsversuche von Lea fielen viel zu intensiv aus, zu lärmend, zu überschwänglich, um etwas bewirken zu können. Aber immerhin schaffte sie es, jeden von ihnen mit einer Aufgabe zu betrauen, die das Schweigen überdeckte und dafür sorgte, dass Wut, Empörung und Kränkung nicht von vornherein alles kaputtmachten. David musste einen Küchenstuhl holen, Indra durfte sich auf die Suche nach einer Zuckerdose machen, und Samy erhielt den Auftrag, Gläser auf den Tisch zu stellen, während Lea die Kaffeetafel deckte, als hätten sie sich zu einem gemütlichen Kaffeeklatsch versammelt. Als sie am Tisch saßen, entstand dennoch so etwas wie Verbundenheit, eine Verzahnung oder Vernetzung, die sich auch in Davids abweisender Miene ausdrückte, was er zum Glück nicht ahnte. Leas Übereifer, Indras ängstliche Liebe, Samys zur Schau getragene Sachlichkeit schienen dazuzugehören.

David wollte es nicht, aber er wurde dennoch an Urlaubstage erinnert, in denen sie so zusammengesessen hatten, die Familie Angermann, von der drei Mitglieder diesen Namen trugen, und er, der erstgeborene Sohn, Wiemann hieß. Trotzdem waren diese Tage viele Jahre lang voller Harmonie gewesen. Später hatte man ihm erklärt, warum er den Namen seiner Mutter trug, und er hatte es verstanden. Gemeinsam hatten sie dafür gesorgt, dass Samy nicht erkannt wurde, damit kein übergriffiger Fan das Familienleben störte, und David hatte mit Lea oft die verrücktesten Pläne ausgeheckt, wie es zu bewerkstelligen war, dass man ihren Vater für einen Briefträger oder einen Schuldirektor hielt. Irgendwann hatte es ihm dann nicht mehr gereicht, David Wiemann zu sein, er wollte David Angermann heißen. Aber immer wieder war ihm dieser Wunsch verwehrt worden, Samys Karriere, sein Image, sein guter Ruf …

David schüttelte diese Erinnerungen ab, weil er merkte, dass sie ihn beeinflussten, ihn weicher machten. Und das wollte er nicht. Nein, auf keinen Fall wollte er seinen Eltern entgegenkommen, seiner Mutter nicht und seinem Vater erst recht nicht. Er hatte es auch gar nicht nötig. Diese Erkenntnis machte ihn stark und unangreifbar. Er hatte es nicht nötig, auf etwas zu hoffen, weil sein Leben sowieso längst den Bach runtergegangen war. Eine Liebe verloren, den größten Erfolg verloren, die große, die ganz große Liebe verloren … worauf sollte er noch hoffen? Er schien dazu verdammt, alles, woran er sein Herz hängte, zu verlieren. Da kam es auf die Liebe seines Vaters weiß Gott nicht mehr an. Sollte er ihn doch verachten, weil er ihn für einen Dieb hielt. Sollte er doch!

Er vermied es, seine Eltern anzusehen. Seine Mutter in diesem schrecklichen grauen Kostüm, das sie glatt zehn Jahre älter machte, als wollte sie immer noch, wie am Anfang ihrer Beziehung mit

Samy Angermann, darauf achten, älter auszusehen, als sie war. Und seinen Vater, wie immer nach der neuesten Mode gekleidet, angesagte Jeans, flottes Hemd, darüber eine leichte Leinenjacke von Prada. Vermutlich war Indras Kostüm auch von Prada, aber ihm sah man es nicht an, während das Outfit seines Vaters teuer auf den ersten Blick war.

David blickte erst auf, als Leas Geplapper und die geistesabwesenden Antworten mit einem Mal verstummten. In diesem Moment sah er es. Das, was seine Mutter aus ihrer großen Handtasche gezogen hatte. Das, was sie jetzt auf den Tisch legte. Und natürlich sah er auch ihren bedeutungsvollen Blick.

Beinahe hätte er hastig danach gegriffen, nach der Plattenhülle, auf der Ted Herold prangte, um sie umzudrehen und nachzuschauen, ob darunter noch das Notenblatt klebte. Aber er brauchte nur in das Gesicht seiner Mutter zu sehen, um es zu wissen. Das Gesicht seines Vaters streifte er nur mit einem flüchtigen Blick, er sah aus, als wollte er versuchen, Poker zu spielen und hätte es noch nicht geschafft, sich ein Pokerface zuzulegen.

Lea war die Erste, die reagierte. »Woher hast du das, Mama?« Ihre Stimme war ungläubig, atemlos.

Indra genoss ihr Triumphgefühl und schien es auskosten zu wollen. »Ihr wisst, was es ist?« Sie lächelte leicht und sah David unverwandt an.

Er nickte, griff nun doch mit Daumen und Zeigefinger zu einer der vier Ecken der Plattenhülle und hob sie leicht an.

»Es klebt noch darunter«, sagte seine Mutter. »Ich habe alles so gelassen, wie es war.«

Lea schnappte immer noch nach Luft. »Wie … wie bist du an das Notenblatt gekommen?«

Indra fixierte erst ihre Tochter, dann ihren Sohn. »Kari und ich waren zusammen im Hamburg. Wir wollten Golo Berglund sprechen.«

»Warum?«, entfuhr es David.

Aber Indra warf nur ihrem Mann einen kurzen Blick zu und antwortete nicht. Offenbar sollte sich zu dieser Frage Samy Angermann äußern.

»Wir hatten eine Panne und kamen erst spät in Hamburg an. Berglund war schon nicht mehr in seinem Studio. Wir sind ums Haus herumgegangen, um uns zu vergewissern. Und da sahen wir es. Ein Toilettenfenster war geöffnet, und in dem offenen Spalt steckte diese Plattenhülle. So, als sollte sie jemand finden. Wir konnten uns nicht vorstellen, wer das sein sollte. Und es war uns auch egal. Wir haben sie genommen und sie uns angesehen. Und dann sind wir so schnell wie möglich abgehauen.« Indra lächelte, wie David sie schon lange nicht mehr hatte lächeln sehen. Wie ein junges Mädchen, dem ein gewagter Streich gelungen war. »Wir dachten uns gleich, dass das wichtig für dich sein könnte.«

»Abgehauen?«, wiederholte David, der dieses Wort nicht mit den Gewohnheiten seiner Mutter zusammenbrachte.

»Was wolltet ihr bei Golo Berglund?«, wollte Lea wissen.

Samy Angermann räusperte sich und atmete ein. »Ich glaube, es ist Zeit, dass ich euch ein paar Dinge erzähle.« Was folgte, war eine längere Erklärung, eine Vorgeschichte, die den Hauptteil entschärfen sollte, viele Entschuldigungen, die Lea und David zeigen sollten, dass Samy wusste, was er getan hatte. Es dauerte eine Weile, bis es heraus war. Samy Angermann hatte vor vielen Jahren nicht nur mit der fünfzehnjährigen Indra Wiemann ein Verhältnis begonnen, sondern gleichzeitig mit einer Frau, die Barbara Vermann hieß. »Indra und Barbara wurden gleichzeitig schwanger«, sagte Samy tonlos und verzichtete darauf, seine Kinder anzusehen. »Die Kinder, David und Cornelius, kamen mit zweiwöchigem Abstand zur Welt. Ich hatte mich längst für eure Mutter entschieden und habe für Cornelius Alimente bezahlt, bis Barbara heiratete. Einen Herrn Löber, der Cornelius adoptierte. Damals war der Junge noch klein, er hat zunächst nicht erfahren, dass er adoptiert worden war. Walter Löber starb früh, Barbara Löber ließ Cornelius in dem Glauben, der Sohn von Walter zu sein. Erst nach ihrem Tod, in ihrem Testament, erfuhr er die Wahrheit.«

Es war das erste Mal, dass Indra ihm eine Erzählung aus dem Mund nahm und sie fortführte, statt ihren Mann zu Ende berichten zu lassen. »Samy hätte mir sofort die Wahrheit sagen sollen, dann hätten wir eine Lösung gefunden. Aber als Cornelius sich an ihn wandte und Kontakt mit ihm suchte, hatte er nur das Ziel vor Augen, mich im Unklaren zu lassen. Ich kann verstehen, dass es Cornelius sehr verletzt hat, als Samy nichts von ihm wissen wollte. Aber seine Rache …«

Lea unterbrach sie. »Rache? Willst du damit sagen, Cornelius Löber hat sich an Papa gerächt, indem er sein Lied gesungen hat?«

»Golo Berglund und Cornelius sind seit Jahren befreundet.« Samys Gesicht war jetzt völlig zerquält. »Die schöne Stimme hat Cornelius wohl von mir geerbt.«

Was David darauf antwortete, war voller Sarkasmus. »Wenn das so ist, dann hast du noch einen dritten Sohn. Roland Wolke aus Riekenbüren.«

76

Mai 2020, Sylt

Alisia kam sich vor wie in einer Zwischenwelt. Nicht glücklich, aber ohne den Grund, unglücklich zu sein. Wie konnte sie auch unzufrieden damit sein, von Franco Statti geliebt und begehrt zu werden, so sehr, dass er sie zu seiner Frau machen wollte? Franco war ein wunderbarer Mann, an seiner Seite würde es ihr gut gehen. Dieser Meinung waren auch ihre Eltern gewesen, die sich sehr gefreut hatten, als sie von der Verlobung erfuhren. Der Einzige, der Zweifel angemeldet hatte, war Constantin gewesen. Er hatte am Telefon sogar den Vorschlag gemacht, sich Davids Erklärungen anzuhören, weil womöglich alles ganz anders war, als es ausgesehen hatte. Aber davon hatte Alisia nichts wissen wollen. Die Sache war für sie mehr als eindeutig gewesen. Was sollte David ihr noch erklären?

Sie war froh gewesen, dass Constantins Interesse leicht auf ein anderes Thema zu lenken war: Hassos Nachfolge, Constantins Übersiedelung nach Riekenbüren, seine Liebe zu Sabrina. Roland Wolkes Bereitschaft, David zu helfen, wurde nur sehr kurz thematisiert. Alisia ließ keinen Zweifel daran, dass sie dieser Aspekt nicht mehr interessierte. Das Lied, die gestohlenen Noten, das ging sie nichts mehr an.

»Gut, dass wir uns einigen konnten, Coni. Du die Schreinerei, ich das *König Augustin*.« Wenn das kein weiterer Grund war, glücklich zu sein!

Sogar Franco hatte eingesehen, dass er sich mit dieser Lösung arrangieren musste, wenn es ihm auch lieber gewesen wäre, Alisia bei der Geschäftsführung von Heiser-Moden an seiner Seite zu wissen. Und jetzt war Alisia auf dem Weg ins *König Augustin*, um alles Nähere mit ihren Eltern zu besprechen. Sie war gespannt, wie ihre Mutter damit zurechtkam, dass sie bald nicht mehr *La Cappuccina* sein würde und dass auch ihre Karriere als Popstar ausgeträumt war.

Bei diesem Gedanken lächelte sie, ohne es recht zu merken. Kari Keller und Indra Wiemann! Unglaublich! Sie wollte es unbedingt aus dem Mund ihrer Mutter hören, was sich in Hamburg abgespielt hatte. Lea hatte sie sofort nach dem Geständnis ihrer Mutter angerufen. Nun wollte Alisia es auch von Kari hören. Und sie würde versuchen, ihr keine Vorwürfe zu machen und ihr nicht vorzuhalten, was sie ihrer Tochter angetan hatte, als die Plattenhülle von Ted Herold verschwunden gewesen war. Kari hatte es ja nicht wissen können.

Sie stellte ihr Auto vor dem Café ab und wollte gerade auf den Eingang zugehen, als jemand aus dem Hotel kam. Ein Gast, der sein Gepäck zum Auto brachte. Er trug eine Laptoptasche in der linken und eine Sporttasche in der rechten Hand. Alisia blieb stehen wie vom Donner gerührt. David! Er packte seine Sachen, um nach Hamburg zurückzufahren. Oder würde er nur bis Niebüll fahren und bei Delia einziehen?

Zwei, drei Sekunden später ärgerte sie sich, dass sie sich bei Davids Anblick nicht sofort abgewandt hatte und ins Café gegangen war. Dann hätte sie später notfalls behaupten könnten, David gar nicht gesehen zu haben. Sie hätte es vielleicht sogar sich selbst einreden können. Aber jetzt … gerade als sie sich einen Ruck gab, um zu verschwinden, sah er auf. Unmöglich, sich jetzt umzudrehen und wegzugehen. Sicherlich das Beste, aber … einfach nicht möglich. Alisia stand da wie festgewachsen, brachte keinen Schritt zustande, war unfähig, einen Fuß zu heben und vor den anderen zu setzen.

Es lagen ungefähr zehn Meter zwischen ihnen. Sie konnte Davids Lippen sehen, wie sie sich bewegten, aber nicht hören, was er sagte. Aber sie erkannte, dass er ihren Namen flüsterte. Sie atmete tief ein und versuchte ein kleines Lächeln, ein bisschen mehr als höflich, aber weniger als erfreut, doch es gelang natürlich nicht. David warf seine beiden Taschen ins Auto und kam auf sie zu. »Alisia!« Jetzt hörte sie seine Stimme. »Alisia!«

Nun endlich konnte sie sich bewegen, aber es war zu spät, um zu fliehen. Sie konnte nur stehen bleiben und ihm entgegensehen. Ihre Knie zitterten, ihre Hände bebten, sie hatte Mühe zu reagieren. »Hallo, David.«

Er stand so dicht vor ihr, dass sie sich berühren konnten. »Herzlichen Glückwunsch zur Verlobung«, sagte David leise.

Auf der anderen Straßenseite gingen ein paar Leute vorbei, die plötzlich aufgeregt riefen. Alisia glaubte, ihren Namen zu hören. »*La Cappuccina!*« Schon erschienen gezückte Smartphones vor ihren Gesichtern, zwei Frauen umrundeten sie und versuchten, Alisia von vorne zu fotografieren, indem sie sich an Davids Seite stellten. Er wedelte sie ärgerlich zur Seite. Aber sie schienen gar nicht zu bemerken, dass sie störten.

»Sind Sie auch prominent?«, wurde David gefragt.

Er griff nach Alisias Arm und nickte zum Hoteleingang. »Lass uns in die Lobby gehen.«

Sie folgte ihm wie hypnotisiert. Seine Hand brannte wie Feuer an ihrem Arm, seine Berührung setzte sie in Flammen.

Die beiden Frauen winkten ihre Männer heran. »Ins Hotel!« Sie schienen zu glauben, dass Alisia und David sich dorthin begaben, damit sie in aller Ruhe von diesen aufdringlichen Passanten fotografiert werden konnten.

Eilig liefen sie ins Hotel, und David rief dem Portier zu: »Halten Sie uns diese Leute vom Leib.«

Er wusste sofort, wen er meinte, kam eilig hinter seinem Tresen hervor und stellte sich den Smartphone-Fotografen in den Weg. »Ich darf Sie bitten, das Hotel zu verlassen.«

David zog Alisia mit sich zum Aufzug. »Komm, wir gehen in mein Zimmer.«

Sie taumelte neben ihm her, wäre fast gestolpert, ließ sich aber ziehen, fragte sich warum und fand keine Antwort. Der Aufzug stand im Erdgeschoss, die Türen öffneten sich augenblicklich, sie sprangen hinein, während der Portier noch mit den Selfiejägern diskutierte, die sich darüber beklagten, dass sie noch nicht dazu gekommen waren, Selfies mit *La Cappuccina* zu machen.

In der Stille der Liftkabine änderte sich schlagartig alles. Alisia drängte sich mit dem Rücken an die Wand des Aufzugs und starrte David aus großen Augen an, er blieb in der Mitte stehen, als hätte er keine Angst vor der Nähe zu ihr.

»Was machen wir hier?«, fragte Alisia flüsternd. »Ich wollte zu meinen Eltern. Und du …«

»Ich wollte ausziehen. Aber den Zimmerschlüssel habe ich noch.«

»Aber …«

»Nur kurz, Alisia. Ich muss es dir erklären. Das darfst du mir nicht verbieten.«

Er hatte so eindringlich gesprochen, dass sie nickte. Der Aufzug blieb ruckelnd stehen, die Tür öffnete sich. David stieg vor ihr aus und ging auf seine Zimmertür zu. Alisia folgte ihm, sagte sich, dass sie sich umdrehen und weglaufen sollte, folgte ihm aber trotzdem weiterhin. Warum? Diese Frage konnte sie sich selbst nicht beantworten. Als er angekommen war, hatte er den Schlüssel schon in der Hand und öffnete. Er ließ Alisia eintreten, folgte ihr und drückte die Tür so hastig ins Schloss, als hätte er Angst, dass sie verfolgt worden waren.

Alisia ging zum Fenster und lehnte sich an die Brüstung. David blieb in der Nähe stehen. »Ich weiß, es ist zu spät«, begann er, »du hast dich für Franco Statti entschieden. Aber trotzdem … ich möchte, dass du weißt … dass ich …« Er fuhr sich mit beiden Händen durch die Haare. »Lea hat mir gesagt, dass du Delia und mich auf dem Bahnsteig gesehen hast. Aber es war nicht so, wie es aussah.«

»Einer der beliebtesten Sätze von Drehbuchautoren«, sagte Alisia und versuchte zu grinsen. Es misslang ihr gründlich. Ganz im Gegenteil spürte sie, dass ihr Tränen in die Augen stiegen. Sie wandte sich ab und suchte nach einem Taschentuch. Bloß nicht weinen!

Schnell und sehr unzusammenhängend begann David zu erklären, hastig, übereilt, als hätte er Angst, sie könnte das Zimmer wieder verlassen, bevor er alles zurechtgerückt hatte, was durcheinandergeraten war. »Ich bin mit ihr ins Krankenhaus gefahren. In der Ambulanz war viel los, es hat lange gedauert, bis Delias Knöchel bandagiert war. Der letzte Zug nach Sylt war weg, ich habe bei ihr auf dem Sofa geschlafen. Und heute Morgen hat sie mir Geld gegeben, damit ich mir eine Zugfahrkarte nach Sylt kaufen konnte.«

Alisia schwieg. Sie nickte nur kurz, um zu zeigen, dass sie verstanden hatte, dass sie Verständnis aufbrachte, dass es für sie nicht weiter wichtig war … Was sollte sie auch sagen? In ihrem Kopf herrschte komplettes Durcheinander. Sie wollte ihm nicht glauben, wollte es im nächsten Augenblick aber doch. Sie war mit Franco verlobt, hätte aber im nächsten Augenblick am liebsten seinen Ring vom Finger gezogen. Sie wollte … ja, was wollte sie eigentlich?

David macht einen Schritt auf sie zu. »Alisia … hättest du dich gestern Abend auch mit Franco verlobt, wenn ich … wenn du mich nicht mit Delia gesehen hättest?« Er wagte sich einen weiteren Schritt vor. »Ich schwöre dir, unsere gemeinsame Nacht war kein One-Night-Stand für mich. Letzten Endes war es wohl einer, weil du ja jetzt mit Franco …« Er brach verzweifelt ab und fuhr fort, als fiele es ihm sehr schwer: »Ich dachte wirklich, dass diese Nacht für uns der Beginn einer langen Liebe ist. Ich hatte es mir schon ausgemalt. Mein Musikstudio hätte ich nach Sylt verlegen können, und dann …« Wieder machte er einen Schritt auf Alisia zu, und diesmal kam sie ihm entgegen. Ein weiterer Schritt, und sie konnten sich berühren, noch einer, und sie standen dicht voreinander und sahen sich in die Augen. Alisia fühlte sich mit einem Mal so schwach, dass sie fürchtete umzusinken. Was geschah mit ihr? Warum lief sie nicht weg? Warum blieb sie hier stehen und ließ sich in seinen Blick ziehen? Warum?

»Alisia, ich liebe dich.«

»Ich dich auch, David.« O Gott! Was hatte sie gesagt? Nun schloss sie ganz fest die Augen und lauschte ihren eigenen Worten nach. Ja, was sie gesagt hatte, stimmte. Sie liebte ihn. Sie hatte ihn vom ersten Augenblick an geliebt.

Nun zog er sie in seine Arme und küsste sie. Voller Verlangen und gleichzeitig voller Verzweiflung. Seine Hände zitterten, und Alisia fragte sich, ob er von Angst oder von Überschwang geschüttelt wurde. Fürchtete er, sie könnten sich ein letztes Mal lieben? Nur noch einmal, bevor sie sich trennen mussten und sie zu Franco zurückkehrte? Liebe zum Abschied, um für eine unvergessliche Erinnerung zu sorgen? Sie musste ihm sagen, dass sie bei ihm bleiben wollte, dass sie ihn lieben wollte bis ans Ende ihrer Tage, dass niemals ein anderer Mensch sich in ihre Beziehung drängen durfte, dass … Als sie auf sein Bett sanken, war keine Frage beantwortet worden, und Alisia hatte nichts von dem gesagt, was David wissen sollte. All das war mit einem Mal auch nicht mehr wichtig. Von Bedeutung war für Alisia nur noch der Mann neben ihr, seine Haut, sein Duft, seine Nähe, seine zärtlichen Hände, sein Flüstern, seine Erregung … und dann gar nichts mehr.

Als sie voneinander ließen, als sie schweißnass nebeneinander lagen, als sich ihre Hände aneinander klammerten, fand sie nur langsam in die Untrüglichkeit des Augenblicks zurück. Prompt waren sie wieder da, die Fragen. Andere diesmal, aber genauso drängend. Was hatten sie getan? Welche Konsequenzen hatte es? Was, wenn es ein Irrtum gewesen war? Was, wenn sie ihren Herzen eine Falle gestellt hatten und ihr Verstand hineingetappt war? Und dann noch konkreter: Wie würde Franco reagieren, wenn er erfuhr, dass sie am Tag nach der Verlobung mit David Wiemann ins Bett gegangen war? Musste er es überhaupt erfahren?

Sie richtete sich auf, betrachtete Davids Gesicht und legte dann ihren Kopf auf seine Brust. »Hast du jetzt Delia betrogen?«

Er schob sie sanft von sich, damit er sie ansehen konnte. »Ich kann sie nicht betrügen, wir sind kein Paar mehr.« Er betrachtete nachdenklich ihr Gesicht, fuhr mit dem rechten Zeigefinger ihrer Nase und der Rundung ihrer Wangen nach. »Doch du hast Franco betrogen. Wird er erfahren, dass die Verlobung ein Irrtum war?«

77

Hochsommer, Riekenbüren

In Riekenbüren gingen die Zeitungen von Hand zu Hand, nachdem sie am Kiosk neben der Kirche ausverkauft waren, der an diesem Morgen die doppelte Menge hätte verkaufen können. Die Leute, die die Nachrichten des Tages während der Busfahrt zu ihrem Arbeitsplatz auf ihrem Laptop oder ihrem Handy studierten, waren längst unterwegs, als Halina die Zeitung ins Haus holte, die der Bote unter die Türklinke gesteckt hatte. Gut, dass sie sich zu einem Abonnement entschlossen hatten. Sie konnte sich Zeit lassen an diesem Morgen, obwohl die Sommerferien und damit die Hochsaison längst begonnen hatten und der Campingplatz voll besetzt war. Wie durch ein Wunder hatte sich kein einziger Mitarbeiter krankgemeldet. Außerdem hatte Sabrina damit begonnen sich einzuarbeiten und kam jeden Morgen in aller Frühe zu den Hefliks, um nach dem Rechten zu sehen. Sobald ihre Eltern eine Bürokraft gefunden hatten, die die Tochter ersetzen konnte, würde Sabrina ausschließlich auf dem Campingplatz arbeiten. Und sobald Lutz mit den Kindern ausgezogen war, würde Constantin seine Wohnung umbauen und renovieren. Danach sollte Hochzeit gefeiert werden, Halina und Hasso freuten sich schon darauf.

Nicole kam nun auch häufig während der Woche nach Riekenbüren und übernachtete im Haus ihrer Eltern, weil sie mit Sabrina über das Brautkleid beratschlagen musste. Wenn sie dann auf Lutz traf, gingen die beiden mit einem kühlen Gruß aneinander vorbei. Tim zuckte nur mit den Schultern, wenn er Nicole sah, und Gina fragte gelegentlich nach *La Cappuccina.* Ihr Interesse ließ aber schlagartig nach, als in der Zeitung stand, dass sie den Modeljob an den Nagel gehängt hatte, um fortan im Geschäft ihrer Eltern zu arbeiten.

Nicole hatte sich nicht verkneifen können, zu Gina zu sagen: »Du siehst, es ist nicht verkehrt, eine Ausbildung zu machen. Ab dreißig wird es schwierig mit dem Modeln.«

Aber Gina hatte nur abgewinkt. »Man muss eben sehen, dass man dann die Millionen im Sack hat und nicht mehr arbeiten muss.«

Von da an hatte sie Nicole keines Blickes mehr gewürdigt, wenn sie sich begegneten, nur die kleine Jana drängte sich oft an Nicoles Seite, vor allem als Lutz eine Werkstatt in Andernach gefunden hatte, die er pachten konnte. Jana fürchtete sich vor dem erneuten Ortswechsel und hatte Nicole sogar gebeten, bei ihr bleiben zu dürfen, wenn ihr Vater und die Geschwister nach Andernach zogen.

Halina breitete die Zeitung auf dem Frühstückstisch aus und legte einen Teil neben Hassos Teller, der gerade in die Küche kam. »Hier!« Halina tippte auf die Mitte der Seite. »Hier steht es. Riekenbüren kommt sogar vor.«

Seit Tagen hörte man diese Nachricht auch im Radio, und sogar im Fernsehen war mehrmals darüber berichtet worden. »Du bist wie ein Lied«, der Sommerhit dieses Jahres, wurde nicht von Cornelius Löber, sondern von einem jungen Mann gesungen, der aus Riekenbüren stammte. Roland Wolke! Er hatte den Mut gehabt, gegen den Vertrag zu verstoßen, den er mit Golo Berglund auf dessen Drängen abgeschlossen hatte, nachdem sein Anwalt gleich mehrere Formfehler darin gefunden hatte. Er hatte Roland geraten, sein Geschäft mit Golo Berglund an die große Glocke zu hängen, er brauche nicht zu befürchten, die zwei Millionen Konventionalstrafe wirklich zahlen zu müssen. Cornelius Löber war fürs Erste untergetaucht, das Interesse an seiner Person und auch an der TV-Serie *Heimweh nach Madrid* war jedoch derart gewaltig, dass der Fernsehsender bereits angekündigt hatte, weitere Folgen zu produzieren.

Hasso machte einen langen Hals. »Und was ist mit David Wiemann? Hat er Golo Berglund nicht verklagt?«

Halina hielt ihm das Zeitungsblatt hin, in dessen Mitte in großes Foto prangte. »Samy Angermann mit seinem Sohn David! Hier steht, Samy Angermann sei sicher, dass Golo Berglund seinem Sohn die Noten gestohlen hat. Wenn sie Recht bekommen, muss Berglund den Gewinn David Wiemann überlassen und Samy Angermann Schadenersatz für entgangenen Gewinn zahlen. Der Star sagt aber auch, dass sein Sohn bereits an einem neuen Song für ihn arbeitet. Er freue sich darauf, mit David zukünftig zusammenzuarbeiten. Nur noch mit ihm.«

»Bei dem Wind, den diese Sache gemacht hat, ist der Erfolg des nächsten Liedes quasi schon sicher.«

»Da kannst du recht haben.«

»Und Roland?«

»Sein Name wird demnächst auf dem Cover stehen. Und sein Foto auch. Sabrina sagt, er hat schon mehrere Angebote von großen Plattenlabels bekommen.« Halina lachte leise. »Seine Karriere ist praktisch nicht mehr aufzuhalten.«

Hasso schüttelte den Kopf, als könnte er es nicht glauben. »Dass unsere Familie von Generation zu Generation in den Schlagzeilen landet! Unglaublich!«

»Wir müssen schauen, ob sich der Campingplatz vergrößern lässt. Wetten, dass demnächst viele kommen, die bei uns ihr Zelt aufschlagen wollen, weil die Schwester von Roland Wolke an der Schranke sitzt?«

78

Hochsommer 2020, Sylt

Das Rathaus von Westerland strahlte im Licht eines Hochsommertages, der heiß zu werden versprach. Ein leuchtend blauer Himmel spannte sich über dem Platz, auf dem mittwochs und samstags der Markt abgehalten wurde und donnerstags der sogenannte Hausfrauentrödel stattfand. An diesem Tag war er fast menschenleer. Nur einige Passanten überquerten ihn auf dem Weg ins Stadtzentrum, in dem kleinen Park gegenüber dem Rathaus saßen einige Mütter auf schattigen Bänken, die einen Kinderwagen schaukelten, auf anderen hockten mit Bierflaschen in den Händen einige Männer, die dort vielleicht schon die Nacht verbracht hatten.

Brit schaute hinaus, ohne etwas zu sehen. Ihr Blick war ganz auf ihr Inneres gerichtet, auf den Weg, den sie zurückgelegt hatte, den Weg ihres Lebens, den Weg ihrer Liebe. Die Klassenfahrt nach Sylt, das Kennenlernen mit Arne, ihre Nacht im Haus seiner Tante. Dann die schreckliche Zeit im Haus für gefallene Mädchen, Karis Geburt, die Flucht aus dem Heim, Olafs Hilfe und ihre erste Hochzeit.

Sie drückte Arnes Hand, der neben ihr saß und ähnliche Gedanken zu haben schien. »Lass uns Olaf nicht vergessen«, sagte sie leise. »Ohne ihn …«

Sie brauchte den Satz nicht zu Ende zu sprechen. Sie sah an Arnes Augen, dass auch er gerade an Olaf, seinen Halbbruder, dachte. Da war sie wieder, die Übereinstimmung, die Seelenverwandtschaft, die auch Knut Augustin, Arnes Vater, nicht hatte zerstören können.

Der große dunkle Wagen fuhr über die Stephanstraße auf den Platz zu, der die Straße durchschnitt, die sich auf der anderen Seite des Platzes als Teil der Fußgängerzone fortsetzte. Romy saß am Steuer. Sehr langsam und vorsichtig lenkte sie den Wagen an den Straßenrand. Sie wusste, warum Brit ihren Wunsch zunächst zurückgewiesen hatte, und hatte geschworen, auf dem Weg zum Standesamt stets unterhalb der Höchstgeschwindigkeit zu bleiben, kein einziges Mal die Vorfahrt zu erzwingen und nicht zu hupen, wenn ein anderer Verkehrsteilnehmer sich fahrlässig verhielt. Und sie hatte ihr Versprechen gehalten. Wie der Chauffeur der Queen hatte Romy den Wagen durch Westerland gelenkt und war nun ihrer Freundin beim Aussteigen behilflich.

Brit trug eine dunkelblaue Kombination von Rock und Blazer, darunter eine hellgraue Seidenbluse. Arne hatte sich für dieselben Farben entschieden, dunkelblauer Anzug und hellgraues Hemd. Beide hatten sich eine weiße Blume ans Revers gesteckt. Brits Brautstrauß bestand ebenfalls aus weißen Blüten, helle Reitgräser hatte die Floristin mit weißen Hortensien kombiniert und zartes Schleierkraut hineingebunden. Romy hatte sich den dezenten Aufmachungen des Brautpaares nicht angeschlossen. Sie trug ein gelbes Kostüm, dazu grasgrüne Slipper und ein knallrotes Top. Ähnlich bunt hatte es angeblich vor Kurzem Victoria Beckham getrieben, als sie zu einer Party ging, und Romy war begeistert gewesen, als sie das Foto gesehen hatte. Zwar wollte sie auf keinen Fall der Braut die Schau stehlen, wollte aber unter allen Umständen auffallen. Schließlich war zu erwarten, dass die Presse sich einfand, vielleicht sogar die überregionale, weil längst bekannt geworden war, dass *La Cappuccina* unter den Gästen sein würde. Und mit ihr David Wiemann, dessen Name durch sämtliche Gazetten gegeistert war. Es wurde sogar gemunkelt, auch Samy Angermann würde zur

Hochzeit erscheinen. Aber da gab es keine offizielle Bestätigung. Doch die Journalisten wollten natürlich auf alles vorbereitet sein, so war es kein Wunder, dass nun die ersten ihre Kameras auf dem Platz vor dem Rathaus aufgestellt und ihre Objektive auf den Eingang gerichtet wurden.

Brit und Arne gingen zügig darauf zu und waren schnell verschwunden. Brit wollte sich den Journalisten auf keinen Fall stellen. Sie atmete auf, als sie im kühlen Inneren des Standesamtes angekommen waren und lehnte sich kurz an Arne, als überkäme sie eine Schwäche. »Ich bin so glücklich«, flüsterte sie.

Er zog sie fest an sich und küsste ihre Stirn. »Du bist das Glück meines Lebens. Und beinahe hätte ich dich verloren.«

Sie schüttelte den Kopf, damit er nicht weitersprach. »Lass uns nicht an das denken, was man uns nehmen wollte. Lass uns nur daran denken, dass wir jetzt alles haben, was wir uns wünschen können.«

Als Kari und Hajo Kessler erschienen – sie im hellen Sommerkostüm, er in dunkler Hose und weißem Leinenjackett –, klickten die Kameras bereits eifrig. »Ich bin glücklich«, flüsterte Kari.

»Du bist das Glück meines Lebens«, gab Hajo leise zurück.

»Glücklich bin ich vor allem darüber, dass die Kinder glücklich sind.«

Hajo lächelte sie an. »Alisia und Constantin wissen nun beide, was sie wollen. Das ist großartig.«

»Nicht nur beruflich, auch privat. Sabrina und David sind wunderbar.«

Direkt hinter ihnen ging ihre Tochter Alisia am Arm von David Wiemann. Und dahinter Constantin Keller mit seiner Verlobten Sabrina Wolke, der Schwester des nunmehr berühmten Roland Wolke, der Cornelius Löber seine Stimme geliehen hatte. Eine wirklich über alle Maßen außergewöhnliche Hochzeit!

»La Cappuccina!«, ertönte irgendwo ein Ruf.

Alisia sah nicht, wer gerufen hatte, lächelte aber in die Richtung, konzentrierte sich dann jedoch wieder auf ihren Begleiter. »Ich bin glücklich«, flüsterte sie.

»Du bist das Glück meines Lebens«, raunte David zurück. »Beinahe hätte ich dich verloren.«

Nun wurde Alisias Lächeln spitzbübisch. »Das ist anscheinend eine Familienkrankheit bei uns. Die Frauen meiner Familie sind alle auf Umwegen zu ihrem Glück gekommen.«

Romy sah, wie Hasso und Halina geduckt hinter Constantin hergingen, als hätten sie Angst, gefragt zu werden, ob sie wirklich dazugehörten. Lea Angermann erschien als eine der Letzten und wäre beinahe übersehen worden, als sie sich in die große Gruppe der Hotel- und Caféangestellten einreihte. Als Allerletzte schritten dann Linda König und ihr frisch angetrauter Ehemann Chris Reineit über den Platz. Sie verschwanden im Rathaus kurz bevor der Hausmeister die Eingangstür schloss. Die meisten Kameras wurden daraufhin wieder eingepackt, nur die ganz Optimistischen setzten sich auf das Mäuerchen, das den Platz von dem kleinen Park trennte, und warteten auf das Ende der Zeremonie.

Der Standesbeamte war Stammgast im Café *König Augustin*, er kannte ihre Besitzer, wusste von den besonderen Familienverhältnissen und war darüber informiert, wie sich die Liebe des Brautpaares entwickelt hatte und wie viele Umwege Brit und Arne hatten gehen müssen, bis es zu diesem Happy End im Standesamt von Westerland kommen konnte. Er hielt eine ungewöhnlich lange Ansprache, blieb an jeder Station des gemeinsamen Lebensweges stehen und schaffte es am Ende, dass fast alle mit feuchten Augen dasaßen. Was für eine Liebe! Hajo hatte mehrere Taschentücher eingesteckt, in weiser Voraussicht. Die verteilte er nun großzügig an Romy und an Kari, die bereits das dritte Tuch in ihre Tasche knüllte.

*

Als Kari aufblickte, sah sie geradewegs in das Gesicht von Indra Wiemann. Erstaunt und erfreut riss sie die Augen auf, um Indra zu zeigen, dass sie sie erst jetzt bemerkte, dass sie ihr beim Reingehen ins Standesamt nicht aufgefallen war. Indra zwinkerte beruhigend zurück. Sie solle sich keine Gedanken machen, las Kari in ihrem Blick, sie habe absichtlich dafür gesorgt, dass niemand sie sah. Warum? Kari konnte sich nur eine Antwort vorstellen: Indra sollte nicht gesehen werden, damit niemand an Samy Angermann dachte und ihn womöglich erwartete.

So war es dann tatsächlich eine Riesenüberraschung, als während der Trauformel, nach dem Anstecken der Ringe, nach dem Kuss des Brautpaares leise Musik erklang, dann immer lauter und immer kräftiger. Als Brit und Arne das Trauzimmer verließen, blieben sie wie vom Donner gerührt auf der halbkreisförmigen Treppe stehen, und im selben Moment schwoll die Musik an und füllte das ganze Rathaus. Sämtliche Türen öffneten sich, vor dem Rathaus sprangen die Journalisten auf und machten ihre Kameras und Mikrofone bereit.

Kari beobachtete, wie David Alisia ganz fest an seine Seite zog und hörte, dass er ihr zuflüsterte: »So hätte ich es bei unserer Hochzeit auch gern.«

Samy Angermann stand auf dem mit roten Läufern belegten Podest vor dem hölzernen, blank polierten Geländer und sang das Lied, das sein Sohn ihm auf den Leib geschrieben hatte:

»Du bist wie ein Lied, und ich will es singen, singen, singen ...«

Nachwort

Die Handlung dieses Romans und seine Figuren sind allesamt meiner Fantasie entsprungen. In meiner Geschichte geht es u. a. um Menschen mit schwarzer Hautfarbe, die Diskriminierungen ausgesetzt sind. In wörtlicher Rede, wenn sich ein Weißer über einen Menschen mit schwarzer Hautfarbe negativ äußert, musste ich Begriffe verwenden, die ich rundum ablehne, die aber den Text glaubwürdig machen. Selbstverständlich lehne ich alle Begriffe ab, die rassistisch sind oder die Menschen mit dunkler Hautfarbe diskriminieren sollen. In weiten Teilen dieses Romans geht es tatsächlich nur darum, der Geschichte gerecht zu werden, in der es eben eine große Rolle spielt, ob ein Mensch eine helle oder dunkle Hautfarbe hat. Diskriminierung lässt sich oft nur darstellen, indem man Begriffe verwendet, die ich selbst als Autorin selbstverständlich ablehne.

*

mp3
Gisa Pauly
Fräulein Wunder
SYLT-SAGA
Gelesen von Simone Kabst
RANDOM HOUSE

mp3
Gisa Pauly
Café Hoffnung
SYLT-SAGA
Gelesen von Simone Kabst
RANDOM HOUSE

mp3
Gisa Pauly
Hotel Freiheit
SYLT-SAGA
Gelesen von Simone Kabst
RANDOM HOUSE